GOLDMANNS GELBE TASCHENBÜCHER
Band 1571
—

Theodor Fontane · L'Adultera / Unterm Birnbaum

THEODOR FONTANE
Romane und Erzählungen in 10 Bänden
in Goldmanns GELBEN Taschenbüchern

Grete Minde / Ellernklipp
1570

L'Adultera / Unterm Birnbaum
1571

Schach von Wuthenow / Stine
1572

Cécile
1573

Irrungen, Wirrungen
1574

Unwiederbringlich
1575

Frau Jenny Treibel
716

Effie Briest
1576/77

Die Poggenpuhls / Mathilde Möhring
1578

Der Stechlin
1579/80

THEODOR FONTANE

L'Adultera
Unterm Birnbaum

Romane

Ausgewählte Werke 2

WILHELM GOLDMANN VERLAG MÜNCHEN

70210 · Made in Germany · 3. Auflage · Alle Rechte vorbehalten. Umschlag:
Kreidezeichnung von Max Liebermann. Foto: Staatliche Museen zu Berlin.
Gesetzt aus der Linotype-Garamond-Antiqua. Druck: Presse-Druck, Augsburg.
Verlagsnummer 1571 · MV/Kö
ISBN 3-442-01571-5

L'Adultera

Roman

I

Kommerzienrat van der Straaten

Der Kommerzienrat van der Straaten, Große Petristraße 4, war einer der vollgültigsten Finanziers der Hauptstadt, eine Tatsache, die dadurch wenig alteriert wurde, daß er mehr eines geschäftlichen als eines persönlichen Ansehens genoß. An der Börse galt er bedingungslos, in der Gesellschaft nur bedingungsweise. Es hatte dies, wenn man herumhorchte, seinen Grund zu sehr wesentlichem Teile darin, daß er zu wenig »draußen« gewesen war und die Gelegenheit versäumt hatte, sich einen allgemein gültigen Weltschliff oder auch nur die seiner Lebensstellung entsprechenden Allüren anzueignen. Einige neuerdings erst unternommene Reisen nach Paris und Italien, die übrigens niemals über ein paar Wochen hinaus ausgedehnt worden waren, hatten an diesem Tatbestand nichts Erhebliches ändern können und ihm jedenfalls ebenso seinen spezifisch lokalen Stempel wie seine Vorliebe für drastische Sprichwörter und heimische »geflügelte Worte« von der derberen Observanz gelassen. Er pflegte, um ihn selber mit einer seiner Lieblingswendungen einzuführen, »aus seinem Herzen keine Mördergrube zu machen«, und hatte sich, als reicher Leute Kind, von Jugend auf daran gewöhnt, alles zu tun und zu sagen, was zu tun und zu sagen er lustig war. Er haßte zweierlei: sich zu genieren und sich zu ändern. Nicht als ob er sich in der Theorie für besserungsunbedürftig gehalten hätte; keineswegs; er bestritt nur in der Praxis eine besondere Benötigung dazu. Die meisten Menschen, so hieß es dann wohl in seinen jederzeit gern gegebenen Auseinandersetzungen, seien einfach erbärmlich und so grundschlecht, daß er, verglichen mit ihnen, an einer wahren Engelgrenze stehe. Er sähe mithin nicht ein, warum er an sich arbeiten und sich Unbequemlichkeiten machen solle. Zudem könne man jeden Tag an jedem beliebigen Konventikler oder Predigtamtskandidaten erkennen, daß es *doch* zu nichts führe. Es sei eben immer die alte Geschichte, und um den Teufel auszutreiben, werde Beelzebub zitiert. Er zog es deshalb vor, alles beim alten zu belassen. Und wenn er so gesprochen, sah er sich selbstzufrieden um und schloß behaglich und gebildet: »O rühret, rühret nicht daran«, denn er liebte das Einstreuen lyrischer Stellen, ganz besonders solcher, die seinem echt berlinischen Hange zum bequemen Gefühlvollen einen Ausdruck gaben. Daß er eben diesen Hang auch wieder ironisierte, versteht sich von selbst.

Van der Straaten, wie hiernach zu bemessen, war eine sentimental-humoristische Natur, deren Berolinismen und Cynismen nichts weiter waren als etwas wilde Schößlinge seines Unabhängigkeitsgefühls und einer immer ungetrübten Laune. Und in der Tat, es gab nichts in der Welt, zu dem er allezeit so beständig aufgelegt gewesen wäre, wie zu Bonmots und scherzhaften Repartis, ein Zug seines Wesens, der sich schon bei Vorstellungen in der Gesellschaft zu zeigen pflegte. Denn die bei diesen und ähnlichen Gelegenheiten nie ausbleibende Frage nach seinen näheren oder ferneren Beziehungen zu dem Gutzkowschen Vanderstraaten ward er nicht müde, prompt und beinahe paragraphenweise dahin zu beantworten, daß er jede Verwandtschaft mit dem von der Bühne her so bekannt gewordenen Manasse Vanderstraaten ablehnen müsse, 1. weil er seinen Namen nicht einwortig, sondern dreiwortig schreibe, 2. weil er trotz seines Vornamens Ezechiel nicht bloß überhaupt getauft worden sei, sondern auch das nicht jedem Preußen zuteil werdende Glück gehabt habe, durch einen evangelischen Bischof, und zwar durch den alten Bischof Roß, in die christliche Gemeinschaft aufgenommen zu sein, und 3. und letztens, weil er seit längerer Zeit des Vorzugs genieße, die Honneurs seines Hauses nicht durch eine Judith, sondern durch eine Melanie machen lassen zu können, durch eine Melanie, die, zu weiterem Unterschiede, nicht seine Tochter, sondern seine »Gemahlin« sei. Und dies Wort sprach er dann mit einer gewissen Feierlichkeit, in der Scherz und Ernst geschickt zusammenklangen.

Aber der Ernst überwog, wenigstens in seinem Herzen. Und es konnte nicht anders sein, denn die junge Frau war fast noch mehr sein Stolz als sein Glück. Älteste Tochter Jean de Caparoux', eines Adligen aus der französischen Schweiz, der als Generalkonsul eine lange Reihe von Jahren in der norddeutschen Hauptstadt gelebt hatte, war sie ganz und gar als das verwöhnte Kind eines reichen und vornehmen Hauses großgezogen und in all ihren Anlagen aufs glücklichste herangebildet worden. Ihre heitere Grazie war fast noch größer als ihr Esprit, und ihre Liebenswürdigkeit noch größer als beides. Alle Vorzüge französischen Wesens erschienen in ihr vereinigt. Ob auch die Schwächen? Es verlautete nichts darüber. Ihr

Vater starb früh, und statt eines gemutmaßten großen Vermögens fanden sich nur Debets über Debets. Und um diese Zeit war es denn auch, daß der zweiundvierzigjährige van der Straaten um die siebzehnjährige Melanie warb und ihre Hand erhielt. Einige Freunde beider Häuser ermangelten selbstverständlich nicht, allerhand Trübes zu prophezeien. Aber sie schienen im Unrecht bleiben zu sollen. Zehn glückliche Jahre, glücklich für beide Teile, waren seitdem vergangen, Melanie lebte wie die Prinzeß im Märchen, und van der Straaten seinerseits trug mit freudiger Ergebung seinen Necknamen »Ezel«, in den die junge Frau den langatmigen und etwas suspekten »Ezechiel« umgewandelt hatte. Nichts fehlte. Auch Kinder waren da: zwei Töchter, die jüngere des Vaters, die ältere der Mutter Ebenbild, groß und schlank und mit herabfallendem, dunklem Haar. Aber während die Augen der Mutter immer lachten, waren die der Tochter ernst und schwermütig, als sähen sie in die Zukunft.

2

L'Adultera

Die Wintermonate pflegten die van der Straatens in ihrer Stadtwohnung zuzubringen, die, trotzdem sie altmodisch war, doch an Komfort nichts vermissen ließ. Jedenfalls aber bot sie für das gesellschaftliche Treiben der Saison eine größere Bequemlichkeit, als die spreeabwärts am Nordwestrande des Tiergartens gelegene Villa.

Der erste Subskriptionsball war gewesen, vor zwei Tagen, und van der Straaten und Frau nahmen wie gewöhnlich in dem hochpaneelierten Wohn- und Arbeitszimmer des ersteren ihr gemeinschaftliches Frühstück ein. Von dem beinah unmittelbar vor ihrem Fenster aufragenden Petrikirchturme herab schlug es eben neun, und die kleine französische Stutzuhr sekundierte pünktlich, lief aber in ihrer Hast und Eile den dumpfen und langsamen Schlägen, die von draußen her laut wurden, weit voraus. Alles atmete Behagen, am meisten der Hausherr selbst, der, in einen Schaukelstuhl gelehnt und die Morgenzeitung in der Hand, abwechselnd seinen Kaffee und den Subskriptionsballbericht einschlürfte. Nur dann und wann ließ er seine Hand mit der Zeitung sinken und lachte.

»Was lachst du wieder, Ezel?« sagte Melanie, während sie mit ihrem linken Morgenschuh kokettisch hin und her klappte. »Was lachst du wieder? Ich wette die Robe, die du mir noch heute kaufen wirst, gegen dein häßliches, rotes und mir zum Tort wieder schief umgeknotetes Halstuch, daß du nichts gefunden hast als ein paar Zweideutigkeiten.«

»Er schreibt zu gut«, antwortete van der Straaten, ohne den hingeworfenen Fehdehandschuh aufzunehmen. »Und was mich am meisten freut, sie nimmt es alles für Ernst.«

»Wer denn?«

»Nun, wer! Die Maywald, deine Rivalin. Und nun höre. Oder lies es selbst.«

»Nein, ich mag nicht. Ich liebe nicht diese Berichte mit ausgeschnittenen Kleidern und Anfangsbuchstaben.«

»Und warum nicht? Weil du noch nicht an der Reihe warst. Ja, Lanni, er geht stolz an dir vorüber.«

»Ich würd es mir auch verbitten.«

»Verbitten! Was heißt verbitten? Ich verstehe dich nicht. Oder glaubst du vielleicht, daß gewesene Generalkonsulstöchter in vestalisch-priesterlicher Unnahbarkeit durchs Leben schreiten oder sakrosankt sind wie Botschafter und Ambassaden! Ich will dir ein Sprichwort sagen, das ihr in Genf nicht haben werdet ...«

»Und das wäre?«

»Sieht doch die Katz den Kaiser an. Und ich sage dir, Lanni, was man ansehen darf, das darf man auch beschreiben. Oder verlangst du, daß ich ihn fordern sollte? Pistolen und zehn Schritte Barriere?«

Melanie lachte. »Nein, Ezel, ich stürbe, wenn du mir totgeschossen würdest.«

»Höre, dies solltest du dir doch überlegen. Das Beste, was einer jungen Frau wie dir passieren kann, ist doch immer die Witwenschaft, oder ›le Veuvage‹, wie meine Pariser Wirtin mir einmal über das andere zu versichern pflegte. Beiläufig, meine beste Reiseremiszenz. Und dabei hättest du sie sehen sollen, die kleine, korpulente, schwarze Madame ...«

»Ich sehne mich nicht danach. Ich will lieber wissen, wie alt sie war.«

»Fünfzig. Die Liebe fällt nicht immer auf ein Rosenblatt ...«

»Nun, da mag es dir und ihr verziehen sein.«

Und dabei stand Melanie von ihrem hochlehnigen Stuhl auf, legte den Kanevas beiseite, an dem sie gestickt hatte, und trat an das große Mittelfenster.

Unten bewegte sich das bunte Treiben eines Markttages, dem die junge Frau gern zuzusehen pflegte. Was sie daran am meisten fesselte, waren die Gegensätze. Dicht an der Kirchentür, an einem kleinen, niedrigen Tische, saß ein Mütterchen, das ausgelassenen Honig in großen und kleinen Gläsern verkaufte, die mit ausgezacktem Papier und einem roten Wollfaden zugebunden waren. Ihr zunächst erhob sich eine Wildhändlerbude, deren sechs aufgehängte Hasen mit traurigen Gesichtern zu Melanie hinübersahen, während in Front der Bude (das erfrorene Gesicht in einer Kapuze) ein kleines Mädchen auf und ab lief und ihre Schäfchen, wie zur Weihnachtszeit, an die Vorübergehenden feilbot. Über dem Ganzen aber lag ein grauer Himmel, und ein paar Flocken federten und tanzten, und wenn sie niederfielen, wurden sie vom Luftzuge neu gefaßt und wieder in die Höhe gewirbelt.

Etwas wie Sehnsucht überkam Melanie beim Anblick dieses Flockentanzes, als müsse es schön sein, so zu steigen und zu fallen und dann wieder zu steigen, und eben wollte sie sich vom Fenster her ins Zimmer zurückwenden, um in leichtem Scherze, ganz wie sie's liebte, sich und ihre Sehnsuchtsanwandlung zu persiflieren, als sie, von der Brüderstraße her, eines jener langen und auf niedrigen Rädern gehenden Gefährte vorfahren sah, die die hauptstädtischen Bewohner Rollwagen nennen. Es konnte das Exemplar, das eben hielt, als ein Musterstück seiner Gattung gelten, denn nichts fehlte. Nach hinten zu war der zum Abladen dienende Doppelbaum in vorschriftsmäßigem rechten Winkel aufgerichtet, vorn stand der Kutscher mit Vollbart und Lederschurz, und in der Mitte lief ein kleiner Bastard von Spitz und Rattenfänger hin und her und bellte jeden an, der nur irgendwie Miene machte, sich auf fünf Schritte dem Wagen zu nähern. Er hatte kaum noch ein Recht zu diesen Äußerungen übertriebener Wachsamkeit, denn auf dem ganzen langen Wagenbrette lag nur noch ein einziges Kolli, das der Rollkutscher jetzt zwischen seine zwei Riesenhände nahm und in den Hausflur hineintrug, als ob es eine Pappschachtel wäre.

Van der Straaten hatte mittlerweile seine Lektüre beendet und war an ein unmittelbar neben dem Eckfenster stehendes Pult getreten, an dem er zu schreiben pflegte.

»Wie schön diese Leute sind«, sagte Melanie. »Und so stark. Und dieser wundervolle Bart. So denk ich mir Simson.«

»Ich nicht«, entgegnete van der Straaten trocken.

»Oder Wieland den Schmied.«

»Schon eher. Und über kurz oder lang, denk ich, wird diese Sache spruchreif sein. Denn ich wette zehn gegen eins, daß ihn der ›Meister‹ in irgend etwas Zukünftigem bereits unterm Hammer hat. Oder sagen wir auf dem Amboß. Es klingt etwas vornehmer.«

»Ich muß dich bitten, Ezel . . . Du weißt . . .«

Aber ehe sie schließen konnte, wurde geklopft, und einer der jungen Kontoristen erschien in der Tür, um seinem Chef, unter gleichzeitiger Verbeugung gegen Melanie, einen Frachtbrief einzuhändigen, auf dem in großen Buchstaben und in italienischer Sprache vermerkt war: »Zu eigenen Händen des Empfängers.«

Van der Straaten las und war sofort wie elektrisiert. »Ah, von Salviati! . . . Das ist hübsch, das ist schön . . . Gleich die Kiste heraufschaffen! . . . Und du bleibst, Melanie . . . Hat er doch Wort gehalten . . . Freut mich, freut mich wirklich. Und dich wird es auch freuen. Etwas Venezianisches, Lanni . . . Du warst so gern in Venedig.«

Und während er in derartig kurzen Sätzen immer weiter perorierte, hatte er aus einem Kasten seines Arbeitstisches ein Stemmeisen herausgenommen und hantierte damit, als die Kiste hereingebracht worden war, so vertraut und so geschickt, als ob es ein Korkzieher oder irgendein anderes Werkzeug alltäglicher Benutzung gewesen wäre. Mit Leichtigkeit hob er den Deckel ab und setzte das daran angeschraubte Bild auf ein großes, staffeleiartiges Gestell, das er schon vorher aus einer der Zimmerecken ans Fenster geschoben hatte. Der junge Kommis hatte sich inzwischen wieder entfernt; van der Straaten aber, während er Melanie mit einer gewissen Feierlichkeit vor das Bild führte, sagte: »Nun, Lanni, wie findest du's? . . . Ich will dir übrigens zu Hilfe kommen . . . Ein Tintoretto.«

»Kopie?«

»Freilich«, stotterte van der Straaten etwas verlegen. »Originale werden nicht hergegeben. Und würden auch meine Mittel übersteigen. Dennoch dächt ich . . .«

Melanie hatte mittlerweile die Hauptfiguren des Bildes mit ihrem Lorgnon gemustert und sagte jetzt: »Ah, l'Adultera! . . . Jetzt erkenn ich's. Aber daß du gerade das wählen mußtest! Es ist eigentlich ein gefährliches Bild, fast so gefährlich wie der Spruch . . . Wie heißt er doch?«

»Wer unter euch ohne Sünde ist . . .«

»Richtig. Und ich kann mir nicht helfen, es liegt so was Ermutigendes darin. Und dieser Schelm von Tintoretto hat es auch ganz in diesem Sinne genommen. Sieh nur! . . . Geweint hat sie . . . Gewiß . . . Aber warum? Weil man ihr immer wieder und wieder gesagt hat, wie schlecht sie sei. Und nun glaubt sie's auch, oder *will* es wenigstens glauben. Aber ihr Herz wehrt sich dagegen und kann es nicht finden . . . Und daß ich dir's gestehe, sie wirkt eigentlich rührend auf mich. Es ist so viel Unschuld in ihrer Schuld . . . Und alles wie vorher bestimmt.«

Melanie, während sie so sprach, war ernster geworden und von dem Bilde zurückgetreten. Nun aber fragte sie: »Hast du schon einen Platz dafür?«

»Ja, hier.« Und er wies auf eine Wandstelle neben seinem Schreibpult.

»Ich dachte«, fuhr Melanie fort, »du würdest es in die Galerie schicken. Und offen gestanden, es wird sich an diesem Pfeiler etwas sonderbar ausnehmen. Es wird . . .«

»Unterbrich dich nicht.«

»Es wird den Witz herausfordern und die Bosheit, und ich höre schon Reiff und Duquede medisieren, vielleicht auf deine Kosten und gewiß auf meine.«

Van der Straaten hatte seinen Arm auf das Pult gelehnt und lächelte.

»Du lächelst, und sonst lachst du doch mehr, als gut ist, und namentlich lauter, als gut ist. Es steckt etwas dahinter. Sage, was hast du gegen mich? Ich weiß recht gut, du bist nicht so harmlos, wie du dich stellst. Und ich weiß auch, daß es wunderliche Gemütlichkeiten gibt. Ich habe mal von einem russischen Fürsten gelesen, ich glaube, Suboff war sein Name. Eigentlich waren es zwei, zwei Brüder. Die spielten Karten, und dann ermordeten sie den Kaiser Paul, und dann spielten sie wieder Karten. Ich glaube beinah, du könntest auch so was! Und alles mit gutem Gewissen und gutem Schlaf.«

»Also *darum* König Ezel!« lachte van der Straaten.

»O nein. Nicht darum. Als ich dich so hieß, war ich noch ein halbes Kind. Und ich kannte dich damals noch nicht. Jetzt aber kenn ich dich und weiß nur nicht, ob es etwas sehr Gutes oder etwas sehr Schlimmes ist, was in dir steckt . . . Aber nun komm. Unser Kaffee ist kalt geworden.«

Und sie gab ihren Platz am Fenster auf, setzte sich wieder auf ihren hochlehnigen Stuhl und nahm Nadel und Kanevas und tat ein paar rasche Stiche. Zugleich aber ließ sie kein Auge von ihm, denn sie wollte wissen, was in seiner Seele vorging.

Und er wollt es auch nicht länger verbergen. War er doch ohnehin, aller Freundschaft unerachtet, ohne Freund und Vertrauten, und so trieb es ihn denn, angesichts dieses Bildes einmal aus sich herauszugehen.

»Ich habe dich nie mit Eifersucht gequält, Lanni.«

»Und ich habe dir nie Veranlassung dazu gegeben.«

»Nein. Aber heute rot und morgen tot. Das heißt, alles wechselt im Leben. Und sieh, als wir letzten Sommer in Venedig waren und ich dies Bild sah, da stand es auf einmal alles deutlich vor mir. Und da war es denn auch, daß ich Salviati bat, mir das Bild kopieren zu lassen. Ich will es vor Augen haben, so als Memento mori, wie die Kapuziner, die sonst nicht mein Geschmack sind. Denn sieh, Lanni, auch in ihrer Furcht unterscheiden sich die Menschen. Da sind welche, die halten es mit dem Vogel Strauß und stecken den Kopf in den Sand und wollen nichts wissen. Aber andere haben eine Neigung, ihr Geschick immer vor sich zu sehen und sich mit ihm einzuleben. Sie wissen genau, den und den Tag sterb ich, und sie lassen sich einen Sarg machen und betrachten ihn fleißig. Und die beständige Vorstellung des Todes nimmt auch dem Tode schließlich seine Schrecken. Und sieh, Lanni, so will ich es auch machen, und das Bild soll mir dazu helfen ... Denn es ist erblich in unserm Haus ... und so gewiß dieser Zeiger ...«

»Aber Ezel«, unterbrach ihn Melanie, »was hast du nur? Ich bitte dich, wo soll das hinaus? Wenn du die Dinge so siehst, so weiß ich nicht, warum du mich nicht heut oder morgen einmauern läßt.«

»An dergleichen hab ich auch schon gedacht. Und ich bekenne, ›Melanie die Nonne‹ klänge nicht übel, und es ließe sich eine Ballade darauf machen. Aber es hilft zu nichts. Denn du glaubst gar nicht, was Liebende bei gutem Willen alles durchsetzen. Und sie haben immer guten Willen.«

»O, ich glaub es schon.«

»Nun siehst du«, lachte van der Straaten, den diese scherzhafte Wendung plötzlich wieder zu heiterer Laune stimmte. »So hör ich dich gern. Und zur Belohnung: das Bild soll nicht an den Eckpfeiler, sondern wirklich in die Galerie. Verlaß dich darauf. Und um dir nichts zu verschweigen, ich hab auch über all das so meine wechselnden und widerstreitenden Gedanken, und mitunter denk ich: ich sterb vielleicht darüber hin. Und das wäre das Beste. Zeit gewonnen, alles gewonnen. Es ist nichts Neues. Aber die trivialsten Sätze sind immer die richtigsten.«

»Dann vergiß auch nicht *den*, daß man den Teufel nicht an die Wand malen soll!«

Er nickte. »Da hast du recht. Und wir *wollen's* auch nicht, und wollen diese Stunde vergessen. Ganz und gar. Und wenn ich dich je wieder daran erinnere, so sei's im Geiste des Friedens und zum Zeichen der Versöhnung. Lache nicht. Es kommt, was kommen soll. Und wie sagtest du doch? Es sei so viel Unschuld in ihrer Schuld ...«

»... Und vorher bestimmt, sagt ich. Prädestiniert! ... Aber vorher bestimmt ist *heute,* daß wir ausfahren, und das ist die Hauptsache. Denn ich brauche die Robe viel, viel nötiger, als du den Tintoretto brauchst. Und ich war eigentlich eine Törin und ein Kindskopf, daß ich alles so bitter ernsthaft genommen und dir jedes Wort geglaubt habe! Du hast das Bild haben wollen, c'est tout. Und nun gehab dich wohl, mein Dänenprinz, mein Träumer. Sein oder nicht sein ... Variationen von Ezechiel van der Straaten!«

Und sie stand auf und lachte und stieg die kleine durchbrochene Treppe hinauf, die, von van der Straatens Zimmer aus, in die Schlafzimmer des zweiten Stockes führte.

3

Logierbesuch

Van der Straaten, um es zu wiederholen, bewegte sich gern in dem Gegensatze von derb und gefühlvoll, überhaupt in Gegensätzen, und so war es wenig verwunderlich, daß das vor dem Tintoretto geführte Gespräch in seinem Herzen nicht allzu lange nachtönte. Freilich auch nicht in dem seiner Frau. Nur so lang es geführt worden war, war Melanie wirklich überrascht gewesen, nicht um des sentimentalen Tones willen, den sie kannte, sondern weil alles eine viel persönlichere Richtung nahm als bei früheren Gelegenheiten. Aber nun war es vorüber. Das Bild erhielt seinen Platz in der Galerie, man sah es nicht mehr, und van der Straaten, wenn er ihm zufällig begegnete, lächelte nur in beinah heiterer Resignation. Er besaß eben ganz den fatalistischen Zug der Humoristen, der sich verdoppelt, wenn sie nebenher auch noch Lebemänner sind.

Es war eine belebte Saison gewesen; aber Ostern, trotzdem es spät fiel, lag schon wieder zurück, und die Wochen waren wieder da, wo herkömmlich die Frage verhandelt zu werden pflegte: »Wann ziehen wir hinaus?«

»Bald«, sagte Melanie, die bereits die Tage zählte.

»Aber die ›gestrengen Herren‹ waren noch nicht da.«

»Die regieren nicht lange.«

»Zugestanden«, lachte van der Straaten. »Und um so lieber, als ich nur *so* meine Hausherrschaft garantiert finde. Wenigstens mittelbar. Und immer noch besser schwach regieren als gar nicht.«

Diese Worte waren an einem der letzten Apriltage beim Frühstück gewechselt worden, und es mochte Mittag sein, als der Kommerzienrat von seinem Kontor aus die Frau Kommerzienrätin bitten ließ, mit ihrer Ausfahrt eine Viertelstunde warten zu wollen, weil er ihr zuvor eine Mitteilung zu machen habe. Melanie ließ zurücksagen, »daß sie sich freuen würde, ihn zu sehen, und rechne danach auf seine Begleitung«.

In Courtoisien dieser Art, denen übrigens auch ein gelegentlicher Revers nicht fehlte, hatten sich die van der Straatens seit Jahren eingelebt, namentlich *er,* der nach seiner eigenen Versicherung »dem adligen Hause de Caparoux einiges Ritterdienstliche schuldig zu sein glaubte« und zu diesem Ritterdienstlichen in erster Reihe Pünktlichkeit und Nichtwartenlassen zählte.

So erschien er denn auch heute, bald nach erfolgter Anmeldung, im Zimmer seiner Frau.

Dieses Zimmer entsprach in seinen räumlichen Verhältnissen ganz dem ihres Gatten, war aber um vieles heller und heiterer, einmal weil die hohe Paneelierung, aber mehr noch, weil die vielen nachgedunkelten Bilder fehlten. Statt dieser vielen war nur ein einziges da: das Porträt Melanies in ganzer Figur, ein wogendes Kornfeld im Hintergrund und sie selber eben beschäftigt, ein paar Mohnblumen an ihren Hut zu stecken. Die Wände, wo sie frei waren, zeigten eine weiße Seidentapete, tief in den Fensternischen erhoben sich Hyazinthenestraden, und vor einer derselben, auf einem zierlichen Marmortische, stand ein blitzblankes Bauer, drin ein grauer Kakadu, der eigentliche Tyrann des Hauses, sein von der Dienerschaft gleichmäßig gehaßtes und beneidetes Dasein führte. Melanie sprach eben mit ihm, als Ezechiel in einer gewissen humoristischen Aufgeregtheit eintrat und seine Frau, nach vorgängiger respektvoller Verneigung gegen den Kakadu, bis an ihren Sofaplatz zurückführte. Dann schob er einen Fauteuil heran und setzte sich neben sie.

Die Feierlichkeit, mit der all dies geschah, machte Melanie lachen. »Ist es doch, als ob du dich auf eine ganz besondere Beichte vorzubereiten hättest. Ich will es dir aber leicht machen. Ist es etwas Altes? Etwas aus deiner dunklen Vergangenheit...?«

»Nein, Lanni, es ist etwas Gegenwärtiges.«

»Nun, da will ich doch abwarten und mich zu keinem Generalpardon hinreißen lassen. Und nun sage, was ist es?«

»Eine Bagatelle.«

»Was deine Verlegenheit bestreitet.«

»Und doch eine Bagatelle. Wir werden einen Besuch empfangen, oder vielmehr einen Gast, oder wenn ich mich des Ausdrucks bedienen darf, einen Dauergast. Also kurz und gut, denn was hilft es, es muß heraus: einen neuen Hausgenossen.«

Melanie, die bis dahin ein Schokoladenbiskuit, das noch auf dem Teller lag, zerkrümelt hatte, legte jetzt ihren Zeigefinger auf van der Straatens Hand und sagte: »Und das nennst du eine Bagatelle? Du weißt recht gut, daß es etwas sehr Ernsthaftes ist. Ich habe nicht den Vorzug, ein Kind dieser eurer Stadt zu sein, bin aber doch lange genug in eurer exquisiten Mitte gewesen, um zu wissen, was es mit einem ›Logierbesuch‹ auf sich hat. Schon das Wort, das sich sonst nirgends findet, kann einen ängstlich machen. Und was ist ein Logierbesuch gegen eine neue Hausgenossenschaft... Ist es eine Dame?«

»Nein, ein Herr.«

»Ein Herr. Ich bitte dich, Ezel ...«

»Ein Volontär, ältester Sohn eines mir befreundeten Frankfurter Hauses. War in Paris und London, selbstverständlich, und kommt eben jetzt von Newyork, um hier am Ort eine Filiale zu gründen. Vorher aber will er in unserem Hause die Sitte dieses Landes kennen lernen, oder sag ich lieber *wieder* kennen lernen, weil er sie draußen halb vergessen hat. Es ist ein besonderer Vertrauensakt. Ich bin überdies dem Vater verpflichtet und bitte dich herzlich, mir eine Verlegenheit ersparen zu wollen. Ich denke, wir geben ihm die zwei leerstehenden Zimmer auf dem linken Korridor.«

»Und zwingen ihn also, einen Sommer lang auf die Fliesen unseres Hofes und auf Christels Geraniumtöpfe hinunterzusehen.«

»Es kann nicht die Rede davon sein, mehr zu geben, als man hat. Und er selbst wird es am wenigsten erwarten. Alle Personen, die viel in der Welt umher waren, pflegen am gleichgültigsten gegen derlei Dinge zu sein. Unser Hof bietet freilich nicht viel; aber was hätt er Besseres in der Front? Ein Stück Kirchengitter mit Fliederbusch, und an den Markttagen die Hasenbude.«

»Eh bien, Ezel. Faisons le jeu. Ich hoffe, daß nichts Schlimmes dahinter lauert, keine Konspirationen, keine Pläne, die du mir verschweigst. Denn du bist eine versteckte Natur. Und wenn es deine Geheimnisse nicht stört, so möcht ich schließlich wenigstens den Namen unseres neuen Hausgenossen hören.«

»Ebenezer Rubehn ...«

»Ebenezer Rubehn«, wiederholte Melanie langsam und jede Silbe betonend. »Ich bekenne dir offen, daß mir etwas Christlich-Germanisches lieber gewesen wäre. Viel lieber. Als ob wir an deinem Ezechiel nicht schon gerade genug hätten! Und nun Ebenezer. Ebenezer Rubehn! Ich bitte dich, was soll dieser Accent grave, dieser Ton auf der letzten Silbe? Suspekt, im höchsten Grade suspekt!«

»Du mußt wissen, er schreibt sich mit einem h.«

»Mit einem h! Du wirst doch nicht verlangen, daß ich dies h für echt und ursprünglich nehmen soll? Einschiebsel, versuchte Leugnung des Tatsächlichen, absichtliche Verschleierung, hinter der ich nichtsdestoweniger alle zwölf Söhne Jakobs stehen sehe. Und er selber als Flügelmann.«

»Und doch irrst du, Lanni. Wie stand es denn mit Rubens? Ich meine mit dem großen Peter Paul? Nun, der hatte freilich ein s. Aber was dem s recht ist, ist dem h billig. Und kurz und gut, er ist getauft. Ob durch einen Bischof, stehe dahin; ich weiß es nicht und wünsch es nicht, denn ich möchte etwas vor ihm voraus haben. Aber allen Ernstes, du tust ihm unrecht. Er ist nicht bloß christlich, er ist auch protestantisch, so gut wie du und ich. Und wenn du noch zweifelst, so lasse dich durch den Augenschein überzeugen.«

Und hierbei versuchte van der Straaten aus einem kleinen gelben Kuvert, das er schon bereithielt, eine Visitenkartenphotographie herauszunehmen. Aber Melanie litt es nicht und sagte nur in immer wachsender Heiterkeit: »Sagtest du nicht Newyork? Sagtest du nicht London? Ich war auf einen Gentleman gefaßt, auf einen Mann von Welt, und nun schickt er sein Bildnis, als ob es sich um ein Rendezvous handelte. Krugs Garten mit einer Verlobung im Hintergrund.«

»Und doch ist er unschuldig. Glaube mir. Ich wollte sicher gehen, um deinetwillen sicher gehen, und deshalb schrieb ich an den alten Goeschen, Firma Goeschen, Goldschmidt und Kompanie; diskreter alter Herr. Und daher stammt es. Ich bin schuld, nicht er, wahr und wahrhaftig, und wenn du mir das Wort gestattest, sogar ›auf Ehre‹.«

Melanie nahm das Kuvert und warf einen flüchtigen Blick auf das eingeschlossene Bild. Ihre Züge veränderten sich plötzlich und sie sagte: »Ah, der gefällt mir. Er hat etwas Distinguiertes: Offizier in Zivil oder Gesandtschaftsattaché. Das lieb ich. Und nun gar ein Bändchen. Ist es die Ehrenlegion?«

»Nein, du kannst es näher suchen. Er stand bei den fünften Dragonern und hat für Chartres und Poupry das Kreuz empfangen.«

»Ist das eine Schlacht von deiner Erfindung?«

»Nein. Dergleichen kommt vor, und als freie Schweizerin solltest du wissen, daß fremde Sprachen nicht immer gebührende Rücksicht auf die verpönten Klangformen einer anderen nehmen. Ja, Lanni, ich bin mitunter besser als mein Ruf.«

»Und wann dürfen wir unseren neuen Hausfreund erwarten?«

»Hausgenossen«, verbesserte van der Straaten. »Es ist nicht nötig, ihn, mit Rücksicht auf seine militärische Charge, so Hals über Kopf avancieren zu lassen. Übrigens ist er verlobt, oder so gut wie verlobt.«

»Schade.«

»Schade? Warum?«

»Weil Verlobte meistens langweilig sind. Sind sie beisammen, so sind sie zärtlich, bedrückend zärtlich für ihre Umgebung, und sind sie getrennt, so schreiben sie sich Briefe oder bereiten sich in ihrem Gemüt darauf vor. Und der Bräutigam ist immer der schlimmere von beiden. Und will man sich gar in ihn verlieben, so heißt das nicht mehr und nicht weniger, als zwei Lebenskreise stören.«

»Zwei?«

»Ja, Bräutigam und Braut.«

»Ich hätte drei gezählt«, lachte van der Straaten. »Aber so seid ihr. Ich wette, du hast den dritten in Gnaden vergessen. Ehemänner zählen überhaupt nicht mit. Und wenn sie sich darüber wundern, so machen sie sich ridikül. Ich werde mich übrigens davor hüten, den Mohren der Weltgeschichte, das seid ihr, weiß waschen zu wollen. Apropos, kennst du das Bild ›Die Mohrenwäsche‹?«

»Ach, Ezel, du weißt ja, ich kenne keine Bilder. Und am wenigsten alte.«

»Süße Simplicitas aus dem Hause de Caparoux«, jubelte van der Straaten, der nie glücklicher war, wie wenn Melanie sich eine Blöße gab oder auch klugerweise nur so tat. »Altes Bild! Es ist nicht älter als ich.«

»Nun, dann ist es gerade alt genug.«

»Bravissimo. Sieh, so hab ich dich gern. Übermütig und boshaft. Und nun sage, was beginnen wir, wohin gondeln wir?«

»Ich bitte dich, Ezel, nur keine Berolinismen. Du hast mir doch gestern erst . . .«

»Und ich halte es auch. Aber wenn mir wohl ums Herze wird, da bricht es wieder durch. Und jetzt komm, wir wollen zu Haas und uns einen Teppich ansehen . . . ›Gerade alt genug‹ . . . Vorzüglich, vorzüglich . . . Und nun sage, Papachen, wie heißt die schönste Frau im Land?«

»Melanie.«

»Und die liebste, die klügste, die beste Frau?«

»Melanie, Melanie.«
»Gut, gut ... Und nun gehab dich wohl, du Menschenkenner!«

4

Der engere Zirkel

Die »drei gestrengen Herren« waren ganz ausnahmsweise streng gewesen, aber nicht zu Verdruß beider van der Straatens, die vielmehr nun erst wußten, daß der Winter all seine Pfeile verschossen und unweigerlich und ohne weitere Widerstandsmöglichkeit seinen Rückzug angetreten habe. Nun erst konnte man freien Herzens hinaus, hinaus ohne Sorge vor frostigen Vormittagen oder gar vor Eingeschneitwerden über Nacht. Alles freute sich auf den Umzug, auch die Kinder, am meisten aber van der Straaten, der, um ihn selber sprechen zu lassen, »unter allen vorkommenden Geburtsszenen einzig und allein der des Frühlings beizuwohnen liebte«. Vorher aber sollte noch ein kleines Abschiedsdiner stattfinden, und zwar unter ausschließlicher Heranziehung des dem Hause zunächst stehenden Kreises.

Es war das, übrigens von mehr verwandtschaftlicher als befreundeter Seite her, in erster Reihe der in der Alsenstraße wohnende Major von Gryczinski, ein noch junger Offizier mit abstehendem, englisch gekräuseltem Backenbart und klugen blauen Augen, der vor etwa drei Jahren die reizende Jacobine de Caparoux heimgeführt hatte, eine jüngere Schwester Melanies und nicht voll so schön wie diese, aber rotblond, was in den Augen einiger das Gleichgewicht zwischen beiden wiederherstellte. Gryczinski war Generalstäbler und hielt, wie jeder dieses Standes, an dem Glauben fest, daß es in der ganzen Welt nicht zwei so grundverschiedene Farben gäbe, wie das allgemeine preußische Militär-Rot und das Generalstabs-Rot. Daß er den Strebern zugehörte, war eine selbstverständliche Sache; wohl aber verdient es, in Rücksicht gegen den Ernst der Historie, schon an dieser Stelle hervorgehoben zu werden, daß er, alles Strebertums unerachtet, in allen nicht zu verlockenden Fällen ein bescheidenes Maß von Rücksichtnahme gelten ließ und den Kampf ums Dasein nicht absolut als einen Übergang über die Beresina betrachtete. Wie sein großer Chef war er ein Schweiger, unterschied sich aber von ihm durch ein beständiges, jeden Sprecher ermutigendes Lächeln, das er, alle nutzlose Parteinahme klug vermeidend, über Gerechte und Ungerechte gleichmäßig scheinen ließ.

Gryczinski, wie schon angedeutet, war mehr Verwandter als Freund des Hauses. Unter diesen letzteren konnte der Baron Duquede, Legationsrat a. D., als der angesehenste gelten. Er war über sechzig, hatte bereits unter van der Straatens Vater dem damals ausgedehnteren Kreise des Hauses angehört und durfte sich, wie um anderer Qualitäten so auch schon um seiner Jahre willen, seinem hervorstechendsten Charakterzuge, dem des Absprechens, Verkleinerns und Verneinens, ungehindert hingeben. Daß er, infolge davon, den Beinamen »Herr Negationsrat« erhalten hatte, hatte selbstverständlich seine milzsüchtige Krakeelerei nicht zu bessern vermocht. Er empörte sich eigentlich über alles, am meisten über Bismarck, von dem er seit 1866, dem Jahre seiner eigenen Dienstentlassung, unaufhörlich versicherte, »daß er überschätzt werde«. Von einer beinah gleichen Empörung war er gegen das zum Französieren geneigte Berlinertum erfüllt, das ihn, um seines »qu« willen, als einen Koloniefranzosen ansah und seinen altmärkischen Adelsnamen nach der Analogie von Admiral Duquesne auszusprechen pflegte. »Was er sich gefallen lassen könne«, hatte Melanie hingeworfen, von welchem Tag an eine stille Gegnerschaft zwischen beiden herrschte.

Dem Legationsrat an Jahren und Ansehn am nächsten stand Polizeirat Reiff, ein kleiner behäbiger Herr mit roten und glänzenden Backenknochen, auch Feinschmecker und Geschichtenerzähler, der, solange die Damen bei Tische waren, kein Wasser trüben zu können schien, im Moment ihres Verschwindens aber in Anekdoten exzellierte, wie sie, nach Zahl und Inhalt, immer nur einem Polizeirat zu Gebote stehen. Selbst van der Straaten, dessen Talente doch nach derselben Seite hin lagen, erging sich dann in lautem und mitunter selbst stürmischem Beifall oder zwinkerte seinen Tischnachbarn seine neidlose Bewunderung zu.

Diese Tischnachbarn waren in der Regel zwei Maler; der Landschafter Arnold Gabler, ebenfalls wie Reiff und der Legationsrat ein Erbstück aus des Vaters Tagen her, und Elimar Schulze, Porträt- und Genremaler, der sich erst in den letzten Jahren angefunden hatte. Seine Zugehörigkeit zu der vorgeschilderten Tafelrunde basierte zumeist auf dem Umstande, daß er nur ein halber Maler, zur anderen Hälfte aber Musiker und enthusiastischer Wagnerianer war, auf welchen »Titul« hin, wie van der Straaten sich ausdrückte, Melanie seine Aufnahme betrieben und durchgesetzt hatte. Die bei dieser Gelegenheit abgegebene Bemerkung ihres Eheherrn, »daß er gegen den Aufzunehmenden nichts einzuwenden habe, wenn er einfach übertreten und seine Zugehörigkeit zu der alleinseligmachenden Musik offen und ehrlich aussprechen wolle«, war von dem immer gutgelaunten Elimar mit der Bitte beantwortet worden, »ihm diesen Schritt erlassen zu wollen, und zwar einfach deshalb, weil doch schließlich nur das Gegenteil von dem Gewünschten dabei herauskommen würde. Denn während er jetzt als Maler allgemein für einen Musiker gehalten werde, wird er als Musiker sicherlich für einen Maler gehalten und dadurch vom Standpunkte des Herrn Kommerzienrats aus in die relativ höhere Rangstufe wieder hinaufgehoben werden«.

Diesem Verwandten- und Freundeskreise waren die zu heute sieben Uhr Geladenen entnommen. Denn van der Straaten liebte die Spät-Diners und erging sich mitunter in nicht üblen Bemerkungen über den gewaltigen Unterschied zwischen einer um vier Uhr künstlich hergestellten und einer um sieben Uhr natürlich erwachsenen Dunkelheit. Eine künstliche Vier-Uhr-Dunkelheit sei nicht besser als ein junger Wein, den man in einen Rauchfang gehängt und mit Spinnweb umwickelt habe, um ihn alt und ehrwürdig erscheinen zu lassen. Aber eine feine Zunge schmecke den jungen Wein und ein feines Nervensystem schmecke die junge Dunkelheit heraus. Bemerkungen, die, namentlich in ihrer »das feine Nervensystem« betonenden Schlußwendung, von Melanie regelmäßig mit einem allerherzlichsten Lachen begleitet wurden.

Das van der Straatensche Stadthaus – wodurch es sich neben anderem von der mit allem Komfort ausgestatteten Tiergartenvilla unterschied – hatte keinen eigentlichen Speisesaal, und die zwei großen und vier kleinen Diners, die sich über den Winter hin verteilten, mußten in dem ersten, als Entree dienenden Zimmer der großen Gemäldegalerie gegeben werden. Es griff dieser Teil der Galerie noch aus dem rechten Seitenflügel in das Vorderhaus über und lag unmittelbar hinter Melanies Zimmer, aus dem denn auch, sobald die breiten Flügeltüren sich öffneten, der Eintritt stattfand.

Und wie gewöhnlich, so auch heute. Van der Straaten nahm den Arm seiner blonden Schwägerin, Duquede den Melanies, während die vier anderen Herren paarweise folgten, eine herkömmliche Form des Aufmarsches, bei der der Major ebenso geschickt zwischen den beiden Malern zu wechseln als den Polizeirat zu vermeiden wußte. Denn so bereit und ergeben er war, die Geschichten Reiffs bei Tag oder Nacht über sich ergehen zu lassen, so konnte er sich doch nicht entschließen, ihm ebenbürtig den Arm zu bieten. Er stand vielmehr ganz in den Anschauungen seines Standes und bekannte sich, mit einem durch persönliches Fühlen unterstützten Nachdruck, zu dem alten Gegensatze von Militär und Polizei.

Jeder der Eintretenden war an dieser Stelle zu Haus und hatte keine Veranlassung mehr zum Staunen und Bewundern. Wer aber zum ersten Male hier eintrat, der wurde sicherlich durch eine Schönheit überrascht, die gerade darin ihren Grund hatte, daß der als Speisesaal dienende Raum kein eigentlicher Speisesaal war. Ein reichgegliederter Kronleuchter von französischer Bronze warf seine Lichter auf eine von guter italienischer Hand herrührende prächtig eingerahmte Kopie der Veronesischen »Hochzeit zu Cana«, die von Uneingeweihten auch wohl ohne weiteres für das Original genommen wurde, während daneben zwei Stilleben in fast noch größeren und reicheren Barockrahmen hingen. Es waren, von einiger vegetabilischer Zutat abgesehen, Hummer, Lachs und blaue Makrelen, über deren absolute Naturwahrheit sich van der Straaten in der ein für allemal gemünzten Bewunderungsformel ausließ, »es werd ihm, als ob er taschentuchlos über den Cöllnischen Fischmarkt gehe«.

Nach hinten zu stand das Buffet, und daneben war die Tür, die mit der im Erdgeschoß gelegenen Küche bequeme Verbindung hielt.

5

Bei Tisch

»Nehmen wir Platz«, sagte van der Straaten. »Meine Frau hat mich aller Placierungsmühen überhoben und Karten gelegt.«

Und dabei nahm er eine derselben in die Hand und ließ sein von Natur gutes und durch vieles Sehen kunstgeübtes Auge darüber hingleiten. »Ah, ah, sehr gut. Das ist Tells Geschoß. Gratuliere, Elimar. Allerliebst, allerliebst. Natürlich Amor, der schießt. Daß ihr Maler doch über diesen ewigen Schützen nicht wegkommen könnt.«

»Gegen dessen Abschaffung oder Dienstentlassung wir auch feierlich protestieren würden«, sagte die rotblonde Schwester.

Alle hatten sich inzwischen placiert, und es ergab sich, daß Melanie bei der von ihr getroffenen Anordnung vom Herkömmlichen abgewichen war. Van der Straaten saß zwischen Schwägerin und Frau, ihm gegenüber der Major, von Gabler und Elimar flankiert, an den Schmalseiten aber Polizeirat Reiff und Legationsrat Duquede.

Die Suppe war eben genommen und der im kommerzienrätlichen

Hause von alter Zeit her berühmte Montefiascone gerade herumgereicht, als van der Straaten sich über den Tisch hin zu seinem Schwager wandte.

»Gryczinski, Major und Schwager«, hob er leicht und mit überlegener Vertraulichkeit an, »binnen heut und drei Monaten haben wir Krieg. Ich bitte dich, sage nicht nein, wolle mir nicht widersprechen. Ihr, die ihr's schließlich machen müßt, erfahrt es erfahrungsgemäß immer am spätesten. Im Juni haben wir die Sache wieder fertig oder wenigstens eingerührt. Es zählt jetzt zu den sogenannten berechtigten Eigentümlichkeiten preußischer Politik, allen Geheimräten, wozu, in allem, was Karlsbad und Teplitz angeht, auch die Kommerzienräte gehören, ihre Brunnen- und Badekur zu verderben. Helgoland mit eingeschlossen. Ich wiederhole dir, in zwei Monaten haben wir die Sache fertig und in drei haben wir den Krieg. Irgendwas Benedettihaftes wird sich doch am Ende finden lassen, und Ems liegt unter Umständen überall in der Welt.«

Gryczinski zwirbelte mit der Linken an der breitesten Stelle seines Backenbartes und sagte: »Schwager, du stehst zu sehr unter Börsengerüchten, um nicht zu sagen unter dem Einfluß der Börsenspekulation. Ich versichere dich, es ist kein Wölkchen am Horizont, und wenn wir zur Zeit wirklich einen Kriegsplan ausarbeiten, so betrifft er höchstens die hypothetische Bestimmung der Stelle, wo Rußland und England zusammenstoßen und ihre große Schlacht schlagen werden.«

Beide Damen, die von der entschiedensten Friedenspartei waren, die brünette, weil sie nicht gern das Vermögen, die blonde, weil sie nicht gern den Mann einbüßen wollte, jubelten dem Sprecher zu, während der Polizeirat, immer kleiner werdend, bemerkte: »Bitte dem Herrn Major meine gehorsamste Zustimmung aussprechen zu dürfen, und zwar von ganzem Herzen und von ganzem Gemüte.« Wobei gesagt werden muß, daß er mit Vorliebe von seinem Gemüte sprach. »Überhaupt«, fuhr er fort, »nichts falscher und irriger, als sich Seine Durchlaucht den Fürsten, einen in Wahrheit friedliebenden Mann, als einen Kanonier mit ewig brennender Lunte vorzustellen, jeden Augenblick bereit, das Kruppsche Monstregeschütz eines europäischen Krieges auf gut Glück hin abzufeuern. Ich sage, nichts falscher und irriger als das. Hazardieren ist die Lust derer, die nichts besitzen, weder Vermögen noch Ruhm. Und der Fürst besitzt beides. Ich wette, daß er nicht Lust hat, seinen hochaufgespeicherten Doppelschatz immer wieder auf die Kriegskarte zu setzen. Er gewann 1864 (nur eine Kleinigkeit), doublierte 1866 und triplierte 1870, aber er wird sich hüten, sich auf ein six-le-va einzulassen. Er ist ein sehr belesener Mann und kennt ohne Zweifel das Märchen vom Fischer un siner Fru ...«

»... Dessen pikante Schlußwendung uns unser polizeirätlicher Freund hoffentlich nicht vorenthalten will«, bemerkte van der Straaten, in dem sich der Übermut der Tafelstimmung bereits zu regen begann.

Aber der Polizeirat, während er sich wie zur Gewährleistung jeder Sicherheit gegen die Damen hin verneigte, ließ das Märchen und seine notorische Schlußzeile fallen und sagte nur: »Wer alles gewinnen will, verliert alles. Und das Glück ist noch launenhafter als die Damen. Ja, meine Damen, als die Damen. Denn die Launenhaftigkeit, ich lebe selbst in einer glücklichen Ehe, ist das Vorrecht und der Zauber ihres Geschlechts. Der Fürst hat Glück gehabt, aber gerade, weil er es gehabt hat ...«

»... Wird er sich hüten, es zu versuchen«, schloß mit ironischer Emphase der Legationsrat. »Aber, wenn er es *dennoch* täte? He? Der Fürst hat Glück gehabt, versichert uns unser Freund Reiff mit polizeirätlich unschuldiger Miene. Glück gehabt! Allerdings. Und zwar kein einfaches und gewöhnliches, sondern ein stupendes, ein nie dagewesenes Glück. Eines, das in seiner kolossalen Größe den Mann selber wegfrißt und verschlingt. Und so wenig ich geneigt bin, ihm dies Glück zu mißgönnen, ich kenne keine Mißgunst, so reizt es mich doch, einen Heroenkultus an dieses Glück geknüpft zu sehen. Er wird überschätzt, sag ich. Glauben Sie mir, er hat etwas Plagiatorisches. Es mögen sich Erklärungen finden lassen, meinetwegen auch Entschuldigungen, eines aber bleibt: er wird überschätzt. Ja, meine Freunde, den Heroenkultus haben wir, und den Götterkultus *werden* wir haben. Bildsäulen und Denkmäler sind bereits da, und die Tempel werden kommen. Und in einem dieser Tempel wird sein Bild sein, und Göttin Fortuna ihm zu Füßen. Aber man wird es nicht den Fortunatempel nennen, sondern den Glückstempel. Ja, den Glückstempel, denn es wird darin gespielt, und unser vorsichtiger Freund Reiff hat es mit seinem six-le-va, das über kurz oder lang kommen wird, besser getroffen, als er weiß. Alles Spiel und Glück, sag ich, und daneben ein unendlicher Mangel an Erleuchtung, an Gedanken und vor allem an großen schöpferischen Ideen.«

»Aber, lieber Legationsrat«, unterbrach hier van der Straaten, »es liegen doch einige Kleinigkeiten vor: Exmittierung Österreichs, Ausbau des Deutschen Reiches ...«

»... Ekrasierung Frankreichs und Dethronisierung des Papstes! Pah, van der Straaten, ich kenne die ganze Litanei. Wem aber haben wir dafür zu danken, wenn überhaupt dafür zu danken ist? Wem? Einer ihm feindlichen Partei, feindlich ihm und mir, einer Partei, der er ihren Schlachtruf genommen hat. Er hat etwas Plagiatorisches, sag' ich, er hat sich die Gedanken anderer einfach angeeignet, gute und schlechte, und sie mit Hilfe reichlich vorhandener Mittel in Taten umgesetzt. Das konnte schließlich jeder, jeder von uns: Gabler, Elimar, du, ich, Reiff...«

»Ich möchte doch bitten...«

»In Taten umgesetzt«, wiederholte Duquede.

»Ein Umsatz- und Wechselgeschäft, das ich hasse, so lange nicht der selbsteigene Gedanke dahinter steht. Aber Taten mit gar keiner oder mit erheuchelter oder mit erborgter Idee haben etwas Rohes und Brutales, etwas Dschingiskhanartiges. Und ich wiederhole, ich hasse solche Taten. Am meisten aber hass' ich sie, wenn sie die Begriffe verwirren und die Gegensätze mengen, und wenn wir es erleben müssen, daß sich hinter den altehrwürdigen Formen unseres staatserhaltenden Prinzips, hinter der Maske des Konservatismus, ein revolutionärer Radikalismus birgt. Ich sage dir, van der Straaten, er segelt unter falscher Flagge. Und eines seiner einschlägigsten Mittel ist der beständige Flaggenwechsel. Aber ich hab ihn erkannt und weiß, was seine eigentliche Flagge ist...«

»Nennen...«

»Die schwarze.«

»Die Piratenflagge?«

»Ja. Und Sie werden dessen über kurz oder lang alle gewahr werden. Ich sage dir, van der Straaten, und Ihnen, Elimar, und Ihnen, Reiff, der Sie's morgen in Ihr schwarzes Buch eintragen können, meinetwegen, denn ich bin ein altmärkischer Edelmann und habe den Dienst dieses mir widerstrebenden Eigennützlings längst quittiert, ich sag es jedem, alt oder jung: Sehen Sie sich vor. Ich warne Sie vor Täuschung, vor allem aber vor Überschätzung dieses falschen Ritters, dieses Glücks-Tempelherrn, an den die blöde Menge glaubt, weil er die Jesuiten aus dem Lande geschafft hat. Aber wie steht es damit? Die Bösen sind wir los, der Böse ist geblieben.«

Gryczinski hatte mit vornehmem Lächeln zugehört; van der Straaten indes, der, trotzdem er eigentlich ein Bismarckschwärmer war, in seiner Eigenschaft als kritiksüchtiger Berliner nichts Reizenderes kannte, als Größenniedermetzelung und Generalnivellierung, immer vorausgesetzt, daß er selber als einsam überragender Berg-

kegel übrigblieb, grüßte zu Duquede hinüber und rief einem der Diener zu, dem Legationsrat, der sich geopfert habe, noch einmal von der letzten Schüssel zu präsentieren.
»Eine spanische Zwiebel, Duquede. Nimm. Das ist etwas für dich. Scharf, scharf. Ich mache mir nicht viel aus Spanien, aber um zweierlei beneid ich es: um seine Zwiebeln und um seinen Murillo.«
»Überrascht mich«, sagte Gabler. »Und am meisten überrascht mich die dir entschlüpfte Murillo-, will also sagen Madonnenbewunderung.«
»Nicht entschlüpft, Arnold, nicht entschlüpft. Ich unterscheide nämlich, wie du wissen solltest, kalte und warme Madonnen. Die kalten sind mir allerdings verhaßt, aber die warmen hab ich desto lieber. A la bonne heure, die berauschen mich, und ich fühl es in allen Fingerspitzen, als ob es elfer Rheinwein wäre. Und zu diesen glühenden und sprühenden zähl ich all diese spanischen Immaculatas und Concepciones, wo die Mutter Gottes auf einer Mondsichel steht, und um ihr dunkles Gewand her leuchten goldene Wolken und Engelsköpfe. Ja, Reiff, dergleichen gibt es. Und so blickt sie brünstig oder sagen wir lieber inbrünstig gen Himmel, als wolle die Seele flügge werden in einem Brütofen von Heiligkeit.«
»In einem Brütofen von Heiligkeit«, wiederholte der Polizeirat, in dessen Augen es heimlich und verstohlen zu zwinkern begann. »In einem Brütofen! O, das ist magnifique, das ist herrlich, und eine Andeutung, die jeder von uns nach dem Maße seiner Erkenntnis interpretieren und weiterspinnen kann.«
Beide junge Frauen, einigermaßen überrascht, ihren sonst so zurückhaltenden Freund auf dieser Messerschneide balancieren zu sehen, trafen sich mit ihren Blicken, und Melanie, rasch erkennend, daß es sich jeden Moment um eine jener Katastrophen handeln könne, wie sie bei den kommerzienrätlichen Diners eben nicht allzu selten waren, suchte vor allem von dem heiklen Murillothema loszukommen, was bei van der Straatens Eigensinn allerdings nur durch eine geschickte Diversion geschehen konnte. Und solche gelang denn auch momentan, indem Melanie mit anscheinender Unbefangenheit bemerkte: »Van der Straaten wird mich auslachen, in Bild- und Malerfragen eine Meinung haben zu wollen. Aber ich muß ihm offen bekennen, daß ich mich, wenn seine gewagte Madonneneinteilung überhaupt akzeptiert werden soll, ohne weiteres für eine von ihm ignorierte Mittelgruppe, nämlich für die temperierten, entscheiden würde. Die Tizianischen scheinen mir diese wohltuend gemäßigte Temperatur zu haben. Ich lieb ihn überhaupt.«

»Ich auch, Melanie. Brav, brav. Ich hab es immer gesagt, daß ich noch einen Kunstprofessor in dir großziehe. Nicht wahr, Arnold, ich hab es gesagt? Beschwör es. Eine Schwurbibel ist nicht da, aber wir haben Reiff, und ein Polizeirat ist immer noch ebenso gut wie ein Evangelium. Du lachst, Schwager; natürlich; ihr merkt es nicht, aber wir. Übrigens hat Reiff ein leeres Glas. Und Elimar auch. Friedrich, alter Pomuchelskopf, steh nicht in Liebesgedanken. Allons enfants. Wo bleibt der Mouet? Flink, sag ich. Bei den Gebeinen des unsterblichen Roller, ich lieb es nicht, meinen Champagner in den letzten fünf Minuten, in kümmerlicher Renommage schäumen zu sehen. Und noch dazu in diesen vermaledeiten Spitzgläsern, mit denen ich nächstens kurzen Prozeß machen werde. Das sind Rechnungsrats-, aber nicht Kommerzienratsgläser. Übrigens mit dem Tizian hast du doch unrecht. Das heißt halb. Er versteht sich auf alles mögliche, nur nicht auf Madonnen. Auf Frau Venus versteht er sich. Das ist seine Sache. Fleisch, Fleisch. Und immer lauert irgendwo der kleine, liebe Bogenschütze. Pardon, Elimar, ich bin nicht für Massen-Amors auf Tischkarten, aber für den Einzel-Amor bin ich, und ganz besonders für den des Tizianischen roten Ruhebetts mit zurückgezogener grüner Damastgardine. Ja, meine Herrschaften, da gehört er hin, und immer ist er wieder reizend, ob er ihr zu Häupten oder zu Füßen sitzt, ob er hinter dem Bett oder der Gardine hervorguckt, ob er seinen Bogen eben gespannt oder eben abgeschossen hat. Und was ist vorzuziehen? Eine feine Frage, Reiff. Ich denke mir, wenn er ihn spannt ... Und diese ruhende linke Hand mit dem ewigen Spitzentaschentuch. O, superbe. Ja, Melanie, den Tag will ich deine Bekehrung feiern, wo du mir zugestehst: Suum cuique, dem Tizian die Venus und dem Murillo die Madonna.«

»Ich fürchte, van der Straaten, da wirst du lange zu warten haben, und am längsten auf meine Murillo-Bekehrung. Denn diese gelben Dunstwolken, aus denen etwas inbrünstig Gläubiges in seelisch-sinnlicher Verzückung aufsteigt, sind mir unheimlich. Es hat die Grenze des Bezaubernden überschritten, und statt des Bezaubernden find ich etwas Behexendes darin.«

Gryczinski nickte leise der Schwägerin zu, während jetzt Elimar das Glas erhob und um Erlaubnis bat, nach dem eben gehörten Wort einer echt deutschen Frau (»Französin«, schrie van der Straaten dazwischen), auf das Wohl der schönen und liebenswürdigen Dame des Hauses anstoßen zu dürfen. Und die Gläser klangen zusammen. Aber in ihren Zusammenklang mischte sich für die schärfer Hörenden schon etwas wie Zittern und Mißakkord, und ehe noch das allgemeine Lächeln verflogen war (das des Polizeirats hielt sich am längsten), brach van der Straaten durch alle bis dahin mühsam eingehaltenen Gehege durch und debutierte mal wieder ganz als er selbst. Er sei, so hob er an, leider nicht in der Lage, der für die »Frau Kommerzienrätin« gewiß höchst wertvollen Zustimmung seines Freundes Elimar Schulze (wobei er Vor- und Zuname gleich ironisch betonte) *seinerseits* zustimmen zu können. Es gebe freilich einen Gegensatz von Bezauberung und Behexung, aber manches in der Welt gelte für Behexung, was Bezauberung, und noch mehr gelte für Bezauberung, was Behexung sei. Und er bitte sagen zu dürfen, daß er es seinerseits mit der Konsequenz halte und mit Farbe bekennen, und nicht mit heute so und morgen so. Am verdrießlichsten aber sei ihm zweierlei Maß.

Er hielt hier einen Augenblick inne und war vielleicht überhaupt gewillt, es bei diesen Allgemeinsätzen bewenden zu lassen. Aber die junge Gryczinska, die sich, nach Art aller Schwägerinnen, etwas herausnehmen durfte, sah ihn jetzt, in plötzlich wiedererwachtem Mute, keck und zuversichtlich an, und bat ihn, aus seinen Orakelsprüchen heraus und zu bestimmteren Erklärungen übergehen zu wollen.

»O gewiß, meine Gnädigste«, sagte der jetzt immer hitziger werdende van der Straaten. »O gewiß, mein geliebtes Rotblond. Ich stehe zu Befehl und will aus allem Orakulosen und Mirakulosen heraus, und will in die Trompete blasen, daß ihr aus eurer Dämmerung und meinetwegen auch aus eurer Götterdämmerung erwachen sollt, als ob die Feuerwehr vorüberführe.«

»Ah«, sagte Melanie, die jetzt auch ihrerseits alle Ruhe zu verlieren begann. »Also da hinaus soll es.«

»Ja, süßer Engel, da hinaus. Da. Ihr stellt euch stolz und gemütlich auf die Höhen aller Kunst und zieht als reine Casta diva am Himmel entlang, als ob ihr von Ozon und Keuschheit leben wolltet. Und wer ist euer Abgott? Der Ritter von Bayreuth, ein Behexer, wie es nur je einen gegeben hat. Und an diesen Tannhäuser und Venusberg-Mann setzt ihr, als ob ihr wenigstens die Voggenhuber wäret, eurer Seelen Seligkeit und singt und spielt ihn morgens, mittags und abends. Oder dreimal täglich, wie auf euren Pillenschachteln steht. Und euer Elimar immer mit. Und sein ewiger Samtrock wird ihn auch nicht retten. Nicht ihn und nicht euch. Oder wollt ihr mir das alles als himmlischen Zauber kredenzen? Ich sag euch, fauler Zauber. Und das ist es, was ich zweierlei Maß genannt habe. Den Murillo-Zauber möchtet ihr zur Hexerei stempeln, und die

Wagner-Hexerei möchtet ihr in Zauber verwandeln. Ich aber sag euch, es liegt umgekehrt, und wenn es *nicht* umgekehrt liegt, so sollt ihr mir wenigstens keinen Unterschied machen. Denn es ist schließlich alles ganz egal und mit Permission zu sagen alles Jacke . . .«

Der aus der vergleichenden Kleidersprache genommene Berolinismus, mit dem er seinen Satz abzuschließen gedachte, wurde auch wirklich gesprochen, aber er verklang in einem Getöse, das der Major durch einen geschickt kombinierten Angriff von Gläserklopfen und Stuhlrücken in Szene zu setzen gewußt hatte. Zugleich begann er: »Meine verehrten Freunde, das Wort Hexenmeister ist gefallen. Ein vorzügliches Wort! So lassen wir sie denn leben, alle diese Tannhäuser, wobei sich jeder das Seine denken mag. Ich trinke auf das Wohl der Hexenmeister. Denn alle Kunst ist Hexerei. Rechten wir nicht mit dem Wort. Was sind Worte? Schall und Rauch. Stoßen wir an. Hoch, hoch!«

Und mit einer wohlgemeinten Kraftanstrengung, in der jetzt jeder zitternde Ton fehlte, wurde zugestimmt, namentlich auch von seiten der beiden Maler, und kaum einer war da, der nicht an eine glücklich beseitigte Gefahr geglaubt hätte. Aber mit Unrecht. Van der Straaten, absolut unerzogen, konnte, vielleicht weil er dies Manko fühlte, nichts so wenig ertragen, als auf Unerzogenheiten aufmerksam gemacht zu werden: er vergaß sich dann ganz und gar, und der Dünkel des reichen Mannes, der gewohnt war zu helfen, nach allen Seiten hin zu helfen, stieg ihm dann zu Kopf und schlug in Wellen über ihm zusammen. Und so auch jetzt. Er erhob sich und sagte: »Coupierungen sind etwas Wundervolles. Keine Frage. Ich beispielsweise coupiere Coupons. Ein inferiores Geschäft, das unter Umständen nichtsdestoweniger einen Anspruch darauf gibt, gegen Wort- und Redecoupierungen gesichert zu sein, namentlich gegen solche, die reprimandieren und erziehen wollen. Ich bin erzogen.«

Er hatte mit vor Erregung zitternder Stimme gesprochen, aber mit zugekniffenem Auge fest zu dem Major hinübergesehen. Dieser, ein vollkommener Weltmann, lächelte vor sich hin und blinkte nur leise den beiden Damen zu, daß sie sich beruhigen möchten. Dann ergriff er sein Glas ein zweites Mal, gab seinen Zügen, ohne sich sonderlich anzustrengen, einen freundlichen Ausdruck und sagte zu van der Straaten: »Es ist so viel von Coupieren gesprochen worden; coupieren wir auch das. Ich lebe der festen Überzeugung . . .«

In eben diesem Augenblick sprang der Pfropfen von einer der im Weinkühler stehenden Flaschen, und Gryczinski, rasch den Vorteil erspähend, den er aus diesem Zwischenfall ziehen konnte, brach inmitten des Satzes ab und sagte nur, während er unter leiser Verbeugung seines Schwagers Glas füllte: »Friede sei ihr erst Geläute!«

Solchem Appell zu widerstehen war van der Straaten der letzte. »Mein lieber Gryczinski«, hob er in plötzlich erwachter Sentimentalität an, »wir verstehen uns, wir haben uns immer verstanden. Gib mir deine Hand. Lacrimae Christi, Friedrich. Rasch. Das Beste daran ist freilich der Name. Aber er hat ihn nun mal. Jeder hat nun mal das Seine, der eine dies, der andere das.«

»Allerdings«, lachte Gabler.

»Ach, Arnold, du überschätzt das. Glaube mir, der Selige hatte recht. Gold ist nur Chimäre. Und Elimar würd es mir bestätigen, wenn es nicht ein Satz aus einer überwundenen Oper wäre. Ich muß sagen, leider überwunden. Denn ich liebe Nonnen, die tanzen. Aber da kommt die Flasche. Laß nur Staub und Spinnweb. Sie muß in ihrer ganzen unabgenutzten Heiligkeit verbleiben. Lacrimae Christi. Wie das klingt!«

Und die frühere Heiterkeit kehrte wieder oder schien wenigstens wiederzukehren, und als van der Straaten fortfuhr, in wahren Ungeheuerlichkeiten über Christustränen, Erlöserblut und Versöhnungswein zu sprechen, durfte Melanie schließlich die Bemerkung wagen: »Du vergißt, Ezel, daß der Polizeirat katholisch ist.«

»Ich bitte recht sehr«, sagte Reiff, als ob er auf etwas Unerlaubtem ertappt worden wäre.

Van der Straaten aber verschwor sich hoch und teuer, daß ein vierzig Jahre lang treu geleisteter Sicherheitsdienst über alles konfessionelle Plus oder Minus hinaus entscheidend sein und vor dem Richterstuhle der Ewigkeit angerechnet werden müsse. Und als bald darauf die Gläser abermals gefüllt und geleert worden waren, rückte Melanie den Stuhl, und man erhob sich, um im Nebenzimmer den Kaffee zu nehmen.

6

Auf dem Heimwege

Die Kaffeestunde verlief ohne Zwischenfall, und es war bereits gegen zehn, als der Diener meldete, daß der Wagen vorgefahren sei. Diese Meldung galt dem Gryczinskischen Paare, das an den Dinertagen seine Heimfahrt in der ihm bei dieser Gelegenheit ein für allemal zur Verfügung gestellten kommerzienrätlichen Equipage zu machen pflegte. Mäntel und Hüte wurden gebracht, und die schöne Jacobine, Hals und Kopf in ein weißes Filettuch gehüllt, stand alsbald in der Mitte des Kreises und wartete lachend und geduldig auf die beiden Maler, denen Gryczinski noch im letzten Augenblick die Mitfahrt angeboten hatte. Das Parlamentieren darüber wollte kein Ende nehmen, und erst als man unten am Wagenschlage stand, entschied sich's, und Gabler placierte sich nunmehr ohne weiteres auf den Rücksitz, während Elimar mit einem kräftigen Turnerschwunge seinen Platz auf dem Bocke nahm, angeblich aus Rücksicht gegen die Wageninsassen, in Wahrheit aus eigener Bequemlichkeit und Neugier. Er sehnte sich nämlich nach einem Gespräche mit dem Kutscher.

Dieser, auch noch ein Erbstück aus des alten van der Straaten Zeiten her, führte den unkutscherlichen Namen Emil, der jedoch seit lange seinen Verhältnissen angepaßt und in ein plattdeutsches »Ehm« abgekürzt worden war. Mit um so größerem Recht, als er wirklich in Fritz Reuterschen Gegenden das Licht der Welt erblickt und sich bis diesen Tag neben seinem Berliner Jargon einen Rest heimatlicher Sprache konserviert hatte. Elimar, einer seiner Bevorzugten, nahm gleich im ersten Momente des Zurechtrückens ein mehrklappiges Lederfutteral heraus, steckte dem Alten eine der obenaufliegenden Zigarren zu und sagte vertraulich: »Für'n Rückweg, Ehm.«

Dieser fuhr mit der Rechten dankend an seinen Kutscherhut, und damit waren die Präliminarien geschlossen.

Als sie bald darauf bei der Normaluhr auf dem Spittelmarkte vorüberkamen und in eine der schlechtgepflasterten Seitenstraßen einbogen, hielt Elimar den ersehnten Zeitpunkt für gekommen und sagte: »Ist denn der neue Herr schon da?«

»Der Frankfurtsche? Ne, noch nich, Herr Schulze.«

»Na, dann muß er aber doch bald . . .«

»I, woll. Bald muß er. Ich denke, so nächste Woche. Un de Stuben sind ooch all tapziert. Jott, se duhn ja, wie wenn't en Prinz wär, erst der Herr un nu ooch de Jnädge. Un Christel meent, he sall man en Jüdscher sinn.«

»Aber reich. Und Offizier. Das heißt bei der Landwehr oder so.«
»Is et möglich?«
»Und er soll auch singen.«
»Ja, singen wird er woll.«

Elimar war eitel genug, an dieser letzten Äußerung Anstoß zu nehmen, und da sich's gerade traf, daß in eben diesem Augenblicke der Wagen aus dem Wallstraßenportal auf den abendlich-stillen Opernplatz einbog, so gab er das Gespräch um so lieber auf, als er nicht wollte, daß dasselbe von den Insassen des Wagens verstanden würde.

Von seiten dieser war bis dahin kein Wort gewechselt worden, nicht aus Verstimmung, sondern nur aus Rücksicht gegen die junge Frau, die, herzlich froh über den zur Hälfte frei gebliebenen Rücksitz, ihre kleinen Füße gegen das Polsterkissen gestemmt und sich bequem in den Fond des Wagens zurückgelehnt hatte. Sie war gleich beim Einsteigen ersichtlich müde gewesen, hatte wie zur Entschuldigung etwas von Champagner und Kopfweh gesprochen, das Filettuch dabei höher gezogen und ihre Augen geschlossen. Erst als sie zwischen dem Palais und dem Friedrichsmonumente hinfuhren, richtete sie sich wieder auf, weil sie jenen Allerloyalsten zugehörte, die sich schon beglückt fühlen, einen bloßen Schattenriß an dem herabgelassenen Vorhange des Eckfensters gesehen zu haben. Und wirklich, sie sah ihn und gab in ihrer reizenden, halb kindlich, halb koketten Weise der Freude darüber Ausdruck.

Ihr Geplauder hatte noch nicht geendet, als der Wagen am Brandenburger Tore hielt. Im Nu waren beide Maler, deren Weg hier abzweigte, von ihren Plätzen herunter und empfahlen sich dankend dem liebenswürdigen Paare, das nun seinerseits durch die breite Schrägallee auf das Siegesdenkmal und die dahintergelegene Alsenstraße zufuhr.

Als sie mitten auf dem von bunten Lichtern überstrahlten Platze waren, schmiegte sich die schöne junge Frau zärtlich an ihren Gatten und sagte:

»War das ein Tag. Otto. Ich habe dich bewundert.«

»Es wurde mir leichter, als du denkst. Ich spiele mit ihm. Er ist ein altes Kind.«

»Und Melanie! . . . Glaube mir, sie fühlt es. Und sie tut mir leid. Du lächelst so. Dir nicht?«

» Ja und nein, ma chère. Man hat eben nichts umsonst in der Welt. Sie hat eine Villa und eine Bildergalerie . . .«

»Aus der sie sich nichts macht. Du weißt ja, wie wenig sie daran hängt . . .«

»Und hat zwei reizende Kinder . . .«

»Um die ich sie fast beneide.«

»Nun, siehst du«, lachte der Major. »Ein jeder hat die Kunst zu lernen, sich zu bescheiden und einzuschränken. Wär ich mein Schwager, so würd ich sagen . . .«

Aber sie schloß ihm den Mund mit einem Kuß, und im nächsten Augenblicke hielt der Wagen.

Die beiden Räte, der Legations- und der Polizeirat, waren an der Ecke des Petriplatzes in eine Droschke gestiegen, um bis an das Potsdamer Tor zu fahren. Von hier aus wollten sie den Rest des Weges um der frischen Abendluft willen zu Fuß machen. In Wahrheit aber hielten sie bloß zu dem Satze, »daß man im kleinen sparen müsse, um sich im großen legitimieren zu können«, wobei leider nur zu bedauern blieb, daß ihnen die »großen Gelegenheiten« entweder nie gekommen oder regelmäßig von ihnen versäumt worden waren.

Unterwegs, so lange die Fahrt dauerte, war kein Wort gewechselt worden, und erst beim Aussteigen hatte, bei der nun nötig werdenden Division von zwei in sechs, ein Gespräch begonnen, das alle Parteien zufriedengestellt zu haben schien. Nur nicht den Kutscher. Beide Räte hüteten sich deshalb auch, sich nach dem letzteren umzusehen, vor allem Duquede, der, außerdem noch ein abgeschworener Feind aller Platzübergänge mit Eisenbahnschienen und Pferdebahngeklingel, überhaupt erst wieder in Ruhe kam, als er die schon frisch in Knospen stehende Bellevuestraße glücklich erreicht hatte.

Reiff folgte, schob sich artig und respektvoll an die linke Seite des Legationsrates und sagte plötzlich und unvermittelt:

»Es war doch wieder eine recht peinliche Geschichte heute. Finden Sie nicht? Und ehrlich gestanden, ich begreif ihn nicht. Er ist doch nun fünfzig und darüber und sollte sich die Hörner abgelaufen haben. Aber er ist und bleibt ein Durchgänger.«

»Ja«, sagte Duquede, der einen Augenblick still stand, um Atem zu schöpfen, »etwas Durchgängerisches hat er. Aber, lieber Freund, warum soll er es nicht haben? Ich taxier ihn auf eine Million, seine Bilder ungerechnet, und ich sehe nicht ein, warum einer in seinem eigenen Haus und an seinem eigenen Tisch nicht sprechen soll, wie ihm der Schnabel gewachsen ist. Ich bekenn Ihnen offen, Reiff, ich freue mich immer, wenn er mal so zwischenfährt. Der Alte war auch so, nur viel schlimmer, und es hieß schon damals vor vierzig Jahren: ›Es sei doch ein sonderbares Haus und man könne eigentlich nicht hingehen.‹ Aber uneigentlich ging alles hin. Und so war es und so ist es geblieben.«

»Es fehlt ihm aber doch wirklich an Bildung und Erziehung.«

»Ach, ich bitte Sie, Reiff, gehen Sie mir mit Bildung und Erziehung. Das sind so zwei ganz moderne Wörter, die der ›Große Mann‹ aufgebracht haben könnte, so sehr hass' ich sie. Bildung und Erziehung. Erstlich ist es in der Regel nicht viel damit, und wenn es mal was ist, dann ist es auch noch nichts. Glauben Sie mir, es wird überschätzt. Und kommt auch nur bei uns vor. Und warum? Weil wir nichts Besseres haben. Wer gar nichts hat, der ist gebildet. Wer aber so viel hat wie van der Straaten, der braucht all die Dummheiten nicht. Er hat einen guten Verstand und einen guten Witz, und was noch mehr sagen will, einen guten Kredit. Bildung, Bildung! Es ist zum Lachen.«

»Ich weiß doch nicht, ob Sie recht haben, Duquede. Ja, wenn es geblieben wäre wie früher. Junggesellenwirtschaft. Aber nun hat er die junge Frau geheiratet, jung und schön und klug . . .«

»Nu, nu, Reiff. Nur nicht extravagant. Es ist damit nicht so weit her, wie Sie glauben; sie ist ne Fremde, französische Schweiz, und an allem Fremden verkucken sich die Berliner. Das ist wie Amen in der Kirche. Sie hat so ein bißchen Genfer Chic. Aber was will das am Ende sagen! Alles, was die Genfer haben, ist doch auch bloß aus zweiter Hand. Und nun gar klug. Ich bitte Sie, was heißt klug? Er ist viel klüger! Oder glauben Sie, daß es auf ne französische Vokabel ankommt? oder auf den Erlkönig? Ich gebe zu, sie hat ein paar niedliche Manierchen und weiß sich unter Umständen ein Air zu geben. Aber es ist nicht viel dahinter, alles Firlefanz, und wird kolossal überschätzt.«

»Ich weiß doch nicht, ob Sie recht haben«, wiederholte der Polizeirat. »Und dann ist sie doch schließlich von Familie.«

Duquede lachte. »Nein, Reiff, *das* ist sie nun schließlich nicht. Und ich sag Ihnen, da haben wir den Punkt, auf dem ich keinen Spaß verstehe. Caparoux. Es klingt nach was. Zugestanden. Aber was heißt es denn am Ende? Rotkapp oder Rotkäppchen? Das ist ein Märchenname, aber kein Adelsname. Ich habe mich darum gekümmert und nachgeschlagen. Und im Vertrauen, Reiff, es gibt gar keine de Caparoux.«

»Aber bedenken Sie doch den Major! Er hat alle Sorten Stolz und wird sich doch schwerlich eine Mesalliance nachsagen lassen wollen.«

»Ich kenn ihn besser. Er ist ein Streber. Oder sagen wir einfach, er ist ein Generalstäbler. Ich hasse die ganze Gesellschaft, und glauben Sie mir, Reiff, ich weiß, warum. Unsere Generalstäbler werden überschätzt, kolossal überschätzt.«

»Ich weiß doch nicht, ob Sie recht haben«, ließ sich der Polizeirat ein drittes Mal vernehmen. »Bedenken Sie bloß, was Stoffel gesagt hat. Und nachher kam es auch so. Aber ich will nur von Gryczinski sprechen. Wie liebenswürdig benahm er sich heute wieder! Wie liebenswürdig und wie vornehm.«

»Ah, bah, vornehm. Ich bilde mir auch ein, zu wissen, was vornehm ist. Und ich sag Ihnen, Reiff, Vornehmheit ist anders. Vornehm! Ein Schlaukopf ist er und weiter nichts. Oder glauben Sie, daß er die kleine Rotblondine mit den ewigen Schmachtaugen geheiratet hat, weil sie Caparoux hieß, oder meinetwegen auch de Caparoux? Er hat sie geheiratet, weil sie die Schwester ihrer Schwester ist. Du himmlischer Vater, daß ich einem Polizeirat solche Lektion halten muß.«

Der Polizeirat, dessen Schwachheiten nach der erotischen Seite hin lagen, las aus diesen andeutenden Worten ein Liebesverhältnis zwischen dem Major und Melanie heraus und sah den langen hageren Duquede von der Seite her betroffen an.

Dieser aber lachte und sagte: »Nicht *so*, Reiff, nicht so; Karrieremacher sind immer nur Courmacher. Nichts weiter. Es gibt heutzutage Personen (und auch *das* verdanken wir unserem großen Reichsbaumeister, der die soliden Werkleute fallen läßt oder beiseite schiebt), es gibt, sag ich, heutzutage Personen, denen alles bloß Mittel zum Zweck ist. Auch die Liebe. Und zu diesen Personen gehört auch unser Freund, der Major. Ich hätte nicht sagen sollen, er hat die Kleine geheiratet, weil sie die Schwester ihrer Schwester ist, sondern weil sie die Schwägerin ihres Schwagers ist. Er *braucht* diesen Schwager, und ich sag Ihnen, Reiff, denn ich kenne den Ton und die Strömung oben, es gibt weniges, was nach oben hin *so* empfiehlt wie das. Ein Schwager-Kommerzienrat ist nicht viel weniger wert als ein Schwiegervater-Kommerzienrat und rangiert wenigstens gleich dahinter. Unter allen Umständen aber sind Kommerzienräte wie konsolidierte Fonds, auf die jeden Augenblick gezogen werden kann. Es ist immer Deckung da.«

»Sie wollen also sagen...«

»Ich will gar nichts sagen, Reiff... Ich meine nur so.«

Und damit waren sie bis an die Bendlerstraße gekommen, wo beide sich trennten. Reiff ging auf die Von-der-Heydt-Brücke zu, während Duquede seinen Weg in gerader Richtung fortsetzte.

Er wohnte dicht an der Hofjägerallee, sehr hoch, aber in einem sehr vornehmen Hause.

Ebenezer Rubehn

Wenige Tage später hatte Melanie das Stadthaus verlassen und die Tiergartenvilla bezogen. Van der Straaten selbst machte diesen Umzug nicht mit und war, so sehr er die Villa liebte, doch immer erst vom September an andauernd draußen. Und auch das nur, weil er ein noch leidenschaftlicherer Obstzüchter als Bildersammler war. Bis dahin erschien er nur jeden dritten Tag als Gast und versicherte dabei jedem, der es hören wollte, daß dies die stundenweis ihm nachgezahlten Flitterwochen seiner Ehe seien. Melanie hütete sich wohl, zu widersprechen, war vielmehr die Liebenswürdigkeit selbst, und genoß in den zwischenliegenden Tagen das Glück ihrer Freiheit. Und dieses Glück war um vieles größer, als man, ihrer Stellung nach, die so dominierend und so frei schien, hätte glauben sollen. Denn sie dominierte nur, weil sie sich zu zwingen verstand; aber dieses Zwanges los und ledig zu sein blieb doch ihr Wunsch, ihr beständiges, stilles Verlangen. Und das erfüllten ihr die Sommertage. Da hatte sie Ruhe vor seinen Liebesbeweisen und seinen Ungeniertheiten, nicht immer, aber doch meist, und das Bewußtsein davon gab ihr ein unendliches Wohlgefühl.

Und dieses Wohlgefühl steigerte sich noch in dem entzückenden und beinah ungestörten Stilleben, dessen sie draußen genoß. Wohl liebte sie Stadt und Gesellschaft und den Ton der großen Welt; aber wenn die Schwalben wieder zwitscherten und der Flieder wieder zu knospen begann, da zog sie's doch in die Parkeinsamkeit hinaus, die wiederum kaum eine Einsamkeit war, denn neben der Natur, deren Sprache sie wohl verstand, hatte sie Bücher und Musik, und – die Kinder. Die Kinder, die sie während der Saison oft tagelang nicht sah und an deren Aufwachsen und Lernen sie draußen in der Villa den regsten Anteil nahm. Ja, sie half selber nach in den Sprachen, vor allem im Französischen, und durchblätterte mit ihnen Atlas und historische Bilderbücher. Und an alles knüpfte sie Geschichten, die sie dem Gedächtnis der Kinder einzuprägen wußte. Denn sie war gescheit und hatte die Gabe, von allem, worüber sie sprach, ein klares und anschauliches Bild zu geben.

Es waren glückliche, stille Tage.

Möglich dennoch, daß es zu stille Tage gewesen wären, wenn das tiefste Bedürfnis der Frauennatur: das Plauderbedürfnis, unbefriedigt geblieben wäre. Aber dafür war gesorgt. Wie fast alle reichen

Häuser, hatten auch die van der Straatens einen Anhang ganz-alter und halb-alter Damen, die zu Weihnachten beschenkt und im Laufe des Jahres zu Kaffees und Landpartien eingeladen wurden. Es waren ihrer sieben oder acht, unter denen jedoch zwei durch eine besonders intime Stellung hervorragten, und zwar das kleine verwachsene Fräulein Friederike von Sawatzki und das stattlich hochaufgeschossene Klavier- und Singefräulein Anastasia Schmidt. Ihrer apart bevorzugten Stellung entsprach es denn auch, daß sie jeden zweiten Osterfeiertag durch van der Straaten in Person befragt wurden, ob sie sich entschließen könnten, seiner Frau während der Sommermonate draußen in der Villa Gesellschaft zu leisten, eine Frage, die jedesmal mit einer Verbeugung und einem freundlichen »Ja« beantwortet wurde. Aber doch nicht *zu* freundlich, denn man wollte nicht verraten, daß die Frage erwartet war.

Und beide Damen waren auch in diesem Jahre, wie herkömmlich, als Dames d'honneur installiert worden, hatten den Umzug mitgemacht und erschienen jeden Morgen auf der Veranda, um gegen neun Uhr mit den Kindern das erste und um zwölf mit Melanie das zweite Frühstück zu nehmen.

Auch heute wieder.

Es mochte schon gegen eins sein, und das Frühstück war beendet, aber der Tisch noch nicht abgedeckt. Ein leiser Luftzug, der ging und sich verstärkte, weil alle Türen und Fenster offen standen, bewegte das rotgemusterte Tischtuch, und von dem am anderen Ende des Korridors gelegenen Musikzimmer her hörte man ein Stück der Cramerschen Klavierschule, dessen mangelhaften Takt in Ordnung zu bringen Fräulein Anastasia Schmidt sich anstrengte. »Eins, zwei; eins, zwei.« Aber niemand achtete dieser Anstrengungen, am wenigsten Melanie, die neben Fräulein Riekchen, wie man sie gewöhnlich hieß, in einem Gartenstuhle saß und dann und wann von ihrer Handarbeit aufsah, um das reizende Parkbild unmittelbar um sie her, trotzdem sie jeden kleinsten Zug darin kannte, auf sich wirken zu lassen.

Es war selbstverständlich die schönste Stelle der ganzen Anlage. Denn von hundert Gästen, die kamen, begnügten sich neunundneunzig damit, den Park von hier aus zu betrachten und zu beurteilen. Am Ende des Hauptganges, zwischen den eben ergründenden Bäumen hin, sah man das Zittern und Flimmern des vorüberziehenden Stromes, aus der Mitte der überall eingestreuten Rasenflächen aber erhoben sich Aloën und Bosketts und Glaskugeln und Bassins. Eines der kleineren plätscherte, während auf der Einfassung des großen ein Pfauhahn saß und die Mittagssonne mit seinem Gefieder einzusaugen schien. Tauben und Perlhühner waren bis in unmittelbare Nähe der Veranda gekommen, von der aus Riekchen ihnen eben Krumen streute.

»Du gewöhnst sie zu sehr an diesen Platz«, sagte Melanie. »Und wir werden einen Krieg mit van der Straaten haben.«

»Ich fecht ihn schon aus«, entgegnete die Kleine.

»Ja, du darfst es dir wenigstens zutrauen. Und wirklich, Riekchen, ich könnte jaloux werden, so sehr bevorzugt er dich. Ich glaube, du bist der einzige Mensch, der ihm alles sagen darf, und soviel ich weiß, ist er noch nie heftig gegen dich geworden. Ob ihm dein alter Adel imponiert? Sage mir deinen vollen Namen und Titel. Ich hör es so gern und vergess' es immer wieder.«

»Aloysia Friederike Sawat von Sawatzki, genannt Sattler von der Hölle, Stiftsanwärterin auf Kloster Himmelpfort in der Uckermark.«

»Wunderschön«, sagte Melanie. »Wenn ich doch so heißen könnte! Und du kannst es glauben, Riekchen, das ist es, was einen Eindruck auf ihn macht.«

Alles das war in herzlicher Heiterkeit gesagt und von Riekchen auch so beantwortet worden. Jetzt aber rückte diese den Stuhl näher an Melanie heran, nahm die Hand der jungen Frau und sagte: »Eigentlich sollt ich böse sein, daß du deinen Spott mit mir hast. Aber wer könnte dir böse sein?«

»Ich spotte nicht«, entgegnete Melanie. »Du mußt doch selber finden, daß er dich artiger und rücksichtsvoller behandelt als jeden andren Menschen.«

»Ja«, sagte jetzt das arme Fräulein, und ihre Stimme zitterte vor Bewegung. »Er behandelt mich gut, weil er ein gutes Herz hat, ein viel besseres, als mancher denkt und vielleicht auch als du selber denkst. Und er ist auch gar nicht so rücksichtslos. Er kann nur nicht leiden, daß man ihn stört oder herausfordert, ich meine solche, die's eigentlich nicht sollten oder dürften. Sieh, Kind, dann beherrscht er sich nicht länger, aber nicht weil er's nicht könnte, nein, weil er nicht *will*. Und er braucht es auch nicht zu wollen. Und wenn man gerecht sein will, er kann es auch nicht wollen. Denn er ist reich, und alle reichen Leute lernen die Menschen von ihrer schlechtesten Seite kennen. Alles überstürzt sich, erst in Dienstfertigkeit und hinterher in Undank. Und Undank ernten ist eine schlechte Schule für Zartheit und Liebe. Und deshalb glauben die Reichen an nichts Edles und Aufrichtiges in der Welt. Aber, das sag ich dir, und muß ich dir immer wieder sagen, dein van der Straaten ist besser, als mancher denkt und als du selber denkst.«

Es entstand eine kleine Pause, nicht ganz ohne Verlegenheit; dann nickte Melanie freundlich dem alten Fräulein zu und sagte: »Sprich nur weiter. Ich höre dich gerne so.«

»Und ich will auch«, sagte diese. »Sieh, ich habe dir schon gesagt, er behandelt mich gut, weil er ein gutes Herz hat. Aber das ist es noch nicht alles. Er ist auch so freundlich gegen mich, weil er mitleidig ist. Und mitleidig sein ist noch viel mehr als bloß gütig sein und ist eigentlich das Beste, was die Menschen haben. Er lacht *auch* immer, wenn er meinen langen Namen hört, gerade so wie du, aber ich hab es gern, ihn so lachen zu hören, denn ich höre wohl heraus, was er dabei denkt und fühlt.«

»Und was fühlt er denn?«

»Er fühlt den Gegensatz zwischen dem Anspruch meines Namens und dem, was ich bin: arm und alt und einsam, und ein bloßes Figürchen. Und wenn ich sage Figürchen, so beschönige ich noch und schmeichle noch mir selbst.«

Melanie hatte das Batisttuch ans Auge gedrückt und sagte: »Du hast recht. Du hast immer recht. Aber wo nur Anastasia bleibt, die Stunde nimmt ja gar kein Ende. Sie quält mir die Liddy viel zu sehr, und das Ende vom Lied ist, daß sie dem Kind einen Widerwillen beibringt. Und dann ist es vorbei. Denn ohne Lieb und ohne Lust ist nichts in der Welt. Auch nicht einmal in der Musik . . . Aber da kommt ja Teichgräber und will uns einen Besuch anmelden. Ich bin außer mir. Hätte viel lieber noch mit dir weiter geplaudert.«

In eben diesem Augenblicke war der alte Parkhüter, der sich vergeblich nach einem von der Hausdienerschaft umgesehen hatte, bis an die Veranda herangetreten und überreichte eine Karte.

Melanie las: »>Ebenezer Rubehn (Firma Jakob Rubehn und Söhne), Leutnant in der Reserve des 5. Dragoner-Regiments . . .«

»Ah, sehr willkommen . . . Ich lasse bitten . . .« Und während sich der Alte wieder entfernte, fuhr Melanie gegen das kleine Fräulein in übermütiger Laune fort: »Auch wieder einer. Und noch dazu aus der Reserve! Mir widerwärtig, dieser ewige Leutnant. Es gibt gar keine Menschen mehr.«

Und sehr wahrscheinlich, daß sie diese Betrachtungen fortgesetzt hätte, wenn nicht auf dem Kiesweg ein Knirschen hörbar geworden wäre, das über das rasche Näherkommen des Besuchs keinen Zweifel ließ. Und wirklich im nächsten Augenblick stand der Angemeldete vor der Veranda und verneigte sich gegen beide Damen.

Melanie hatte sich erhoben und war ihm einen Schritt entgegengegangen. »Ich freue mich, Sie zu sehen. Erlauben Sie mir, Sie zunächst meiner lieben Freundin und Hausgenossin bekannt machen zu dürfen ... Herr Ebenezer Rubehn, ... Fräulein Friederike von Sawatzki!«

Ein flüchtiges Erstaunen spiegelte sich ersichtlich in Rubehns Zügen, das, wenn Melanie richtig interpretierte, mehr noch dem kleinen verwachsenen Fräulein als ihr selber galt. Ebenezer war indessen Weltmann genug, um seines Erstaunens rasch wieder Herr zu werden, und sich ein zweites Mal gegen die Freundin hin verneigend, bat er um Entschuldigung, seinen Besuch auf der Villa bis heute hinausgeschoben zu haben.

Melanie ging leicht darüber hin, ihrerseits bittend, die Gemütlichkeit dieses ländlichen Empfanges und vor allem eines unabgeräumten Frühstückstisches entschuldigen zu wollen. »Mais à la guerre, comme à la guerre, eine kriegerische Wendung, an die mir's im übrigen ferne liegt, ernsthafte Kriegsgespräche knüpfen zu wollen.«

»Gegen die Sie sich vielmehr unter allen Umständen gesichert haben möchten«, lachte Rubehn. »Aber fürchten Sie nichts. Ich weiß, daß sich Damen für das Kapitel Krieg nur so lange begeistern, als es Verwundete zu pflegen gibt. Von dem Augenblick an, wo der letzte Kranke das Lazarett verläßt, ist es mit dem Kriegseifer vorbei. Und wie die Frauen in allem recht haben, so auch hierin. Es ist das Traurigste von der Welt, immer wieder eine Durchschnittsheldengeschichte von zweifelhaftem Wert und noch zweifelhafterer Wahrheit hören zu müssen; aber es ist das Schönste, was es gibt, zu helfen und zu heilen.«

Melanie hatte, während er sprach, ihre Handarbeit in den Schoß gelegt und ihn fest und freundlich angesehen. »Ei, das lob ich und hör ich gern. Aber wer mit so warmer Empfindung von dem Hospitaldienst und dem Helfen und Heilen, das uns wohl kleidet, zu sprechen versteht, der hat diese Wohltat wohl an sich selbst erfahren. Und so plaudern Sie mir denn wider Willen, nach fünf Minuten schon, Ihre Geheimnisse aus. Versuchen Sie nicht, mich zu widerlegen, Sie würden scheitern damit, und da Sie die Frauenherzen so gut zu kennen scheinen, so werden Sie natürlich auch unsere zwei stärksten Seiten kennen: unseren Eigensinn und unser Rätselraten. Wir erraten alles ...«

»Und immer richtig?«

»Nicht immer, aber meist. Und nun erzählen Sie mir, wie Sie Berlin finden, unsere gute Stadt, und unser Haus, und ob Sie das Zutrauen zu sich haben, in Ihrem Hofkerker, dem eigentlich nur noch die Gitterstäbe fehlen, nicht melancholisch zu werden. Aber wir hatten nichts Besseres. Und wo nichts ist, hat, wie das Sprichwort sagt...«

»O, Sie beschämen mich, meine gnädigste Frau. Jetzt erst, nach meinem Eintreffen, weiß ich, wie groß das Opfer ist, das Sie mir gebracht haben. Und ich darf füglich sagen, daß ich bei besserer Kenntnis...«

Aber er sprach nicht aus und horchte plötzlich nach dem Hause hin, aus dem eben (die Musikstunde hatte schon vorher geschlossen) ein virtuoses und in jeder feinsten Nuancierung erkennbares Spiel bis auf die Veranda herausklang. Es war »Wotans Abschied«, und Rubehn erschien so hingerissen, daß es ihm Anstrengung kostete, sich loszumachen und das Gespräch wieder aufzunehmen. Endlich aber fand er sich zurück und sagte, während er sich abermals gegen Riekchen verneigte: »Pardon, meine Gnädigste. Hatte ich recht gehört? Fräulein von Sawatzki?«

Das Fräulein nickte.

»Mit einem jungen Offizier dieses Namens war ich einen Sommer über in Wildbad-Gastein zusammen. Unmittelbar nach dem Kriege. Ein liebenswürdiger, junger Kavalier. Vielleicht ein Anverwandter...?«

»Ein Vetter«, sagte Fräulein Riekchen. »Es gibt nur wenige meines Namens, und wir sind alle verwandt. Ich freue mich, aus Ihrem Munde von ihm zu hören. Er wurde noch in dem Nachspiel des Krieges verwundet, fast am letzten Tage. Bei Pontarlier. Und sehr schwer. Ich habe lange nichts von ihm gehört. Hat er sich erholt?«

»Ich glaube sagen zu dürfen, vollkommen. Er tut wieder Dienst im Regiment, wovon ich mich, ganz neuerdings erst, durch einen glücklichen Zufall überzeugen konnte... Aber, mein gnädigstes Fräulein, wir werden unser Thema fallen lassen müssen. Die gnädige Frau lächelt bereits und bewundert die Geschicklichkeit, mit der ich, unter Heranziehung Ihres Herrn Vetters, in das Kriegsabenteuer und all seine Konsequenzen einzumünden trachte. Darf ich also vorschlagen, lieber dem wundervollen Spiele zuzuhören, das... O, wie schade; jetzt bricht es ab...«

Er schwieg, und erst als es drinnen still blieb, fuhr er in einer ihm sonst fremden, aber in diesem Augenblicke völlig aufrichtigen Emphase fort: »O, meine gnädigste Frau, welch ein Zaubergarten, in dem Sie leben. Ein Pfau, der sich sonnt, und Tauben, so zahm und so zahllos, als wäre diese Veranda der Markusplatz oder die Insel Cypern in Person! Und dieser plätschernde Strahl, und nun gar dieses Lied ... In der Tat, wenn nicht auch der aufrichtigste Beifall unstatthaft und zudringlich sein könnte ...«

Er unterbrach sich, denn vom Korridor her waren eben Schritte hörbar geworden, und Melanie sagte mit einer halben Wendung: »Ah, Anastasia! Du kommst gerade zu guter Zeit, um den Dank und die Bewunderung unseres lieben Gastes und neuen Hausgenossen allerpersönlichst in Empfang zu nehmen. Erlauben Sie mir, daß ich Sie miteinander bekannt mache: Herr Ebenezer Rubehn, Fräulein Anastasia Schmidt ... Und hier meine Tochter Lydia«, setzte Melanie hinzu, nach dem schönen Kinde hinzeigend, das auf der Türschwelle neben dem Musikfräulein stehengeblieben war und den Fremden ernst und beinah feindselig musterte.

Rubehn bemerkte den Blick. Aber es war ein Kind, und so wandte er sich ohne weiteres gegen Anastasia, um ihr allerhand Schmeichelhaftes über ihr Spiel und die Richtung ihres Geschmackes zu sagen.

Diese verbeugte sich, während Melanie, der kein Wort entgangen war, aufs lebhafteste fortfuhr: »Ei, da dürfen wir Sie, wenn ich recht verstanden habe, wohl gar zu den Unseren zählen? Anastasia, das träfe sich gut! Sie müssen nämlich wissen, Herr Rubehn, daß wir hier in zwei Lagern stehen und daß sich das van der Straatensche Haus, das nun auch das Ihrige sein wird, in bilderschwärmende Montecchi und musikschwärmende Capuletti teilt. Ich, tout a fait Capulet und Julia. Doch mit untragischem Ausgang. Und ich füge zum Überfluß hinzu, daß wir, Anastasia und ich, jener kleinen Gemeinde zugehören, deren Namen und Mittelpunkt ich Ihnen nicht zu nennen brauche. Nur eines will ich auf der Stelle wissen. Und ich betrachte das als mein weibliches Neugiersrecht. Welcher seiner Arbeiten erkennen Sie den höchsten Preis zu? Worin erscheint er Ihnen am bedeutendsten oder doch am eigenartigsten?«

»In den Meistersingern.«

»Zugestanden. Und nun sind wir einig, und bei nächster Gelegenheit können wir van der Straaten und Gabler und vor allem den langweiligen Legationsrat in die Luft sprengen. Den langen Duquede. O, der steigt wie ein Raketenstock. Nicht wahr, Anastasia?«

Rubehn hatte seinen Hut genommen. Aber Melanie, die durch die ganze Begegnung ungewöhnlich erfreut und angeregt war, fuhr in wachsendem Eifer fort: »Alles das sind erst Namen. Eine Woche noch oder zwei, und Sie werden unsere kleine Welt kennen gelernt haben. Ich wünsche, daß Sie die Gelegenheit dazu nicht hinausschieben. Unsere Veranda hat für heute die Repräsentation des Hauses übernehmen müssen. Erinnern Sie sich, daß wir auch einen Flügel haben, und versuchen Sie bald und oft, ob er Ihnen paßt. Au revoir.«

Er küßte der schönen Frau die Hand, und unter gemessener Verbeugung gegen Riekchen und Anastasia verließ er die Damen. Über Lydia sah er fort.

Aber diese nicht über ihn.

»Du siehst ihm nach«, sagte Melanie. »Hat er dir gefallen?«
»Nein.«

Alle lachten. Aber Lydia ging in das Haus zurück, und in ihrem großen Auge stand eine Träne.

8

Auf der Stralauer Wiese

Nach dem ersten Besuche Rubehns waren Wochen vergangen, und der günstige Eindruck, den er auf die Damen gemacht hatte, war im Steigen geblieben wie das Wetterglas. Jeden zweiten, dritten Tag erschien er in Gesellschaft van der Straatens, der seinerseits an der allgemeinen Vorliebe für den neuen Hausgenossen teilnahm und nie vergaß, ihm einen Platz anzubieten, wenn er selber in seinem hochrädrigen Kabriolett hinausfuhr. Ein wolkenloser Himmel stand in jenen Wochen über der Villa, drin es mehr Lachen und Plaudern, mehr Medisieren und Musizieren gab, als seit lange. Mit dem Musizieren vermochte sich van der Straaten freilich auch jetzt nicht auszusöhnen, und es fehlte nicht an Wünschen wie der, »mit von der Schiffsmannschaft des fliegenden Holländers zu sein«; aber im Grunde genommen war er mit dem »anspruchsvollen Lärm« um vieles zufriedener, als er einräumen wollte, weil der von nun an in eine neue, gesteigerte Phase tretende Wagnerkultus ihm einen unerschöpflichen Stoff für seine Lieblingsformen der Unterhaltung bot. Siegfried und Brünnhilde, Tristan und Isolde, welche dankbaren Tummelfelder! Und es konnte, wenn er in Veranlassung dieser Themata seinem Renner die Zügel schießen ließ, mitunter zweifelhaft erscheinen, ob die Musizierenden am Flügel oder er und sein Übermut die Glücklicheren waren.

Und so war Hochsommer gekommen und fast schon vorüber, als an einem wundervollen Augustnachmittage van der Straaten den Vorschlag einer Land- und Wasserpartie machte. »Rubehn ist jetzt ein rundes Vierteljahr in unserer Stadt und hat nichts gesehen, als was zwischen unserem Comptoir und dieser unserer Villa liegt. Er muß aber endlich unsere landschaftlichen Schätze, will sagen unsere Wasserflächen und Stromufer kennen lernen, erhabene Wunder der Natur, neben denen die ganze heraufgepuffte Main- und Rheinherrlichkeit verschwindet. Also Treptow und Stralow, und zwar rasch, denn in acht Tagen haben wir den Stralauer Fischzug, der an und für sich zwar ein liebliches Fest der Maien, im übrigen aber etwas derb und nicht allzu günstig für Wiesewachs und frischen Rasen ist. Und so proponier ich denn eine Fahrt auf morgen nachmittag. Angenommen?«

Ein wahrer Jubel begleitete den Schluß der Ansprache, Melanie sprang auf, um ihm einen Kuß zu geben, und Fräulein Riekchen erzählte, daß es nun gerade dreiunddreißig Jahre sei, seit sie zum letzten Male in Treptow gewesen, an einem großen Dobremontschen Feuerwerkstage, – derselbe Dobremont, der nachher mit seinem ganzen Laboratorium in die Luft geflogen. »Und in die Luft geflogen warum? Weil die Leute, die mit dem Feuer spielen, immer zu sicher sind und immer die Gefahr vergessen. Ja, Melanie, du lachst. Aber, es ist so, immer die Gefahr vergessen.«

Es wurde nun gleich zu den nötigen Verabredungen geschritten, und man kam überein, am anderen Tage zu Mittag in die Stadt zu fahren, daselbst ein kleines Gabelfrühstück einzunehmen und gleich danach die Partie beginnen zu lassen: die drei Damen im Wagen, van der Straaten und Rubehn entweder zu Fuß oder zu Schiff. Alles regelte sich rasch, und nur die Frage, wer noch aufzufordern sei, schien auf kleine Schwierigkeiten stoßen zu sollen.

»Gryczinskis?« fragte van der Straaten und war zufrieden, als alles schwieg. Denn so sehr er an der rotblonden Schwägerin hing, in der er, um ihres anschmiegenden Wesens willen, ein kleines Frauenideal verehrte, so wenig lag ihm an dem Major, dessen superiore Haltung ihn bedrückte.

»Nun denn, Duquede?« fuhr van der Straaten fort und hielt das Crayon an die Lippe, mit dem er eventuell den Namen des Legationsrates notieren wollte.

»Nein«, sagte Melanie. »Duquede nicht. Und so verhaßt mir der ewige Vergleich vom ›Meltau‹ ist, so gibt es doch für Duquede keinen andern. Er würde von Stralow aus beweisen, daß Treptow, und von Treptow aus beweisen, daß Stralow überschätzt werde, und zur Feststellung dieses Satzes brauchen wir weder einen Legationsrat a. D., noch einen altmärkischen Adel.«

»Gut, ich bin es zufrieden«, erwiderte van der Straaten. »Aber Reiff?«

»Ja, Reiff«, hieß es erfreut. Alle drei Damen klatschten in die Hände, und Melanie setzte hinzu: »Er ist artig und manierlich und kein Spielverderber und trägt einem die Sachen. Und dann, weil ihn alle kennen, ist es immer, als führe man unter Eskorte, und alles grüßt so verbindlich, und mitunter ist es mir schon gewesen, als ob die Brandenburger Torwache ›heraus‹ rufen müsse.«

»Ach, das ist ja nicht um des alten Reiff willen«, sagte Anastasia, die nicht gern eine Gelegenheit vorübergehen ließ, sich durch eine kleine Schmeichelei zu insinuieren. »Das ist um *deinetwillen*. Sie haben dich für eine Prinzessin gehalten.«

»Ich bitte nicht abzuschweifen«, unterbrach van der Straaten, »am wenigsten im Dienst weiblicher Eitelkeiten, die sich, nach dem Prinzipe von Zug um Zug, bis ins Ungeheuerliche steigern könnten. Ich habe Reiff notiert, und Arnold und Elimar verstehen sich von selbst. Eine Wasserfahrt ohne Gesang ist ein Unding. Dies wird selbst von mir zugestanden. Und nun frag ich, wer hat noch weitere Vorschläge zu machen? Niemand? Gut. So bleibt es bei Reiff und Arnold und Elimar, und ich werde sie per Rohrpost avertieren. Fünf Uhr. Und daß wir sie draußen bei Löbbekes erwarten.«

Am anderen Tage war alles Erregung und Bewegung auf der Villa, viel, viel mehr, als ob es sich um eine Reise nach Teplitz oder Karlsbad gehandelt hätte. Natürlich, eine Fahrt nach Stralow war ja das Ungewöhnlichere. Die Kinder sollten mit, es sei Platz genug auf dem Wagen, aber Lydia war nicht zu bewegen und erklärte bestimmt, sie *wolle* nicht. Da mußte denn, wenn man keine Szene haben wollte, nachgegeben werden, und auch die jüngere Schwester blieb, da sie sich daran gewöhnt hatte, dem Beispiel der älteren in all und jedem zu folgen.

In der Stadt wurde, wie verabredet, ein Gabelfrühstück genommen, und zwar in van der Straatens Zimmer. Er wollt es so jagd- und reisemäßig wie möglich haben und war in bester Laune. Diese wurde auch nicht gestört, als in demselben Augenblicke, wo man sich gesetzt hatte, ein Absagebrief Reiffs eintraf. Der Polizeirat schrieb: »Chef eben konfidentiell mit mir gesprochen. Reise heute noch. Elf Uhr fünfzig. Eine Sache, die sich der Mitteilung entzieht. Dein Reiff. Pstscr. Ich bitte, der schönen Frau die Hand küssen und ihr sagen zu dürfen, daß ich untröstlich bin ...«

Van der Straaten fiel in einen heftigen Krampfhusten, weil er, unter dem Lesen, unklugerweise von seinem Sherry genippt hatte. Nichtsdestoweniger sprach er unter Husten und Lachen weiter und erging sich in Vorstellungen Reiffscher Großtaten. »In politischer Mission. Wundervoll. O, lieb Vaterland, kannst ruhig sein. Aber *einen* kenn ich, der noch ruhiger sein darf: er, der Unglückliche, den er sucht. Oder sag ich gleich rundweg: der Attentäter, dem er sich an die Fersen heftet. Denn um etwas Staatsstreichlich-Hochverräterisches muß es sich doch am Ende handeln, wenn man einen Mann wie Reiff allerpersönlichst in den Sattel setzt. Nicht wahr, Sattlerchen von der Hölle? Und heut abend noch! Die reine Ballade. ›Wir satteln nur um Mitternacht.‹ O, Leonore! O, Reiff, Reiff.« Und er lachte konvulsivisch weiter.

Auch Arnold und Elimar, die man nach der Verabredung draußen treffen wollte, wurden nicht geschont, bis endlich die Pendule vier schlug und zur Eile mahnte. Der Wagen wartete schon, und die Damen stiegen ein und nahmen ihre Plätze: Fräulein Riekchen neben Melanie, Anastasia auf dem Rücksitz. Und mit ihren Fächern und Sonnenschirmen grüßend, ging es über Platz und Straßen fort, erst auf die Frankfurter Linden und zuletzt auf das Stralauer Tor zu.

Van der Straaten und Rubehn folgten eine Viertelstunde später in einer Droschke zweiter Klasse, die man »Echtheits«-halber gewählt hatte, stiegen aber unmittelbar vor der Stadt aus, um nunmehr an den Flußwiesen hin den Rest des Weges zu Fuß zu machen.

Es schlug fünf, als unsere Fußgänger das Dorf erreichten und in Mitte desselben Ehms ansichtig wurden, der mit seinem Wagen, etwas ausgebogen, zur Linken hielt und den ohnehin wohlgepflegten Trakehnern einen vollen Futtersack eben auf die Krippe gelegt hatte. Gegenüber stand ein kleines Haus, wie das Pfefferkuchenhaus im Märchen, bräunlich und appetitlich, und so niedrig, daß man bequem die Hand auf die Dachrinne legen konnte. Dieser Niedrigkeit entsprach denn auch die kaum mannshohe Tür, über der, auf einem wasserblauen Schilde, »Löbbekes Kaffeehaus« zu lesen war. In Front des Hauses aber standen drei, vier verschnittene Lindenbäume, die den Bürgersteig von dem Straßendamme trennten, auf welchem letzteren Hunderte von Sperlingen hüpften und zwitscherten und die verlorenen Körner aufpickten.

»Dies ist das Ship-Hotel von Stralow«, sagte van der Straaten im Ciceronenton und war eben willens, in das Kaffeehaus einzutreten, als Ehm über den Damm kam und ihm halb dienstlich, halb vertraulich vermeldete, »daß die Damens schon vorauf seien, nach der Wiese hin. Und die Herren Malers auch. Und hätten beide schon vorher gewartet und gleich den Tritt runter gemacht und alles. Erst Herr Gabler und dann Herr Schulze. Und an der Würfelbude hätten sie Strippenballons und Gummibälle gekauft. Und auch Reifen und eine kleine Trommel und allerhand noch. Und einen Jungen hätten sie mitgenommen, der hätte die Reifen und Stöcke tragen müssen. Und Herr Elimar immer vorauf. Das heißt mit ner Harmonika.«

»Um Gottes willen«, rief van der Straaten, »Ziehharmonika?«

»Nein, Herr Kommerzienrat. Wie ne Maultrommel.«

»Gott sei Dank!... Und nun kommen Sie, Rubehn. Und du, Ehm, du wartest nicht auf uns und läßt dir geben... Hörst du?«

Ehm hatte dabei seinen Hut abgenommen. In seinen Zügen aber war deutlich zu lesen: ich werde warten.

Am Ausgang des Dorfes lag ein prächtiger Wiesenplan und dehnte sich bis an die Kirchhofsmauer hin. In Nähe dieser hatten sich die drei Damen gelagert und plauderten mit Gabler, während Elimar einen seiner großen Gummibälle monsieurherkulesartig über Arm und Schulter laufen ließ.

Van der Straaten und Rubehn hörten schon von ferne her das Bravoklatschen und klatschten lebhaft mit. Und nun erst wurde man ihrer ansichtig, und Melanie sprang auf und warf ihrem Gatten, wie zur Begrüßung, einen der großen Bälle zu. Aber sie hatte nicht richtig gezielt, der Ball ging seitwärts und Rubehn fing ihn auf. Im nächsten Augenblicke begrüßte man sich, und die junge Frau sagte: »Sie sind geschickt. Sie wissen den Ball im Fluge zu fassen.«

»Ich wollt, es wär das Glück.«

»Vielleicht ist es das Glück.«

Van der Straaten, der es hörte, verbat sich alle derart intrikaten Wortspielereien, widrigenfalls er an die Braut telegraphieren oder vielleicht auch Reiff in konfidentieller Mission abschicken werde. Worauf Rubehn ihn zum hundertsten Male beschwor, endlich von der »ewigen Braut« ablassen zu wollen, die wenigstens vorläufig noch im Bereiche der Träume sei. Van der Straaten aber machte sein kluges Gesicht und versicherte, »daß er es besser wisse«.

Danach kehrte man an die Lagerstelle zurück, die sich nun rasch in einen Spielplatz verwandelte. Die Reifen, die Bälle flogen, und da die Damen ein rasches Wechseln im Spiele liebten, so ging man, innerhalb anderthalb Stunden, auch noch durch Blindekuh und Gänsedieb und »Bäumchen, Bäumchen, verwechselt euch«. Das letztere fand am meisten Gnade, besonders bei van der Straaten, dem es eine herzliche Freude war, das scharfgeschnittene Profil Riekchens mit ihren freundlichen und doch zugleich etwas stechenden Augen um die Baumstämme herumgucken zu sehen. Denn sie hatte, wie die meisten Verwachsenen, ein Eulengesicht.

Und so ging es weiter, bis die Sonne zum Rückzug mahnte. Harmonika-Schulze führte wieder, und neben ihm marschierte Gabler, der das Trommelchen ganz nach Art eines Tambourins behandelte. Er schlug es mit den Knöcheln, warf es hoch und fing es wieder. Danach folgte das van der Straatensche Paar, dann Rubehn und Fräulein Riekchen, während Anastasia träumerisch und Blumen pflückend den Nachtrab bildete. Sie hing süßen Fragen und Vorstellungen nach, denn Elimar hatte beim Blindekuh, als er sie haschte, Worte fallen lassen, die nicht mißdeutet werden konnten. Er hätte denn ein schändlicher und zweizüngiger Lügner sein müssen. Und das war er nicht... Wer so rein und kindlich an der Tete dieses Zuges gehen und die Harmonika blasen konnte, konnte kein Verräter sein.

Und sie bückte sich wieder, um (zum wievielsten Male!) an einer Wiesenranunkel die Blätter und die Chancen ihres Glückes zu zählen.

9

Löbbekes Kaffeehaus

Vor Löbbekes Kaffeehaus hatte sich innerhalb der letzten zwei Stunden nichts verändert, mit alleiniger Ausnahme der Sperlinge, die jetzt, statt auf dem Straßendamm, in den verschnittenen Linden saßen und quirilierten. Aber niemand achtete dieser Musik, am wenigsten van der Straaten, der eben Melanies Arm in den Elimars gelegt und sich selbst an die Spitze des Zuges gesetzt hatte. »Attention!« rief er und bückte sich, um sich ohne Fährlichkeit durch das niedrige Türjoch hindurchzuzwängen.

Und alles folgte seinem Rat und Beispiel.

Drinnen waren ein paar absteigende Stufen, weil der Flur um ein

Erhebliches niedriger lag als die Straße draußen, weshalb denn auch den Eintretenden eine dumpfe Kellerluft entgegenkam, von der es schwer zu sagen war, ob sie durch ihren biersäuerlichen Gehalt mehr gewann oder verlor. In der Mitte des Flurs sah man nach rechts hin eine Nische mit Herd und Rauchfang, einer kleinen Schiffsküche nicht unähnlich, während von links her ein Schanktisch um mehrere Fuß vorsprang. Dahinter ein sogenanntes »Schapp«, in dem oben Teller und Tassen und unten allerhand ausgebuchtete Likörflaschen standen. Zwischen Tisch und Schapp aber thronte die Herrin dieser Dominien, eine große, starke Blondine von Mitte Dreißig, die man ohne weiteres als eine Schönheit hätte hinnehmen müssen, wenn nicht ihre Augen gewesen wären. Und doch waren es eigentlich schöne Augen, an denen in Wahrheit nichts auszusetzen war, als daß sie sich daran gewöhnt hatten, alle Männer in zwei Klassen zu teilen, in solche, denen sie zuzwinkerten: »wir treffen uns noch«, und in solche, denen sie spöttisch nachriefen: »wir kennen euch besser«. Alles aber, was in diese zwei Klassen *nicht* hineinpaßte, war nur Gegenstand für Mitleid und Achselzucken.

Es muß leider gesagt werden, daß auch van der Straaten von diesem Achselzucken betroffen wurde. Nicht seiner Jahre halber, im Gegenteil, sie wußte Jahre zu schätzen, nein, einzig und allein, weil er von alter Zeit her die Schwäche hatte, sich à tout prix populär machen zu wollen. Und das war der Blondine das Verächtlichste an allem.

Am Ausgange des Flurs zeigte sich eine noch niedrigere Hoftür und dahinter kam ein Garten, drin, um kümmerliche Bäume herum, ein Dutzend grüngestrichene Tische mit schrägangelehnten Stühlen von derselben Farbe standen. Rechts lief eine Kegelbahn, deren vorderstes unsichtbares Stück sehr wahrscheinlich bis an die Straße reichte. Van der Straaten wies ironischen Tones auf all diese Herrlichkeiten hin, verbreitete sich über die Vorzüge anspruchslos gebliebener Nationalitäten und stieg dann eine kleine Schrägung nieder, die, von dem Sommergarten aus, auf einen großen, am Spreeufer sich hinziehenden und nach Art eines Treibhauses angelegten Glasbalkon führte. An einer der offenen Stellen desselben rückte die Gesellschaft zwei, drei Tische zusammen und hatte nun einen schmalen, zerbrechlichen Wassersteg und links davon ein festgeankertes, aber schon dem Nachbarhause zugehöriges Floß vor sich, an das die kleinen Spreedampfer anzulegen pflegten.

Rubehn erhielt ohne weiteres den besten Platz angewiesen, um als Fremder den Blick auf die Stadt frei zu haben, die flußabwärts im rot- und golddurchglühten Dunst eines heißen Sommertages dalag. Elimar und Gabler aber waren auf den Wassersteg hinausgetreten. Alles freute sich des Bildes und van der Straaten sagte: »Sieh, Melanie. Die Schloßkuppel. Sieht sie nicht aus wie Santa Maria Saluta?«

»Salutè«, verbesserte Melanie, mit Akzentuierung der letzten Silbe.

»Gut, gut. Also Salutè«, wiederholte van der Straaten, indem er jetzt auch seinerseits das e betonte. »Meinetwegen. Ich prätendiere nicht, der alte Sprachenkardinal zu sein, dessen Namen ich vergessen habe. Salus salutis, vierte Deklination, oder dritte, das genügt mir vollkommen. Und Salutà oder Salutè macht mir keinen Unterschied. Freilich, muß ich sagen, so wenig zuverlässig die lieben Italiener in allem sind, so wenig sind sie's auch in ihren Endsilben. Mal a, mal e. Aber lassen wir die Sprachstudien und studieren wir lieber die Speisekarte. Die Speisekarte, die hier natürlich von Mund zu Mund vermittelt wird, eine Tatsache, bei der ich mich jeder blonden Erinnerung entschlage. Nicht wahr, Anastasia? He?«

»Der Herr Kommerzienrat belieben zu scherzen«, antwortete Anastasia pikiert. »Ich glaube nicht, daß sich eine Speisekarte von Mund zu Mund vermitteln läßt.«

»Es käm auf einen Versuch an, und ich für meinen Teil wollte mich zu Lösung der Aufgabe verpflichten. Aber erst wenn Luna herauf ist und ihr Antlitz wieder keusch hinter Wolkenschleiern birgt. Bis dahin muß es bleiben, und bis dahin sei Friede zwischen uns. Und nun, Arnold, ernenn ich dich, in deiner Eigenschaft als Gabler, zum Erbküchenmeister und lege vertrauensvoll unser leibliches Wohl in deine Hände.«

»Was ich dankbarst akzeptiere«, bemerkte dieser, »immer vorausgesetzt, daß du mir, um mit unserem leider abwesenden Freunde Gryczinski zu sprechen, einige Direktiven erteilen willst.«

»Gerne, gerne«, sagte van der Straaten.

»Nun denn, so beginne.«

»Gut. So proponier ich Aal und Gurkensalat ... Zugestanden?«

»Ja«, stimmte der Chorus ein.

»Und danach Hühnchen und neue Kartoffeln ... Zugestanden?«

»Ja.«

»Bliebe nur noch die Frage des Getränks. Unter Umständen wichtig genug. Ich hätte der Lösung derselben, mit Unterstützung Ehms und unsres Wagenkastens, vorgreifen können, aber ich verabscheue Landpartien mit mitgeschlepptem Weinkeller. Erstens kränkt man die Leute, bei denen man doch gewissermaßen immer noch zu Gaste geht, und zweitens bleibt man in dem Kreise des Althergebrachten, aus dem man ja gerade heraus will. Wozu macht man Partien? Wozu? frag ich. Nicht um es besser zu haben, sondern um es anders zu haben, um die Sitten und Gewohnheiten anderer Menschen, und nebenher auch die Lokalspenden ihrer Dorf- und Gauschaften kennen zu lernen. Und da wir hier nicht im Lande Kanaan weilen, wo Kaleb die große Traube trug, so stimm ich für das landesübliche Produkt dieser Gegenden, für eine kühle Blonde. Kein Geld, kein Schweizer; keine Weiße, kein Stralow. Ich wette, daß selbst Gryczinski nie bessere Richtschnuren gegeben hat. Und nun geh, Arnold. Und für Anastasia einen Anisette ... Kühle Blonde! Ob wohl unsere Blondine zwischen Tisch und Schapp in diese Kategorie fällt?«

Elimar hatte mittlerweile dem Schauspiele der untergehenden Sonne zugesehen und auf dem gebrechlichen Wasserstege, nach Art eines Turners, der zum Hocksprung ansetzt, seine Knie gebogen und wieder gestrafft. Alles mechanisch und gedankenlos. Plötzlich aber, während er noch so hin und her wippte, knackte das Brett und brach, und nur der Geistesgegenwart, mit der er nach einem der Pfähle griff, mocht er es zuschreiben, daß er nicht in das gerad an dieser Dampfschiffanlegestelle sehr tiefe Wasser niederstürzte. Die Damen schrien laut auf, und Anastasia zitterte noch, als der durch sich selbst Gerettete mit einem gewissen Siegeslächeln erschien, das unter den sich jagenden Vorwürfen von »Tollkühnheit« und »Gleichgültigkeit gegen die Gefühle seiner Mitmenschen« eher wuchs als schwand.

Ein Zwischenfall wie dieser konnte sich natürlich nicht ereignen, ohne von einer Fülle von Kommentaren und Hypothesen begleitet zu werden, in denen die Wörter »wenn« und »was« die Hauptrolle spielten und endlos wiederkehrten. *Was* würde geschehen sein, wenn Elimar den Pfahl nicht rechtzeitig ergriffen hätte? *Was*, wenn er trotzdem hineingefallen, endlich *was*, wenn er nicht zufällig ein guter Schwimmer gewesen wäre?

Melanie, die längst ihr Gleichgewicht wiedergewonnen hatte, behauptete, daß van der Straaten unter allen Umständen hätte nachspringen müssen, und zwar erstens als Urheber der Partie, zweitens als resoluter Mann und drittens als Kommerzienrat, von denen, allen historischen Aufzeichnungen nach, noch keiner ertrunken wäre. Selbst bei der Sintflut nicht.

Van der Straaten liebte nichts mehr, als solche Neckereien seiner Frau, verwahrte sich aber, unter Dank für das ihm zugetraute Heldentum, gegen alle daraus zu ziehenden Konsequenzen.

Er halte weder zu der alten Firma Leander, noch zu der neuen des Kapitän Boyton, bekenne sich vielmehr, in allem, was Heroismus angehe, ganz zu der Schule seines Freundes Heine, der bei jeder Gelegenheit seiner äußersten Abneigung gegen tragische Manieren einen ehrlichen und unumwundenen Ausdruck gegeben habe.

»Aber«, entgegnete Melanie, »tragische Manieren sind doch nun mal gerade *das,* was wir Frauen von euch verlangen.«

»Ah, bah! Tragische Manieren!« sagte van der Straaten. »Lustige Manieren verlangt ihr und einen jungen Fant, der euch beim Zwirnwickeln die Docke hält und auf ein Fußkissen niederkniet, darauf sonderbarerweise jedesmal ein kleines Hündchen gestickt ist. Mutmaßlich als Symbol der Treue. Und dann seufzt er, der Adorante, der betende Knabe, und macht Augen und versichert euch seiner innigsten Teilnahme. Denn ihr *müßtet* unglücklich sein. Und nun wieder Seufzen und Pause. Freilich, freilich, ihr hättet einen guten Mann (alle Männer seien gut), aber enfin, ein Mann müsse nicht bloß gut sein, ein Mann müsse seine Frau *verstehen.* Darauf kommt es an, sonst sei die Ehe niedrig, *so* niedrig, mehr als niedrig. Und dann seufzt er zum drittenmal. Und wenn der Zwirn endlich abgewickelt ist, was natürlich so lange wie möglich dauert, so glaubt ihr es auch. Denn jede von euch ist wenigstens für einen indischen Prinzen oder für einen Schah von Persien geboren. Allein schon wegen der Teppiche.«

Melanie hatte während dieser echt van der Straatenschen Expektoration ihren Kopf gewiegt und erwiderte schnippisch und mit einem Anflug von Hochmut: »Ich weiß nicht, Ezel, warum du beständig von Zwirn sprichst. Ich wickle Seide.«

Sehr wahrscheinlich, daß es dieser Bemerkung an einer spitzen Replik nicht gefehlt hätte, wenn nicht eben jetzt eine dralle, kurzärmelige Magd erschienen und auf Augenblicke hin der Gegenstand allgemeiner Aufmerksamkeit geworden wäre. Schon um des virtuosen Puffs und Knalls willen, womit sie, wie zum Debüt, ihr Tischtuch auseinanderschlug. Und sehr bald nach ihr erschienen denn auch die dampfenden Schüsseln und die hohen Weißbierstangen, und selbst der Anisette für Anastasia war nicht vergessen. Aber es waren ihrer mehrere, da sich der lebens- und gesellschaftskluge Gabler der allgemeinen Damenstellung zur Anisettefrage rechtzeitig erinnert hatte. Und in der Tat, er mußte lächeln (und van der Straaten mit ihm), als er gleich nach dem Erscheinen des Tabletts auch Riekchen nippen und ihre Eulenaugen immer größer und freundlicher werden sah.

Inzwischen war es dämmrig geworden, und mit der Dämmerung kam die Kühle. Gabler und Elimar erhoben sich, um aus dem Wagen eine Welt von Decken und Tüchern heranzuschleppen, und Melanie, nachdem sie den schwarz- und weißgestreiften Burnus umgenommen und die Kapuze kokett in die Höhe geschlagen hatte, sah reizender aus als zuvor. Eine der Seidenpuscheln hing ihr in die Stirn und bewegte sich hin und her, wenn sie sprach oder dem Gespräch der anderen lebhaft folgte. Und dieses Gespräch, das sich bis dahin medisierend um die Gryczinskis und vor allem auch um den Polizeirat und die neue katilinarische Verschwörung gedreht hatte, fing endlich an, sich näher liegenden und zugleich auch harmloseren Themata zuzuwenden, beispielsweise, wie hell der »Wagen« am Himmel stünde.

»Fast so hell wie der große Bär«, schaltete Rieckchen ein, die nicht fest in der Himmelskunde war. Und nun entsann man sich, daß dies gerade die Sternschnuppennächte wären, auf welche Mitteilung hin van der Straaten nicht nur die fallenden Sterne zu zählen anfing, sondern sich schließlich auch bis zu dem Satz steigerte, »daß alles in der Welt eigentlich nur des Fallens wegen da sei: die Sterne, die Engel, und nur die Frauen nicht«.

Melanie zuckte zusammen, aber niemand sah es, am wenigsten van der Straaten, und nachdem noch eine ganze Weile gezählt und gestritten und der Abend inzwischen immer kälter geworden war, einigte man sich dahin, daß es zur Bekämpfung dieser Polarzustände nur ein einzig erdenkbares Mittel gäbe: eine Glühweinbowle. Van der Straaten selbst machte den Vorschlag und definierte: »Glühwein ist diejenige Form des Weines, in der der Wein nichts und das Gewürznägelchen alles bedeutet«, auf welche Definition hin es gewagt und die Bestellung gemacht wurde. Und siehe da, nach verhältnismäßig kurzer Zeit schon erschien auch die blonde Wirtin in Person, um die Bowle vorsorglich inmitten des Tisches niederzusetzen.

Und nun nahm sie den Deckel ab und freute sich unter Lachen all der aufrichtig dankbaren »Achs«, womit ihre Gäste den warmen und erquicklichen Dampf einsogen. Ein reizender blonder Junge war mit ihr gekommen und hielt sich an der Schürze der Mutter fest.

»Ihrer?« fragte van der Straaten mit verbindlicher Handbewegung.

»Na, wen sonst«, antwortete die Blondine nüchtern und suchte mit Rubehn über den Tisch hin ein paar Blicke zu wechseln. Als es aber mißlang, ergriff sie die blonden Locken ihres Jungen, spielte damit und sagte: »Komm, Pauleken. Die Herrschaften sind lieber alleine.«

Elimar sah ihr betroffen nach und rieb sich die Stirn. Endlich rief er: »Gott sei Dank, nun hab ich's. Ich wußte doch, ich hatte sie schon gesehen. Irgendwo. Triumphzug des Germanicus; Thusnelda, wie sie leibt und lebt.«

»Ich kann es nicht finden«, erwiderte van der Straaten, der ein Piloty-Schwärmer war. »Und es stimmt auch nicht in Verhältnissen und Leibesumfängen, immer vorausgesetzt, daß man von solchen Dingen in Gegenwart unserer Damen sprechen darf. Aber Anastasia wird es verzeihen, und um den Hauptunterschied noch einmal zu betonen, bei Piloty gibt sich Thumelicus noch als ein Werdender, während wir ihn hier bereits an der Schürze seiner Mutter hatten. An der weißesten Schürze, die mir je vorgekommen ist. Aber sei weiß wie Schnee und weißer noch: Ach, die Verleumdung trifft dich doch.«

Diese zwei Reimzeilen waren in einer absichtlich spöttischen Singsangmanier von ihm gesprochen worden, und Rubehn, dem es mißfiel, wandte sich ab und blickte nach links hin auf den von Lichtern überblitzten Strom. Melanie sah es, und das Blut schoß ihr zu Kopf, wie nie zuvor. Ihres Gatten Art und Redeweise hatte sie, durch all die Jahre hin, viel Hunderte von Malen in Verlegenheit gebracht, auch wohl in bittere Verlegenheiten, aber dabei war es geblieben. Heute, zum ersten Male, schämte sie sich seiner.

Van der Straaten indes bemerkte nichts von dieser Verstimmung und klammerte sich nur immer fester an seinen Thusneldastoff, in der an und für sich ganz richtigen Erkenntnis, etwas Besseres für seine Spezialansprüche nicht finden zu können.

»Ich frage jeden, ob dies eine Thusnelda ist? Höher hinauf, meine Freunde. Göttin Aphrodite, die Venus dieser Gegenden, Venus Spreavensis, frisch aus demselben Wasser gestiegen, das uns eben erst unsern teuren Elimar zu rauben trachtete. Das Wasser rauscht, das Wasser schwoll. Aus der Spree gestiegen, sag ich. Aber so mich nicht alles täuscht, haben wir hier *mehr,* meine Freunde. Wir haben hier, wenn ich richtig beobachtet, oder sagen wir, wenn ich richtig geahnt habe, eine Vermählung von Modernem und Antikem: Venus Spreavensis und Venus Kallipygos. Ein gewagtes Wort, ich räum es ein. Aber in Griechisch und Musik darf man alles sagen. Nicht wahr, Anastasia? Nicht wahr, Elimar? Außerdem entsinn ich mich, zu meiner Rechtfertigung, eines wundervollen Kallipygosepigramms... Nein, nicht Epigramms... Wie heißt etwas Zweizeiliges, was sich nicht reimt...«

»Distichon.«

»Richtig. Also ich entsinne mich eines Distichons ... bah, da hab ich es vergessen ... Melanie, wie war es doch? Du sagtest es damals so gut und lachtest so herzlich. Und nun hast du's auch vergessen. Oder *willst* du's bloß vergessen haben? ... Ich bitte dich ... Ich hasse das ... Besinne dich. Es war etwas von Pfirsichpflaum, und ich sagte noch ›man fühlt ihn ordentlich‹. Und du fandst es auch und stimmtest mit ein ... Aber die Gläser sind ja leer ...«

»Und ich denke, wir lassen sie leer«, sagte Melanie scharf und wechselte die Farbe, während sie mechanisch ihren Sonnenschirm auf- und zumachte. »Ich denke, wir lassen sie leer. Es ist ohnehin Glühwein. Und wenn wir noch hinüber wollen, so wird es Zeit sein, *hohe* Zeit«, und sie betonte das Wort.

»Ich bin es zufrieden«, entgegnete van der Straaten, aber in einem Tone, der nur allzu deutlich erkennen ließ, daß seine gute Stimmung in ihr Gegenteil umzuschlagen begann. »Ich bin es zufrieden und bedauere nur, allem Anscheine nach, wieder einmal Anstoß gegeben und das adelige Haus de Caparoux in seinen höheren Aspirationen verschnupft zu haben. Es ist immer das alte Lied, das ich nicht gerne höre. *Wenn* ich es aber hören will, so lad ich mir meinen Schwager-Major zu Tische, der ist erster Kammerherr am Throne des Anstands und der Langenweile. Heute fehlt er hier, und ich hätte gern darauf verzichtet, ihn durch seine Frau Schwägerin ersetzt zu sehen. Ich hasse Prüderien und jene Prätensionen höherer Sittlichkeit, hinter denen nichts steckt. Im günstigsten Falle nichts steckt. Ich darf das sagen, und jedenfalls *will* ich es sagen, und was ich gesagt habe, das habe ich gesagt.«

Es antwortete niemand. Ein schwacher Versuch Gablers, wieder einzulenken, mißlang, und in ziemlich geschäftsmäßigem, wenn auch freilich wieder ruhiger gewordenem Tone wurden alle noch nötigen Verabredungen zur Überfahrt nach Treptow in zwei kleinen Booten getroffen; Ehm aber sollte, mit Benutzung der nächsten Brücke, die Herrschaften am anderen Ufer erwarten. Alles stimmte zu, mit Ausnahme von Fräulein Riekchen, die verlegen erklärte, »daß Bootschaukeln von klein auf ihr Tod gewesen sei«. Worauf sich van der Straaten in einem Anfalle von Ritterlichkeit erbot, mit ihr in der Glaslaube zurückbleiben und das Anlegen des nächsten, vom »Eierhäuschen« her erwarteten Dampfschiffes abpassen zu wollen.

Wohin treiben wir?

Es währte nicht lange, so steuerten von einer dunklen, etwas weiter flußaufwärts gelegenen Uferstelle her zwei Jollen auf das Floß zu, jede mit einer Stocklaterne vorn an Bord. In der kleineren saß derselbe Junge, der schon am Nachmittage die Reifen auf die Kirchhofswiese hinausgetragen hatte, während die größere Jolle, leer und bloß angekettet, im Fahrwasser der anderen nachschwamm. Es gab einen hübschen Anblick, und kaum daß die beiden Fahrzeuge lagen, so stiegen auch, vom Floß aus, die schon ungeduldig Wartenden ein: Rubehn und Melanie in das kleinere, die beiden Maler und Anastasia in das größere Boot, eine Verteilung, die sich wie von selber machte, weil Elimar und Gabler gute Kahnfahrer waren und jeder anderweitigen Führung entbehren konnten. Sie nahmen denn auch die Tete, und der Junge mit der kleineren Jolle folgte.

Van der Straaten sah ihnen eine Weile nach und sagte dann zu dem Fräulein: »Es ist mir ganz lieb, Riekchen, daß wir zurückgeblieben sind und auf das Dampfschiff warten müssen. Ich habe Sie schon immer fragen wollen, wie gefällt Ihnen unser neuer Hausgenosse? Sie sprechen nicht viel, und wer nicht viel spricht, der beobachtet gut.«

»O, er gefällt mir.«

»Und mir gefällt es, Riekchen, daß er Ihnen gefällt. Nur das ›o‹ beklag ich, denn es hebt ein gut Teil Lob wieder auf, und ›o, er gefällt mir‹, ist eigentlich nicht viel besser als ›o, er gefällt mir *nicht*‹. Sie sehen, ich lasse Sie nicht wieder los. Also, nur immer tapfer mit der Sprache heraus. Warum nur o? Woran liegt es? Wo fehlt es? Mißtrauen Sie seinen Dragonerreserveleutnantsallüren? Ist er Ihnen zu kavaliermäßig oder zu wenig? Ist er Ihnen zu laut oder zu still, zu bescheiden oder zu stolz, zu warm oder zu kalt?«

»Damit möchten Sie's getroffen haben.«

»Womit?«

»Mit dem zu kalt. Ja, er ist mir zu kalt. Als ich ihn das erstemal sah, hatt ich einen guten Eindruck, obgleich nicht voll so gut wie Anastasia. Natürlich nicht. Anastasia singt und ist exzentrisch und will einen Mann haben.«

»Will jede.«

»Ich auch?« lachte die Kleine.

»Wer weiß, Riekchen.«

»... Also, das erste war: er gefiel mir. Es war in der Veranda, gleich nach dem zweiten Frühstück; wir hatten eben die blauen Milchsatten zurückgeschoben, und es ist mir, als wäre es gestern gewesen. Da kam der alte Teichgräber und brachte seine Karte. Und dann kam er selbst. Nun, er hat etwas Distinguiertes, und man sieht auf den ersten Blick, daß er die kleine Not des Lebens nicht kennen gelernt hat. Und das ist immer hübsch, und das Hübsche davon soll ihm unbenommen sein. Er hat aber auch etwas Reserviertes. Und wenn ich sage, was Reserviertes, so hab ich noch sehr wenig gesagt. Denn Reserviertsein ist gut und schicklich. Er übertreibt es aber. Anfangs glaubt ich, es sei die kleine gesellschaftliche Scheu, die jeden ziert, auch den Mann von Welt, und er werd es ablegen. Aber bald konnt ich sehen, daß es nicht Scheu war. Nein, ganz im Gegenteil. Es ist Selbstbewußtsein. Er hat etwas amerikanisch Sicheres. Und so sicher er ist, so kalt ist er auch.«

»Ja, Riekchen, er war zu lange drüben, und drüben ist nicht der Platz, um Bescheidenheit und warme Gefühle zu lernen.«

»Sie sind auch nicht zu lernen. Aber man kann sie leider *verlernen*.«

»Verlernen?« lachte van der Straaten. »Ich bitte Sie, Riekchen, er ist ja ein Frankfurter!«

Während dieses Gespräch in dem Glassalon geführt wurde, steuerten die beiden Boote der Mitte des Stromes zu. Auf dem größeren war Scherz und Lachen, aber auf dem kleineren, das folgte, schwieg alles, und Melanie beugte sich über den Rand und ließ das Wasser durch ihre Finger plätschern.

»Ist es immer nur das Wasser, dem Sie die Hand reichen, Freundin?«

»Es kühlt. Und ich hab es so heiß.«

»So legen Sie den Burnus ab...« Und er erhob sich, um ihr behilflich zu sein.

»Nein«, sagte sie heftig und abwehrend. »Mich friert.« Und er sah nun, daß sie wirklich fröstelnd zusammenzuckte.

Und wieder fuhren sie schweigend dem andern Boote nach und horchten auf die Lieder, die von dorther herüberklangen. Erst war es »Long, long ago«, und immer wenn der Refrain kam, summte Melanie die Zeile mit. Und nun lachten sie drüben, und neue Lieder wurden intoniert und ebenso rasch wieder verworfen, bis man sich endlich über eines geeinigt zu haben schien. »O säh ich auf der Heide dort.« Und wirklich, sie hielten aus und sangen alle Strophen durch.

Aber Melanie sang nicht leise mehr mit, um nicht durch ein Zittern ihrer Stimme ihre Bewegung zu verraten.

Und nun waren sie mitten auf dem Strom, außer Hörweite von den Vorauffahrenden, und der Junge, der sie beide fuhr, zog mit einem Ruck die Ruder ein und legte sich bequem ins Boot nieder und ließ es treiben.

»Er sieht auch zu den Sternen auf«, sagte Rubehn.

»Und zählt, wie viele fallen«, lachte Melanie bitter. »Aber Sie dürfen mich nicht so verwundert ansehen, lieber Freund, als ob ich etwas Besonderes gesagt hätte. Das ist ja, wie Sie wissen, oder wenigstens seit *heute* wissen müssen, der Ton unseres Hauses. Ein bißchen spitz, ein bißchen zweideutig und immer unpassend. Ich befleißige mich der Ausdrucksweise meines Mannes. Aber freilich, ich bleibe hinter ihm zurück. Er ist eben unerreichbar und weiß so wundervoll alles zu treffen, was kränkt und bloßstellt und beschämt.«

»Sie dürfen sich nicht verbittern.«

»Ich verbittere mich nicht. Aber ich bin verbittert. Und weil ich es bin und es los sein möchte, deshalb sprech ich so. Van der Straaten...«

»Ist anders als andere. Aber er liebt Sie, glaub ich... Und er ist gut.«

»Und er ist gut«, wiederholte Melanie heftig und in beinahe krampfhafter Heiterkeit. »Alle Männer sind gut... Und nun fehlt nur noch der Zwirnwickel und das Fußkissen mit dem Symbol der Treue darauf, so haben wir alles wieder beisammen. O Freund, wie konnten Sie nur *das* sagen, und, um ihn zu rechtfertigen, so ganz in seinen Ton verfallen!«

»Ich würde durch jeden Ton Anstoß gegeben haben.«

»Vielleicht... Oder sagen wir lieber gewiß. Denn es war zu viel, dieser ewige Hinweis auf Dinge, die nur unter vier Augen gehören, und das kaum. Aber er kennt kein Geheimnis, weil ihm nichts des Geheimnisses wert dünkt. Weil ihm nichts heilig ist. Und wer anders denkt, ist scheinheilig oder lächerlich. Und das vor Ihnen...«

Er nahm ihre Hand und fühlte, daß sie fieberte.

Die Sterne aber funkelten und spiegelten sich und tanzten um sie her, und das Boot schaukelte leis und trieb im Strom, und in Melanies Herzen erklang es immer lauter: wohin treiben wir?

Und sieh, es war, als ob der Bootsjunge von derselben Frage beunruhigt worden wäre, denn er sprang plötzlich auf und sah sich um, und wahrnehmend, daß sie weit über die rechte Stelle hinaus waren, griff er jetzt mit beiden Rudern ein und warf die Jolle nach links herum, um so schnell wie möglich aus der Strömung heraus und dem andern Ufer wieder näher zu kommen. Und sieh, es gelang ihm auch, und ehe fünf Minuten um waren, erkannte man die von zahllosen Lichtern erhellten Baumgruppen des Treptower Parks, und Rubehn und Melanie hörten Anastasias Lachen auf dem vorauffahrenden Boot. Und nun schwieg das Lachen, und das Singen begann wieder. Aber es war ein andres Lied, und über das Wasser hin klang es »Rottraut, Schön-Rottraut«, erst laut und jubelnd, bis es schwermütig in die Worte verklang: »Schweig stille, mein Herze.«

»Schweig stille, mein Herze«, wiederholte Rubehn und sagte leise: »Soll es?«

Melanie antwortete nicht. Das Boot aber lief ans Ufer, an dem Elimar und Arnold schon in aller Dienstbeflissenheit warteten. Und gleich darauf kam auch das Dampfschiff, und Riekchen und van der Straaten stiegen aus. Er heiter und gesprächig.

Und er nahm Melanies Arm und schien die Szene, die den Abend gestört hatte, vollkommen vergessen zu haben.

11

Zum Minister

»Wohin treiben wir?« hatte es in Melanies Herzen gefragt, und die Frage war ihr unvergessen geblieben. Aber der fieberhaften Erregung jener Stunde hatte sie sich entschlagen, und in den Tagen, die folgten, war ihr die Herrschaft über sich selbst zurückgekehrt.

Und diese Herrschaft blieb ihr auch, und sie zuckte nur einen Augenblick zusammen, als sie, nach Ablauf einer Woche, Rubehn am Gitter draußen halten und gleich darauf auf die Veranda zukommen sah. Sie ging ihm, wie gewöhnlich, einen Schritt entgegen und sagte: »Wie ich mich freue, Sie wiederzusehen! Sonst sahen wir Sie jeden dritten Tag, und Sie haben diesmal eine Woche vergehen lassen, fast eine Woche. Aber die Strafe folgt Ihnen auf dem Fuße. Sie treffen nur Anastasia und mich. Unser Riekchen, das Sie ja zu schätzen wissen (wenn auch freilich nicht genug), hat uns auf einen ganzen Monat verlassen und erzieht sieben kleine Vettern auf dem Lande. Lauter Jungen und lauter Sawatzkis, und in ihren übermütigsten Stunden auch mutmaßlich lauter Sattler von der Hölle.«

»Sagen wir lieber gewiß. Und dazu Riekchen als Präzeptor und Regente. Muß das eine Zügelführung sein!«

»Oh, Sie verkennen sie; sie weiß sich in Respekt zu setzen.«

»Und doch möcht ich die Verzweiflung des Gärtners über zertretene Rabatten und die des Försters über angerichteten Wildschaden nicht mit Augen sehen. Denn ein kleiner Junker schießt alles, was kreucht und fleucht. Und nun gar sieben. Aber ich vergesse, mich meines Auftrages zu entledigen. Van der Straaten . . . Ihr Herr Gemahl . . . bittet, ihn zu Tische *nicht* erwarten zu wollen. Er ist zum Minister befohlen, und zwar in Sachen einer Enquete. Freilich erst morgen. Aber heute hat er das Vorspiel: das Diner. Sie wissen, meine gnädigste Frau, es gibt jetzt nur noch Enqueten.«

»Es gibt nur noch Enqueten, aber es gibt keine gnädigsten Frauen mehr. Wenigstens nicht hier und am wenigsten zwischen uns. Eine Gnädigste bin ich überhaupt nur bei Gryczinskis. Ich bin Ihre gute Freundin und weiter nichts. Nicht wahr?« Und sie gab ihm ihre Hand, die er nahm und küßte. »Und ich will nicht«, fuhr sie fort, »daß wir diese sechs Tage nur gelebt haben, um unsere Freundschaft um ebenso viele Wochen zurückzudatieren. Also nichts mehr von einer ›gnädigsten Frau‹.« Und dabei zwang sie sich, ihn anzusehen. Aber ihr Herz schlug, und ihre Stimme zitterte bei der Erinnerung an den Abend, der nur zu deutlich vor ihrer Seele stand.

»Ja, lieber Freund«, nahm sie nach einer kurzen Pause wieder das Wort, »ich mußte das zwischen uns klar machen. Und da wir einmal beim Klarmachen sind, so muß auch noch ein andres heraus, auch etwas Persönliches und Diffiziles. Ich muß Ihnen nämlich endlich einen Namen geben. Denn Sie haben eigentlich keinen Namen, oder wenigstens keinen, der zu brauchen wäre.«

»Ich dächte doch . . .«, sagte Rubehn mit einem leisen Anfluge von Verlegenheit und Mißstimmung.

»Ich dächte doch«, wiederholte Melanie und lachte. »Daß doch auch die Klugen und Klügsten auf *diesen* Punkt hin immer empfindlich sind! Aber ich bitte Sie, sich aller Empfindlichkeiten entschlagen zu wollen. Sie sollen selbst entscheiden. Beantworten Sie mir auf Pflicht und Gewissen die Frage: ob Ebenezer ein Name ist? Ich meine ein Name fürs Haus, fürs Geplauder, für die Causerie, die doch nun mal unser Bestes ist! Ebenezer! Oh, Sie dürfen nicht so bös aussehen. Ebenezer ist ein Name für einen Hohepriester oder für einen, der's werden will, und ich seh ihn ordentlich, wie er das Opfermesser schwingt. Und sehen Sie, davor schaudert mir. Ebenezer ist au fond nicht besser als Aaron. Und es ist auch nichts daraus zu machen. Aus Ezechiel habe ich mir einen Ezel glücklich kondensiert. Aber Ebenezer!«

Anastasia weidete sich an Rubehns Verlegenheit und sagte dann: »Ich wüßte schon eine Hilfe.«

»Oh, die weiß ich auch. Und ich könnte sogar alles in einem allgemeinen und fast nach Grammatik klingenden Satz bringen. Und dieser Satz würde sein: Um- und Rückformung des abstrusen Familiennamens Rubehn in den alten, mir immer lieb gewesenen Vornamen Ruben.«

»Und das wollt ich auch sagen«, eiferte Anastasia.

»Aber ich *hab* es gesagt.«

Und in diesem Prioritätsstreite scherzte sich Melanie mehr und mehr in den Ton alter Unbefangenheit hinein und fuhr endlich, gegen Rubehn gewendet, fort: »Und wissen Sie, lieber Freund, daß mir diese Namensgebung wirklich etwas bedeutet? Ruben, um es zu wiederholen, war mir von jeher der Sympathischste von den Zwölfen. Er hatte das Hochherzige, das sich immer bei dem Ältesten findet, einfach, weil er der Älteste ist. Denken Sie nach, ob ich nicht recht habe. Die natürliche Herrscherstellung des Erstgeborenen sichert ihn vor Mesquinerie und Intrige.«

»Jeder Erstgeborene wird Ihnen für diese Verherrlichung dankbar sein müssen, und jeder Ruben erst recht. Und doch gesteh ich Ihnen offen, ich hätt unter den Zwölfen eine andere Wahl getroffen.«

»Aber gewiß keine bessere. Und ich hoff es Ihnen beweisen zu können. Über die sechs Halblegitimen ist weiter kein Wort zu verlieren; Sie nicken, sind also einverstanden. Und so nehmen wir denn, als erstes Betrachtungsobjekt, die Nestküken der Familie, die Muttersöhnchen. Es wird so viel von ihnen gemacht, aber Sie werden mir zustimmen, daß die spätere ägyptische Exzellenz nicht so ganz ohne Not in die Zisterne gesteckt worden ist. Er war einfach ein enfant terrible. Und nun gar der Jüngste! Verwöhnt und verzogen. Ich habe selbst ein Jüngstes und weiß etwas davon zu sagen ... Und so bleiben uns denn wirklich nur die vier alten Grognards von der Lea her. Wohl, sie haben alle vier ihre Meriten. Aber doch ist ein Unterschied. In dem Levi spukt schon der Levit, und in dem Juda das Königtum – ein Stückchen Illoyalität, das Sie mir als freier Schweizerin zugute halten müssen. Und so sehen wir uns denn vor den Rest gestellt, vor die beiden letzten, die natürlich die beiden ersten sind. Eh bien, ich will nicht mäkeln und feilschen und will dem Simeon lassen, was ihm zukommt. Er war ein Charakter, und als solcher wollt er dem Jungen ans Leben. Charaktere sind nie für halbe Maßregeln. Aber da trat Ruben dazwischen, *mein* Ruben, und rettete den Jungen, weil er des alten Vaters gedachte. Denn er war gefühlvoll und mitleidig und hochherzig. Und was Schwäche war, darüber sag ich nichts. Er hatte die Fehler seiner Tugenden, wie wir alle. Das war es und weiter nichts. Und deshalb Ruben und immer wieder Ruben. Und kein Appell und kein Refus. Anastasia, brich einen Tauf- und Krönungszweig ab, da von der Esche drüben. Wir können sie dann die Ruben-Esche nennen.«

Und dieses scherzhafte Geplauder würde sich mutmaßlich noch fortgesetzt haben, wenn nicht eben in diesem Augenblicke der wohlbekannte, zweirädrige Gig sichtbar geworden wäre, von dessen turmhohem Sitz herab van der Straaten über das Gitter weg mit der Peitsche salutierte. Und nun hielt das Gefährt, und der Enqueten-Kommerzienrat erschien in der Veranda, strahlend von Glück und freudiger Erregung. Er küßte Melanie die Stirn und versicherte einmal über das andere, daß er sich's nicht habe versagen wollen, die freie halbe Stunde bis zum ministeriellen Diner au sein de sa famille zu verbringen.

Und nun nahm er Platz und rief in das Haus hinein: »Liddi, Liddi. Rasch. Antreten. Immer flink. Und Heth auch; das Stiefkind, die Kleine, die vernachlässigt wird, weil sie mir ähnlich sieht ...«

»Und von der ich eben erzählt habe, daß sie grenzenlos verwöhnt würde.«

Die Kinder waren inzwischen erschienen, und der glückliche Vater nahm ein elegantes Tütchen mit papierenem Spitzenbesatz aus der Tasche und hielt es Lydia hin. Diese nahm's und gab es an die Kleine weiter. »Da, Heth.«

»Magst du nicht?« fragte van der Straaten. »Sieh doch erst nach. Es sind ja Pralinés. Und noch dazu von Sarotti.«

Aber Lydia sah mit einem Streifblick zu Rubehn hinüber und sagte: »Tüten sind für Kinder. Ich mag nicht.«

Alles lachte, selbst Rubehn, trotzdem er wohl fühlte, daß er der Grund dieser Ablehnung war. Van der Straaten indes nahm die kleine Heth auf den Schoß und sagte: »Du bist deines Vaters Kind. Ohne Faxen und Haberei. Lydia spielt schon die de Caparoux.«

»Laß sie«, sagte Melanie.

»Ich werde sie lassen *müssen*. Und sonderbar zu sagen, ich hasse die Vornehmheitsallüren eigentlich nur für mich selbst. In meiner Familie sind sie mir ganz recht, wenigstens gelegentlich, abgesehen davon, daß sich auch für meine Person allerhand Wandlungen vorbereiten. Denn in meiner Eigenschaft als Mitglied einer Enquetenkommission hab ich die Verpflichtung höherer gesellschaftlicher Formen übernommen, und geht das so weiter, Melanie, so hältst du zwischen heut und sechs Wochen einen halben Oberzeremonienmeister in deinen Händen. In den Sechswochenschaften hat ja von Uranfang an etwas mysteriös Bedeutungsvolles geschlummert.«

»Eine Wendung, lieber van der Straaten, die mir vorläufig nur wieder zeigt, wie weitab du noch von deiner neuen Charge bist.«

»Allerdings, allerdings«, lachte van der Straaten. »Gut Ding will Weile haben, und Rom wurde nicht an einem Tage erbaut. Und nun sage mir, denn ich habe nur noch zehn Minuten, wie du diesen Nachmittag zu verbringen und unsern Freund Rubehn zu divertieren gedenkst. Verzeih die Frage. Aber ich kenne deine mitunter ängstliche Gleichgültigkeit gegen Tisch- und Tafelfreuden und berechne mir in der Eile, daß deine Bohnen und Hammelkoteletts, auch wenn die Bohnen ziepsig und die Koteletts zähe sind, nicht gut über eine halbe Stunde hinaus ausgedehnt werden können. Auch nicht unter Heranziehung eines Desserts von Erdbeeren und Stiltonkäse. Und so sorg ich mich denn um euch, und zwar um so mehr, als ihr nicht die geringste Chance habt, mich vor neun Uhr wieder hier zu sehen.«

»Ängstige dich nicht«, entgegnete Melanie. »Es ist keine Frage, daß wir dich schmerzlich entbehren werden. Du wirst uns fehlen, du *mußt* uns fehlen. Denn wer könnt uns, um nur eines zu nennen, den Hochflug deiner bilderreichen Einbildungskraft ersetzen. Kaum, daß wir ihr zu folgen verstehen. Und doch verbürg ich mich für Unterbringung dieser armen, verlorenen Stunden, die dir so viel Sorge machen. Und du sollst sogar das Programm wissen.«

»Da wär ich neugierig.«

»Erst singen wir.«

»Tristan?«

»Nein. Und Anastasia begleitet. Und dann haben wir unser Diner oder doch das, was dafür aufkommen muß. Und es wird sich schon machen. Denn immer, wenn du nicht da bist, suchen wir uns durch einen besseren Tisch und ein paar eingeschobene süße Speisen zu trösten.«

»Glaub's, glaub's. Und?«

»Dann hab ich vor, unsern lieben Freund, den ich dir übrigens, nach einem allerjüngsten Übereinkommen, als Rubehn mit dem gestrichenen h, also schlechtweg als unsern Freund Ruben vorstelle, mit den Schätzen und Schönheiten unserer Villa bekannt zu machen. Er ist eine Legion von Malen, wenn auch immer noch nicht oft genug, unser lieber Gast gewesen und kennt trotz alledem nichts von dieser ganzen Herrlichkeit, als unser Eß- und Musikzimmer und hier draußen die Veranda mit dem kreischenden Pfau, der ihm natürlich ein Greuel ist. Aber er soll heute noch in seinem halb freireichsstädtischen und halb überseeischen Hochmute gedemütigt werden. Ich habe vor, mit deinem Obstgarten zu beginnen und dem Obstgarten das Palmenhaus und dem Palmenhause das Aquarium folgen zu lassen.«

»Ein gutes Programm, das mich nur hinsichtlich seiner letzten Nummer etwas erschreckt oder wenigstens zur Vorsicht mahnen läßt. Sie müssen nämlich wissen, Rubehn, was wir letzten Sommer in dieser erbärmlichen Glaskastensammlung, die den stolzen Namen Aquarium führt, schaudernd selbst erlebt haben. Nicht mehr und nicht weniger als einen Ausbruch, Eruption, und ich höre noch Anastasias Aufschrei und werd ihn hören bis ans Ende meiner Tage. Denken Sie sich, eine der großen Glasscheiben platzt, Ursache unbekannt, wahrscheinlich aber, weil Gryczinski seinem Füsiliersäbel eine falsche Direktive gegeben, und siehe da, ehe wir drei zählen können, steht unser ganzer Aquariumsflur nicht nur handhoch unter Wasser, sondern auch alle Schrecken der Tiefe zappeln um uns her, und ein großer Hecht umschnopert Melanies Fußtaille mit absichtlichster Vernachlässigung Tante Riekchens. Offenbar also ein Kenner. Und in einem Anfalle wahnsinniger Eifersucht hab ich ihn schlachten lassen und seine Leber höchsteigenhändig verzehrt.«

Anastasia bestätigte die Zutreffendheit der Schilderung, und selbst Melanie, die seit längerer Zeit ähnlichen Exkursen ihres Gatten mit nur zu sichtlichem Widerstreben folgte, nahm heute wieder an der allgemeinen Heiterkeit teil. Sie hatte sich schon vorher in dem mit Rubehn geführten Gespräche derartig heraufgeschraubt, daß sie wie geistig trunken und beinahe gleichgültig gegen Erwägungen und Rücksichten war, die sie noch ganz vor kurzem gequält hatten. Sie sah wieder alles von der lachenden Seite, selbst das Gewagteste, und faßte, ohne sich Rechenschaft davon zu geben, den Entschluß, mit der ganzen nervösen Feinfühligkeit dieser letzten Woche ein für allemal zu brechen und wieder keck und unbefangen in die Welt hineinleben zu wollen.

Van der Straaten aber, überglücklich, mit seinem Aquariumshecht einen guten Abgang gefunden zu haben, griff nach Hut und Handschuh und versprach, auf Eile dringen zu wollen, soweit sich, einem Minister gegenüber, überhaupt auf irgend etwas dringen lasse.

Das waren seine letzten Worte. Gleich darauf hörte man das Knirschen der Räder und empfing von außen her, über das Parkgitter hin, einen absichtlich übertriebenen Feierlichkeitsgruß, in dem sich die ganze Bedeutung eines Mannes ausdrücken sollte, der zum Minister fährt. Noch dazu zum Finanzminister, der eigentlich immer ein Doppelminister ist.

12

Unter Palmen

Die Nachmittagsstunden vergingen, wie's Melanie geplant und van der Straaten gebilligt hatte. Dem anderthalbstündigen Musizieren folgte das kleine Diner, opulenter als gedacht, und die Sonne stand eben noch über den Bosketts, als man sich erhob, um draußen im »Orchard« ein zweites Dessert von den Bäumen zu pflücken.

Dieser für allerhand Obstkulturen bestimmte Teil des Parkes lief, an sonnigster Stelle, neben dem Fluß entlang und bestand aus einem anscheinend endlosen Kieswege, der nach der Spree hin offen, nach der Parkseite hin aber von Spalierwänden eingefaßt war. An diesen Spalieren, in kunstvoller Weise behandelt und jeder einzelne Zweig gehegt und gepflegt, reiften die feinsten Obstarten, während kaum minder feine Sorten an nebenherlaufenden niederen Brettergestellen, etwa nach Art großer Ananaserdbeeren, gezogen wurden.

Melanie hatte Rubehns Arm genommen, Anastasia folgte langsam und in wachsenden Abständen; Heth aber auf ihrem Velociped begleitete die Mama, bald weit voraus, bald dicht neben ihr, und wandte sich dann wieder, ohne die geringste Ahnung davon, daß ihre rückseitige Drapierung in ein immer komischeres und ungenierteres Fliegen und Flattern kam. Melanie, wenn Heth die Wendung machte, suchte jedesmal durch ein lebhafteres Sprechen über die kleine Verlegenheit hinwegzukommen, bis Rubehn endlich ihre Hand nahm und sagte: »Lassen wir doch das Kind. Es ist ja glücklich, beneidenswert glücklich. Und Sie sehen, Freundin, ich lache nicht einmal.«

»Sie haben recht«, entgegnete Melanie. »Torheit und nichts weiter. Unsere Scham ist unsere Schuld. Und eigentlich ist es rührend und entzückend zugleich.« Und als der kleine Wildfang in eben diesem Augenblicke wieder heranrollte, kommandierte sie selbst: »Rechts um. Und nicht zu nah an die Spree! Sehen Sie nur, wie sie hinfliegt. So lange die Welt steht, hat keine Reiterei mit so fliegenden Fahnen angegriffen.«

Unter solchem Gespräch waren sie bis an die Stelle gekommen, wo, von der Parkseite her, ein breiter, avenueartiger Weg in den langen und schmalen Spaliergang einmündete. Hier, im Zentrum der ganzen Anlage, erhoben sich denn auch, nach dem Vorbilde der berühmten englischen Gärten in Kew, ein paar hohe, glasgekuppelte Palmenhäuser, an deren eines sich ein altmodisches Treibhaus anlehnte, das, früher der Herrschaft zugehörig, inzwischen mit all seinen Blattpflanzen und Topfgewächsen in die Hände des alten Gärtners übergegangen und die Grundlage zum Betrieb eines sehr einträglichen Privatgeschäftes geworden war. Unmittelbar neben dem Treibhaus hatte der Gärtner seine Wohnung, nur ein zweifenstriges und ganz von Efeu überwachsenes Häuschen, über das ein alter, schrägstehender Akazienbaum seine Zweige breitete. Zwei, drei Steinstufen führten bis in den Flur, und neben diesen Stufen stand eine Bank, deren Rücklehne von dem Efeu mit überwachsen war.

»Setzen wir uns«, sagte Melanie. »Immer vorausgesetzt, daß wir dürfen. Denn unser alter Freund hier ist nicht immer guter Laune. Nicht wahr, Kagelmann?«

Diese Worte hatten sich an einen kleinen und ziemlich häßlichen Mann gerichtet, der, wiewohl kahlköpfig (was übrigens die Sommermütze verdeckte), nichtsdestoweniger an beiden Schläfen ein paar lange, glatte Haarsträhnen hatte, die bis tief auf die Schulter niederhingen. Alles an ihm war außer Verhältnis, und so kam es, daß, seiner Kleinheit unerachtet, oder vielleicht auch um dieser willen, alles zu groß an ihm erschien: die Nase, die Ohren, die Hände. Und eigentlich auch die Augen. Aber diese sah man nur, wenn er, was öfters geschah, die ganz verblakte Hornbrille abnahm. Er war eine typische Gärtnerfigur: unfreundlich, grob und habsüchtig, vor allem auch seinem Wohltäter, dem Kommerzienrat, gegenüber, und nur wenn er die »Frau Rätin« sah, erwies er sich auffallend verbindlich und guter Laune.

So nahm er denn auch heute das scherzhaft hingeworfene »wenn wir dürfen« in bester Stimmung auf und sagte, während er mit der Rechten (in der er einen kleinen Aurikeltopf hielt) seine großschirmige Mütze nach hinten schob: »Jott, Frau Rätin, ob *Sie* dürfen! Solche Frau! Solche Frau wie Sie darf allens. Un warum? Weil Ihnen allens kleid't. Un wen alles kleid't, der darf ooch alles. Uff's Kleiden kommt's an. 's gibt welche, die sagen, die Blumen machen dumm und simplig. Aber daß es uff's Kleiden ankommt, so viel lernt man bei de Blumens.«

»Immer mein galanter Kagelmann«, lachte Melanie. »Man merkt

doch den Unverheirateten, den Junggesellen. Und doch ist es unrecht, Kagelmann, daß Sie so geblieben sind. Ich meine, so ledig. Ein Mann wie Sie, so frisch und gesund, und ein so gutes Geschäft. Und reich dazu. Die Leute sagen ja, Sie hätten ein Rittergut. Aber ich will es nicht wissen, Kagelmann. Ich respektiere Geheimnisse. Nur das ist wahr, Ihr Efeuhaus ist zu klein, immer vorausgesetzt, daß Sie sich noch mal anders besinnen.«

»Ja, kleen is es man. Aber vor mir is es jroß genug, das heißt vor mir alleine. Sonst . . . Aber ich bin ja nu all sechzig.«

»Sechzig. Mein Gott, sechzig. Sechzig ist ja gar kein Alter.«

»Nee«, sagte Kagelmann. »En Alter is es eijentlich noch nich. Un es jeht ooch allens noch. Un janz jut. Un es schmeckt ooch noch, un die Gebrüder Benekens dragen einen ooch noch. Aber viel mehr is es ooch nich. Un wen soll man denn am Ende nehmen? Sehen Sie, Frau Rätin, die so vor mir passen, die gefallen mir nich, un die mir gefallen, die passen wieder nich. – Ich wäre so vor dreißig oder so drum rum. Dreißig ist jut, un dreißig zu dreißig, das stimmt ooch. Aber sechzig in dreißig jeht nich. Und da sagt denn die Frau: borg ich mir einen.«

Melanie lachte.

Kagelmann aber fuhr fort: »Ach, Frau Kommerzienrätin, Sie hören so was nicht, un glauben jar nicht, wie die Welt is un was alles passiert. Da war hier einer drüben bei Flatows, Cohn und Flatow, großes Ledergeschäft (un sie sollen's ja von Amerika kriegen; na, mir is es jleich), und war ooch en Gärtner, und war woll so sechsundfufzig. Oder vielleicht ooch erst fünfundfufzig. Und der nahm sich ja nu so'n Madamchen, so von'n Jahrer dreißig, un war ne Wittib, un immer janz schwarz, un ne hübsche Person, un saß immer ins mittelste Zelt, Nummer 4, wo Kaiser Wilhelm steht, un wo immer die Musik is mit Klavier un Flöte. Ja, du mein Jott, was hat er gehabt? Jar nichts hat er gehabt. Un da sitzt er nu mit seine drei Würmer, und Madamchen is weg. Un mit wen is se weg? Mit'n Gelbschnabel, un hatte noch keene zwanzig uff'n Rücken, un Teichgräber sagt, er wär erst achtzehn gewesen. Un möglich is es. Aber ein fixer kleiner Kerl war es, so was Italiensches, un war doch bloß aus Rathnow. Aber een Paar Oogen! Ich sag Ihnen, Frau Kommerzienrätin, wie'n Feuerwerk, un es war orntlich, als ob's man so prasselte.«

»Ja, das ist traurig für den Mann«, lachte Melanie. »Aber doch am traurigsten für die Frau. Denn wenn einer *solche* Augen hat . . .«

»Un so was is jetzt alle Tage«, schloß der Alte, der auf die

Zwischenbemerkung nicht geachtet hatte und wieder bei seinen Töpfen zu stellen und zu kramen anfing.

Aber Melanie ließ ihm keine Ruh. »Alle Tage?« sagte sie. »Natürlich, alle Tage. Natürlich, alles kommt vor. Aber das darf einen doch nicht abhalten. Sonst könnte ja keiner mehr heiraten, und es gäbe gar kein Leben und keine Menschen mehr. Denn ein kleiner fixer Gärtnerbursche, nu, mein Gott, der find't sich zuletzt überall.«

»Ja, Frau Kommerzienrätin, das is schon richtig. Aber mitunter find't er sich immer und mitunter find't er sich bloß manchmal. Heiraten! Nu ja, hübsch muß es ja sin, sonst däten es nich so viele. Aber besser is besser. Und ich denke, lieber bewahrt als beklagt.«

In diesem Augenblicke wurde von der Hauptallee her ein Einspänner sichtbar und hielt, indem er eine Biegung machte, vor der Bank, auf der Rubehn und Melanie Platz genommen hatten. Es war ein auf niedrigen Rädern gehendes Fuhrwerk, das den Geschäftsverkehr des kleinen Privattreibhauses mit der Stadt vermittelte.

Kagelmann tat ein paar Fragen an den vorn auf dem Deichselbrette sitzenden Kutscher, und nachdem er noch einen anderen Arbeiter herbeigerufen hatte, fingen alle drei an, die Palmenkübel abzuladen, die, trotzdem sie nur von mäßiger Größe waren, den Rand des Wagenkastens weit überragten und mit ihren dunklen Kronen schon von fernher den Eindruck prächtig wehender Federbüsche gemacht hatten.

Alle drei waren ein paar Minuten lang emsig bei der Arbeit; als aber schließlich alles abgeladen war, wandte sich Kagelmann wieder an seine gnädige Frau und sagte, während er die zwei größten und schönsten Palmen mit seinen Händen patschelte: »Ja, Frau Rätin, das sind nu so meine Stammhalter, so meine zwei Säulen vons Geschäft. Un immer unterwegs, wie'n Landbriefträger. Man bloß noch unterwegser. Denn der hat doch'n Sonntag oder Kirchenzeit. Aber meine Palmen nich. Un ich freue mir immer orntlich, wenn mal'n Stillstand is und ich allens mal wieder so zu sehen kriege. So wie heute. Denn mitunter seh ich meine Palmen die janze Woche nich.«

»Aber warum nicht?«

»Jott, Frau Rätin, Palme paßt immer. Un is kein Unterschied, ob Trauung oder Begräbnis. Und manche taufen auch schon mit Palme. Und wenn ich sage Palme, na so kann ich auch sagen Lorbeer oder Lebensbaum oder was wir Thuja nennen. Aber Palme, versteht sich, is immer das Feinste. Un is bloß man ein Metier, das is jrade so, janz akkurat ebenso bei Leben und Sterben. Un is ooch immer dasselbe.«

»Ah, ich versteh«, sagte Melanie. »Der Tischler.«

»Nein, Frau Rätin, der Tischler nich. Er is woll auch immer mit dabei, das is schon richtig, aber's is doch nich immer dasselbe. Denn ein Sarg is keine Wiege nich und eine Wiege is kein Sarg nich. Und was een richtiges Himmelbett is, nu davon will ich jar nicht erst reden ...«

»Aber Kagelmann, wenn es nicht der Tischler ist, wer denn?«

»Der Domchor, Frau Rätin. Der is auch immer mit dabei un is immer dasselbe. Jrade so wie bei mir. Un er hat auch so seine zwei Stammhalter, seine zwei Säulen vons Geschäft: ›'s ist bestimmt in Gottes Rat‹ oder ›Wie sie so sanft ruhn‹. Un es paßt immer un macht keinen Unterschied, ob einer abreist oder ob einer begraben wird. Un grün is grün, un is jrade so wie Lebensbaum und Palme.«

»Und doch, Kagelmann, wenn Sie nun mal heiraten und selber Hochzeit machen (aber nicht hier in Ihrem Efeuhause, das ist zu klein), dann sollen Sie doch beides haben: Gesang und Palme. Und was für Palmen! Das versprech ich Ihnen! Denn ohne Palmen und Gesang ist es nicht feierlich genug. Und aufs Feierliche kommt es an. Und dann gehen wir in das große Treibhaus, bis dicht an die Kuppel, und machen einen wundervollen Altar unter der allerschönsten Palme. Und da sollen Sie getraut werden. Und oben in der Kuppel wollen wir stehen und ein schönes Lied singen, einen Choral, ich und Fräulein Anastasia, und Herr Rubehn hier und Herr Elimar Schulze, den Sie ja auch kennen. Und dabei soll Ihnen zumute sein, als ob Sie schon im Himmel wären und hörten die Engel singen.«

»Glaub ich, Frau Rätin, glaub ich.«

»Und zu vorläufigem Dank für alle diese kommenden Herrlichkeiten sollen Sie, liebster Kagelmann, uns jetzt in das Palmenhaus führen. Denn ich weiß nicht Bescheid und kenne die Namen nicht, und der fremde Herr hier, der ein paarmal um die Welt herumgefahren ist und die Palmen sozusagen an der Quelle studiert hat, will einmal sehen, was wir haben und nicht haben.«

Eigentlich kam alles dieses dem Alten so wenig gelegen wie möglich, weil er seine Kübel und Blumentöpfe noch vor Dunkelwerden in das kleine Treibhaus hineinschaffen wollte. Er bezwang sich aber, schob seine Mütze, wie zum Zeichen der Zustimmung, wieder nach hinten und sagte: »Frau Rätin haben bloß zu befehlen.«

Und nun gingen sie zwischen langen und niedrigen Backsteinöfen hin, den bloß mannsbreiten Mittelgang hinauf, bis an die Stelle, wo dieser Mittelgang in das große Palmenhaus einmündete. Wenige Schritte noch, und sie befanden sich wie am Eingang eines Tropenwaldes, und der mächtige Glasbau wölbte sich über ihnen. Hier standen die Prachtexemplare der van der Straatenschen Sammlung: Palmen, Drakäen, Riesenfarren, und eine Wendeltreppe schlängelte sich hinauf, erst bis in die Kuppel und dann um diese selbst herum und in einer der hohen Emporen des Langschiffes weiter.

Unterwegs war nicht gesprochen worden.

Als sie jetzt unter der hohen Wölbung hielten, entsann sich Kagelmann, etwas Wichtiges vergessen zu haben. Eigentlich aber wollt er nur zurück und sagte: »Frau Rätin wissen ja nu Bescheid und kennen die Galerie. Da wo der kleine Tisch is un die kleinen Stühle, das ist der beste Platz, un is wie ne Laube, un janz dicht. Un da sitzt ooch immer der Herr Kommerzienrat. Und keiner sieht ihn. Un das hat er am liebsten.« Und danach verabschiedete sich der Alte, wandte sich aber noch einmal um, um zu fragen, ob er das Fräulein schicken solle?

»Gewiß, Kagelmann. Wir warten.«

Und als sie nun allein waren, nahm Rubehn den Vortritt und stieg hinauf und eilte sich, als er oben war, der noch auf der Wendeltreppe stehenden Melanie die Hand zu reichen. Und nun gingen sie weiter über die kleinen klirrenden Eisenbrettchen hin, die hier als Dielen lagen, bis sie zu der von Kagelmann beschriebenen Stelle kamen, besser beschrieben, als er selber wissen mochte. Wirklich, es war eine phantastisch aus Blattkronen gebildete Laube, fest geschlossen, und überall an den Gurten und Ribben der Wölbung hin rankten sich Orchideen, die die ganze Kuppel mit ihrem Duft erfüllten. Es atmete sich wonnig, aber schwer in dieser dichten Laube; dabei war es, als ob hundert Geheimnisse sprächen, und Melanie fühlte, wie dieser berauschende Duft ihre Nerven hinschwinden machte. Sie zählte jenen von äußeren Eindrücken, von Luft und Licht abhängigen Naturen zu, die der Frische bedürfen, um selber frisch zu sein. Über ein Schneefeld hin, bei rascher Fahrt und scharfem Ost – da wär ihr der heitere Sinn, der tapfere Mut ihrer Seele wiedergekommen; aber diese weiche, schlaffe Luft machte sie selber weich und schlaff, und die Rüstung ihres Geistes lockerte sich und löste sich und fiel.

»Anastasia wird uns nicht finden.«
»Ich vermisse sie nicht.«
»Und doch will ich nach ihr rufen.«

»Ich vermisse sie nicht«, wiederholte Rubehn, und seine Stimme zitterte. »Ich vermisse nur das Lied, das sie damals sang, als wir im Boot über den Strom fuhren. Und nun rate.«

»Long, long ago . . .«

Er schüttelte den Kopf.

»O, säh ich auf der Heide dort . . .«

»Auch *das* nicht, Melanie.«

»Rottraut«, sagte sie leis.

Und nun wollte sie sich erheben. Aber er litt es nicht und kniete nieder und hielt sie fest, und sie flüsterten Worte, so heiß und so süß, wie die Luft, die sie atmeten.

Endlich aber war die Dämmerung gekommen, und breite Schatten fielen in die Kuppel. Und als alles immer noch still blieb, stiegen sie die Treppe hinab und tappten sich durch ein Gewirr von Palmen, erst bis in den Mittelgang und dann ins Freie zurück.

Draußen fanden sie Anastasia.

»Wo du nur bliebst!« fragte Melanie befangen. »Ich habe mich geängstigt um dich und mich. Ja, es ist so. Frage nur. Und nun hab ich Kopfweh.«

Anastasia nahm unter Lachen den Arm der Freundin und sagte nur: »Und du wunderst dich über Kopfweh! Man wandelt nicht ungestraft unter Palmen.«

Melanie wurde rot bis an die Schläfe. Aber die Dunkelheit half es ihr verbergen. Und so schritten sie der Villa zu, darin schon die Lichter brannten.

Alle Türen und Fenster standen auf, und von den frisch gemähten Wiesen her kam eine balsamische Luft. Anastasia setzte sich an den Flügel und sang und neckte sich mit Rubehn, der bemüht war, auf ihren Ton einzugehen. Aber Melanie sah vor sich hin und schwieg und war weit fort. Auf hoher See. Und in ihrem Herzen klang es wieder: Wohin treiben wir?!

Eine Stunde später erschien van der Straaten und rief ihnen schon vom Korridor her in Spott und guter Laune zu: »Ah, die Gemeinde der Heiligen! Ich würde fürchten, zu stören. Aber ich bringe gute Zeitung!«

Und als alles sich erhob und entweder wirklich neugierig war oder sich wenigstens das Ansehen davon gab, fuhr er in seinem Berichte fort: »Exzellenz sehr gnädig. Alles sondiert und abgemacht. Was noch aussteht, ist Form und Bagatelle. Oder Sitzung und Schreiberei. Melanie, wir haben heut einen guten Schritt vorwärts getan. Ich verrate weiter nichts. Aber das glaub ich sagen zu dürfen:

von diesem Tag an datiert sich eine neue Ära des Hauses van der Straaten.«

13

Weihnachten

Die nächsten Tage, die viel Besuch brachten, stellten den unbefangenen Ton früherer Wochen anscheinend wieder her, und was von Befangenheit blieb, wurde, die Freundin abgerechnet, von niemandem bemerkt, am wenigsten von van der Straaten, der mehr denn je seinen kleinen und großen Eitelkeiten nachhing.

Und so näherte sich der Herbst, und der Park wurde schöner, je mehr sich seine Blätter färbten, bis gegen Ende September der Zeitpunkt wieder da war, der, nach altem Herkommen, dem Aufenthalt in der Villa draußen ein Ende machte.

Schon in den unmittelbar voraufgehenden Tagen war Rubehn nicht mehr erschienen, weil allernächst liegende Pflichten ihn an die Stadt gefesselt hatten. Ein jüngerer Bruder von ihm, von einem alten Prokuristen des Hauses begleitet, war zu rascher Etablierung des Zweiggeschäfts herübergekommen, und ihren gemeinschaftlichen Anstrengungen gelang es denn auch wirklich, in den ersten Oktobertagen eine Filiale des großen Frankfurter Bankhauses ins Leben zu rufen.

Van der Straaten nahm an all diesen Hergängen den größten Anteil und sah es als ein gutes Zeichen und eine Gewähr geschäftskundiger Leitung an, daß Rubehns Besuche seltener wurden und in den Novemberwochen beinahe ganz aufhörten. In der Tat erschien unser neuer »Filialchef«, wie der Kommerzienrat ihn zu nennen beliebte, nur noch an den kleinen und kleinsten Gesellschaftstagen, und hätte wohl auch an diesen am liebsten gefehlt. Denn es konnt ihm nicht entgehen und entging ihm auch wirklich nicht, daß ihm von Reiff und Duquede, ganz besonders aber von Gryczinski, mit einer vornehm ablehnenden Kühle begegnet wurde. Die schöne Jacobine suchte freilich durch halbverstohlene Freundlichkeiten alles wieder ins gleiche zu bringen und beschwor ihn, ihres Schwagers Haus doch nicht ganz zu vernachlässigen, um ihretwillen nicht und um Melanies willen nicht; aber jedesmal, wenn sie den Namen nannte, schlug sie doch verlegen die Augen nieder und brach rasch und ängstlich ab, weil ihr Gryczinski sehr bestimmte Weisungen gegeben hatte, jedwedes Gespräch mit Rubehn entweder ganz zu vermeiden oder doch auf wenige Worte zu beschränken.

Um vieles heiterer gestalteten sich die kleinen Reunions, wenn die Gryczinskis fehlten und statt ihrer bloß die beiden Maler und Fräulein Anastasia zugegen waren. Dann wurde wieder gescherzt und gelacht, wie damals in dem Stralauer Kaffeehaus, und van der Straaten, der mittlerweile von Besuchen, sogar von häufigen Besuchen gehört hatte, die Rubehn in Anastasias Wohnung gemacht haben solle, hing in Ausnutzung dieser ihm hinterbrachten Tatsache seiner alten Neigung nach, alle dabei Beteiligten ins Komische zu ziehen und zum Gegenstande seiner Schraubereien zu machen. Er sähe nicht ein, wenigstens für seine Person nicht, warum er sich eines reinen und auf musikalischer Glaubenseinigkeit aufgebauten Verhältnisses nicht aufrichtig freuen solle; ja, die Freude darüber würd ihm einfach als Pflicht erscheinen, wenn er nicht andererseits den alten Satz wieder bewahrheitet fände, daß jedes neue Recht immer nur unter Kränkung alter Rechte geboren werden könne. Das neue Recht (wie der Fall hier läge) sei durch seinen Freund Rubehn, das alte Recht durch seinen Freund Elimar vertreten, und wenn er diesem letzteren auch gerne zugestehe, daß er in vielen Stücken er selbst geblieben, ja bei Tische sogar als eine Potenzierung seiner selbst zu erachten sei, so läge doch gerade hierin die nicht wegzuleugnende Gefahr. Denn er wisse wohl, daß dieses Plus an Verzehrung einen furchtbaren Gleichschritt mit Elimars innerem verzehrenden Feuer halte. Wes Namens aber dieses Feuer sei, ob Liebe, Haß oder Eifersucht, das wisse nur *der*, der in den Abgrund sieht.

In dieser Weise zischten und platzten die reichlich umhergeworfenen van der Straatenschen Schwärmer, von deren Sprühfunken sonderbarerweise diejenigen am wenigsten berührt wurden, auf die sie berechnet waren. Es lag eben alles anders, als der kommerzienrätliche Feuerwerker annahm. Elimar, der sich auf der Stralauer Partie weit über Wunsch und Willen hinaus engagiert hatte, hatte durch Rubehns anscheinende Rivalität eine Freiheit wiedergewonnen, an der ihm viel, viel mehr als an Anastasias Liebe gelegen war, und diese selbst wiederum vergaß ihr eigenes, offenbar im Niedergange begriffenes Glück in dem Wonnegefühl, ein anderes hochinteressantes Verhältnis unter ihren Augen und ihrem Schutze heranwachsen zu sehen. Sie schwelgte mit jedem Tage mehr in der Rolle der Konfidenten, und weit über das gewöhnliche Maß hinaus mit dem alten Evahange nach dem Heimlichen und Verbotenen ausgerüstet, zählte sie diese Winterwochen nicht nur zu den angeregtesten ihres an Anregungen so reichen Lebens, sondern erfreute sich nebenher auch noch des unbeschreiblichen Vergnügens, den ihr au fond unbequemen und widerstrebenden van der Straaten gerade *dann* am herzlichsten belachen zu können, wenn dieser sich in seiner Sultanslaune gemüßigt fühlte, *sie* zum Gegenstand allgemeiner und natürlich auch seiner eignen Lachlust zu machen.

In der Tat, unser kommerzienrätlicher Freund hätte bei mehr Aufmerksamkeit und weniger Eigenliebe stutzig werden und über das Lächeln und den Gleichmut Anastasias den eigenen Gleichmut verlieren müssen; er gab sich aber umgekehrt einer Vertrauensseligkeit hin, für die, bei seinem sonst soupçonnösen und pessimistischen Charakter, jeder Schlüssel gefehlt haben würde, wenn er nicht unter Umständen, und auch jetzt wieder, der Mann völlig entgegengesetzter Voreingenommenheiten gewesen wäre. In seiner Scharfsicht oft übersichtig und Dinge sehend, die gar nicht da waren, übersah er ebenso oft andere, die klar zutage lagen. Er stand in der abergläubischen Furcht, in seinem Glücke von einem vernichtenden Schlage bedroht zu sein, aber nicht heut und nicht morgen, und je bestimmter und unausbleiblicher er diesen Schlag von der Zukunft erwartete, desto sicherer und sorgloser erschien ihm die Gegenwart. Und am wenigsten sah er sich von *der* Seite her gefährdet, von der aus die Gefahr so nahe lag und von jedem andern erkannt worden wäre. Doch auch hier wiederum stand er im Bann einer vorgefaßten Meinung, und zwar eines künstlich konstruierten Rubehn, der mit dem wirklichen eine ganz oberflächliche Verwandtschaft, aber in der Tat auch nur *diese* hatte. Was sah er in ihm? Nichts als ein Frankfurter Patrizierkind, eine ganz und gar auf Anstand und Hausehre gestellte Natur, die zwar in jugendliche Torheiten verfallen, aber einen Vertrauens- und Hausfriedensbruch nie und nimmer begehen könne. Zum Überflusse war er verlobt und um so verlobter, je mehr er es bestritt. Und abends beim Tee, wenn Anastasia zugegen und das Verlobungsthema mal wieder an der Reihe war, hieß es vertraulich und gutgelaunt: »Ihr Weiber hört ja das Gras wachsen und nun gar erst *das* Gras! Ich wäre doch neugierig, zu hören, an wen er sich vertan hat. Eine Vermutung hab ich und wette zehn gegen eins, an eine Freiin vom deutschen Uradel, etwa Schreck von Schreckenstein oder Sattler von der Hölle.« Und dann widersprachen beide Damen, aber doch so klug und vorsichtig, daß ihr Widerspruch, anstatt irgend etwas zu beweisen, eben nur dazu diente, van der Straaten in seiner vorgefaßten Meinung immer fester zu machen.

Und so kam Heiligabend, und im ersten Saale der Bildergalerie waren all unsre Freunde, mit Ausnahme Rubehns, um den brennenden Baum her versammelt. Elimar und Gabler hatten es sich nicht nehmen lassen, auch ihrerseits zu der reichen Bescherung beizusteuern: ein riesiges Puppenhaus, drei Stock hoch, und im Souterrain eine Waschküche mit Herd und Kessel und Rolle. Und zwar eine altmodische Rolle mit Steinkasten und Mangelholz. Und sie rollte wirklich. Und es unterlag alsbald keinem Zweifel, daß das Puppenhaus den Triumph des Abends bildete, und beide Kinder waren selig. Sogar Lydia tat ihre Vornehmheitsallüren beiseit und ließ sich von Elimar in die Luft werfen und wieder fangen. Denn er war auch Turner und Akrobat. Und selbst Melanie lachte mit und schien sich des Glücks der andern zu freuen oder es gar zu teilen. Wer aber schärfer zugesehen hätte, der hätte wohl wahrgenommen, daß sie sich bezwang, und mitunter war es, als habe sie geweint. Etwas unendlich Weiches und Wehmütiges lag in dem Ausdruck ihrer Augen, und der Polizeirat sagte zu Duquede: »Sehen Sie, Freund, ist sie nicht schöner denn je?«

»Blaß und angegriffen«, sagte dieser. »Es gibt Leute, die blaß und angegriffen immer schön finden. Ich nicht. Sie wird überhaupt überschätzt, in allem, und am meisten in ihrer Schönheit.«

An den Aufbau schloß sich wie gewöhnlich ein Souper, und man endete mit einem schwedischen Punsch. Alles war heiter und guter Dinge. Melanie belebte sich wieder, gewann auch wieder frischere Farben, und als sie Riekchen und Anastasia, die bis zuletzt geblieben waren, bis an die Treppe geleitete, rief sie dem kleinen Fräulein mit ihrer freundlichen und herzgewinnenden Stimme nach: »Und sieh dich vor, Riekchen. Christel sagt mir eben, es glatteist.« Und dabei bückte sie sich über das Geländer und grüßte mit der Hand.

»O, ich falle nicht«, rief die Kleine zurück. »Kleine Leute fallen überhaupt nicht. Und am wenigsten, wenn sie vorn und hinten gut balancieren.«

Aber Melanie hörte nichts mehr von dem, was Riekchen sagte. Der Blick über das Geländer hatte sie schwindlig gemacht, und sie wäre gefallen, wenn sie nicht van der Straaten aufgefangen und in ihr Zimmer zurückgetragen hätte. Er wollte klingeln und nach dem Arzte schicken. Aber sie bat ihn, es zu lassen. Es sei nichts, oder doch nichts Ernstes, oder doch nichts, wobei der Arzt ihr helfen könne.

Und dann sagte sie, was es sei.

14

Entschluß

Erst den dritten Tag danach hatte sich Melanie hinreichend erholt, um in der Alsenstraße, wo sie seit Wochen nicht gewesen war, einen Besuch machen zu können. Vorher aber wollte sie bei der Madame Guichard, einer vor kurzem erst etablierten Französin, vorsprechen, deren Konfektions und künstliche Blumen ihr durch Anastasia gerühmt worden waren. Van der Straaten riet ihr, weil sie noch angegriffen sei, lieber den Wagen zu nehmen; aber Melanie bestand darauf, alles zu Fuß abmachen zu wollen. Und so kleidete sie sich in ihr diesjähriges Weihnachtsgeschenk, einen Nerzpelz und ein Kastorhütchen mit Straußenfeder, und war eben auf dem letzten Treppenabsatz, als ihr Rubehn begegnete, der inzwischen von ihrem Unwohlsein gehört hatte und nun kam, um nach ihrem Befinden zu fragen.

»Ah, wie gut, daß Sie kommen«, sagte Melanie. »Nun hab ich Begleitung auf meinem Gange. Van der Straaten wollte mir seinen Wagen aufzwingen, aber ich sehne mich nach Luft und Bewegung. Ach, unbeschreiblich ... Mir ist so bang und schwer ...«

Und dann unterbrach sie sich und setzte rasch hinzu: »Geben Sie mir Ihren Arm. Ich will zu meiner Schwester. Aber vorher will ich Ballblumen kaufen, und dahin sollen Sie mich begleiten. Eine halbe Stunde nur. Und dann geb ich Sie frei, ganz frei.«

»Das dürfen Sie nicht, Melanie. Das werden Sie nicht.«

»Doch.«

»Ich *will* aber nicht freigegeben sein.«

Melanie lachte. »So seid ihr. Tyrannisch und eigenmächtig auch noch in eurer Huld, auch *dann* noch, wenn ihr uns dienen wollt. Aber kommen Sie. Sie sollen mir die Blumen aussuchen helfen. Ich vertraue ganz Ihrem Geschmack. Granatblüten; nicht wahr?«

Und so gingen sie die große Petristraße hinunter und vom Platz aus durch ein Gewirr kleiner Gassen, bis sie, hart an der Jägerstraße, das Geschäft der Madame Guichard entdeckten, einen kleinen Laden, in dessen Schaufenster ein Teil ihrer französischen Blumen ausgebreitet lag.

Und nun traten sie ein. Einige Kartons wurden ihnen gezeigt, und ehe noch viele Worte gewechselt waren, war auch schon die Wahl getroffen. In der Tat, Rubehn hatte sich für eine Granatblütengarnitur entschieden, und eine Direktrice, die mit zugegen war, versprach alles zu schicken. Melanie selbst aber gab der Französin ihre Karte. Diese versuchte den langen Titel und Namen zu bewältigen, und ein Lächeln flog erst über ihr Gesicht, als sie das »née de Caparoux« las. Ihre nicht hübschen Züge verklärten sich plötzlich, und es war mit einem unbeschreiblichen Ausdruck von Glück und Wehmut, daß sie sagte: »Madame est Française!... Ah, notre belle France.«

Dieser kleine Zwischenfall war an Melanie nicht gleichgültig vorübergegangen, und als sie draußen ihres Freundes Arm nahm, sagte sie: »Hörten Sie's wohl? Ah, notre belle France! Wie das so sehnsüchtig klang. Ja, sie hat ein Heimweh. Und alle haben wir's. Aber wohin? wonach?... Nach unsrem Glück... Nach unsrem Glück! Das niemand kennt und niemand sieht. Wie heißt es doch in dem Schubertschen Liede?«

»Da, wo du *nicht* bist, ist das Glück.«

»Da, wo du *nicht* bist«, wiederholte Melanie.

Rubehn war bewegt und sah ihr unwillkürlich nach den Augen. Aber er wandte sich wieder, weil er die Träne nicht sehen wollte, die darin glänzte.

Vor dem großen Platz, in den die Straße mündet, trennten sie sich. Er, für sein Teil, hätte sie gern weiter begleitet, aber sie wollt es nicht und sagte leise: »Nein, Rubehn, es war der Begleitung schon zuviel. Wir wollen die bösen Zungen nicht vor der Zeit herausfordern. Die bösen Zungen, von denen ich eigentlich kein Recht habe zu sprechen. Adieu.« Und sie wandte sich noch einmal und grüßte mit leichter Bewegung ihrer Hand.

Er sah ihr nach, und ein Gefühl von Schreck und ungeheurer Verantwortlichkeit über ein durch ihn gestörtes Glück überkam ihn und erfüllte plötzlich sein ganzes Herz. Was soll werden? fragte er sich. Aber dann wurde der Ausdruck seiner Züge wieder milder und heiterer, und er sagte vor sich hin: »Ich bin nicht der Narr, der von Engeln spricht. Sie war keiner und ist keiner. Gewiß nicht. Aber ein freundlich Menschenbild ist sie, so freundlich, wie nur je eines über diese arme Erde gegangen ist... Und ich liebe sie, viel mehr, als ich geglaubt habe, viel, viel mehr, als ich je geglaubt hätte, daß ich lieben könnte. Mut, Melanie, nur Mut. Es werden schwere Tage kommen, und ich sehe sie schon zu deinen Häupten stehen. Aber mir ist auch, als klär es sich dahinter. O, nur Mut, Mut!«

Eine halbe Woche danach war Silvester, und auf dem kleinen Balle, den Gryczinskis gaben, war Melanie die Schönste. Jacobine trat zurück und gönnte der älteren Schwester ihre Triumphe. »Superbes Weib. Ägyptische Königstochter«, schnarrte Rittmeister von Schnabel, der wegen seiner eminenten Ulanenfigur aus der Provinz in die Residenz versetzt worden war und von dem Gryczinski zu sagen pflegte: »Der geborene Prinzessinnentänzer. Nur schade, daß es keine Prinzessinnen mehr gibt.«

Aber Schnabel war nicht der einzige Melanie-Bewunderer. In der letzten Fensternische stand eine ganze Gruppe von jungen Offizieren: Wensky von den Ohlauer kaffeebraunen Husaren, enragierter Sportsmann und Steeplechase-Reiter (Oberschenkel dreimal an derselben Stelle gebrochen), neben ihm Ingenieurhauptmann Stiffelius, berühmter Rechner, mager und trocken wie seine Gleichungen, und zwischen beiden Leutnant Tigris, kleiner, kräpscher Füsilieroffizier vom Regiment Zauche-Belzig, der aus Gründen, die niemand kannte, mehrere Jahre lang der Pariser Gesandtschaft attachiert gewesen war und sich seitdem für einen Halbfranzosen, Libertin und Frauenmarder hielt. Junge Mädchen waren ihm »ridikül«. Er schob eben, trotzdem er wahre Luchsaugen hatte, sein an einem kurzen Seidenbande hängendes Pincenez zurecht und sagte: »Wensky, Sie sind ja so gut wie zu Haus hier, und eigentlich Hahn im Korbe. Wer ist denn dieser Prachtkopf mit den Granatblüten? Ich könnte schwören, sie schon gesehen zu haben. Aber wo? Halb die Herzogin von Mouchy und halb die Beauffremont. Un teint de lys et de rose, et tout à fait distinguée.«

»Sie treffen es gut genug, mon cher Tigris«, lachte Wensky, »'s ist die Schwester unserer Gryczinska, eine geborene de Caparoux.«

»Drum, drum auch. Jeder Zoll eine Französin. Ich konnte mich nicht irren. Und wie sie lacht.«

Ja, Melanie lachte wirklich. Aber wer sie die folgenden Tage gesehen hätte, der hätte die Beauté jenes Ballabends in ihr nicht wiedererkannt, am wenigsten wär er ihrem Lachen begegnet. Sie lag leidend und abgehärmt, uneins mit sich und der Welt, auf dem Sofa und las ein Buch, und wenn sie's gelesen hatte, so durchblätterte sie's wieder, um sich einigermaßen zurückzurufen, was sie gelesen. Ihre Gedanken schweiften ab. Rubehn kam, um nach ihr zu fragen, aber sie nahm ihn nicht an und grollte mit ihm, wie mit jedem. Und ihr wurde nur leichter ums Herz, wenn sie weinen konnte.

So vergingen ein paar Wochen, und als sie wieder aufstand und sprach, und wieder nach den Kindern und dem Haushalte sah, schärfer und eindringlicher als sonst, war ihr der energische Mut ihrer früheren Tage zurückgekehrt, aber nicht die Stimmung. Sie war reizbar, heftig, bitter. Und was schlimmer, auch kapriziös. Van der Straaten unternahm einen Feldzug gegen diesen vielköpfigen Feind und im einzelnen nicht ohne Glück, aber in der Hauptsache griff er fehl, und während er ihrer Reizbarkeit klugerweise mit Nachgiebigkeit begegnete, war er, ihrer Kaprice gegenüber, unklugerweise darauf aus, sie durch Zärtlichkeit besiegen zu wollen. Und das entschied über ihn und sie. Jeder Tag wurde ihr qualvoller, und die sonst so stolze und siegessichere Frau, die mit dem Manne, dessen Spielzeug sie zu sein schien und zu sein vorgab, durch viele Jahre hin immer nur ihrerseits gespielt hatte, sie schrak jetzt zusammen und geriet in ein nervöses Zittern, wenn sie von fern her seinen Schritt auf dem Korridore hörte. Was wollte er? Um was kam er? Und dann war es ihr, als müsse sie fliehen und aus dem Fenster springen. Und kam er dann wirklich und nahm ihre Hand, um sie zu küssen, so sagte sie: »Geh. Ich bitte dich. Ich bin am liebsten allein.«

Und wenn sie dann allein war, so stürzte sie fort, oft ohne Ziel, öfter noch in Anastasiens stille, zurückgelegene Wohnung, und wenn dann der Erwartete kam, dann brach alle Not ihres Herzens in bittere Tränen aus, und sie schluchzte und jammerte, daß sie dieses Lügenspiel nicht mehr ertragen könne. »Steh mir bei, hilf mir, Ruben, oder du siehst mich nicht lange mehr. Ich muß fort, fort, wenn ich nicht sterben soll vor Scham und Gram.«

Und er war mit erschüttert und sagte: »Sprich nicht so, Melanie. Sprich nicht, als ob ich nicht alles wollte, was du willst. Ich habe dein Glück gestört (*wenn* es ein Glück war), und ich will es wieder aufbauen. Überall in der Welt, *wie* du willst und *wo* du willst. Jede Stunde, jeden Tag.«

Und dann bauten sie Luftschlösser und träumten und hatten eine lachende Zukunft um sich her. Aber auch wirkliche Pläne wurden laut, und sie trennten sich unter glücklichen Tränen.

15

Die Vernezobres

Und was geplant worden war, das war Flucht. Den letzten Tag im Januar wollten sie sich an einem der Bahnhöfe treffen, in früher Morgenstunde, und dann fahren, weit, weit in die Welt hinein, nach Süden zu über die Alpen. »Ja, über die Alpen«, hatte Melanie gesagt und aufgeatmet, und es war ihr dabei gewesen, als wär erst ein neues Leben für sie gewonnen, wenn der große Wall der Berge trennend und schützend hinter ihr läge. Und auch darüber war gesprochen worden, was zu geschehen habe, wenn van der Straaten ihr Vorhaben etwa hindern wolle. »Das wird er nicht«, hatte Melanie gesagt. »Und warum nicht? Er ist nicht immer der Mann der zarten Rücksichtnahmen und liebt es mitunter, die Welt und ihr Gerede zu brüskieren.« – »Und doch wird er sich's ersparen, sich und uns. Und wenn du wieder fragst, warum? Weil er mich liebt. Ich hab es ihm freilich schlecht gedankt. Ach, Ruben, Freund, was sind wir in unserem Tun und Wollen! Undank, Untreue... mir so verhaßt! Und doch!... ich tät es wieder, alles, alles. Und ich will es nicht anders, als es ist.«

So vergingen die Januarwochen. Und nun war es die Nacht vor dem festgesetzten Tage. Melanie hatte sich zu früher Stunde niedergelegt und ihrer alten Dienerin befohlen, sie Punkt drei zu wecken. Auf diese konnte sie sich unbedingt verlassen, trotzdem Christel ihren Dienstjahren, aber freilich auch nur diesen nach, zu jenen Erbstücken des Hauses gehörte, die sich unter Duquedes Führung in einer stillen Opposition gegen Melanie gefielen.

Und kaum, daß es drei geschlagen, so war Christel da, fand aber ihre Herrin schon auf, und konnte derselben nur noch beim Ankleiden behilflich sein. Und auch das war nicht viel, denn es zitterten ihr die Hände, und sie hatte, wie sie sich ausdrückte, »einen Flimmer vor den Augen«. Endlich aber war doch alles fertig, der feste Lederstiefel saß, und Melanie sagte: »So ist's gut, Christel. Und nun gib die Handtasche her, daß wir packen können.«

Christel holte die Tasche, die dicht am Fenster auf einer Spiegelkonsole stand, und öffnete das Schloß. »Hier das tu hinein. Ich hab alles aufgeschrieben.« Und Melanie riß, als sie dies sagte, ein Blatt aus ihrem Notizbuch und gab es der Alten. Diese hielt den Zettel neben das Licht und las und schüttelte den Kopf.

»Ach, meine gute, liebe Frau, das ist ja gar nichts... Ach, meine liebe, gute Frau, Sie sind ja...«

»So verwöhnt, willst du sagen. Ja, Christel, das bin ich. Aber Verwöhnung ist kein Glück. Ihr habt hier ein Sprichwort: ›wenig mit Liebe‹. Und die Leute lachen darüber. Aber über das Wahrste wird immer gelacht. Und dann, wir gehen ja nicht aus der Welt. Wir reisen bloß. Und auf Reisen heißt es: Leicht Gepäck. Und sage selbst, Christel, ich kann doch nicht mit einem Riesenkoffer aus dem Hause gehen. Da fehlte bloß noch der Schmuck und die Kassette.«

Melanie hatte, während sie so sprach, ihre Hände dicht über das halb niedergebrannte Feuer gehalten. Denn es war kalt und sie fröstelte. Jetzt setzte sie sich in einen nebenstehenden Fauteuil und sah abwechselnd in die glühenden Kohlen und dann wieder auf Christel, die das Wenige, was aufgeschrieben war, in die Tasche tat und immer leise vor sich hinsprach und weinte. Und nun war alles hinein, und sie drückte den Bügel ins Schloß und stellte die Tasche vor Melanie nieder.

So verging eine Weile. Keiner sprach. Endlich aber trat Christel von hinten her an ihre junge Herrin heran und sagte: »Jott, liebe, jnädige Frau, muß es denn ... Bleiben Sie doch. Ich bin ja bloß solche alte, dumme Person. Aber die Dummen sind oft gar nicht so dumm. Und ich sag Ihnen, meine liebe Jnädigste, Sie jlauben jar nich, woran sich der Mensch alles jewöhnen kann. Jott, der Mensch jewöhnt sich an alles. Und wenn man reich ist und hat so viel, da kann man auch viel aushalten. Un vor mir wollt ich woll einstehn. Un wie jeht es denn? Un wie leben denn die Menschen? In jedes Haus is'n Gespenst, sagen sie jetzt, un das is so ne neumodsche Redensart! Aber wahr is es. Und in manches Haus sind zweie, un rumoren, daß man's bei hellen, lichten Dage hören kann. Un so war es auch bei Vernezobres. Ich bin ja nu fufzig, und dreiundzwanzig hier. Und sieben vorher bei Vernezobres. Un war auch Kommerzienrat und alles ebenso. Das heißt, beinah.«

»Und wie war es denn?« lächelte Melanie.

»Jott, wie war es? Wie's immer is. Sie war dreißig und er war fufzig. Und sie war sehr hübsch. Drall und blond, sagten die Leute. Na, un er? Ich will jar nich sagen, was die Leute von ihm alles gesagt haben. Aber viel Jutes war es nich ... Un natürlich, da war ja denn auch ein Baumeister, das heißt eigentlich kein richtiger Baumeister, bloß einer, der immer Brücken baut vor Eisenbahnen un so, un immer mit'n Gitter un schräge Löcher, wo man durchkucken kann. Un der war ja nu da un wie'n Wiesel, un immer mit ins Konzert un nach Saatwinkel oder Pichelsberg, un immer's Jackett übern Arm, un Fächer un Sonnenschirm, un immer Erdbeeren gesucht un immer verirrt un nie da, wenn die Herrschaften wieder nach Hause wollten. Un unser Herr, der ängstigte sich, un dacht immer, es wäre was passiert. Un was die andern waren, na, die tuschelten.«

»Und trennten sie sich? Oder blieben sie zusammen? Ich meine die Vernezobres«, fragte Melanie, die mit halber Aufmerksamkeit zugehört hatte.

»Natürlich blieben sie. Mal hört ich, weil ich nebenan war, daß er sagte: ›Hulda, das geht nicht.‹ Denn sie hieß wirklich Hulda. Und er wollt ihr Vorwürfe machen. Aber da kam er ihr jrade recht. Und sie drehte den Spieß um un sagte: was er nur wolle? Sie wolle fort. Un sie liebe ihn, das heißt den andern, un ihn liebe sie *nicht*. Un sie dächte gar nicht dran, ihn zu lieben. Und es wär eijentlich bloß zum Lachen. Und so ging es weiter, und sie lachte wirklich. Und ich sag Ihnen, da wurd er wie'n Ohrwurm und sagte bloß: ›sie sollte sich's doch überlegen‹. Un so kam es denn auch, un als Ende Mai war, da kam ja der Vernezobresche Doktor, so'n richtiger, der alles janz genau wußte, der sagte, ›sie müßte nachs Bad‹, wovon ich aber den Namen immer vergesse, weil da der Wellenschlag am stärksten ist. Un das war ja nu damals, als sie jrade die große Hängebrücke bauten, un die Leute sagten, er könnt es alles am besten ausrechnen. Un was unser Kommerzienrat war, der kam immer bloß sonnabends. Un die Woche hatten sie frei. Un als Ende August war, oder so, da kam sie wieder un war ganz frisch un munter un hatte orntlich rote Backen, und kajolierte ihn. Und von *ihm* war gar keine Rede mehr.«

Melanie hatte, während Christel sprach, ein paar Holzscheite auf die Kohlen geworfen, so daß es wieder prasselte, und sagte: »Du meinst es gut. Aber so geht es nicht. Ich bin doch anders. Und wenn ich's nicht bin, so bild ich es mir wenigstens ein.«

»Jott«, sagte Christel, »en bißchen anders is es immer. Un sie war auch bloß von Neu-Cölln ans Wasser, un die Singuhr immer jrade gegenüber. Aber die war nich Schuld mit ›Üb immer Treu und Redlichkeit‹.«

»Ach, meine gute Christel, Treu und Redlichkeit! Danach drängt es jeden, jeden, der nicht ganz schlecht ist. Aber weißt du, man kann auch treu sein, wenn man untreu ist. Treuer als in der Treue.«

»Jott, liebe Jnädigste, sagen Se doch so was nich. Ich versteh es eigentlich nich. Un das muß ich Ihnen sagen, wenn einer so was sagt, un ich versteh es nicht, denn is es immer schlimm. Und Sie sagen, Sie sind anders. Ja, das is schon richtig, und wenn es auch nicht janz richtig is, so is es doch halb richtig. Un was die Hauptsache is, das is, meine liebe Jnädigste, die hat eijentlich das liebe, kleine Herz auf'n rechten Fleck, un is immer für helfen und geben, un immer für die armen Leute. Un was die Vernezobern war, na, die putzte sich bloß, un war immer vor'n Stehspiegel, der alles noch hübscher machte, und sah aus wie's Modejournal und war eijentlich dumm. Wie'n Haubenstock, sagten die Leute. Un war auch nich so was Vornehmes, wie meine liebe Jnädigste, un bloß aus 'ne Färberei, türkischrot. Aber, das muß ich Ihnen sagen, Ihrer is doch auch anders als der Vernezobern ihrer war, und hat sich gar nich, un red't immer frei weg, und kann keinen was abschlagen. Un zu Weihnachten immer alles doppelt.«

Melanie nickte.

»Nu, sehen Sie, meine liebe Jnädigste, das is hübsch, daß Sie mir zunicken, un wenn Sie mir immer wieder zunicken, dann kann es auch alles noch wieder werden, un wir packen alles wieder aus, un Sie legen sich ins Bett und schlafen bis an'n hellen lichten Tag. Un Klocker zwölfe bring ich Ihnen Ihren Kaffee un Ihre Schokolade, alles gleich auf ein Brett, un wenn ich Ihnen dann erzähle, daß wir hier gesessen und was wir alles gesprochen haben, dann is es Ihnen wie'n Traum. Denn dabei bleib ich, er is eijentlich auch ein juter Mann, ein sehr juter, un bloß ein bißchen sonderbar. Un sonderbar is nichts Schlimmes. Und ein reicher Mann wird es doch wohl am Ende dürfen! Und wenn ich reich wäre, ich wäre noch viel sonderbarer. Un daß er immer so spricht und solche Redensarten macht, als hätt er keine Bildung nich un wäre von'n Wedding oder so, ja, du himmlische Güte, warum soll er nich? warum soll er nich so reden, wenn es ihm Spaß macht? er is nu mal fürs Berlinsche. Aber is er denn nich einer? Und am Ende...«

16

Abschied

Christel unterbrach sich und zog sich erschrocken in die Nebenstube zurück, denn van der Straaten war eingetreten. Er war noch in demselben Gesellschaftsanzug, in dem er, eine Stunde nach Mitternacht, nach Hause gekommen war, und seine überwachen Züge zeigten Aufregung und Ermattung. Von welcher Seite her er Mitteilung über Melanies Vorhaben erhalten hatte, blieb unaufgeklärt. Aus allem war nur ersichtlich, daß er sich gelobt hatte, die Dinge ruhig gehen zu lassen. Und wenn er dennoch kam, so geschah es nicht, um gewaltsam zu hindern, sondern nur, um Vorstellungen zu machen, um zu bitten. Es kam nicht der empörte Mann, sondern der liebende.

Er schob einen Fauteuil an das Feuer, ließ sich nieder, so daß er jetzt Melanie gegenüber saß, und sagte leicht und geschäftsmäßig: »Du willst fort, Melanie?«

»Ja, Ezel.«

»Warum?«

»Weil ich einen andern liebe.«

»Das ist kein Grund.«
»Doch.«
»Und ich sage dir, es geht vorüber, Lanni. Glaube mir; ich kenne die Frauen. Ihr könnt das Einerlei nicht ertragen, auch nicht das Einerlei des Glücks. Und am verhaßtesten ist euch das eigentliche, das höchste Glück, das Ruhe bedeutet. Ihr seid auf die Unruhe gestellt. Ein bißchen schlechtes Gewissen habt ihr lieber als ein gutes, das nicht prickelt, und unter allen Sprichwörtern ist euch das vom ›besten Ruhekissen‹ am langweiligsten und am lächerlichsten. Ihr wollt gar nicht ruhen. Es soll euch immer was kribbeln und zwicken, und ihr habt den überspannt sinnlichen oder meinetwegen auch den heroischen Zug, daß ihr dem Schmerz die süße Seite abzugewinnen wißt.«

»Es ist möglich, daß du recht hast, Ezel. Aber je mehr du recht hast, je mehr rechtfertigst du mich und mein Vorhaben. Ist es wirklich, wie du sagst, so wären wir geborene Hazardeurs, und Vabanque spielen so recht eigentlich unsere Natur. Und natürlich auch die meinige.«

Er hörte sie gern in dieser Weise sprechen, es klang ihm wie aus guter alter Zeit her, und er sagte, während er den Fauteuil vertraulich näher rückte: »Laß uns nicht spießbürgerlich sein, Lanni. Sie sagen, ich wär ein Bourgeois, und es mag sein. Aber ein Spießbürger bin ich *nicht*. Und wenn ich die Dinge des Lebens nicht sehr groß und nicht sehr ideal nehme, so nehm ich sie doch auch nicht klein und eng. Ich bitte dich, übereile nichts. Meine Kurse stehen jetzt niedrig, aber sie werden wieder steigen. Ich bin nicht Geck genug, mir einzubilden, daß du schönes und liebenswürdiges Geschöpf, verwöhnt und ausgezeichnet von den Klügsten und Besten, daß du mich aus purer Neigung oder gar aus Liebesschwärmerei genommen hättest. Du hast mich genommen, weil du noch jung warst und noch keinen liebtest, und in deinem witzigen und gesunden Sinn einsehen mochtest, daß die jungen Attachés auch keine Helden und Halbgötter wären. Und weil die Firma van der Straaten einen guten Klang hatte. Also nichts von Liebe. Aber du hast auch nichts *gegen* mich gehabt und hast mich nicht ganz alltäglich gefunden, und hast mit mir geplaudert und gelacht und gescherzt. Und dann hatten wir die Kinder, die doch schließlich reizende Kinder sind, zugestanden, *dein* Verdienst, und du hast enfin an die zehn Jahr in der Vorstellung und Erfahrung gelebt, daß es nicht zu den schlimmsten Dingen zählt, eine junge, bequem gebettete Frau zu sein und der Augapfel ihres Mannes, eine junge, verwöhnte Frau, die tun und lassen kann, was sie will, und als Gegenleistung nichts anderes einzusetzen braucht als ein freundliches Gesicht, wenn es ihr gerade paßt. Und sieh, Melanie, weiter will ich auch jetzt nichts, oder sag ich lieber, will ich auch in Zukunft nichts. Denn in diesem Augenblick erscheint dir auch das Wenige, was ich fordere, noch als zu viel. Aber es wird wieder anders, muß wieder anders werden. Und ich wiederhole dir, ein Minimum ist mir genug. Ich will keine Leidenschaft. Ich will nicht, daß du mich ansehen sollst, als ob ich Leone Leoni wär oder irgendein anderer großer Romanheld, dem zuliebe die Weiber Giftbecher trinken wie Mandelmilch und lächelnd sterben, bloß um *ihn* noch einmal lächeln zu sehen. Ich bin nicht Leone Leoni, bin bloß deutsch und von holländischer Abstraktion, wodurch das Deutsche nicht besser wird, und habe die mir abstammlich zukommenden hohen Backenknochen. Ich bewege mich nicht in Illusionen, am wenigsten über meinen äußeren Menschen, und ich verlange keine Liebesgroßtaten von dir. Auch nicht einmal Entsagungen. Entsagungen machen sich zuletzt von selbst, und das sind die besten. Die besten, weil es die freiwilligen und eben deshalb auch die dauerhaften und zuverlässigen sind. Übereile nichts. Es wird sich alles wieder zurechtrücken.«

Er war aufgestanden und hatte die Lehne des Fauteuils genommen, auf der er sich jetzt hin und her wiegte. »Und nun noch eins, Lanni«, fuhr er fort, »ich bin nicht der Mann der Rücksichtnahmen und hasse diese langweiligen ›Regards‹ auf nichts und wieder nichts. Aber dennoch sag ich dir, nimm Rücksicht auf dich selbst. Es ist nicht gut, immer nur an das zu denken, was die Leute sagen, aber es ist noch weniger gut, gar nicht daran zu denken. Ich hab es an mir selbst erfahren. Und nun überlege. Wenn du *jetzt* gehst ... Du weißt, was ich meine. Du kannst jetzt nicht gehen; nicht *jetzt*.«

»Eben deshalb geh ich, Ezel«, antwortete sie leise. »Es soll klar zwischen uns werden. Ich habe diese schnöde Lüge satt.«

Er hatte jedes Wort begierig eingesogen, wie man in entscheidenden Momenten auch das hören will, was einem den Tod gibt. Und nun war es gesprochen. Er ließ den Stuhl wieder nieder und warf sich hinein, und einen Augenblick war es ihm, als schwänden ihm die Sinne. Aber er erholte sich rasch wieder, rieb sich Stirn und Schläfe und sagte: »Gut. Auch das. Ich will es verwinden. Laß uns miteinander reden. Auch darüber reden. Du siehst, ich leide; mehr als all mein Lebtag. Aber ich weiß auch, es ist so Lauf der Welt, und ich habe kein Recht, dir Moral zu predigen. Was liegt nicht alles hinter mir! ... Es mußte so kommen, *mußte* nach dem van der

Straatenschen Hausgesetz (warum sollen wir nicht auch ein Hausgesetz haben), und ich glaube fast, ich wußt es von Jugend auf.« Und nach einer Weile fuhr er fort: »Es gibt ein Sprichwort ›Gottes Mühlen mahlen langsam‹, und sieh, als ich noch ein kleiner Junge war, hört ich's oft von unserer alten Kindermuhme, und mir wurd immer so bange dabei. Es war wohl eine Vorahnung. Nun bin ich zwischen den zwei Steinen, und mir ist, als würd ich zermahlen und zermalmt ...«

Zermahlen? Er schlug mit der rechten in die linke Hand und wiederholte noch einmal und in plötzlich verändertem Tone: »Zermahlen! Es hat eigentlich etwas Komisches. Und wahrhaftig, hol die Pest alle feigen Memmen. Ich will mich nicht länger damit quälen. Und ich ärgere mich über mich selbst und meine Haberei und Tuerei. Bah, die Nachmittagsprediger der Weltgeschichte machen zuviel davon, und wir sind dumm genug und plappern es ihnen nach. Und immer mit Vergessen allereigenster Herrlichkeit, und immer mit Vergessen, wie's war und ist und sein wird. Oder war es besser in den Tagen meines Paten Ezechiel? Oder als Adam grub und Eva spann? Ist nicht das ganze Alte Testament ein Sensationsroman? Dreidoppelte Geheimnisse von Paris! Und ich sage dir, Lanni, gemessen an *dem,* sind wir die reinen Lämmchen, weiß wie Schnee. Waisenkinder. Und so höre mich denn. Es soll niemand davon wissen, und ich will es halten, als ob es mein eigen wäre. Dein ist es ja, und das ist die Hauptsache. Denn so du's nicht übelnimmst, ich liebe dich und will dich behalten. Bleib. Es soll nichts sein. *Soll* nicht. Aber bleibe.«

Melanie war, als er zu sprechen begann, tief erschüttert gewesen, aber er selbst hatte, je weiter er kam, dieses Gefühl wieder weggesprochen. Es war eben immer dasselbe Lied. Alles, was er sagte, kam aus einem Herzen voll Gütigkeit und Nachsicht, aber die Form, in die sich diese Nachsicht kleidete, verletzte wieder. Er behandelte das, was vorgefallen, aller Erschütterung unerachtet, doch bagatellenmäßig obenhin und mit einem starken Anfluge von zynischem Humor. Es war wohlgemeint, und die von ihm geliebte Frau sollte, seinem Wunsche nach, den Vorteil davon ziehn. Aber ihre vornehmere Natur sträubte sich innerlichst gegen eine solche Behandlungsweise. Das Geschehene, das wußte sie, war ihre Verurteilung vor der Welt, war ihre Demütigung, aber es war doch auch zugleich ihr Stolz, dies Einsetzen ihrer Existenz, dies rückhaltlose Bekenntnis ihrer Neigung. Und nun plötzlich sollt es *nichts* sein, oder doch nicht viel mehr als nichts, etwas ganz Alltägliches, über das sich hinwegsehen und hinweggehen lasse. Das widerstand ihr. Und sie fühlte deutlich, daß das Geschehene verzeihlicher war als seine Stellung zu dem Geschehenen. Er hatte keinen Gott und keinen Glauben, und es blieb nur das eine zu seiner Entschuldigung übrig: daß sein Wunsch, ihr goldene Brücken zu bauen, sein Verlangen nach Ausgleich um *jeden* Preis, ihn anders hatte sprechen lassen, als er in seinem Herzen dachte. Ja, so war es. Aber wenn es so war, so konnte sie dies Gnadengeschenk nicht annehmen. Jedenfalls wollte sie's nicht.

»Du meinst es gut, Ezel«, sagte sie. »Aber es kann nicht sein. Es hat eben alles seine natürliche Konsequenz, und *die,* die hier spricht, die scheidet uns. Ich weiß wohl, daß auch anderes geschieht, jeden Tag, und es ist noch keine halbe Stunde, daß mir Christel davon vorgeplaudert hat. Aber einem jeden ist das Gesetz ins Herz geschrieben, und danach fühl ich, ich muß fort. Du liebst mich, und deshalb willst du darüber hinsehen. Aber du darfst es nicht und du *kannst* es auch nicht. Denn du bist nicht jede Stunde derselbe, keiner von uns. Und keiner kann vergessen. Erinnerungen aber sind mächtig, und Fleck ist Fleck, und Schuld ist Schuld.«

Sie schwieg einen Augenblick und bog sich rechts nach dem Kamin hin, um ein paar Kohlenstückchen in die jetzt hellbrennende Flamme zu werfen. Aber plötzlich, als ob ihr ein ganz neuer Gedanke gekommen, sagte sie mit der ganzen Lebhaftigkeit ihres früheren Wesens: »Ach, Ezel, ich spreche von Schuld und wieder Schuld, und es muß beinah klingen, als sehnt ich mich danach, eine büßende Magdalena zu sein. Ich schäme mich ordentlich der großen Worte. Aber freilich, es gibt keine Lebenslagen, in denen man aus der Selbsttäuschung und dem Komödienspiele herauskäme. Wie steht es denn eigentlich? Ich will fort, nicht aus Schuld, sondern aus Stolz, und will fort, um mich vor mir selber wieder herzustellen. Ich kann das kleine Gefühl nicht länger ertragen, das an aller Lüge haftet; ich will wieder klare Verhältnisse sehen und will wieder die Augen aufschlagen können. Und das kann ich nur, wenn ich gehe, wenn ich mich von dir trenne und mich offen und vor aller Welt zu meinem Tun bekenne. Das wird ein groß Gerede geben, und die Tugendhaften und Selbstgerechten werden es mir nicht verzeihen. Aber die Welt besteht nicht aus lauter Tugendhaften und Selbstgerechten, sie besteht auch aus Menschen, die Menschliches menschlich ansehen. Und auf *die* hoff ich, *die* brauch ich. Und vor allem brauch ich mich selbst. Ich will wieder in Frieden mit mir selbst leben, und wenn nicht in Frieden, so doch wenigstens ohne Zwiespalt und zweierlei Gesicht.«

Es schien, daß van der Straaten antworten wollte, aber sie litt es nicht und sagte: »Sage nicht nein. Es ist so und nicht anders. Ich will den Kopf wieder hochhalten und mich wieder fühlen lernen. Alles ist eitel Selbstgerechtigkeit. Und ich weiß auch, es wäre besser und selbstsuchtsloser, ich bezwänge mich und bliebe, freilich immer vorausgesetzt, ich könnte mit einer Einkehr bei mir selbst beginnen. Mit Einkehr und Reue. Aber das kann ich nicht. Ich habe nur ein ganz äußerliches Schuldbewußtsein, und wo mein Kopf sich unterwirft, da protestiert mein Herz. Ich nenn es selber ein störrisches Herz, und ich versuche keine Rechtfertigung. Aber es wird nicht anders durch mein Schelten und Schmähen. Und sieh, so hilft mir denn eines nur aus mir heraus: ein ganz neues Leben und in ihm *das*, was das erste vermissen ließ: Treue. Laß mich gehen. Ich will nichts beschönigen, aber das laß mich sagen: es trifft sich gut, daß das Gesetz, das uns scheidet, und mein eignes selbstisches Verlangen zusammenfallen.«

Er hatte sich erhoben, um ihre Hand zu nehmen, und sie ließ es geschehen. Als er sich aber niederbeugen und ihr die Stirn küssen wollte, wehrte sie's und schüttelte den Kopf. »Nein, Ezel, nicht so. Nichts mehr zwischen uns, was stört und verwirrt und quält und ängstigt, und immer nur erschweren und nichts mehr ändern kann ... Ich werd erwartet. Und ich will mein neues Leben nicht mit einer Unpünktlichkeit beginnen. Unpünktlich sein ist unordentlich sein. Und davor hab ich mich zu hüten. Es soll Ordnung in mein Leben kommen, Ordnung und Einheit. Und nun leb wohl und vergiß.«

Er hatte sie gewähren lassen, und sie nahm die kleine Reisetasche, die neben ihr stand, und ging. Als sie bis an die Tapetentür gekommen war, die zu der Kinderschlafstube führte, blieb sie stehen und sah sich noch einmal um. Er nahm es als ein gutes Zeichen und sagte: »Du willst die Kinder sehen!«

Es war das Wort, das sie gefürchtet hatte, das Wort, das in ihr selber sprach. Und ihre Augen wurden groß, und es flog um ihren Mund, und sie hatte nicht die Kraft, ein »Nein« zu sagen. Aber sie bezwang sich und schüttelte nur den Kopf und ging auf Tür und Flur zu.

Draußen stand Christel, ein Licht in der Hand, um ihrer Herrin das Täschchen abzunehmen und sie die beiden Treppen hinabzubegleiten. Aber Melanie wies es zurück und sagte: »Laß, Christel, ich muß nun meinen Weg allein finden.« Und auf der zweiten

Treppe, die dunkel war, begann sie wirklich zu suchen und zu tappen.

»Es beginnt früh«, sagte sie.

Das Haus war schon auf, und draußen blies ein kalter Wind von der Brüderstraße her, über den Platz weg, und der Schnee federte leicht in der Luft. Sie mußte dabei des Tages denken, nun beinah jährig, wo der Rollwagen vor ihrem Hause hielt und wo die Flocken auch wirbelten wie heut und die kindische Sehnsucht über sie kam, zu steigen und zu fallen wie sie.

Und nun hielt sie sich auf die Brücke zu, die nach dem Spittelmarkt führt, und sah nichts, als den Laternenanstecker ihres Reviers, der mit seiner langen, schmalen Leiter immer vor ihr her lief und wenn er oben stand, halb neugierig und halb pfiffig auf sie niedersah und nicht recht wußte, was er aus ihr machen sollte.

Jenseits der Brücke kam eine Droschke langsam auf sie zu. Der Kutscher schlief, und das Pferd eigentlich auch, und da nichts Besseres in Sicht war, so zupfte sie den immer noch Verschlafenen an seinem Mantel und stieg endlich ein und nannt ihm den Bahnhof. Und es war auch, als ob er sie verstanden und zugestimmt habe. Kaum aber, daß sie saß, so wandte er sich auf dem Bock um und brummelte durch das kleine Guckloch: »er sei Nachtdroschke, un janz klamm, un von Klock elwe nichts in'n Leib. Un er wolle jetzt nach Hause.« Da mußte sie sich aufs Bitten legen, bis er endlich nachgab. Und nun schlug er auf das arme Tier los, und holprig ging es die lange Straße hinunter.

Sie warf sich zurück und stemmte die Füße gegen den Rücksitz, aber die Kissen waren feucht und kalt, und das eben erlöschende Lämpchen füllte die Droschke mit einem trüben Qualm. Ihre Schläfen fühlten mehr und mehr einen Druck, und ihr wurde weh und widrig in der elenden Armeleuteluft. Endlich ließ sie die Fenster nieder und freute sich des frischen Windes, der durchzog. Und freute sich auch des erwachenden Lebens der Stadt, und jeden Bäckerjungen, der trällernd und pfeifend und seinen Korb mit Backwaren hoch auf dem Kopf an ihr vorbeizog, hätte sie grüßen mögen. Es war doch ein heiterer Ton, an dem sich ihre Niedergedrücktheit aufrichten konnte.

Sie waren jetzt bis an die letzte Querstraße gekommen und in fortgesetztem und immer nervöser werdendem Hinaussehen erschien es ihr, als ob alle Fuhrwerke, die denselben Weg hatten, ihr eignes, elendes Gefährt in wachsender Eile überholten. Erst einige, dann viele. Sie klopfte, rief. Aber alles umsonst. Und zuletzt war es ihr, als läg es an ihr und als versagten *ihr* die Kräfte und als sollte sie die letzte sein und käme nicht mehr mit, heute nicht und morgen nicht und nie mehr. Und ein Gefühl unendlichen Elends überkam sie. »Mut, Mut«, rief sie sich zu und raffte sich zusammen und zog ihre Füße von dem Rücksitzkissen und richtete sich auf. Und sieh, ihr wurde besser. Mit ihrer äußeren Haltung kam ihr auch die innere zurück.

Und nun endlich hielt die Droschke, und weil weder oben noch auch vorne bei dem Kutscher etwas von Gepäckstücken sichtbar war, war auch niemand da, der sich dienstbar gezeigt und den Droschkenschlag geöffnet hätte. Sie mußte es von innen her selber tun und sah sich um und suchte. »Wenn er nicht da wäre!« Doch sie hatte nicht Zeit, es auszudenken. Im nächsten Augenblicke schon trat von einem der Auffahrtspfeiler her Rubehn an sie heran und bot ihr die Hand, um ihr beim Aussteigen behilflich zu sein. Ihr Fuß stand eben auf dem mit Stroh umwickelten Tritt, und sie lehnte den Kopf an seine Schulter und flüsterte: »Gott sei Dank! Ach, war *das* eine Stunde! Sei gut, einzig Geliebter, und lehre sie mich vergessen.«

Und er hob die geliebte Last und setzte sie nieder, und nahm ihren Arm und das Täschchen, und so schritten sie die Treppe hinauf, die zu dem Perron und dem schon haltenden Zuge führte.

17

Della Salute

»Nach Süden!« Und in kurzen, oft mehrtägig unterbrochenen Fahrten, wie sie Melanies erschütterte Gesundheit unerläßlich machte, ging es über den Brenner, bis sie gegen Ende Februar in Rom eintrafen, um daselbst das Osterfest abzuwarten und »Nachrichten aus der Heimat«. Es war ein absichtlich indifferentes Wort, das sie wählten, während es sich doch in Wahrheit um Mitteilungen handelte, die für ihr Leben entscheidend waren und die länger ausblieben als erwünscht. Aber endlich waren sie da, diese »Nachrichten aus der Heimat«, und der nächste Morgen bereits sah beide vor dem Eingang einer kleinen englischen Kapelle, deren alten Reverend sie schon vorher kennen gelernt und, durch seine Milde dazu bestimmt, ins Vertrauen gezogen hatten. Auch ein paar Freunde waren zugegen, und unmittelbar nach der kirchlichen Handlung brach man auf, um, nach monatelangem Eingeschlossensein in der Stadt, einmal außerhalb ihrer Mauern aufatmen und sich der Krokus- und Veilchenpracht in Villa d'Este freuen zu können. Und alles freute sich wirklich, am meisten aber Melanie. Sie war glücklich, unendlich glücklich. Alles, was ihr Herz bedrückt hatte, war wie mit einem Schlage von ihr genommen, und sie lachte wieder, wie sie seit lange nicht mehr gelacht hatte, kindlich und harmlos. Ach, wem *dies* Lachen wurde, dem bleibt es, und wenn es schwand, so kehrt es wieder. Und es überdauert alle Schuld und baut uns die Brücken vorwärts und rückwärts in eine bessere Zeit.

Wohl, es war ihr so frei geworden an diesem Tag, aber sie wollte es noch freier haben, und als sie, bei Dunkelwerden, in ihre Wohnung zurückkehrte, drin die treffliche römische Wirtin außer dem hohen Kaminfeuer auch schon die dreidochtige Lampe angezündet hatte, beschloß sie, denselben Abend noch an ihre Schwester Jacobine zu schreiben, allerlei Fragen zu tun und nebenher von ihrem Glück und ihrer Reise zu plaudern.

Und sie tat es und schrieb:

»Meine liebe Jacobine. Heute war ein rechter Festestag, und was mehr ist, auch ein glücklicher Tag, und ich möchte meinem Dank so gern einen Ausdruck geben. Und da schreib ich denn. Und an wen lieber, als an Dich, Du mein geliebtes Schwesterherz. Oder willst Du das Wort nicht mehr hören? Oder darfst Du nicht?

Ich schreibe Dir diese Zeilen in der Via Catena, einer kleinen Querstraße, die nach dem Tiber hinführt, und wenn ich die Straße hinuntersehe, so blinken mir, vom andern Ufer her, ein paar Lichter entgegen. Und diese Lichter kommen von der Farnesina, der berühmten Villa, drin Amor und Psyche sozusagen aus allen Fensterkappen sehen. Aber ich sollte nicht so scherzhaft über derlei Dinge sprechen, und ich könnt es auch nicht, wenn wir heute nicht in der Kapelle gewesen wären. Endlich, endlich! Und weißt Du, wer mit unter den Zeugen war? Unser Hauptmann von Brausewetter, Dein alter Tänzer von Dachrödens her. Und lieb und gut und ohne Hoffart. Und wenn man in der Acht ist, die noch schlimmer ist als das Unglück, so hat man ein Auge dafür, und das Bild, Du weißt schon, über das ich damals so viel gespottet und gescherzt habe, es will mir nicht aus dem Sinn. Immer dasselbe ›Steinige, steinige‹. Und die Stimme schweigt, die vor den Pharisäern das himmlische Wort sprach.

Aber nichts mehr davon, ich plaudre lieber.

Wir reisten in kleinen Tagereisen, und ich war anfänglich abgespannt und freudlos, und wenn ich eine Freude zeigte, so war es nur um Rubens willen. Denn er tat mir so leid. Eine weinerliche

Frau! Ach, das ist das Schlimmste, was es gibt. Und gar erst auf Reisen. Und so ging es eine ganze Woche lang, bis wir in die Berge kamen. Da wurd es besser, und als wir neben dem schäumenden Inn hinfuhren und an demselben Nachmittage noch in Innsbruck ein wundervolles Quartier fanden, da fiel es von mir ab und ich konnte wieder aufatmen. Und als Ruben sah, daß mir alles so wohltat und mich erquickte, da blieb er noch den folgenden Tag und besuchte mit mir alle Kirchen und Schlösser und zuletzt auch die Kirche, wo Kaiser Max begraben liegt. Es ist derselbe von der Martinswand her, und derselbe auch, der zu Luthers Zeiten lebte. Freilich schon als ein sehr alter Herr. Und es ist auch der, den Anastasius Grün als ›Letzten Ritter‹ gefeiert hat, worin er vielleicht etwas zu weit gegangen ist. Ich glaube nämlich nicht, daß er der letzte Ritter war. Er war überhaupt zu stark und zu korpulent für einen Ritter, und ohne Dir schmeicheln zu wollen, find ich, daß Gryczinski ritterlicher ist. Sonderbarerweise fühl ich mich überhaupt eingepreußter, als ich dachte, so daß mir auch das Bildnis Andreas Hofers wenig gefallen hat. Er trägt einen Tiroler Spruchgürtel um den Leib und wurde zu Mantua, wie Du vielleicht gehört haben wirst, erschossen. Manche tadeln es, daß er sich geängstigt haben soll. Ich für meinen Teil habe nie begreifen können, wie man es tadeln will, nicht gern erschossen zu werden.

Und dann gingen wir über den Brenner, der ganz in Schnee lag, und es sah wundervoll aus, wie wir an derselben Bergwand, an der unser Zug emporkletterte, zwei, drei andere Züge tief unter uns sahen, so winzig und unscheinbar wie die Futterkästchen an einem Zeisigbauer. Und denselben Abend noch waren wir in Verona. Das vorige Mal, als ich dort war, hatt ich es nur passiert, jetzt aber blieben wir einen Tag, weil mir Ruben das altrömische Theater zeigen wollte, das sich hier befindet. Es war ein kalter Tag, und mich fror in dem eisigen Winde, der ging, aber ich freute mich doch, es gesehen zu haben. Wie beschreib ich es Dir nur? Du mußt Dir das Opernhaus denken, aber nicht an einem gewöhnlichen Tage, sondern an einem Subskriptionsballabend, und an der Stelle, wo die Musik ist, rundet es sich auch noch. Es ist nämlich ganz eiförmig und amphitheatralisch, und der Himmel als Dach darüber, und ich würd es alles sehr viel mehr noch genossen haben, wenn ich mich nicht hätte verleiten lassen, in einem benachbarten Restaurant ein Salamifrühstück zu nehmen, das mir um ein Erhebliches zu national war.

Die Woche darauf kamen wir nach Florenz, und wenn ich

Duquede wäre, so würde ich sagen: es wird überschätzt. Es ist voller Engländer und Bilder, und mit den Bildern wird man nicht fertig. Und dann haben sie die ›Cascinen‹, etwas wie unsere Tiergarten- oder Hofjägerallee, worauf sie sehr stolz sind, und man sieht auch wirklich Fuhrwerke mit sechs und zwölf und sogar mit vierund- zwanzig Pferden. Aber ich habe sie nicht gesehen und will Dich durch Zahlenangaben nicht beirren. Über den Arno führt eine Budenbrücke, nach Art des Rialto, und wenn Du von den vielen Kirchen und Klöstern absehen willst, so gilt der alte Herzogspalast als die Hauptsehenswürdigkeit der Stadt. Und am schönsten finden sie den kleinen Turm, der aus der Mitte des Palastes aufwächst, nicht viel anders als ein Schornstein mit einem Kranz und einer Galerie darum. Es soll aber sehr originell gedacht sein. Und zuletzt findet man es auch. Und in der Nähe befindet sich eine lange, schmale Gasse, die neben der Hauptstraße herläuft und in der beständig Wachteln am Spieß gebraten werden. Und alles riecht nach Fett, und dazwischen Lärm und Blumen und aufgetürmter Käse, so daß man nicht weiß, wo man bleiben und ob man sich mehr entsetzen oder freuen soll. Aber zuletzt freut man sich, und es ist eigentlich das Hübscheste, was ich auf meiner ganzen Reise gesehen habe. Natürlich Rom ausgenommen. Und nun bin ich in Rom.

Aber Herzens-Jacobine, davon kann ich Dir heute nicht schreiben, denn ich bin schon auf dem vierten Blatt, und Ruben wird un- geduldig und wirft aus seiner dunklen Ecke Konfetti nach mir, trotzdem wir den Karneval längst hinter uns haben. Und so brech ich denn ab und tue nur noch ein paar Fragen.

Freilich, jetzt, wo ich die Fragen stellen will, wollen sie mir nicht recht aus der Feder, und Du mußt sie erraten. Rätsel sind es nicht. In Deiner Antwort sei schonend, aber verschweige nichts. Ich muß das Unangenehme, das Schmerzliche tragen lernen. Es ist nicht anders. Über all das geb ich mich keinen Illusionen hin. Wer in die Mühle geht, wird weiß. Und die Welt wird schlimmere Vergleiche wählen. Ich möchte nur, daß bei meiner Verurteilung über die ›mildernden Umstände‹ nicht ganz hinweggegangen würde. Denn sieh, ich konnte nicht anders. Und ich habe nur noch den *einen* Wunsch, daß es mir vergönnt sein möchte, *dies* zu beweisen. Aber dieser Wunsch wird mir versagt bleiben, und ich werd allen Trost in meinem Glück und alles Glück in meiner Zurückgezogenheit suchen und finden müssen. Und das werd ich. Ich habe genug von dem Geräusch des Lebens gehabt, und ich sehne mich nach Einkehr und Stille. Die hab ich *hier*. Ach, wie schön ist diese Stadt, und mitunter ist es mir, als wär es wahr und als käm uns jedes Heil und jeder Trost aus Rom und nur aus Rom. Es ist ein seliges Wandeln an diesem Ort, ein Sehen und Hören als wie im Traum.

Und nun, meine süße Jacobine, lebe wohl und schreibe recht viel und recht ausführlich. Es interessiert mich alles, und ich sehne mich nach Nachricht, vor allem nach Nachricht ... Aber Du weißt es ja. Nichts mehr davon. Immer die Deine. Melanie R.«

Der Brief wurde noch denselben Abend zur Post gegeben, in dem dunklen Gefühl, daß eine rasche Beförderung auch eine rasche Antwort erzwingen könne. Aber diese Antwort blieb aus, und die darin liegende Kränkung würde sehr schmerzlich empfunden worden sein, wenn nicht Melanie wenige Tage nach Absendung des Briefes in ihre frühere Melancholie zurückverfallen wäre. Sie glaubte bestimmt, daß sie sterben werde, versuchte zu lächeln und brach doch plötzlich in einen Strom von Tränen aus. Denn sie hing am Leben und genoß inmitten ihres Schmerzes *ein* unendliches Glück: die Nähe des geliebten Mannes.

Und sie hatte wohl recht, sich dieses Glückes zu freuen. Denn alle Tugenden Rubehns zeigten sich um so heller, je trüber die Tage waren. Er kannte nur Rücksicht; keine Mißstimmung, keine Klage wurde laut, und über das Vornehme seiner Natur wurde die Zurückhaltung darin vergessen.

Und so vergingen trübe Wochen.

Ein deutscher Arzt endlich, den man zu Rate zog, erklärte, daß vor allem das Stillsitzen vermieden, dagegen umgekehrt für beständig neue Eindrücke gesorgt werden müsse. Mit anderen Worten, das, was er vorschlug, war ein beständiger Orts- und Luftwechsel. Ein solches tägliches Hin und Her sei freilich selber ein Übel, aber ein kleineres, und jedenfalls das einzige Mittel, der inneren Ruhelosigkeit abzuhelfen.

Und so wurden denn neue Reisepläne geschmiedet und von der Kranken apathisch aufgenommen.

In kurzen Etappen, unter geflissentlicher Vermeidung von Eisenbahn und großen Straßen, ging es, durch Umbrien, immer höher an der Ostküste hin, bis sich plötzlich herausstellte, daß man nur noch zehn Meilen von Venedig entfernt sei. Und siehe, da kam ihr ein tiefes und sehnsüchtiges Verlangen, ihrer Stunde dort warten zu wollen. Und sie war plötzlich wie verändert und lachte wieder und sagte: »Della Salute! Weißt Du noch? ... Es heimelt mich an, es erquickt mich: das Wohl, das Heil! O, komm. Dahin wollen wir.«

Und sie gingen, und dort war es, wo die bange Stunde kam. Und einen Tag lang wußte der Zeiger nicht, wohin er sich zu stellen habe, ob auf Leben oder Tod. Als aber am Abend, von über dem Wasser her, ein wunderbares Läuten begann, und die todmatte Frau auf ihre Frage »von wo« die Antwort empfing, von »Della Salute«, da richtete sie sich auf und sagte: »Nun weiß ich, daß ich leben werde.«

18

Wieder daheim

Und ihre Hoffnung hatte sie nicht betrogen. Sie genas, und erst als die Herbsttage kamen, und das Gedeihen des Kindes und vor allem auch ihr eignes Wohlbefinden einen Aufbruch gestattete, verließen sie die Stadt, an die sie sich durch ernste und heitere Stunden aufs innigste gekettet fühlten, und gingen in die Schweiz, um in dem lieblichsten der Täler, in dem Tale »zwischen den Seen«, eine neue, vorläufige Rast zu suchen.

Und sie lebten hier glücklich-stille Wochen, und erst als ein scharfer Nordwest vom Thuner See nach dem Brienzer hinüberfuhr und den Tag darauf der Schnee so dicht fiel, daß nicht nur die Jungfrau, sondern auch jede kleinste Kuppe verschneit und vereist ins Tal herniedersah, sagte Melanie: »Nun ist es Zeit. Es kleidet nicht jeden Menschen das Alter und nicht jede Landschaft der Schnee. Der Winter ist in diesem Tale nicht zu Haus oder paßt wenigstens nicht recht hierher. Und ich möchte nun wieder *da* hin, wo man sich mit ihm eingelebt hat und ihn versteht.«

»Ich glaube gar«, lachte Rubehn, »du sehnst dich nach der Rousseau-Insel!«

»Ja«, sagte sie. »Und nach viel anderem noch. Sieh, in drei Stunden könnt ich von hier aus in Genf sein und das Haus wiedersehen, darin ich geboren wurde. Aber ich habe keine Sehnsucht danach. Es zieht mich nach dem *Norden* hin, und ich empfind ihn mehr und mehr als meine Herzensheimat. Und was auch dazwischen liegt, er muß es bleiben.«

Und an einem milden Dezembertage waren Rubehn und Melanie wieder in der Hauptstadt eingetroffen und mit ihnen die Vreni oder »das Vrenel«, eine derbe schweizerische Magd, die sie während ihres Aufenthalts in Interlaken zur Abwartung des Kindes angenommen hatten. Eine vorzügliche Wahl. Am Bahnhof aber waren sie von Rubehns jüngerem Bruder empfangen und in ihre Wohnung eingeführt worden: eine reizende Mansarde, dicht am Westende des Tiergartens, ebenso reich wie geschmackvoll eingerichtet, und beinah Wand an Wand mit Duquede. »Sollen wir gute Nachbarschaft mit ihm halten?« hatten sie sich im Augenblick ihres Eintretens unter gegenseitiger Heiterkeit gefragt.

Melanie war sehr glücklich über Wohnung und Einrichtung, überhaupt über alles, und gleich am andern Vormittage setzte sie sich, als sie allein war, in eine der tiefen Fensternischen und sah auf die bereiften Bäume des Parks und auf ein paar Eichkätzchen, die sich haschten und von Ast zu Ast sprangen. Wie oft hatte sie dem zugesehen, wenn sie mit Liddy und Heth durch den Tiergarten gefahren war! Es stand plötzlich alles wieder vor ihr, und sie fühlte, daß ein Schatten auf die heiteren Bilder ihrer Seele fiel.

Endlich aber zog es auch *sie* hinaus, und sie wollte die Stadt wieder sehen, die Stadt und bekannte Menschen. Aber wen? Sie konnte nur bei der Freundin, bei dem Musikfräulein, vorsprechen. Und sie tat es auch, ohne daß sie schließlich eine Freude davon gehabt hätte. Anastasia kam ihr vertraulich und beinah überheblich entgegen, und in begreiflicher Verstimmung darüber kehrte Melanie nach Hause zurück. Auch hier war nicht alles, wie es sein sollte, das Vrenel in schlechter Laune, die Zimmer überheizt, und ihre Heiterkeit kam erst wieder, als sie Rubehns Stimme draußen auf dem Vorflur hörte.

Und nun trat er ein.

Es war um die Teestunde; das Wasser brodelte schon, und sie nahm des geliebten Mannes Arm und schritt plaudernd mit ihm über den dicken, türkischen Teppich hin. Aber er litt von der Hitze, die sie mit ihrem Taschentuche vergeblich fortzufächeln bemüht war. »Und nun sind wir im Norden!« lachte er. »Und ich sage, haben wir im Süden je so was von Glut und Samum auszuhalten gehabt?«

»O doch, Rubehn. Entsinnst du dich noch, als wir das erstemal nach dem Lido hinausfuhren? Ich wenigstens vergeß es nicht. All mein Lebtag hab ich mich nicht so geängstigt wie damals auf dem Schiff: erst die Schwüle, und dann der Sturm. Und dazwischen das Blitzen. Und wenn es noch ein Blitzen gewesen wäre! Aber wie feurige Laken fiel es vom Himmel. Und du warst so ruhig.«

»Das bin ich immer, Herz, oder such es wenigstens zu sein. Mit unserer Unruhe wird nichts geändert und noch weniger gebessert.«

»Ich weiß doch nicht, ob du recht hast. In unserer Angst und

Sorge beten wir, auch wir, die wir's in unseren guten Tagen an uns kommen lassen. Und das versöhnt die Götter. Denn sie wollen, daß wir uns in unserer Kleinheit und Hilfsbedürftigkeit fühlen lernen. Und haben sie nicht recht?«

»Ich weiß nur, daß *du* recht hast. Immer. Und dir zuliebe sollen auch die Götter recht haben. Bist du zufrieden damit?«

»Ja und nein. Was Liebe darin ist, ist gut, oder ich hör es wenigstens gern. Aber ...«

»Lassen wir das ›aber‹, und nehmen wir lieber unseren Tee, der uns ohnehin schon erwartet. Und er hilft auch immer und gegen alles, und wird uns auch aus dieser afrikanischen Hitze helfen. Um aber sicher zu gehen, will ich doch lieber noch das Fenster öffnen.« Und er tat's, und unter dem halb aufgezogenen Rouleau hin zog eine milde Nachtluft ein.

»Wie mild und weich«, sagte Melanie.

»Zu weich«, entgegnete Rubehn. »Und wir werden uns auf kältere Luftströme gefaßt machen müssen.«

19

Inkognito

Melanie war froh, wieder daheim zu sein.

Was sich ihr notwendig entgegenstellen mußte, das übersah sie nicht, und die Furcht, der Rubehn Ausdruck gegeben hatte, war auch ihre Furcht. Aber sie war doch andrerseits sanguinischen Gemüts genug, um der Hoffnung zu leben, sie werd es überwinden. Und warum sollte sie's nicht? Was geschehen, erschien ihr, der Gesellschaft gegenüber, so gut wie ausgeglichen; allem Schicklichen war genügt, alle Formen waren erfüllt, und so gewärtigte sie nicht einer Strenge zu begegnen, zu der die Welt in der Regel nur greift, wenn sie's zu *müssen* glaubt, vielleicht einfach in dem Bewußtsein davon, daß, wer in einem Glashause wohnt, nicht mit Steinen werfen soll.

Melanie gewärtigte keines Rigorismus. Nichtsdestoweniger stimmte sie dem Vorschlage bei, wenigstens während der nächsten Wochen noch ein Inkognito bewahren und erst von Neujahr an die nötigen Besuche machen zu wollen.

So war es denn natürlich, daß man den Weihnachtsabend im engsten Zirkel verbrachte. Nur Anastasia, Rubehns Bruder und der alte Frankfurter Prokurist, ein versteifter und schweigsamer Junggeselle, dem sich erst beim dritten Schoppen die Zunge zu lösen pflegte, waren erschienen, um die Lichter am Christbaum brennen zu sehen. Und als sie brannten, wurd auch das Anninettchen herbeigeholt, und Melanie nahm das Kind auf den Arm und spielte mit ihm und hielt es hoch. Und das Kind schien glücklich und lachte und griff nach den Lichtern.

Und glücklich waren alle, besonders auch Rubehn, und wer ihn an diesem Abend gesehen hätte, der hätte nichts von Behagen und Gemütlichkeit an ihm vermißt. Alles Amerikanische war abgestreift.

In dem Nebenzimmer war inzwischen ein kleines Mahl serviert worden, und als einleitend erst durch Anastasia und danach auch durch den jüngern Rubehn ein paar scherzhafte Gesundheiten ausgebracht worden waren, erhob sich zuletzt auch der alte Prokurist, um »aus vollem Glas und vollem Herzen« einen Schlußtoast zu proponieren. Das Beste des Lebens, das wiss' er aus eigner Erfahrung, sei das Inkognito. Alles, was sich auf dem Markt oder auf die Straße stelle, das tauge nichts oder habe doch nur Alltagswert; das, was wirklich Wert habe, das ziehe sich zurück, das berge sich in Stille, das verstecke sich. Die lieblichste Blume, darüber könne kein Zweifel sein, sei das Veilchen, und die poetischste Frucht, darüber könne wiederum kein Zweifel sein, sei die Walderdbeere. Beide versteckten sich aber, beide ließen sich suchen, beide lebten sozusagen inkognito. Und somit lasse er das Inkognito leben, oder die Inkognitos, denn Singular oder Plural sei ihm durchaus gleichgültig;

> Das oder die,
> Ein volles Glas für Melanie;
> Die oder das,
> Für Ebenezer ein volles Glas.

Und danach fing er an zu singen.

Erst zu später Stunde trennte man sich, und Anastasia versprach, am anderen Tage zu Tisch wiederzukommen; abermals einen Tag später aber (Rubehn war eben in die Stadt gegangen) erschien das Vrenel, um in ihrem Schweizer Deutsch und zugleich in sichtlicher Erregung den Polizeirat Reiff zu melden. Und sie beruhigte sich erst wieder, als ihre junge Herrin antwortete: »Ah, sehr willkommen. Ich lasse bitten, einzutreten.«

Melanie ging dem Angemeldeten entgegen. Er war ganz unverändert: derselbe Glanz im Gesicht, derselbe schwarze Frack, dieselbe weiße Weste.

»Welche Freude, Sie wiederzusehen, lieber Reiff«, sagte Melanie und wies mit der Rechten auf einen neben ihr stehenden Fauteuil. »Sie waren immer mein guter Freund, und ich denke, Sie bleiben es.«

Reiff versicherte etwas von unveränderter Devotion und tat Fragen über Fragen. Endlich aber ließ er durch Zufall oder Absicht auch den Namen van der Straatens fallen.

Melanie blieb unbefangen und sagte nur: »Den Namen dürfen Sie nicht nennen, lieber Reiff, wenigstens jetzt nicht. Nicht, als ob er mir unfreundliche Bilder weckte. Nein, o nein. Wäre das, so dürften Sie's. Aber gerade weil mir der Name nichts Unfreundliches zurückruft, weil ich nur weiß, ihm, der ihn trägt, wehe getan zu haben, so quält und peinigt er mich. Er mahnt mich an ein Unrecht, das dadurch nicht kleiner wird, daß ich es in meinem Herzen nicht als Unrecht empfinde. Also nichts von ihm. Und auch nichts...« und sie schwieg und fuhr erst nach einer Weile fort: »Ich habe nun mein Glück, ein wirkliches Glück; mais il faut payer pour tout et deux fois pour notre bonheur.«

Der Polizeirat stotterte eine verlegene Zustimmung, weil er nicht recht verstanden hatte.

»Wir aber, lieber Reiff«, nahm Melanie wieder das Wort, »wir müssen einen neutralen Boden finden. Und das werden wir. Das zählt ja zu den Vorzügen der großen Stadt. Es gibt immer hundert Dinge, worüber sich plaudern läßt. Und nicht bloß um Worte zu machen, nein, auch mit dem Herzen. Nicht wahr? Und ich rechne darauf, Sie wiederzusehen.«

Und bald darauf empfahl sich Reiff, um die Droschke, darin er gekommen war, nicht allzu lange warten zu lassen. Melanie aber sah ihm nach und freute sich, als er wenige Häuser entfernt dem aus der Stadt zurückkommenden Rubehn begegnete. Beide grüßten einander.

»Reiff war hier«, sagte Rubehn, als er einen Augenblick später eintrat. »Wie fandest du ihn?«

»Unverändert. Aber verlegener, als ein Polizeirat sein sollte.«

»Schlechtes Gewissen. Er hat dich aushorchen wollen.«

»Glaubst du?«

»Zweifellos. Einer ist wie der andre. Nur ihre Manieren sind verschieden. Und Reiff hat die Harmlosigkeitsallüren. Aber vor dieser Species muß man doppelt auf der Hut sein. Und so lächerlich es ist, ich kann den Gedanken nicht unterdrücken, daß wir morgen ins schwarze Buch kommen.«

»Du tust ihm unrecht. Er hat ein Attachement für mich. Oder ist es meinerseits bloß Eitelkeit und Einbildung?«

»Vielleicht. Vielleicht auch nicht. Aber diese guten Herren . . ., ihr bester Freund, ihr leiblicher Bruder ist nie sicher vor ihnen. Und wenn man sich darüber erstaunt oder beklagt, so heißt es ironisch und achselzuckend: ›c'est mon métier‹.«

Eine Woche später hatte das neue Jahr begonnen, und der Zeitpunkt war da, wo das junge Paar aus seinem Inkognito heraustreten wollte. Wenigstens Melanie. Sie war noch immer nicht bei Jacobine gewesen, und wiewohl sie sich, in Erinnerung an den unbeantwortet gebliebenen Brief, nicht viel Gutes von diesem Besuch versprechen konnte, so mußte er doch auf jede Gefahr hin gemacht werden. Sie mußte Gewißheit haben, wie sich die Gryczinskis stellen wollten.

Und so fuhr sie denn nach der Alsenstraße.

Schwereren Herzens als sonst stieg sie die mit Teppich belegte Treppe hinauf und klingelte. Und bald konnte sie hinter der Korridorglaswand ein Hin- und Herhuschen erkennen. Endlich aber wurde geöffnet.

»Ah, Emmy. Ist meine Schwester zu Hause?«

»Nein, Frau Kommerzien . . . Ach, wie die gnädige Frau bedauern wird! Aber Frau von Heysing war hier und haben die gnädige Frau zu dem großen Bilde abgeholt. Ich glaube ›Die Fackeln des Nero‹.«

»Und der Herr Major?«

»Ich weiß nicht«, sagte das Mädchen verlegen. »Er wollte fort. Aber ich will doch lieber erst . . .«

»O nein, Emmy, lassen Sie's. Es ist gut so. Sagen Sie meiner Schwester, oder der gnädigen Frau, daß ich da war. Oder besser, nehmen Sie meine Karte . . .«

Danach grüßte Melanie kurz und ging.

Auf der Treppe sagte sie leise vor sich hin: »Das ist *er*. Sie ist ein gutes Kind und liebt mich.« Und dann legte sie die Hand aufs Herz und lächelte: »Schweig stille, mein Herze.«

Rubehn, als er von dem Ausfall des Besuches hörte, war wenig überrascht, und noch weniger, als am andern Morgen ein Brief eintraf, dessen zierlich verschlungenes J. v. G. über die Absenderin keinen Zweifel lassen konnte. Wirklich, es waren Zeilen von Jacobine. Sie schrieb:

»Meine liebe Melanie. Wie hab ich es bedauert, daß wir uns verfehlen mußten. Und nach so langer Zeit! Und nachdem ich Deinen lieben, langen Brief unbeantwortet gelassen habe! Er war so reizend, und selbst Gryczinski, der doch so kritisch ist und alles immer auf Disposition hin ansieht, war eigentlich entzückt. Und nur an der einen Stelle nahm er Anstoß, daß alles Heil und aller Trost nach wie vor aus Rom kommen solle. Das verdroß ihn sehr, und er meinte, daß man dergleichen auch nicht im Scherze sagen dürfe. Und meine Verteidigung ließ er nicht gelten. Die meisten Gryczinskis sind nämlich noch katholisch, und ich denke mir, daß er so streng und empfindlich ist, weil er es persönlich los sein und von sich abwälzen möchte. Denn sie sind immer noch sehr diffizil oben, und Gryczinski, wie Du weißt, ist zu klug, als daß er etwas wollen sollte, was man oben *nicht* will. Aber es ändert sich vielleicht wieder. Und ich bekenne Dir offen, *mir* wäre es recht, und ich für meinen Teil hätte nichts dagegen, sie sprächen erst wieder von etwas andrem. Ist es denn am Ende wirklich so wichtig und eine so brennende Frage? Und wär es nicht wegen der vielen Toten und Verwundeten, so wünscht ich mir einen neuen Krieg. (Es heißt übrigens, sie rechneten schon wieder an einem.) Und *hätten* wir den Krieg, so wären wir die ganze Frage los, und Gryczinski wäre Oberstleutnant. Denn er ist der dritte. Und ein paar von den alten Generälen, oder wenigstens von den ganz alten, werden doch wohl endlich abgehen müssen.

Aber ich schwatze von Krieg und Frieden und von Gryczinski und von mir, und vergesse ganz nach Dir und nach Deinem Befinden zu fragen. Ich bin überzeugt, daß es Dir gut geht, und daß Du mit dem Wechsel in allen wesentlichen Stücken zufrieden bist. Er ist reich und jung, und bei Deinen Lebensanschauungen, mein ich, kann es Dich nicht unglücklich machen, daß er unbetitelt ist. Und am Ende, wer jung ist, hofft auch noch. Und Frankfurt ist ja jetzt preußisch. Und da findet es sich wohl noch.

Ach, meine liebe Melanie, wie gerne wär ich selbst gekommen und hätte nach allem Großen und Kleinen gesehen, ja, auch nach allem Kleinen, und wem es eigentlich ähnlich ist. Aber er hat es mir verboten und hat auch dem Diener gesagt, ›daß wir nie zu Hause sind‹. Und Du weißt, daß ich nicht den Mut habe, ihm zu widersprechen. Ich meine wirklich zu widersprechen. Denn etwas widersprochen hab ich ihm. Aber da fuhr er mich an und sagte: ›Das unterbleibt. Ich habe nicht Lust, um solcher Allotria willen beiseite geschoben zu werden. Und sieh dich vor, Jacobine. Du bist ein entzückendes kleines Weib (er sagte wirklich so), aber ihr seid wie die Zwillinge, wie die Druväpfel, und es spukt dir auch so was im Blut. Ich bin aber nicht van der Straaten und führe keine Generositätskomödien auf. Am wenigsten auf meine Kosten.‹ Und dabei warf er mir de haut en bas eine Kußhand zu und ging aus dem Zimmer.

Und was tat ich? Ach, meine liebe Melanie, nichts. Ich habe nicht einmal geweint. Und nur erschrocken war ich. Denn ich fühle, daß er recht hat, und daß eine sonderbare Neugier in mir steckt. Und darin treffen es die Bibelleute, wenn sie so vieles auf unsere Neugier schieben ... Elimar, der freilich nicht mit zu den Bibelleuten gehört, sagte mal zu mir: ›Das Hübscheste sei doch das Vergleichenkönnen.‹ Er meinte, glaub ich, in der Kunst. Aber die Frage beschäftigt mich seitdem, und ich glaube kaum, daß es sich auf die Kunst beschränkt. Übrigens hat Gryczinski noch in diesem Winter oder doch im Frühjahr eine kleine Generalstabsreise vor. Und dann sehe ich Dich. Und wenn er wiederkommt, so beicht ich ihm alles. Ich kann es dann. Er ist dann immer so zärtlich. Und ein Blaubart ist er überhaupt nicht. Und bis dahin Deine Jacobine.«

Melanie ließ das Blatt fallen, und Rubehn nahm es auf. Er las nun auch und sagte: »Ja, Herz, das sind die Tage, von denen es heißt, sie gefallen uns nicht. Ach, und sie *beginnen* erst. Aber laß, laß. Es rennt sich alles tot und am ehesten das.«

Und er ging an den Flügel und spielte laut und mit einem Anflug heiterer Übertreibung: »Mit meinem Mantel vor dem Sturm beschützt ich dich, beschützt ich dich.«

Und dann erhob er sich wieder und küßte sie und sagte: »Cheer up, dear!«

20

Liddy

»Cheer up, dear«, hatte Rubehn Melanie zugerufen, und sie wollte dem Zurufe folgen. Aber es glückte nicht, konnte nicht glücken, denn jeder neue Tag brachte neue Kränkungen. Niemand war für sie zu Haus, ihr Gruß wurde nicht erwidert, und ehe der Winter um war, wußte sie, daß man sie, nach einem stillschweigenden Übereinkommen, in den Bann getan habe. Sie war tot für die Gesellschaft, und die tiefe Niedergedrücktheit ihres Gemüts hätte sie zur Verzweiflung geführt, wenn ihr nicht Rubehn in dieser Bedrängnis zur Seite gestanden hätte. Nicht nur in herzlicher Liebe, nein, vor allem auch in jener heitren Ruhe, die sich der Umgebung entweder mitzuteilen oder wenigstens nicht ohne stillen Einfluß auf sie zu bleiben pflegt.

»Ich kenne das, Melanie. Wenn es in London etwas ganz Apartes gibt, so heißt es ›it is a nine days wonder‹, und mit diesen neun Tagen ist das höchste Maß von Erregungsandauer ausgedrückt. Das ist in London. Hier dauert es etwas länger, weil wir etwas kleiner sind. Aber das Gesetz bleibt dasselbe. Jedes Wetter tobt sich aus. Eines Tages haben wir wieder den Regenbogen und das Fest der Versöhnung.«

»Die Gesellschaft ist unversöhnlich.«

»Im Gegenteil. Zu Gerichte sitzen ist ihr eigentlich unbequem. Sie weiß schon, warum. Und so wartet sie nur auf das Zeichen, um das große Hinrichtungsschwert wieder in die Scheide zu stecken.«

»Aber dazu muß etwas geschehen.«

»Und das wird. Es bleibt selten aus und in den milderen Fällen eigentlich nie. Wir haben einen Eindruck gemacht und müssen ehrlich bemüht sein, einen andern zu machen. Einen entgegengesetzten. Aber auf demselben Gebiete... Du verstehst?«

Sie nickte, nahm seine Hand und sagte: »Und ich schwöre dir's, ich will. Und wo die Schuld lag, soll auch die Sühne liegen. Oder, sag ich lieber, der Ausgleich. Auch *das* ist ein Gesetz, so hoff ich. Und das schönste von allen. Es braucht nicht alles Tragödie zu sein.«

In diesem Augenblicke wurde durch den Diener eine Karte hereingegeben: »Friederike Sawat v. Sawatzki, genannt Sattler v. d. Hölle, Stiftsanwärterin auf Kloster Himmelpfort in der Uckermark.«

»O, laß uns allein, Rubehn«, bat Melanie, während sie sich erhob und der alten Dame bis auf den Vorflur entgegenging. »Ach, mein liebes Riekchen! Wie mich das freut, daß du kommst, daß du da bist. Und wie schwer es dir geworden sein muß... Ich meine nicht bloß die drei Treppen... Ein halbes Stiftsfräulein und jeden Sonntag in Sankt Matthäi! Aber die Frommen, wenn sie's wirklich sind, sind immer noch die Besten. Und sind gar nicht so schlimm. Und nun setze dich, mein einziges, liebes Riekchen, meine liebe, alte Freundin!«

Und während sie so sprach, war sie bemüht, ihr beim Ablegen behilflich zu sein und das Seidenmäntelchen an einen Haken zu hängen, an den die Kleine nicht heranreichen konnte.

»Meine liebe, alte Freundin«, wiederholte Melanie. »Ja, das warst du, Riekchen, das bist du gewesen. Eine rechte Freundin, die mir immer zum Guten geraten und nie zum Munde gesprochen hat. Aber es hat nicht geholfen, und ich habe nie begriffen, wie man Grundsätze haben kann oder Prinzipien, was eigentlich dasselbe meint, aber mir immer noch schwerer und unnötiger vorgekommen ist. Ich hab immer nur getan, was ich wollte, was mir gefiel, wie mir gerade zumute war. Und ich kann es auch so schrecklich nicht finden. Auch jetzt noch nicht. Aber gefährlich ist es, so viel räum ich ein, und ich will es anders zu machen suchen. Will es lernen. Ganz bestimmt. Und nun erzähle. Mir brennen hundert Fragen auf der Seele.«

Riekchen war verlegen eingetreten und auch verlegen geblieben; jetzt aber sagte sie, während sie die Augen niederschlug und dann wieder freundlich und fest auf Melanie richtete: »Habe doch mal sehen wollen ... Und ich bin nicht hinter seinem Rücken hier. Er weiß es und hat mir zugeredet.«

Melanie flogen die Lippen. »Ist er erbittert? Sag, ich will es hören. Aus *deinem* Munde kann ich alles hören. In den Weihnachtstagen war Reiff hier. Da mochte ich es nicht. Es ist doch ein Unterschied, *wer* spricht. Ob die Neugier oder das Herz. Sag, ist er erbittert?«

Die Kleine bewegte den Kopf hin und her und sagte: »Wie denn! Erbittert! Wär er erbittert, so wär ich nicht hier. Er war unglücklich und ist es noch. Und es zehrt und nagt an ihm. Aber seine Ruhe hat er wieder. Das heißt, so vor den Menschen. Und dabei bleibt es, denn er war dir sehr gut, Melanie, so gut er nur einem Menschen sein konnte. Und du warst sein Stolz, und er freute sich, wenn er dich sah.«

Melanie nickte.

»Sieh, Herzenskind, du hast nicht anders gekonnt, weil du das andre nicht gelernt hattest, das andre, worauf es ankommt, und weil du nicht wußtest, was der Ernst des Lebens ist. Und Anastasia sang wohl immer: ›Wer nie sein Brot mit Tränen aß‹, und Elimar drehte dann das Blatt um. Aber singen und erleben ist ein Unterschied. Und du hast das Tränenbrot nicht gegessen, und Anastasia hat es nicht gegessen, und Elimar auch nicht. Und so kam es, daß du nur getan hast, was dir gefiel oder wie dir zumute war. Und dann bist du von den Kindern fortgegangen, von den lieben Kindern, die so hübsch und so fein sind, und hast sie nicht einmal sehen wollen. Hast dein eigen Fleisch und Blut verleugnet. Ach, mein armes, liebes Herz, das kannst du vor Gott und Menschen nicht verantworten.«

Es war, als ob die Kleine noch weiter sprechen wollte. Aber Melanie war aufgesprungen und sagte: »Nein, Riekchen, an dieser Stelle hört es auf. Hier tust du mir unrecht. Sieh, du kennst mich so gut und so lange schon, und fast war ich selber noch ein Kind, als ich ins Haus kam. Aber das eine mußt du mir lassen: ich habe nie gelogen und geheuchelt, und hab umgekehrt einen wahren Haß gehabt, mich besser zu machen, als ich bin. Und diesen Haß hab ich noch. Und so sag ich dir denn, das mit den Kindern, mit meiner süßen kleinen Heth, die wie der Vater aussieht und doch gerade so lacht und so fahrig ist wie die Frau Mama, nein, Riekchen, das mit den Kindern, *das* trifft mich nicht.«

»Und bist doch ohne Blick und ohne Abschied gegangen.«

»Ja, das bin ich, und ich weiß es wohl, manch andre hätt es nicht getan. Aber wenn man auf etwas an und für sich Trauriges stolz sein darf, so bin ich stolz darauf. Ich wollte gehn, das stand fest. Und wenn ich die Kinder sah, so konnt ich nicht gehn. Und so hatt ich denn meine Wahl zu treffen. Ich mag eine falsche Wahl getroffen haben, in den Augen der Welt hab ich es gewiß, aber es war wenigstens ein klares Spiel und offen und ehrlich. Wer aus der Ehe fortläuft und aus keinem andern Grund als aus Liebe zu einem andern Manne, der begibt sich des Rechts, nebenher auch noch die zärtliche Mutter zu spielen. Und das ist die Wahrheit. Ich bin ohne Blick und ohne Abschied gegangen, weil es mir widerstand, Unheiliges und Heiliges durcheinander zu werfen. Ich wollte keine sentimentale Verwirrung. Es steht mir nicht zu, mich meiner Tugend zu berühmen. Aber eines hab ich wenigstens, Riekchen: ich habe feine Nerven für das, was paßt und nicht paßt.«

»Und möchtest du jetzt sie sehen?«

»Heute lieber als morgen. Jeden Augenblick. Bringst du sie?«

»Nein, nein, Melanie, du bist zu rasch. Aber ich habe mir einen Plan ausgedacht. Und wenn er glückt, so laß ich wieder von mir hören. Und ich komm entweder oder ich schreibe oder Jacobine schreibt. Denn Jacobine muß uns dabei helfen. Und nun Gott befohlen, meine liebe, liebe Melanie. Laß nur die Leute. Du bist doch ein liebes Kind. Leicht, leicht, aber das Herz sitzt an der richtigen Stelle. Und nun Gott befohlen, mein Schatz.«

Und sie ging und weigerte sich, das Mäntelchen anzuziehen, weil sie gerne rasch abbrechen wollte. Aber eine Treppe tiefer blieb sie stehen und half sich mit einiger Mühe selbst in die kleinen Ärmel hinein.

Melanie war überaus glücklich über diesen Besuch, zugleich sehnsüchtig erwartungsvoll, und mitunter war es ihr, als träte das Kleine, das nebenan in der Wiege lag, neben dieser Sehnsucht zurück. Gehörte sie doch ganz zu jenen Naturen, in deren Herz eines immer den Vorrang behauptet.

Und so vergingen Wochen, und Ostern war schon nahe heran, als endlich ein Billett abgegeben wurde, dem sie's ansah, daß es ihr gute Botschaft bringe. Es war von der Schwester, und Jacobine schrieb:

»Meine liebe Melanie! Wir sind allein, und gesegnet seien die Landesvermessungen! Es sind das, wie Du vielleicht weißt, die hohen, dreibeinigen Gestelle, die man, wenn man mit der Eisenbahn fährt, überall deutlich erkennen kann und wo die Mitfahrenden im Coupé jedesmal fragen: ›Mein Gott, was ist das?‹ Und es ist auch nicht zu verwundern, denn es sieht eigentlich aus wie ein Malerstuhl, nur daß der Maler sehr groß sein müßte. Noch größer und langbeiniger als Gabler. Und erst in vierzehn Tagen kommt er zurück, worauf ich mich sehr, sehr freue und eigentlich schon Sehnsucht habe. Denn er hat doch entschieden *das,* was uns Frauen gefällt. Und früher hat er Dir auch gefallen, ja, Herz, das kannst Du nicht leugnen, und ich war mitunter eifersüchtig, weil Du klüger bist als ich, und das haben sie gern. Aber weshalb ich eigentlich schreibe! Riekchen war hier und hat es mir ans Herz gelegt, und so denk ich, wir säumen keinen Augenblick länger und Du kommst morgen um die Mittagsstunde. Da werden sie hier sein und Riekchen auch. Aber wir haben nichts gesagt und sie sollen überrascht werden. Und ich bin glücklich, meine Hand zu so was Rührendem bieten zu können. Denn ich denke mir, Mutterliebe bleibt doch das Schönste... Ach, meine liebe Melanie!... Aber ich schweige, Gryczinskis drittes Wort ist ja, daß es im Leben darauf ankomme, seine Gefühle zu beherrschen... Ich weiß doch nicht, ob er recht hat. Und nun lebe wohl. Immer Deine J. v. G.«

Melanie war nach Empfang dieser Zeilen in einer Aufregung, die sie weder verbergen konnte noch wollte. So fand sie Rubehn und geriet in wirkliche Sorge, weil er aus Erfahrung wußte, daß solchen Überreizungen immer ein Rückschlag und solchen hochgespannten Erwartungen immer eine Enttäuschung zu folgen pflegte. Er suchte sie zu zerstreuen und abzuziehen und war endlich froh, als der andere Morgen da war.

Es war ein klarer Tag und eine milde Luft, und nur ein paar weiße Wölkchen schwammen oben im Blau. Melanie verließ das Haus noch vor der verabredeten Stunde, um ihren Weg nach der Alsenstraße hin anzutreten. Ach, wie wohl ihr diese Luft tat! Und sie blieb öfters stehen, um sie begierig einzusaugen und sich an den stillen Bildern erwachenden Lebens und einer hier und da schon knospenden Natur zu freuen. Alle Hecken zeigten einen grünen Saum, und an den geharkten Stellen, wo man das abgefallene Laub an die Seite gekehrt hatte, keimten bereits die grünen Blättchen des

Gundermann, und einmal war es ihr, als schöss' eine Schwalbe mit schrillem, aber heiterem Ton an ihr vorüber. Und so passierte sie den Tiergarten in seiner ganzen Breite, bis sie zuletzt den kleinen, der Alsenstraße unmittelbar vorgelegenen Platz erreicht hatte, den sie den »Kleinen Königsplatz« nennen. Hier setzte sie sich auf eine Bank und fächelte sich mit ihrem Tuch und hörte deutlich, wie ihr das Herz schlug.

»In welche Wirrnis geraten wir, sowie wir die Straße des Hergebrachten verlassen und abweichen von Regel und Gesetz. Es nutzt nichts, daß wir uns selber freisprechen. Die Welt ist doch stärker als wir und besiegt uns schließlich in unserem eigenen Herzen. Ich glaubte recht zu tun, als ich ohne Blick und Abschied von meinen Kindern ging, ich wollte kein Rührspiel; entweder oder, dacht ich. Und ich glaub auch noch, daß ich recht gedacht habe. Aber, was hilft es mir? Was ist das Ende? Eine Mutter, die sich vor ihren Kindern fürchtet.«

Dies Wort richtete sie wieder auf. Ein trotziger Stolz, der neben aller Weichheit in ihrer Natur lag, regte sich wieder, und sie ging rasch auf das Gryczinskische Haus zu.

Die Portiersleute, Mann und Frau, und zwei halberwachsene Töchter mußten schon auf dem Hintertreppenwege von dem bevorstehenden Ereignisse gehört haben, denn sie hatten sich in die halbgeöffnete Souterraintür postiert und guckten einander über die Köpfe fort. Melanie sah es und sagte vor sich hin: »A nine days wonder! Ich bin eine Sehenswürdigkeit geworden. Es war mir immer das Schrecklichste.«

Und nun stieg sie hinauf und klingelte. Riekchen war schon da, die Schwestern küßten sich und sagten sich Freundlichkeiten über ihr gegenseitiges Aussehen. Und alles verriet Aufregung und Freude.

Das Wohn- und Empfangszimmer, in das man jetzt eintrat, war ein großer und luftiger, aber im Verhältnis zu seiner Tiefe nur schmaler Raum, dessen zwei große Fenster (ohne Pfeiler dazwischen) einen nischenartigen Ausbau bildeten. Etwas Feierliches herrschte vor, und die roten, von beiden Seiten her halb zugezogenen Gardinen gaben ein gedämpftes, wundervolles Licht, das auf den weißen Tapeten reflektierte. Nach hinten zu, der Fensternische gegenüber, bemerkte man eine hohe Tür, die nach dem dahinter gelegenen Eßzimmer führte.

Melanie nahm auf einem kleinen Sofa neben dem Fenster Platz, die beiden anderen Damen mit ihr, und Jacobine versuchte nach ihrer Art eine Plauderei. Denn sie war ohne jede tiefere Bewegung und betrachtete das Ganze vom Standpunkte einer dramatischen Matinee. Riekchen aber, die wohl wahrnahm, daß die Blicke Melanies immer nur nach der *einen* Stelle hin gerichtet waren, unterbrach endlich das Gespräch und sagte: »Laß, Binchen. Ich werde sie nun holen.«

Eine peinliche Stille trat ein, Jacobine wußte nichts mehr zu sagen und war herzlich froh, als eben jetzt vom Platze her die Musik eines vorüberziehenden Garderegiments hörbar wurde. Sie stand auf, stellte sich zwischen die Gardinen und sah nach rechts hinaus ... »Es sind die Ulanen«, sagte sie. »Willst du nicht auch ...« Aber ehe sie noch ihren Satz beenden konnte, ging die große Flügeltür auf, und Riekchen, mit den beiden Kindern an der Hand, trat ein.

Die Musik draußen verklang.

Melanie hatte sich rasch erhoben und war den verwundert und beinah erschrocken dastehenden Kindern entgegengegangen. Als sie aber sah, daß Lydia einen Schritt zurücktrat, blieb auch sie stehen, und ein Gefühl ungeheurer Angst überkam sie. Nur mit Mühe brachte sie die Worte heraus: »Heth, mein süßer, kleiner Liebling... Komm ... Kennst du deine Mutter nicht mehr?«

Und ihre ganze Kraft zusammennehmend, hatte sie sich bis dicht an die Tür vorbewegt und bückte sich, um Heth mit beiden Händen in die Höhe zu heben. Aber Lydia warf ihr einen Blick bittern Hasses zu, riß das Kind am Achselbande zurück und sagte: »Wir haben keine Mutter mehr.«

Und dabei zog und zwang sie die halb widerstrebende Kleine mit sich fort und zu der halb offen gebliebenen Tür hinaus.

Melanie war ohnmächtig zusammengesunken.

Eine halbe Stunde später hatte sie sich so weit wieder erholt, daß sie zurückfahren konnte. Jede Begleitung war von ihr abgelehnt worden. Riekchens Weisheiten und Jacobinens Albernheiten mußten ihr in ihrer Stimmung gleich unerträglich erscheinen.

Als sie fort war, sagte Jacobine zu Riekchen: »Es hat doch einen rechten Eindruck auf mich gemacht. Und Gryczinski darf gar nichts davon erfahren. Er ist ohnehin gegen Kinder. Und er würde mir doch nur sagen: ›Da siehst du, was dabei herauskommt. Undank und Unnatur‹.«

In der Nikolaikirche

Es schlug zwei von dem kleinen Hoftürmchen des Nachbarhauses, als Melanie wieder in ihre Wohnung eintrat. Das Herz war ihr zum Zerspringen, und sie sehnte sich nach Aussprache. Dann, das wußte sie, kamen ihr die Tränen und in den Tränen Trost.

Aber Rubehn blieb heute länger aus als gewöhnlich, und zu den anderen Ängsten ihres Herzens gesellte sich auch noch das Bangen und Sorgen um den geliebten Mann. Endlich kam er; es war schon Spätnachmittag, und die drüben hinter dem kahlen Gezweig niedersteigende Sonne warf eine Fülle greller Lichter durch die kleinen Mansardenfenster. Aber es war kalt und unheimlich, und Melanie sagte, während sie dem Eintretenden entgegenging: »Du bringst soviel Kälte mit, Rubehn. Ach, und ich sehne mich nach Licht und Wärme.«

»Wie du nur bist«, entgegnete Rubehn in sichtlicher Zerstreutheit, während er doch seine gewöhnliche Heiterkeit zu zeigen trachtete. »Wie du nur bist! Ich sehe nichts als Licht, ein wahrer embarras de richesse, auf jedem Sofakissen und jeder Stuhllehne, und das Ofenblech flimmert und schimmert, als ob es Goldblech wäre. Und du sehnst dich nach Licht. Ich bitte dich, mich blendet's, und ich wollt, es wär weniger oder wäre fort.«

»Du wirst nicht lange darauf zu warten haben.«

Er war im Zimmer auf und ab gegangen. Jetzt blieb er stehen und sagte teilnehmend: »Ich vergesse, nach der Hauptsache zu fragen. Verzeihe. Du warst bei Jacobine. Wie lief es ab? Ich fürchte, nicht gut. Ich lese so was aus deinen Augen. Und ich hatte auch eine Ahnung davon, gleich heute früh, als ich in die Stadt fuhr. Es war kein glücklicher Tag.«

»Auch für dich nicht?«

»Nicht der Rede wert. A shadow of a shadow.«

Er hatte sich in den zunächst stehenden Fauteuil niedergelassen und griff mechanisch nach einem Album, das auf dem Sofatische lag. Seiner oft ausgesprochenen Ansicht nach war dies die niedrigste Form aller geistigen Beschäftigung, und so durfte es nicht überraschen, daß er während des Blätterns über das Buch fortsah und wiederholentlich fragte: »Wie war es? Ich bin begierig, zu hören.«

Aber sie konnte nur zu gut erkennen, daß er *nicht* begierig war, zu hören, und so sehr es sie nach Aussprache verlangt hatte, so schwer wurde es ihr jetzt, ein Wort zu sagen, und sie verwirrte sich mehr als einmal, als sie, um ihm zu willfahren, von der tiefen Demütigung erzählte, die sie von ihrem eigenen Kinde hatte hinnehmen müssen.

Rubehn war aufgestanden und versuchte sie durch ein paar hingeworfene Worte zu beruhigen, aber es war nicht anders, wie wenn einer einen Spruch herbetet.

»Und das ist alles, was du mir zu sagen hast?« fragte sie. »Ruben, mein Einziger, soll ich auch *dich* verlieren?« Und sie stellte sich vor ihn hin und sah ihn starr an.

»O, sprich nicht so. Verlieren! Wir können uns nicht verlieren. Nicht wahr, Melanie, wir können uns nicht verlieren?« Und hierbei wurde seine Stimme momentan inniger und weicher. »Und was die Kinder angeht«, fuhr er nach einer Weile fort, »nun, die Kinder sind eben Kinder. Und eh sie groß sind, ist viel Wasser den Rhein hinuntergelaufen. Und dann darfst du nicht vergessen, es waren nicht gerade die glänzendsten metteurs en scène, die es in die Hand nahmen. Unser Riekchen ist lieb und gut, und du hast sie gern, zu gern vielleicht; aber auch *du* wirst nicht behaupten wollen, daß die Stiftsanwärterin auf Kloster Himmelpfort an die Pforten ewiger Weisheit geklopft habe. Jedenfalls ist ihr nicht aufgemacht worden. Und Jacobine! Pardon, sie hat etwas von einer Prinzessin, aber von einer, die die Lämmer hütet.«

»Ach, Ruben«, sagte Melanie, »du sagst so vieles durcheinander. Aber das rechte Wort sagst du nicht. Du sagst nicht, was mich aufrichten, mich vor mir selbst wiederherstellen könnte. Mein eigen Kind hat mir den Rücken gekehrt. Und daß es noch ein Kind ist, das gerade ist das Vernichtende. Das richtet mich.«

Er schüttelte den Kopf und sagte: »Du nimmst es zu schwer. Und glaubst du denn, daß Mütter und Väter außerhalb aller Kritik stehen?«

»Wenigstens außerhalb der ihrer Kinder.«

»Auch *der* nicht. Im Gegenteil, die Kinder sitzen überall zu Gericht, still und unerbittlich. Und Lydia war immer ein kleiner Großinquisitor, wenigstens genferischen Schlages, und an ihr läßt sich die Rückschlagstheorie studieren. Ihr Urahne muß mitgestimmt haben, als man Servet verbrannte. Mich hätte sie gern mit auf dem Holzstoß gesehen, soviel steht fest. Und nun, laß uns schweigen davon. Ich muß noch in die Stadt.«

»Ich bitte dich, was ist? Was gibt's?«

»Eine Konferenz. Und es wird sich nicht vermeiden lassen, daß wir nach ihrem Abschluß zusammen bleiben. Ängstige dich nicht, und vor allem, erwarte mich nicht. Ich hasse junge Frauen, die beständig am Fenster passen, ›ob er noch nicht kommt‹, und mit dem Wächter unten auf du und du stehen, nur, um immer eine Heilablieferungsgarantie zu haben. Ich perhorresziere das. Und das Beste wird sein, du gehst früh zu Bett und schläfst es aus. Und wenn wir uns morgen früh wiedersehen, wirst du mir vielleicht zustimmen, daß Lydia Bescheidenheit lernen muß, und daß zehnjährige dumme Dinger, Fräulein Lydia mit eingeschlossen, nicht dazu da sind, sich zu Sittenrichterinnen ihrer eigenen Frau Mama aufzuwerfen.«

»Ach, Ruben, das sagst du nur so. Du fühlst es anders und bist zu klug und zu gerecht, als daß du nicht wissen solltest, das Kind hat recht.«

»Es mag recht haben. Aber ich auch. Und jedenfalls gibt es Ernsteres als das. Und nun Gott befohlen.«

Und er nahm seinen Hut und ging.

Melanie wachte noch, als Rubehn wieder nach Hause kam. Aber erst am anderen Morgen fragte sie nach der Konferenz und bemühte sich, darüber zu scherzen. Er seinerseits antwortete in gleichem Ton und war wie gestern ersichtlich bemüht, mit Hilfe lebhaften Sprechens einen Schirm aufzurichten, hinter dem er, was eigentlich in ihm vorging, verbergen konnte.

So vergingen Tage. Seine Lebhaftigkeit wuchs, aber mit ihr auch seine Zerstreutheit, und es kam vor, daß er mehrere Male dasselbe fragte. Melanie schüttelte den Kopf und sagte: »Ich bitte dich, Ruben, wo bist du? Sprich.« Aber er versicherte nur, es sei nichts, und sie forsche, wo nichts zu forschen sei. Zerstreutheit wäre ein Erbstück in der Familie, kein gutes, aber es sei einmal da, und sie müsse sich damit einleben und daran gewöhnen. Und dann ging er, und sie fühlte sich freier, wenn er ging. Denn das rechte Wort wurde nicht gesprochen, und er, der die Last ihrer Einsamkeit verringern sollte, verdoppelte sie nur durch seine Gegenwart.

Und nun war Ostern. Anastasia sprach am Ostersonntag auf eine halbe Stunde vor, aber Melanie war froh, als das Gespräch ein Ende nahm und die mehr und mehr unbequem werdende Freundin wieder ging. Und so kam auch der zweite Festtag, unfestlich und unfreundlich wie der erste, und als Rubehn über Mittag erklärte, daß er abermals eine Verabredung habe, konnte sie's in ihrer Herzensangst nicht länger ertragen, und sie beschloß, in die Kirche zu gehen und eine Predigt zu hören. Aber wohin? Sie kannte Prediger nur von Taufen und Hochzeiten her, wo sie, neben frommen und nicht frommen, manch liebes Mal bei Tisch gesessen und beim Nachhausekommen immer versichert hatte: »Geht mir doch mit eurem Pfaffenhaß. Ich habe mich mein Lebtag nicht so gut unterhalten wie heute mit Pastor Käpsel. Ist das ein reizender alter Herr! Und so humoristisch und beinahe witzig. Und schenkt einem immer ein und stößt an und trinkt selber mit, und sagt einem verbindliche Sachen. Ich begreif euch nicht. Er ist noch interessanter als Reiff oder gar Duquede.«

Aber nun eine Predigt! Es war seit ihrem Einsegnungstage, daß sie keine mehr gehört hatte.

Endlich entsann sie sich, daß ihr Christel von Abendgottesdiensten erzählt hatte. Wo doch? In der Nikolaikirche. Richtig. Es war weit, aber desto besser. Sie hatte so viel Zeit übrig, und die Bewegung in der frischen Luft war seit Wochen ihr einziges Labsal. So machte sie sich auf den Weg, und als sie die große Petristraße passierte, sah sie zu den erleuchteten Fenstern des ersten Stockes auf. Aber *ihre* Fenster waren dunkel und auch keine Blumen davor. Und sie ging rascher und sah sich um, als verfolge sie wer, und bog endlich in den Nikolaikirchhof ein.

Und nun die Kirche selbst.

Ein paar Lichter brannten im Mittelschiff, aber Melanie ging an der Schattenseite der Pfeiler hin, bis sie der alten, reichgeschmückten Kanzel gerad gegenüber war. Hier waren Bänke gestellt, nur drei oder vier, und auf den Bänken saßen Waisenhauskinder, lauter Mädchen in blauen Kleidern und weißen Brusttüchern, und dazwischen alte Frauen, das graue Haar unter einer schwarzen Kopfbinde versteckt, und die meisten einen Stock in Händen oder eine Krücke neben sich.

Melanie setzte sich auf die letzte Bank und sah, wie die kleinen Mädchen kicherten und sich anstießen und immer nach ihr hinsahen und nicht begreifen konnten, daß eine so feine Dame zu solchem Gottesdienste käme. Denn es war ein Armengottesdienst, und deshalb brannten auch die Lichter so spärlich. Und nun schwieg Lied und Orgel, und ein kleiner Mann erschien auf der Kanzel, dessen sie sich von ein paar großen und überschwenglichen Bourgeoisbegräbnissen her sehr wohl entsann, und von dem sie mehr als einmal in ihrer übermütigen Laune versichert hatte, »er spräche schon vorweg im Grabsteinstil. Nur nicht so kurz«. Aber heute sprach er kurz und pries auch keinen, am wenigsten überschwenglich, und war nur müd und angegriffen, denn es war der zweite Feiertagabend. Und so kam es, daß sie nichts Rechtes für ihr Herz finden konnte, bis es zuletzt hieß: »Und nun, andächtige Gemeinde, wollen wir den vorletzten Vers unsres Osterliedes singen.« Und in demselben Augenblicke summte wieder die Orgel und zitterte, wie wenn sie sich erst ein Herz fassen oder einen Anlauf nehmen müsse, und als es endlich voll und mächtig an dem hohen Gewölbe hinklang und die Spittelfrauen mit ihren zittrigen Stimmen einfielen, rückten zwei von den kleinen Mädchen halb schüchtern an Melanie heran und gaben ihr ihr Gesangbuch und zeigten auf die Stelle. Und sie sang mit:

>Du lebst, du bist in Nacht mein Licht,
>Mein Trost in Not und Plagen,
>Du weißt, was alles mir gebricht,
>Du wirst mir's nicht versagen.

Und bei der letzten Zeile reichte sie den Kindern das Buch zurück und dankte freundlich und wandte sich ab, um ihre Bewegung zu verbergen. Dann aber murmelte sie Worte, die ein Gebet vorstellen sollten und es vor dem Ohr dessen, der die Regungen unsres Herzens hört, auch wohl waren, und verließ die Kirche so still und seitab, wie sie gekommen war.

In ihre Wohnung zurückgekehrt, fand sie Rubehn an seinem Arbeitstische vor. Er las einen Brief, den er, als sie eintrat, beiseite schob. Und er ging ihr entgegen und nahm ihre Hand und führte sie nach ihrem Sofaplatz.

»Du warst fort?« sagte er, während er sich wieder setzte.

»Ja, Freund. In der Stadt . . . In der Kirche.«

»In der Kirche! Was hast du da gesucht?«

»Trost.«

Er schwieg und seufzte schwer. Und sie sah nun, daß der Augenblick da war, wo sich's entscheiden müsse. Und sie sprang auf und lief auf ihn zu und warf sich vor ihm nieder und legte beide Arme auf seine Knie: »Sage mir, was es ist! Habe Mitleid mit mir, mit meinem armen Herzen. Sieh, die Menschen haben mich aufgegeben, und meine Kinder haben sich von mir abgewandt. Ach, so schwer es war, ich hätt es tragen können. Aber daß *du, du* dich abwendest von mir, das trag ich nicht.«

»Ich wende mich nicht ab von dir.«

»Nicht mit deinem Auge, wiewohl es mich nicht mehr sieht, aber mit deinem Herzen. Sprich, mein Einziger, was ist es? Es ist nicht Eifersucht, was mich quält. Ich könnte keine Stunde leben mehr, wär es *das*. Aber ein anderes ist es, was mich ängstigt, ein anderes, nicht viel Besseres: ich habe deine Liebe nicht mehr. Das ist mir klar, und unklar ist mir nur das eine, wodurch ich sie verscherzt. Ist es der Bann, unter dem ich lebe und den du mit zu tragen hast? Oder ist es, daß ich so wenig Licht und Sonnenschein in dein Leben gebracht und unsre Einsamkeit auch noch in Betrübsamkeit verwandelt habe? Oder ist es, daß du mir mißtraust? Ist es der Gedanke an das alte ›heute dir und morgen mir‹? O sprich. Ich will dich nicht leiden sehen. Ich werde weniger unglücklich sein, wenn ich dich glücklich weiß. Auch getrennt von dir. Ich will gehen, jede Stunde. Verlang es, und ich tu es. Aber reiße mich aus dieser Ungewißheit. Sage mir, was es ist, was dich drückt, was dir das Leben vergällt und verbittert. Sage mir's. Sprich.«

Er fuhr sich über Stirn und Auge, dann nahm er den beiseite geschobenen Brief und sagte: »Lies.«

Melanie faltete das Blatt auseinander. Es waren Zeilen vom alten Rubehn, dessen Handschrift sie sehr wohl kannte. Und nun las sie: »Frankfurt, Ostersonntag. Ausgleich gescheitert. Arrangiere, was sich arrangieren läßt. In spätestens acht Tagen muß ich unsre Zahlungseinstellung aussprechen. M. R. . . .«

In Rubehns Mienen ließ sich, als sie las, erkennen, daß er einer neuen Erschütterung gewärtig war. Aber wie sehr hatte er sie verkannt, sie, die viel mehr war als ein bloß verwöhnter Liebling der Gesellschaft, und eh ihm noch Zeit blieb, über seinen Irrtum nachzudenken, hatte sie sich schon in einem wahren Freudenjubel erhoben und ihn umarmt und geküßt und wieder umarmt.

»O, nur das! . . . O, nun wird alles wieder gut . . . Und was eurem Hause Unglück bedeutet, mir bedeutet es Glück, und nun weiß ich es, es kommt alles wieder in Schick und Richtung, weit über all mein Hoffen und Erwarten hinaus . . . Als ich damals ging und das letzte Gespräch mit ihm hatte, sieh, da sprach ich von den Menschlichen unter den Menschen. Und es ist mir, als wäre es gestern gewesen. Und auf diese Menschlichkeit baut ich meine Zukunft und rechnete darauf, daß sie's versöhnen würde: ich liebte dich! Aber es war ein Fehler, und auch die Menschlichen haben mich im Stich gelassen. Und jetzt muß ich sagen, sie hatten recht. Denn die Liebe tut es nicht, und die Treue tut es auch nicht. Ich meine die Werkeltagstreue, die nichts Beßres kann, als sich vor Untreue bewahren. Es ist eben nicht viel, treu zu sein, wo man liebt und wo die Sonne scheint und das Leben bequem geht und kein Opfer fordert. Nein, nein, die bloße Treue tut es nicht. Aber die bewährte Treue, *die* tut es. Und nun kann ich mich bewähren und will es und werd es, und nun kommt *meine* Zeit. Ich will nun zeigen, was ich kann, und will zeigen, daß alles Geschehene nur geschah, weil es geschehen mußte, weil ich dich liebte, nicht aber, weil ich leicht und übermütig in den Tag hineinlebte und nur darauf aus war, ein bequemes Leben in einem noch bequemeren fortzusetzen.«

Er sah sie glücklich an, und der Ausdruck des Selbstsuchtslosen in Wort und Miene riß ihn aus der tiefen Niedergedrücktheit seiner Seele heraus. Er hoffte nun selber wieder, aber Bangen und Zweifel liefen nebenher, und er sagte bewegt: »Ach, meine liebe Melanie, du warst immer ein Kind, und du bist es auch in diesem Augenblicke noch. Ein verwöhntes und ein gutes, aber doch ein Kind. Sieh, von deinem ersten Atemzuge an hast du keine Not gekannt, ach, was sprech ich von Not, nie, solange du lebst, ist dir ein Wunsch unerfüllt geblieben. Und du hast gelebt wie im Märchen von ›Tischlein decke dich‹, und das Tischlein *hat* sich dir gedeckt, mit allem, was du wolltest, mit allem, was das Leben hat, auch mit Schmeicheleien und Liebkosungen. Und du bist geliebkost worden wie ein King-Charles-Hündchen mit einem blauen Band und einem Glöckchen daran. Und alles, was du getan hast, hast du spielend getan. Ja, Melanie, spielend. Und nun willst du auch spielend entbehren lernen und denkst: es findet sich. Oder denkst auch wohl, es sei hübsch und apart, und schwärmst für die Poetenhütte, die Raum hat für ein glücklich liebend Paar, oder wenigstens haben *soll*. Ach es liest sich erbaulich von dem blankgescheuerten Eßtisch und dem Maienbusch in jeder Ecke, und von dem Zeisig, der sich das Futternäpfchen selber heranzieht. Und es ist schon richtig: die gemalte Dürftigkeit sieht gerade so gut aus wie der gemalte Reichtum. Aber wenn es aufhört, Bild und Vorstellung zu sein und wenn es Wirklichkeit und Regel wird, dann ist Armut ein bitteres Brot, und Muß eine harte Nuß.«

Es war umsonst. Sie schüttelte nur den Kopf immer wieder und sagte dann in jener einschmeichelnden Weise, der so schwer zu widerstehen war: »Nein, nein, du hast unrecht. Und es liegt alles anders, ganz anders. Ich hab einmal in einem Buche gelesen, und nicht in einem schlechten Buche, die Kinder, die Narren und die Poeten, die hätten immer recht. Vielleicht überhaupt, aber von ihrem Standpunkt aus ganz gewiß. Und ich bin eigentlich alles drei, und daraus magst du schließen, wie *sehr* ich recht habe. Dreifach recht. ›Ich will spielend entbehren lernen‹, sagst du. Ja, Lieber, das will ich, das ist es, um was es sich handelt. Und du glaubst einfach, ich könn es nicht. Ich kann es aber, ich kann es ganz gewiß, so gewiß ich diesen Finger aufhebe, und ich will dir auch sagen, warum ich es kann. Den einen Grund hast du schon erraten: weil ich es mir so romantisch denke, so hübsch und apart. Gut, gut. Aber du hättest auch sagen können, weil ich andre Vorstellungen von Glück habe. Mir ist das Glück etwas andres als ein Titel oder eine Kleiderpuppe. *Hier* ist es, oder nirgends. Und so dacht ich und fühlt ich immer, und so war ich immer und so bin ich noch. Aber wenn es auch anders mit mir stünde, wenn ich auch an dem Flitter des Daseins hinge, so würd ich doch die Kraft haben, ihm zu entsagen. *Ein* Gefühl ist immer das herrschende, und seiner Liebe zuliebe kann man alles, alles. Wir Frauen wenigstens. Und *ich* gewiß. Ich habe so vieles freudig hingeopfert, und ich sollte nicht einen Teppich opfern können! Oder einen Vertiko! Ach, einen Vertiko!« und sie lachte herzlich. »Entsinnst du dich noch, als du sagtest: ›Alles sei jetzt Enquete.‹ Das war damals. Aber die Welt ist inzwischen fortgeschritten, und jetzt ist alles Vertiko!«

Er war nicht überzeugt; seine praktisch-patrizische Natur glaubte nicht an die Dauer solcher Erregungen, aber er sagte doch: »Es sei. Versuchen wir's. Also ein neues Leben, Melanie!«

»Ein neues Leben! Und das erste ist, wir geben diese Wohnung auf und suchen uns eine bescheidenere Stelle. Mansarde klingt freilich anspruchslos genug, aber dieser Trumeau und diese Bronzen sind um so anspruchsvoller. Ich habe nichts gelernt, und das ist gut, denn wie die meisten, die nichts gelernt haben, weiß ich allerlei. Und mit Toussaint L'Ouverture fangen wir an, nein, nein, mit Toussaint-Langenscheidt, und in acht Tagen oder doch spätestens in vier Wochen geb ich meine erste Stunde. Wozu bin ich Genferin! Und nun sage: Willst du? Glaubst du?«

»Ja.«

»Topp.«

Und sie schlug in seine Hand und zog ihn unter Lachen und Scherzen in das Nebenzimmer, wo das Vrenel in Abwesenheit des Dieners eben den Teetisch arrangiert hatte.

Und sie hatten an diesem Unglückstage wieder einen ersten glücklichen Tag.

Versöhnt

Und Melanie nahm es ernst mit jedem Worte, das sie gesagt hatte. Sie hatte dabei ganz ihre Frische wieder, und eh ein Monat um war, war die modern und elegant eingerichtete Wohnung gegen eine schlichtere vertauscht, und das Stundengeben hatte begonnen. Ihre Kenntnis des Französischen und beinahe mehr noch ihr glänzendes musikalisches, auch nach der technischen Seite hin vollkommen ausgebildetes Talent hatten es ihr leicht gemacht, eine Stellung zu gewinnen, und zwar in ein paar großen schlesischen Häusern, die gerade vornehm genug waren, den Tagesklatsch ignorieren zu können.

Und bald sollte es sich herausstellen, wie nötig diese raschen und resoluten Schritte gewesen waren, denn der Zusammensturz erfolgte jäher als erwartet, und jede Form der Einschränkung erwies sich als geboten, wenn nicht mit der finanziellen Reputation des großen Hauses auch die bürgerliche verloren gehen sollte. Jede neue Nachricht von Frankfurt her bestätigte dies, und Rubehn, der anfangs nur allzu geneigt gewesen war, den Eifer Melanies für eine bloße Opferkaprice zu nehmen, sah sich alsbald gezwungen, ihrem Beispiele zu folgen. Er trat als amerikanischer Korrespondent in ein Bankhaus ein, zunächst mit nur geringem Gehalt, und war überrascht und glücklich zugleich, die berühmte Poetenweisheit von der »kleinsten Hütte« schließlich an sich selber in Erfüllung gehen zu sehen.

Und nun folgten idyllische Wochen, und jeden neuen Morgen, wenn sie von der Wilmersdorfer Feldmark her am Rande des Tiergartens hin ihren Weg nahmen und an ihrer alten Wohnung vorüberkamen, sahen sie zu der eleganten Mansarde hinauf und atmeten freier, wenn sie der zurückliegenden schweren und sorgenreichen Tage gedachten. Und dann bogen sie plaudernd in die schmalen, schattigen Gänge des Parkes ein, bis sie zuletzt unter der schräg liegenden Hängeweide fort, die zwischen dem Königsdenkmal und der Louiseninsel steht und hier beinahe den Weg sperrt, in die breite Tiergartenstraße wieder einmündeten. Den schrägliegenden Baum aber nannten sie scherzhaft ihren Zoll- und Schlagbaum, weil sich dicht hinter demselben ein Leiermann postiert hatte, dem sie Tag um Tag ihren Wegezoll entrichten mußten. Er kannte sie schon, und während er die große Mehrheit, als wären es Steuerdefraudanten, mit einem zornig-verächtlichen Blick verfolgte, zog er vor unserem jungen Paare regelmäßig seine Militärmütze. Ganz aber konnt er sich auch ihnen gegenüber nicht zwingen und verleugnen, und als sie den schon Pflicht gewordenen Zoll eines Tages vergessen oder vielleicht auch absichtlich nicht entrichtet hatten, hörten sie, daß er die Kurbel in Wut und Heftigkeit noch dreimal drehte und dann so jäh und plötzlich abbrach, daß ihnen ein paar unfertige Töne wie Knurr- und Scheltworte nachklangen. Melanie sagte: »Wir dürfen es mit niemand verderben, Ruben; Freundschaft ist heuer rar.« Und sie wandte sich wieder um und ging auf den Alten zu und gab ihm. Aber er dankte nicht, weil er noch immer in halber Empörung war.

Und so verging der Sommer, und der Herbst kam, und als das Laub sich zu färben und an den Ahorn- und Platanenbäumen auch schon abzufallen begann, da hatte sich bei denen, die Tag um Tag unter diesen Bäumen hinschritten, manches geändert, und zwar zum Guten geändert. Wohl hieß es auch jetzt noch, wenn sie den alten Invaliden unter ihrerseits devotem Gruße passierten, »daß sie der neuen Freundschaften noch nicht sicher genug seien, um die bewährten alten aufgeben zu können«, aber diese neuen Freundschaften waren doch wenigstens in ihren Anfängen da. Man kümmerte sich wieder um sie, ließ sie gesellschaftlich wieder aufleben, und selbst solche, die bei dem Zusammenbrechen der Rubehnschen Finanzherrlichkeit nur Schadenfreude gehabt und je nach ihrer klassischen oder christlichen Bildung und Beanlagung von »Nemesis« oder »Finger Gottes« gesprochen hatten, bequemten sich jetzt, sich mit dem hübschen Paare zu versöhnen, »das so glücklich und so gescheit sei, und nie klage und sich so liebe.« Ja, sich so liebe. *Das* war es, was doch schließlich den Ausschlag gab, und wenn vorher ihre Neigung nur Neid und Zweifel geweckt hatte, so schlug jetzt die Stimmung in ihr Gegenteil um. Und nicht zu verwundern! War es doch ein und dasselbe Gefühl, was bei Verurteilung und Begnadigung zu Gerichte saß, und wenn es anfangs eine sensationelle Befriedigung gewährt hatte, sich in Indignation zu stürzen, so war es jetzt eine kaum geringere Freude, von den »Inséparables« zu sprechen und über ihre »treue Liebe« sentimentalisieren zu können. Eine kleine Zahl Esoterischer aber führte den ganzen Fall auf die Wahlverwandtschaften zurück und stellte wissenschaftlich fest, daß einfach seitens des stärkeren und deshalb berechtigteren Elements das schwächere verdrängt worden sei. Das Naturgesetzliche habe wieder mal gesiegt. Und hiermit sah sich denn auch der einen Winter lang auf den Schild gehobene van der Straaten abgefunden und teilte das Schicksal aller Saisonlieblinge, noch schneller vergessen als erhoben zu werden. Ja, der Spott und die Bosheit begannen jetzt ihre Pfeile gegen ihn zu richten, und wenn des Falles ausnahmsweise noch gedacht wurde, so hieß es: »Er hat es nicht anders gewollt. Wie kam er nur dazu? Sie war siebzehn! Allerdings, er soll einmal ein lion gewesen sein. Nun gut. Aber wenn dem ›Löwen‹ zu wohl wird ...« Und dann lachten sie und freuten sich, daß es so gekommen, wie es gekommen.

Ob van der Straaten von diesen und ähnlichen Äußerungen hörte? Vielleicht. Aber es bedeutete ihm nichts. Er hatte sich selbst zu skeptisch und unerbittlich durchforscht, als daß er über die Wandlungen in dem Geschmacke der Gesellschaft, über ihr Götzenschaffen und Götzenstürzen auch nur einen Augenblick erstaunt gewesen wäre. Und so durfte denn von ihm gesagt werden, »er hörte, was man sprach, auch wenn er es *nicht* hörte«. Weg über das Urteil der Menschen, galt ihm nur eines ebensowenig oder noch weniger: ihr Mitleid. Er war immer eine selbständige Natur gewesen, frei und fest, und so war er geblieben. Und auch derselbe geblieben in seiner Nachsicht und Milde.

Und der Tag kam, wo sich's zeigen und auch Melanie davon erfahren sollte.

Es war schon ausgangs Oktober, und nur wenig gelbes und rotes Laub hing noch an den halb kahl gewordenen Bäumen. Das meiste lag abgeweht in den Gängen und wurde, wo's trocken war, zusammengeharkt, denn seit gestern hatte sich das Wetter wieder geändert, und nach langen Sturm- und Regentagen schien eine wundervolle Herbstessonne. Vielleicht die letzte dieses Jahres.

Und auch Anninettchen wurde hinausgeschickt und blieb heute länger fort als erwartet, bis endlich um die vierte Stunde die Magd in großer Aufregung heimkam und in ihrem schweren Schweizer Deutsch über ein eben gehabtes Erlebnis berichtete: »Sie hab auf der Bank g'sesse, wo die vier Löwe das Brückle halte, und hätt ebe g'sagt: ›Sieh, Aninettle, des isch der alt Weibersommer, der will di einspinne, aber der hat di no lang nit‹, und das Aninettl hab grad g'juchzet un glacht un n'am Ohrring g'langt, do wäre zwei Herre über die Brück komme, so gute funfzig, aber schon auf der Wipp, und einer hätt g'sagt, e langer Spindelbein: ›Schau des Silberkettle; des isch e Schweizerin; un i wett, des isch e Kind vom Schweizer G'sandte.‹ Aber do hat der andre g'sagt: ›Nei, des kann nicht sein; den Schweizer G'sandte, den kenn i, un der hat kein Kind un kein Kegel ...‹ Un do hat er z'mir g'sagt: ›Ah nu, wem g'hört das Kind?‹ Un da hab i g'sagt: ›Dem Herr Rubehn, un's isch e Mädle, un heißt Aninettl.‹ Un do hab i g'sehn, daß er sich verfärbt hat und hat wegg'schaut. Aber nit lang, da hat er sich wieder umg'wandt und hat g'sagt: ›'s isch d' Mutter, und lacht auch so, un hat dieselbe schwarze Haar. Es isch e schön's Kindle. Findscht nit au?‹ Aber er hat's nicht finde wolle und hat nur g'sagt: ›Übertax' es nit. Es gibt mehr so. Un's ischt e Kind aus'm Dutzend.‹ Jo, so hat er g'sagt, der garstige Spindelbein: ›'s gibt mehr so, un's ischt e Kind aus'm Dutzend.‹ Aber der gute Herr, der hat's Pätschle g'nomme un hat's g'streichelt. Un hat mi g'lobt, daß i so brav un g'scheidt sei. Jo, so hat er g'sagt. Und dann sind sie gange.«

All das hatte seines Eindrucks nicht verfehlt, und Melanie war während der Tage, die folgten, immer wieder auf diese Begegnung zurückgekommen. Immer wieder und wieder hatte die Vreni jedes Kleinste nennen und beschreiben müssen, und so war es durch Wochen hin geblieben, bis endlich in den großen und kleinen Vorbereitungen zum Feste der ganze Vorfall vergessen worden war.

Und nun war das Fest selber da, der Heilige Abend, zu dem auch diesmal Rubehns jüngerer Bruder und der alte Prokurist, die sich zur Rückkehr nach Frankfurt nicht hatten entschließen können, geladen waren. Auch Anastasia.

Melanie, die noch vor Eintreffen ihres Besuchs allerlei Wirtschaftliches anzuordnen hatte, war ganz Aufregung und erschrak ordentlich, als sie gleich nach Dunkelwerden und lange vor der festgesetzten Stunde die Klingel gehen hörte. Wenn das schon die Gäste wären! Oder auch nur einer von ihnen. Aber ihre Besorgnis währte nicht lange, denn sie hörte draußen ein Fragen und Parlamentieren, und gleich darauf erschien das Vrenel und trug eine mittelgroße Kiste herein, auf der, ohne weitere Adresse, bloß das eine Wort ›Julklapp‹ zu lesen war.

»Ist es denn für uns, Vreni?« fragte Melanie.

»I denk schon. I hab ihm g'sagt: ›'s isch der Herr Rubehn, der hier wohnt. Un die Frau Rubehn.‹ Un do hat er g'sagt: ›'s isch schon recht; des isch der Nam'.‹ Un do hab i's g'nomme.«

Melanie schüttelte den Kopf und ging in Rubehns Stube, wo man sich nun gemeinschaftlich an das Öffnen der Kiste machte. Nichts fehlte von den gewöhnlichen Julklappszutaten, und erst als man unten am Boden eines großen Gravensteiner Apfels gewahr wurde, sagte Melanie: »Gib acht. Hierin steckt es.« Aber es ließ sich nichts erkennen, und schon wollten sie den Gravensteiner, wie alles andre, beiseite legen, als sich durch eine zufällige Bewegung ihrer Hand die geschickt zusammengepaßten Hälften des Apfels auseinanderschoben. »Ah, voilà.« Und wirklich, an der Stelle des Kernhauses, das herausgeschnitten war, lag ein in Seidenpapier gewickeltes Päckchen. Sie nahm es, entfernte langsam und erwartungsvoll eine Hülle nach der andern und hielt zuletzt ein kleines Medaillon in Händen, einfach, ohne Prunk und Zierat. Und nun drückte sie's an der Feder auf und sah ein Bildchen und erkannt es, und es entfiel ihrer Hand. Es war, en miniature, der Tintoretto, den sie damals so lachend und übermütig betrachtet und für dessen Hauptfigur sie nur die Worte gehabt hatte: »Sieh, Ezel, sie hat geweint. Aber ist es nicht, als begriffe sie kaum ihre Schuld?«

Ach, sie fühlte jetzt, daß das alles auch für sie selbst gesprochen war, und sie nahm das ihrer Hand entfallene Bildchen wieder auf und gab es an Rubehn und errötete.

Dieser spielte damit hin und her und sagte dann, während er die Feder wieder zuknipste: »King Ezel in all his glories! Immer derselbe. Wohlwollend und ungeschickt. Ich werd es tragen. Als Uhrgehäng, als Berloque.«

»Nein, ich. Ach, du weißt nicht, wie viel es mir bedeutet. Und es soll mich erinnern und mahnen ... jede Stunde ...«

»Meinetwegen. Aber nimm es nicht tragischer als nötig und grüble nicht zuviel über das alte leidige Thema von Schuld und Sühne.«

»Du bist hochmütig, Rubehn.«

»Nein.«

»Nun gut, dann bist du stolz.«

»Ja, das bin ich, meine süße Melanie. Das bin ich. Aber auf was? Auf *wen*?«

Und sie umarmten sich und küßten sich, und eine Stunde später brannten ihnen die Weihnachtslichter in einem ungetrübten Glanz.

Unterm Birnbaum

Roman

Erstes Kapitel

Vor dem in dem großen und reichen Oderbruchdorfe Tschechin um Michaeli 20 eröffneten *Gasthaus und Materialwarengeschäft von Abel Hradscheck* (so stand auf einem über der Tür angebrachten Schilde) wurden Säcke, vom Hausflur her, auf einen mit zwei magern Schimmeln bespannten Bauernwagen geladen. Einige von den Säcken waren nicht gut gebunden oder hatten kleine Löcher und Ritzen, und so sah man denn an dem, was herausfiel, daß es Rapssäcke waren. Auf der Straße neben dem Wagen aber stand Abel Hradscheck selbst und sagte zu dem eben vom Rad her auf die Deichsel steigenden Knecht: »Und nun vorwärts, Jakob, und grüße mir Ölmüller Quaas. Und sag ihm, bis Ende der Woche müßt ich das Öl haben, Leist in Wrietzen warte schon. Und wenn Quaas nicht da ist, so bestelle der Frau meinen Gruß und sei hübsch manierlich. Du weißt ja Bescheid. Und weißt auch, Kätzchen hält auf Komplimente.«

Der als Jakob Angeredete nickte nur statt aller Antwort, setzte sich auf den vordersten Rapssack und trieb beide Schimmel mit einem schläfrigen »Hü!« an, wenn überhaupt von Antreiben die Rede sein konnte. Und nun klapperte der Wagen nach rechts in den Fahrweg hinunter, erst auf das Bauer Orthsche Gehöft samt seiner Windmühle (womit das Dorf nach der Frankfurter Seite hin abschloß) und dann auf die weiter draußen am Oderbruchdamm gelegene Ölmühle zu. Hradscheck sah dem Wagen nach, bis er verschwunden war, und trat nun erst in den Hausflur zurück. Dieser war breit und tief und teilte sich in zwei Hälften, die durch ein paar Holzsäulen und zwei dazwischen ausgespannte Hängematten voneinander getrennt waren. Nur in der Mitte hatte man einen Durchgang gelassen. An dem Vorflur lag nach rechts hin das Wohnzimmer, zu dem eine Stufe hinaufführte, nach links hin aber der Laden, in den man durch ein großes, fast die halbe Wand einnehmendes Schiebefenster hineinsehen konnte. Früher war hier die Verkaufsstelle gewesen, bis sich die zum Vornehmtun geneigte Frau Hradscheck das Herumtrampeln auf ihrem Flur verbeten und auf Durchbruch einer richtigen Ladentür, also von der Straße her, gedrungen hatte.

Seitdem zeigte dieser Vorflur eine gewisse Herrschaftlichkeit, während der nach dem Garten hinausführende Hinterflur ganz dem Geschäft gehörte. Säcke, Zitronen- und Apfelsinenkisten standen hier an der einen Wand entlang, während an der anderen übereinandergeschichtete Fässer lagen, Ölfässer, deren stattliche Reihe nur durch eine zum Keller hinunterführende Falltür unterbrochen war. Ein sorglich vorgelegter Keil hielt nach rechts und links hin die Fässer in Ordnung, so daß die untere Reihe durch den Druck der obenaufliegenden nicht ins Rollen kommen konnte.

So war der Flur. Hradscheck selbst aber, der eben die schmale, zwischen den Kisten und Ölfässern frei gelassene Gasse passierte, schloß, halb ärgerlich, halb lachend, die trotz seines Verbotes mal wieder offenstehende Falltür und sagte: »Dieser Junge, der Ede. Wann wird er seine fünf Sinne beisammen haben!«

Und damit trat er vom Flur her in den Garten.

Hier war es schon herbstlich; nur noch Astern und Reseda blühten zwischen den Buchsbaumrabatten, und eine Hummel umsummte den Stamm eines alten Birnbaums, der mitten im Garten hart neben dem breiten Mittelsteige stand. Ein paar Möhrenbeete, die sich samt einem schmalen, mit Kartoffeln besetzten Ackerstreifen an ebendieser Stelle durch eine Spargelanlage hinzogen, waren schon wieder umgegraben; eine frische Luft ging, und eine schwarzgelbe, der nebenan wohnenden Witwe Jeschke zugehörige Katze schlich, mutmaßlich auf der Sperlingssuche, durch die schon hoch in Samen stehenden Spargelbeete.

Hradscheck aber hatte dessen nicht acht. Er ging vielmehr rechnend und wägend zwischen den Rabatten hin und kam erst zu Betrachtung und Bewußtsein, als er, am Ende des Gartens angekommen, sich umsah und nun die Rückseite seines Hauses vor sich hatte. Da lag es, sauber und freundlich, links die sich von der Straße her bis in den Garten hineinziehende Kegelbahn, rechts der Hof samt dem Küchenhaus, das er erst neuerdings an den Laden angebaut hatte. Der kaum vom Winde bewegte Rauch stieg sonnenbeschienen auf und gab ein Bild von Glück und Frieden. Und das alles war sein! Aber wie lange noch? Er sann ängstlich nach und fuhr aus seinem Sinnen erst auf, als er, ein paar Schritte von sich entfernt, eine große, durch ihre Schwere und Reife sich von selbst ablösende Malvasierbirne mit eigentümlich dumpfem Ton aufklatschen hörte. Denn sie war nicht auf den harten Mittelsteig, sondern auf eins der umgegrabenen Möhrenbeete gefallen. Hradscheck ging darauf zu, bückte sich und hatte die Birne kaum aufgehoben, als er sich von der Seite her angerufen hörte:

»Dag, Hradscheck. Joa, et wahrd nu Tied. De Malvesieren kümmen all von sülwst.«

Er wandte sich bei diesem Anruf und sah, daß seine Nachbarin, die Jeschke, deren kleines, etwas zurückgebautes Haus den Blick auf seinen Garten hatte, von drüben her über den Himbeerzaun kuckte.

»Ja, Mutter Jeschke, 's wird Zeit«, sagte Hradscheck. »Aber wer soll die Birnen abnehmen? Freilich wenn Ihre Line hier wäre, die könnte helfen. Aber man hat ja keinen Menschen und muß alles selbst machen.«

»Na, Se hebben joa doch den Jungen, den Ede.«

»Ja, den hab ich. Aber der pflückt bloß für sich.«

»Dat soll woll sien«, lachte die Alte. »Een in't Töppken, een in't Kröppken.«

Und damit humpelte sie wieder nach ihrem Hause zurück, während auch Hradscheck wieder vom Garten her in den Flur trat.

Hier sah er jetzt nachdenklich auf die Stelle, wo vor einer halben Stunde noch die Rapssäcke gestanden hatten, und in seinem Auge lag etwas, als wünsch er, sie stünden noch am selben Fleck, oder es wären neue statt ihrer aus dem Boden gewachsen. Er zählte dann die Fässerreihe, rief, im Vorübergehen, einen kurzen Befehl in den Laden hinein und trat gleich danach in seine gegenüberliegende Wohnstube.

Diese machte neben ihrem wohnlichen zugleich einen eigentümlichen Eindruck, und zwar, weil alles in ihr um viel besser und eleganter war, als sich's für einen Krämer und Dorfmaterialisten schickte. Die zwei kleinen Sofas waren mit einem hellblauen Atlasstoff bezogen, und an dem Spiegelpfeiler stand ein schmaler Trumeau, weiß lackiert und mit Goldleiste. Ja, das in einem Mahagonirahmen über dem kleinen Klavier hängende Bild (allem Anscheine nach ein Stich nach Claude Lorrain) war ein Sonnenuntergang mit Tempeltrümmern und antiker Staffage, so daß man sich füglich fragen durfte, wie das alles hierherkomme? Passend war eigentlich nur ein Stehpult mit einem Gitteraufsatz und einem Kuckloch darüber, mit Hilfe dessen man über den Flur weg auf das große Schiebefenster sehen konnte.

Hradscheck legte die Birne vor sich hin und blätterte das Kontobuch durch, das aufgeschlagen auf dem Pulte lag. Um ihn her war alles still, und nur aus der halb offen stehenden Hinterstube vernahm er den Schlag einer Schwarzwälder Uhr.

Es war fast, als ob das Ticktack ihn störe; wenigstens ging er auf die Tür zu, anscheinend um sie zu schließen; als er indes hineinsah, nahm er überrascht wahr, daß seine Frau in der Hinterstube saß, wie gewöhnlich schwarz, aber sorglich gekleidet, ganz wie jemand, der sich auf Figurmachen und Toilettendinge versteht. Sie flocht eifrig an einem Kranz, während ein zweiter, schon fertiger, an einer Stuhllehne hing.

»Du hier, Ursel! Und Kränze! Wer hat denn Geburtstag?«

»Niemand. Es ist nicht Geburtstag. Es ist bloß Sterbetag, Sterbetag deiner Kinder. Aber du vergißt alles. Bloß dich nicht.«

»Ach, Ursel, laß doch. Ich habe meinen Kopf voll Wunder. Du mußt mir nicht Vorwürfe machen. Und dann die Kinder. Nun ja, sie sind tot, aber ich kann nicht trauern und klagen, daß sie's sind. Umgekehrt, es ist ein Glück.«

»Ich verstehe dich nicht.«

»Und ist nur zu gut zu verstehen. Ich weiß nicht aus noch ein und habe Sorgen über Sorgen.«

»Worüber? Weil du nichts Rechtes zu tun hast und nicht weißt, wie du den Tag hinbringen sollst. Hinbringen, sag ich, denn ich will dich nicht kränken und von Zeittotschlagen sprechen. Aber sage selbst, wenn drüben die Weinstube voll ist, dann fehlt dir nichts. Ach, das verdammte Spiel, das ewige Knöcheln und Tempeln. Und wenn du noch glücklich spieltest! Ja, Hradscheck, das muß ich dir sagen, wenn du spielen willst, so spiele wenigstens glücklich. Aber ein Wirt, der nicht glücklich spielt, muß davonbleiben; sonst spielt er sich von Haus und Hof. Und dazu das Trinken, immer der schwere Ungar, bis in die Nacht hinein.«

Er antwortete nicht, und erst nach einer Weile nahm er den Kranz, der über der Stuhllehne hing, und sagte: »Hübsch. Alles, was du machst, hat Schick. Ach, Ursel, ich wollte, du hättest bessere Tage.«

Dabei trat er freundlich an sie heran und streichelte sie mit seiner weißen, fleischigen Hand.

Sie ließ ihn auch gewähren, und als sie, wie beschwichtigt durch seine Liebkosungen, von ihrer Arbeit aufsah, sah man, daß es ihrer Zeit eine sehr schöne Frau gewesen sein mußte; ja, sie war es beinah noch. Aber man sah auch, daß sie viel erlebt hatte, Glück und Unglück, Lieb und Leid, und durch allerlei schwere Schulen gegangen war. Er und sie machten ein hübsches Paar und waren gleichaltrig, Anfang vierzig, und ihre Sprech- und Verkehrsweise ließ erkennen, daß es eine Neigung gewesen sein mußte, was sie vor länger oder kürzer zusammengeführt hatte.

Der herbe Zug, den sie bei Beginn des Gesprächs gezeigt, wich denn auch mehr und mehr, und endlich fragte sie: »Wo drückt es wieder? Eben hast du den Raps weggeschickt, und wenn Leist das Öl hat, hast du das Geld. Er ist prompt auf die Minute.«

»Ja, das ist er. Aber ich habe nichts davon, alles ist bloß Abschlag und Zins. Ich stecke tief drin und leider am tiefsten bei Leist selbst. Und dann kommt die Krakauer Geschichte, der Reisende von Olszewski-Goldschmidt und Sohn. Er kann jeden Tag da sein.«

Hradscheck zählte noch anderes auf, aber ohne daß es einen tieferen Eindruck auf seine Frau gemacht hätte. Vielmehr sagte sie langsam und mit gedehnter Stimme: »Ja, Würfelspiel und Vogelstellen . . .«

»Ach, immer Spiel und wieder Spiel! Glaub mir, Ursel, es ist nicht so schlimm damit, und jedenfalls mach ich mir nichts draus. Und am wenigsten aus dem Lotto; 's ist alles Torheit und weggeworfen Geld, ich weiß es, und doch hab ich wieder ein Los genommen. Und warum? Weil ich heraus will, weil ich heraus *muß*, weil ich uns retten möchte.«

»So, so«, sagte sie, während sie mechanisch an dem Kranze weiterflocht und vor sich hinsah, als überlege sie, was wohl zu tun sei.

»Soll ich dich auf den Kirchhof begleiten?« frug er, als ihn ihr Schweigen zu bedrücken anfing. »Ich tu's gern, Ursel.«

Sie schüttelte den Kopf.

»Warum nicht?«

»Weil, wer den Toten einen Kranz bringen will, wenigstens an sie gedacht haben muß.«

Und damit erhob sie sich und verließ das Haus, um nach dem Kirchhof zu gehen.

Hradscheck sah ihr nach, die Dorfstraße hinauf, auf deren roten Dächern die Herbstsonne flimmerte. Dann trat er wieder an sein Pult und blätterte.

Zweites Kapitel

Eine Woche war seit jenem Tage vergangen, aber das Spielglück, das sich bei Hradscheck einstellen sollte, blieb aus und das Lottoglück auch. Trotz alledem gab er das Warten nicht auf, und da gerade Lotterieziehzeit war, kam das Viertellos gar nicht mehr von seinem Pult. Es stand hier auf einem Ständerchen, ganz nach Art eines Fetisch, zu dem er nicht müde wurde, respektvoll und beinah mit Andacht aufzublicken. Alle Morgen sah er in der Zeitung die Gewinnummern durch, aber die seine fand er nicht, trotzdem sie unter ihren fünf Zahlen drei Sieben hatte und mit sieben dividiert glatt aufging. Seine Frau, die wohl wahrnahm, daß er litt, sprach ihm nach ihrer Art zu, nüchtern, aber nicht unfreundlich, und drang in ihn, daß er den Lotteriezettel wenigstens vom Ständer herunternehmen möge, das verdrösse den Himmel nur, und wer dergleichen täte, kriege statt Rettung und Hilfe den Teufel und seine Sippschaft ins Haus. Das Los müsse weg. Wenn er wirklich beten wolle, so habe sie was Besseres für ihn, ein Marienbild, das der Bischof von Hildesheim geweiht und ihr bei der Firmelung geschenkt habe.

Davon wollte nun aber der beständig zwischen Aber- und Unglauben hin und her schwankende Hradscheck nichts wissen. »Geh mir doch mit dem Bild, Ursel. Und wenn ich auch wollte, denke nur, welche Bescherung ich hätte, wenn's einer merkte. Die Bauern würden lachen von einem Dorfende bis ans andere, selbst Orth und Igel, die sonst keine Miene verziehen. Und mit der Pastorfreundschaft wär's auch vorbei. Daß er zu dir hält, ist doch bloß, weil er dir den katholischen Unsinn ausgetrieben und einen Platz im Himmel, ja vielleicht an seiner Seite, gewonnen hat. Denn mit meinem Anspruch auf Himmel ist's nicht weit her.«

Und so blieb denn das Los auf dem Ständer, und erst als die Ziehung vorüber war, zerriß es Hradscheck und streute die Schnitzel in den Wind. Er war aber auch jetzt noch, all seinem spöttisch-überlegenen Gerede zum Trotz, so schwach und abergläubisch, daß er den Schnitzeln in ihrem Fluge nachsah, und als er wahrnahm, daß einige die Straße hinauf bis an die Kirche geweht wurden und dort erst niederfielen, war er in seinem Gemüte beruhigt und sagte: »Das bringt Glück.«

Zugleich hing er wieder allerlei Gedanken und Vorstellungen nach, wie sie seiner Phantasie jetzt häufiger kamen. Aber er hatte noch Kraft genug, das Netz, das ihm diese Gedanken und Vorstellungen überwerfen wollten, wieder zu zerreißen.

»Es geht nicht.«

Und als im selben Augenblick das Bild des Reisenden, dessen Anmeldung er jetzt täglich erwarten mußte, vor seine Seele trat, trat er erschreckt zurück und wiederholte nur so vor sich hin: »Es geht nicht.«

So war Mitte Oktober herangekommen.

Im Laden gab's viel zu tun, aber mitunter war doch ruhige Zeit, und dann ging Hradscheck abwechselnd in den Hof, um Holz zu spellen, oder in den Garten, um eine gute Sorte Tischkartoffeln aus der Erde zu nehmen. Denn er war ein Feinschmecker. Als aber die Kartoffeln heraus waren, fing er an, den schmalen Streifen Land, darauf sie gestanden, umzugraben. Überhaupt wurde Graben und Gartenarbeit mehr und mehr seine Lust, und die mit dem Spaten in der Hand verbrachten Stunden waren eigentlich seine glücklichsten.

Und so beim Graben war er auch heute wieder, als die Jeschke, wie gewöhnlich, an die die beiden Gärten verbindende Heckentür kam und ihm zusah, trotzdem es noch früh am Tage war.

»De Tüffeln sind joa nu rut, Hradscheck.«

»Ja, Mutter Jeschke, seit vorgestern. Und war diesmal ne wahre Freude; mitunter zwanzig an einem Busch und alle groß und gesund.«

»Joa, joa, wenn een's Glück hebben sall. Na, Se hebben't, Hradscheck. Sie hebben Glück bi de Tüffeln un bi de Malvesieren ook. I, Se möten joa woll'n Scheffel runnerpflückt hebb'n.«

»O mehr, Mutter Jeschke, viel mehr.«

»Na, bereden Se't nich, Hradscheck. Nei, nei. Man sall nix bereden. Ook sien Glück nich.«

Und damit ließ sie den Nachbar stehen und humpelte wieder auf ihr Haus zu.

Hradscheck aber sah ihr ärgerlich und verlegen nach. Und er hatte wohl Grund dazu. War doch die Jeschke, so freundlich und zutulich sie tat, eine schlimme Nachbarschaft und quacksalberte nicht bloß, sondern machte auch sympathetische Kuren, besprach Blut und wußte, wer sterben würde. Sie sah dann die Nacht vorher einen Sarg vor dem Sterbehause stehn. Und es hieß auch, sie wisse, wie man sich unsichtbar machen könne, was, als Hradscheck sie seinerzeit danach gefragt hatte, halb von ihr bestritten und dann halb auch wieder zugestanden war. »Sie wisse es nicht; aber *das* wisse sie, daß frisch ausgelassenes Lammtalg gut sei, versteht sich: von einem ungeborenen Lamm und als Licht über einen roten Wollfaden gezogen; am besten aber sei Farnkrautsamen, in die Schuhe oder Stiefel geschüttet.« Und dann hatte sie herzlich gelacht, worin Hradscheck natürlich einstimmte. Trotz dieses Lachens aber war ihm jedes Wort, als ob es ein Evangelium wär, in Erinnerung geblieben, vor allem das »ungeborne Lamm« und der »Farnkrautsamen«. Er glaubte nichts davon und auch wieder alles, und wenn er, seiner sonstigen Entschlossenheit unerachtet, schon vorher eine Furcht vor der alten Hexe gehabt hatte, so nach dem Gespräch über das sich Unsichtbarmachen noch viel mehr.

Und solche Furcht beschlich ihn auch heute wieder, als er sie nach dem Morgengeplauder über die »Tüffeln« und die »Malvesieren« in ihrem Hause verschwinden sah. Er wiederholte sich jedes ihrer Worte: »Wenn een's Glück hebben sall. Na, Se hebben't joa, Hradscheck. Awers bereden Se't nich.« Ja, so waren ihre Worte gewesen. Und was war mit dem allem gemeint? Was sollte dies ewige Reden von Glück und wieder Glück? War es Neid, oder wußte sie's besser? Hatte sie doch vielleicht mit ihrem Hokuspokus ihm in die Karten gekuckt?

Während er noch so sann, nahm er den Spaten wieder zur Hand und begann rüstig weiterzugraben. Er warf dabei ziemlich viel Erde heraus und war keine fünf Schritt mehr von dem alten Birnbaum, auf den der Ackerstreifen zulief, entfernt, als er auf etwas stieß, das unter dem Schnitt des Eisens zerbrach und augenscheinlich weder Wurzel noch Stein war. Er grub also vorsichtig weiter und sah alsbald, daß er auf Arm und Schulter eines hier verscharrten Toten gestoßen war. Auch Zeugreste kamen zutage, zerschlissen und gebräunt, aber immer noch farbig und wohlerhalten genug, um erkennen zu lassen, daß es ein Soldat gewesen sein müsse.

Wie kam er hierher?

Hradscheck stützte sich auf die Krücke seines Grabscheits und überlegte. »Soll ich es zur Anzeige bringen? Nein. Es macht bloß Geklätsch. Und keiner mag einkehren, wo man einen Toten unterm Birnbaum gefunden hat. Also besser nicht. Er kann hier weiter liegen.«

Und damit warf er den Armknochen, den er ausgegraben, in die Grube zurück und schüttete diese wieder zu. Während dieses Zuschüttens aber hing er all jenen Gedanken und Vorstellungen nach, wie sie seit Wochen ihm immer häufiger kamen. Kamen und gingen. Heut aber gingen sie nicht, sondern wurden Pläne, die Besitz von ihm nahmen und ihn, ihm selbst zum Trotz, an die Stelle bannten, auf der er stand. Was er hier zu tun hatte, war getan, es gab nichts mehr zu graben und zu schütten; aber immer noch hielt er das Grabscheit in der Hand und sah sich um, als ob er bei böser Tat ertappt worden wäre. Und fast war es so. Denn unheimlich verzerrte Gestalten (und eine davon er selbst) umdrängten ihn so faßbar und leibhaftig, daß er sich wohl fragen durfte, ob nicht andere da wären, die diese Gestalten auch sähen. Und er lugte wirklich nach der Zaunstelle hinüber. Gott sei Dank, die Jeschke war nicht da. Aber freilich, wenn sie sich unsichtbar machen und sogar Tote sehen konnte, Tote, die noch nicht tot waren, warum sollte sie nicht die Gestalten sehn, die jetzt vor seiner Seele standen? Ein Grauen überlief ihn, nicht vor der Tat, nein, aber bei dem Gedanken, daß das, was erst Tat werden sollte, vielleicht in diesem Augenblick schon erkannt und verraten war. Er zitterte, bis er, sich plötzlich aufraffend, den Spaten wieder in den Boden stieß.

»Unsinn. Ein dummes altes Weib, das gerade klug genug ist, noch Dümmere hinters Licht zu führen. Aber ich will mich ihrer schon wehren, ihrer und ihrer ganzen Totenkuckerei. Was ist es denn? Nichts. Sie sieht einen Sarg an der Tür stehen, und dann stirbt einer. Ja, sie sagt es, aber sagt es immer erst, wenn einer tot ist oder keinen Atem mehr hat oder das Wasser ihm schon ans Herz stößt. Ja, dann kann ich auch prophezein. Alte Hexe, du sollst mir nicht weiter Sorge machen. Aber Ursel! Wie bring ich's der bei? Da liegt der Stein. Und wissen muß sie's. Es müssen zwei sein ...«

Und er schwieg. Bald aber fuhr er entschlossen fort: »Ah, bah, es wird sich finden, weil sich's finden muß. Not kennt kein Gebot. Und was sagte sie neulich, als ich das Gespräch mit ihr hatte? ›Nur nicht arm sein ... Armut ist das Schlimmste.‹ Daran halt ich sie; damit zwing ich sie. Sie *muß* wollen.«

Und so sprechend, ging er, das Grabscheit gewehrüber nehmend, wieder auf das Haus zu.

Drittes Kapitel

Als Hradscheck bis an den Schwellstein gekommen war, nahm er das Grabscheit von der Schulter, lehnte die Krücke gegen das am Hause sich hinziehende Weinspalier und wusch sich die Hände, saubrer Mann, der er war, in einem Kübel, drin die Dachtraufe mündete. Danach trat er in den Flur und ging auf sein Wohnzimmer zu.

Hier traf er Ursel. Diese saß vor einem Nähtisch am Fenster und war, trotz der frühen Stunde, schon wieder in Toilette, ja noch sorglicher und geputzter als an dem Tage, wo sie die Kränze für die Kinder geflochten hatte. Das hochanschließende Kleid, das sie trug, war auch heute schlicht und dunkelfarbig (sie wußte, daß Schwarz sie kleidete); der blanke Ledergürtel aber wurde durch eine Bronzeschnalle von auffälliger Größe zusammengehalten, während in ihren Ohrringen lange birnenförmige Bummeln von venetianischer Perlenmasse hingen. Sie wirkten anspruchsvoll und störten mehr, als sie schmückten. Aber für dergleichen gebrach es ihr an Wahrnehmung, wie denn auch der mit Schildpatt ausgelegte Nähtisch, trotz all seiner Eleganz, zu den beiden hellblauen Atlassofas nicht recht passen wollte. Noch weniger zu dem weißen Trumeau. Links neben ihr, auf dem Fensterbrett, stand ein Arbeitskästchen, darin sie, gerade als Hradscheck eintrat, nach einem Faden suchte. Sie ließ sich dabei nicht stören und sah erst auf, als der Eintretende halb scherzhaft, aber doch mit einem Anfluge von Tadel sagte: »Nun, Ursel, schon im Staat? Und nichts zu tun mehr in der Küche?«

»Weil es fertig werden muß.«

»Was?«

»Das hier.« Und dabei hielt sie Hradscheck ein Samtkäpsel hin, an dem sie gerade nähte. »Wenig mit Liebe.«

»Für mich?«

»Nein. Dazu bist du nicht fromm und, was du lieber hören wirst, auch nicht alt genug.«

»Also für den Pastor?«

»Geraten.«

»Für den Pastor. Nun gut. Kleine Geschenke erhalten die Freundschaft, und die Freundschaft mit einem Pastor kann man doppelt brauchen. Es gibt einem solch Ansehen. Und ich habe mir auch vorgenommen, ihn wieder öfter zu besuchen und mit Ede sonntags umschichtig in die Kirche zu gehen.«

»Das tu nur; er hat sich schon gewundert.«

»Und hat auch recht. Denn ich bin ihm eigentlich verschuldet. Und ist noch dazu der einzige, dem ich gern verschuldet bin. Ja, du siehst mich an, Ursel. Aber es ist so. Hat er dich nicht auf den rechten Weg gebracht? Sage selbst. Wenn Eccelius nicht war, so stecktest du noch in dem alten Unsinn.«

»Sprich nicht so. Was weißt du davon? Ihr habt ja gar keine Religion. Und Eccelius eigentlich auch nicht. Aber er ist ein guter Mann, eine Seele von Mann, und meint es gut mit mir und aller Welt. Und hat mir zum Herzen gesprochen.«

»Ja, das versteht er; das hat er in der Loge gelernt. Er rührt einen zu Tränen. Und nun gar erst die Weiber.«

»Und dann halt ich zu ihm«, fuhr Ursel fort, ohne der Unterbrechung zu achten, »weil er ein gebildeter Mann ist. Ein guter Mann, und ein gebildeter Mann. Und offen gestanden, daran bin ich gewöhnt.«

Hradscheck lachte. »Gebildet, Ursel, das ist dein drittes Wort.

Ich weiß schon. Und dann kommt der Göttinger Student, der dir einen Ring geschenkt hat, als du vierzehn Jahr alt warst (er wird wohl nicht echt gewesen sein), und dann kommt vieles *nicht* oder doch manches nicht... verfärbe dich nur nicht gleich wieder... und zuletzt kommt der Hildesheimer Bischof. Das ist dein höchster Trumpf, und was Vornehmeres gibt es in der ganzen Welt nicht. Ich weiß es seit lange. Vornehm, vornehm. Ach, ich rede nicht gern davon, aber deine Vornehmheit ist mir teuer zu stehn gekommen.«

Ursel legte das Samtkäpsel aus der Hand, steckte die Nadel hinein und sagte, während sie sich mit halber Wendung von ihm ab und dem Fenster zu kehrte: »Höre, Hradscheck, wenn du gute Tage mit mir haben willst, so sprich nicht so. Hast du Sorgen, so will ich sie mittragen, aber du darfst mich nicht dafür verantwortlich machen, daß sie da sind. Was ich dir hundertmal gesagt habe, das muß ich dir wieder sagen. Du bist kein guter Kaufmann, denn du hast das Kaufmännische nicht gelernt, und du bist kein guter Wirt, denn du spielst schlecht oder doch nicht mit Glück und trinkst nebenher deinen eigenen Wein aus. Und was da nach drüben geht, nach Neu-Lewin hin, oder wenigstens gegangen ist (und dabei wies sie mit der Hand nach dem Nachbardorfe), davon will ich nicht reden, schon gar nicht, schon lange nicht. Aber das darf ich dir sagen, Hradscheck, so steht es mit dir. Und anstatt dich zu deinem Unrecht zu bekennen, sprichst du von meinen Kindereien und von dem hochwürdigen Bischof, dem du nicht wert bist die Schuhriemen zu lösen. Und wirfst mir dabei meine Bildung vor.«

»Nein, Ursel.«

»Oder daß ich's ein bißchen hübsch oder, wie du sagst, vornehm haben möchte.«

»Ja, das.«

»Also doch. Nun aber sage mir, was hab ich getan? Ich habe mich in den ersten Jahren eingeschränkt und in der Küche gestanden und gebacken und gebraten, und des Nachts an der Wiege gesessen. Ich bin nicht aus dem Haus gekommen, so daß die Leute darüber geredet haben, die dumme Gans draußen in der Ölmühle natürlich an der Spitze (du hast es mir selbst erzählt), und habe jeden Abend vor einem leeren Kleiderschrank gestanden und die hölzernen Riegel gezählt. Und so sieben Jahre, bis die Kinder starben, und erst als sie tot waren und ich nichts hatte, daran ich mein Herz hängen konnte, da hab ich gedacht, nun gut, nun will ich es wenigstens hübsch haben und eine Kaufmannsfrau sein, so wie man sich in meiner Gegend eine Kaufmannsfrau vorstellt. Und als dann der Konkurs auf Schloß

Hoppenrade kam, da hab ich dich gebeten, dies bißchen hier anzuschaffen, und das hast du getan, und ich habe mich dafür bedankt. Und war auch bloß in der Ordnung. Denn Dank muß sein, und ein gebildeter Mensch weiß es und wird ihm nicht schwer. Aber all das, worüber jetzt so viel geredet wird, als ob es wunder was wäre, ja, was ist es denn groß? Eigentlich ist es doch nur altmodisch, und die Seide reißt schon, trotzdem ich sie hüte wie meinen Augapfel. Und wegen dieser paar Sachen stöhnst du und hörst nicht auf zu klagen und verspottest mich wegen meiner Bildung und Feinheit, wie du zu sagen beliebst. Freilich bin ich feiner als die Leute hier, in meiner Gegend ist man feiner. Willst du mir einen Vorwurf daraus machen, daß ich nicht wie die Pute, die Quaas, bin, die ›mir‹ und ›mich‹ verwechselt und eigentlich noch in den Friesrock gehört und Liebschaftenhaben für Bildung hält und sich ›Kätzchen‹ nennen läßt, obschon sie bloß eine Katze ist und eine falsche dazu? Ja, mein lieber Hradscheck, wenn du mir daraus einen Vorwurf machen willst, dann hättest du mich nicht nehmen sollen, das wäre dann das Klügste gewesen. Besinne dich. Ich bin dir nicht nachgelaufen, im Gegenteil, du wolltest mich partout und hast mich beschworen um mein ›Ja‹. Das kannst du nicht bestreiten. Nein, das kannst du nicht, Hradscheck. Und nun dies ewige ›vornehm‹ und wieder ›vornehm‹. Und warum? Bloß weil ich einen Trumeau wollte, den man wollen muß, wenn man ein bißchen auf sich hält. Und für einen Spottpreis ist er fortgegangen.«

»Du sagst Spottpreis, Ursel. Ja, was ist Spottpreis? Auch Spottpreise können zu hoch sein. Ich hatte damals nichts und hab es von geborgtem Gelde kaufen müssen.«

»Das hättest du nicht tun sollen, Abel, das hättest du mir sagen müssen. Aber da genierte sich der werte Herr Gemahl und mußte sich auch genieren. Denn warum war kein Geld da? Wegen der Person drüben. Alte Liebe rostet nicht. Versteht sich.«

»Ach Ursel, was soll das! Es nutzt uns nichts, uns unsere Vergangenheit vorzuwerfen.«

»Was meinst du damit? Was heißt Vergangenheit?«

»Wie kannst du nur fragen? Aber ich weiß schon, das ist das alte Lied, das ist Weiberart. Ihr streitet eurem eignen Liebhaber die Liebschaft ab. Ursel, ich hätte dich für klüger gehalten. So sei doch nicht so kurz von Gedächtnis. Wie lag es denn? Wie fand ich dich damals, als du wieder nach Hause kamst, krank und elend und mit dem Stecken in der Hand, und als der Alte dich nicht aufnehmen wollte mit deinem Kind und du dann zufrieden warst mit einer

Schütte Stroh unterm Dach? Ursel, da hab ich dich gesehen, und weil ich Mitleid mit dir hatte, nein, nein, erzürne dich nicht wieder... weil ich dich liebte, weil ich vernarrt in dich war, da hab ich dich bei der Hand genommen, und wir sind hierher gegangen, und der Alte drüben, dem du das Käpsel da nähst, hat uns zusammengetan. Es tut mir nicht leid, Ursel, denn du weißt, daß ich in meiner Neigung und Liebe zu dir der alte bin, aber du darfst dich auch nicht aufs hohe Pferd setzen, wenn ich vor Sorgen nicht aus noch ein weiß, und darfst mir nicht Vorwürfe machen wegen der Rese drüben in Neu-Lewin. Was da hinging, glaube mir, das war nicht viel und eigentlich nicht der Rede wert. Und nun ist sie lange tot und unter der Erde. Nein, Ursel, daher stammt es nicht, und ich schwöre dir's, das alles hätt ich gekonnt, aber der verdammte Hochmut, daß es mit uns was sein sollte, das hat es gemacht, das ist es. Du wolltest hoch hinaus und was Apartes haben, damit sie sich wundern sollten. Und was haben wir nun davon? Da stehen die Sachen, und das Bauernvolk lacht uns aus.«

»Sie beneiden uns.«

»Nun gut, vielleicht oder wenigstens solang es vorhält. Aber wenn das alles eines schönen Tages fort ist?«

»Das darf nicht sein.«

»Die Gerichte fragen nicht lange.«

»Das darf nicht sein, sag ich. Alles andre. Nein, Hradscheck, das darfst du mir nicht antun, da nehm ich mir das Leben und geh in die Oder, gleich auf der Stelle. Was Jammer und Elend ist, das weiß ich, das hab ich erfahren. Aber gerade deshalb, gerade deshalb. Ich bin jetzt aus dem Jammer heraus, Gott sei Dank, und ich will nicht wieder hinein. Du sagst, sie lachen über uns, nein, sie lachen *nicht;* aber wenn uns was passierte, dann würden sie lachen. Und daß dann ›Kätzchen‹ ihren Spaß haben und sich über uns lustig machen sollte, oder gar die gute Mietzel, die noch immer in ihrem schwarzen Kopftuch steckt und nicht mal weiß, wie man einen Hut oder eine Haube manierlich aufsetzt, das trüg ich nicht, da möcht ich gleich tot umfallen. Nein, nein, Hradscheck, wie ich dir schon neulich sagte, nur nicht arm. Armut ist das Schlimmste, schlimmer als Tod, schlimmer als...«

Er nickte. »So denk ich auch, Ursel. Nur nicht arm. Aber komm in den Garten! Die Wände haben Ohren.«

Und so gingen sie hinaus. Draußen aber nahm sie seinen Arm, hing sich, wie zärtlich, an ihn und plauderte, während sie den Mittelsteig des Gartens auf und ab schritten. Er seinerseits schwieg und überlegte, bis er mit einem Male stehen blieb und, das Wort nehmend, auf die wieder zugeschüttete Stelle neben dem Birnbaum wies. Und nun wurden Ursels Augen immer größer, als er rasch und lebhaft alles, was geschehen müsse, herzuzählen und auseinanderzusetzen begann.

»Es geht nicht. Schlag es dir aus dem Sinn. Es ist nichts so fein gesponnen ...«

Er aber ließ nicht ab, und endlich sah man, daß er ihren Widerstand besiegt hatte. Sie nickte, schwieg, und beide gingen auf das Haus zu.

Viertes Kapitel

Der Oktober ging auf die Neige, trotzdem aber waren noch schöne warme Tage, so daß man sich im Freien aufhalten und die Hradschecksche Kegelbahn benutzen konnte. Diese war in der ganzen Gegend berühmt, weil sie nicht nur ein gutes waagerechtes Laufbrett, sondern auch ein bequemes Kegelhäuschen und in diesem zwei von aller Welt bewunderte buntglasige Kuckfenster hatte. Das gelbe sah auf den Garten hinaus, das blaue dagegen auf die Dorfstraße samt dem dahinter sich hinziehenden Oderdamm, über den hinweg dann und wann der Fluß selbst aufblitzte. Drüben am andern Ufer aber gewahrte man einen langen Schattenstrich: die neumärkische Heide.

Es war halb vier, und die Kugeln rollten schon seit einer Stunde. Der zugleich Kellnerdienste verrichtende Ladenjunge lief hin und her, mal Kaffee, mal Kognak bringend, am öftesten aber neugestopfte Tonpfeifen, aus denen die Bauern rauchten und die Wölkchen in die klare Herbstluft hineinbliesen. Es waren ihrer fünf, zwei aus dem benachbarten Kienitz herübergekommen, der Rest echte Tschechiner: Ölmüller Quaas, Bauer Mietzel und Bauer Kunicke. Hradscheck, der, von Berufs wegen, mit dem Schreib- und Rechenwesen am besten Bescheid wußte, saß vor einer großen schwarzen Tafel, die die Form eines Notenpultes hatte.

»Kunicke steht wieder am besten.« »Natürlich, gegen den kann keiner.« »Dreimal acht um den König.« Und nun begann ein sich Überbieten in Kegelwitzen. »Er kann hexen«, hieß es. »Er hockt mit der Jeschke zusammen.« »Er spielt mit falschen Karten.« »Wer so viel Glück hat, muß Strafe zahlen.« Der, der das von den »falschen Karten« gesagt hatte, war Bauer Mietzel, des Ölmüllers Nachbar, ein kleines ausgetrocknetes Männchen, das mehr einem Leineweber als einem Bauern glich. War aber doch ein richtiger

Bauer, in dessen Familie nur von alter Zeit her der Schwind war.

»Wer schiebt?«

»Hradscheck.«

Dieser kletterte jetzt von seinem Schreibersitz und wartete gerad auf seine die Lattenrinne langsam herunterkommende Lieblingskugel, als der Landpostbote durch ein auf die Straße führendes Türchen eintrat und einen großen Brief an ihn abgab; Hradscheck nahm den Brief in die Linke, packte die Kugel mit der Rechten und setzte sie kräftig auf, zugleich mit Spannung dem Lauf derselben folgend.

»Sechs!« schrie der Kegeljunge, verbesserte sich aber sofort, als nach einigem Wackeln und Besinnen noch ein siebenter Kegel umfiel.

»Sieben also!« triumphierte Hradscheck, der sich bei dem Wurf augenscheinlich was gedacht hatte.

»Sieben geht«, fuhr er fort. »Sieben ist gut. Kunicke, schiebe für mich und schreib an. Will nur das Porto bezahlen.«

Und damit nahm er den Briefträger unterm Arm und ging mit ihm von der Gartenseite her ins Haus.

Das Kegeln setzte sich mittlerweile fort, wer aber Spiel und Gäste vergessen zu haben schien, war Hradscheck. Kunicke hatte schon zum dritten Male statt seiner geschoben, und so wurde man endlich ungeduldig und riß heftig an einem Klingeldraht, der nach dem Laden hineinführte.

Der Junge kam auch.

»Hradscheck soll wieder antreten, Ede. Wir warten ja. Mach flink!«

Und sieh, gleich danach erschien auch der Gerufene, hochrot und aufgeregt, aber, allem Anscheine nach, mehr in heiterer als verdrießlicher Erregung. Er entschuldigte sich kurz, daß er habe warten lassen, und nahm dann ohne weiteres eine Kugel, um zu schieben.

»Aber du bist ja gar nicht dran!« schrie Kunicke. »Himmelwetter, was ist denn los? Und wie der Kerl aussieht! Entweder is ihm eine Schwiegermutter gestorben oder er hat das große Los gewonnen.«

»Nu so rede doch. Oder sollst du nach Berlin kommen und ein paar neue Rapspressen einrichten? Hast ja neulich unserem Quaas erst vorgerechnet, daß er nichts von der Ölpresse verstünde.«

»Hab ich, und ist auch so. Nichts für ungut, ihr Herren, aber der Bauer klebt immer am Alten.«

»Und die Gastwirte sind immer fürs Neue. Bloß daß nicht viel dabei herauskommt.«

»Wer weiß!«

»Wer weiß? Höre, Hradscheck, ich fange wirklich an zu glauben ... Oder is es ne Erbschaft?«

»Is so was. Aber nicht der Rede wert.«

»Und von woher denn?«

»Von meiner Frau Schwester.«

»Bist doch ein Glückskind. Ewig sind ihm die gebratnen Tauben ins Maul geflogen. Und aus dem Hildesheimschen, sagst du?«

»Ja, da so rum.«

»Na, da wird Reetzke drüben froh sein. Er war schon ungeduldig.«

»Weiß; er wollte klagen. Die Neu-Lewiner sind immer ängstlich und Pfennigfuchser und können nicht warten. Aber er wird's nu wohl lernen und sich anders besinnen. Mehr sag ich nicht und paßt sich auch nicht. Man soll den Mund nicht voll nehmen. Und was is am Ende solch bißchen Geld?«

»Geld ist nie ein bißchen. Wie viel Nullen hat's denn?«

»Ach, Kinder, redet doch nicht von Nullen. Das Beste ist, daß es nicht viel Wirtschaft macht und daß meine Frau nicht erst nach Hildesheim braucht. Solche weite Reise, da geht ja gleich die Hälfte drauf. Oder vielleicht auch das Ganze.«

»War es denn schon in dem Brief?«

»I bewahre. Bloß die Anzeige von meinem Schwager, und daß das Geld in Berlin gehoben werden kann. Ich schicke morgen meine Frau. Sie versauert hier ohnehin.«

»Versteht sich«, sagte Mietzel, der sich immer ärgerte, wenn von dem »Versauern« der Frau Hradscheck die Rede war. »Versteht sich, laß sie nur reisen; Berlin, das ist so was für die Frau Baronin. Und vielleicht bringt sie dir gleich wieder ein Atlassofa mit. Oder nen Trumeau. So heißt es ja wohl? Bei so was Feinem muß unserein immer erst fragen. Der Bauer ist ja zu dumm.«

Frau Hradscheck reiste wirklich ab, um die geerbte Summe von Berlin zu holen, was schon im voraus das Gerede der ebenso neidischen wie reichen Bauernfrauen weckte, vor allen der Frau Quaas, die sich, ihrer gekrausten blonden Haare halber, ganz einfach für eine Schönheit hielt und aus dem Umstande, daß sie zwanzig Jahre jünger war als ihr Mann, ihr Recht zu fast ebenso vielen Liebschaften herleitete. Was gut aussah, war ihr ein Dorn im Auge, zumeist aber die Hradscheck, die nicht nur stattlicher und klüger war als sie selbst, sondern zum Überfluß auch noch in Verdacht stand (wenn auch freilich mit Unrecht), den ältesten Kantorssohn – einen wegen Demagogie relegierten Tunichtgut, der nun bei dem

Vater auf der Bärenhaut lag – zu Spottversen auf die Tschechiner und ganz besonders auf die gute Frau Quaas angestiftet zu haben. Es war eine lange Reimerei, drin jeder was wegkriegte. Der erste Vers aber lautete:

> Woytasch hat den Schulzenstock,
> Kunicke nen langen Rock,
> Mietzel ist ein Hobelspan,
> Quaas hat keinem was getan,
> Nicht mal seiner eignen Frau,
> Kätzchen weiß es ganz genau.
> Miau, miau.

Dergleichen konnte nicht verziehen werden, am wenigsten solcher Bettelperson wie dieser hergelaufenen Frau Hradscheck, die nun mal für die Schuldige galt. Das stand bei Kätzchen fest.

»Ich wette«, sagte sie zur Mietzel, als diese denselben Abend noch, an dem die Hradscheck abgereist war, auf der Ölmühle vorsprach, »ich wette, daß sie mit einem Samthut und einer Straußenfeder wiederkommt. Sie kann sich nie genugtun, diese zierige Person, trotz ihrer Vierzig. Und alles bloß, weil sie ›Swein‹ sagt und nicht ›switzen‹ kann, auch wenn sie drei Kannen Fliedertee getrunken. Sie sagt aber nicht Fliedertee, sie sagt Holunder. Und das soll denn was sein. Ach, liebe Mietzel, es ist zum Lachen.«

»Ja, ja«, stimmte die Mietzel ein, schien aber geneigt, die größere Schuld auf Hradscheck zu schieben, der sich einbilde, Wunder was Feines geheiratet zu haben. Und sei doch bloß ne Kattolsche gewesen und vielleicht auch ne Springerin; wenigstens habe sie so was munkeln hören. »Und überhaupt, der gute Hradscheck«, fuhr sie fort, »er soll doch nur still sein. In Neu-Lewin reden sie nicht viel Gutes von ihm. Die Rese hat er sitzen lassen. Und mit eins war sie weg und keiner weiß wie und warum. Und war auch von Ausgraben die Rede, bis unser alter Woytasch rüber fuhr und alles wieder still machte. Natürlich, er will keinen Lärm haben und is ne Suse. Zu Hause darf er ohnehin nicht reden. Oder ob er der Hradschecken nach den Augen sieht? Sie hat so was. Und ich sage bloß, wenn wir alles hergelaufene Volk ins Dorf kriegen, so haben wir nächstens auch die Zigeuner hier, und Frau Woytasch kann sich dann nach nem Schwiegersohn umsehn. Zeit wird es mit der Rike; dreißig is sie ja schon.«

So ging gleich am ersten Tage das Geklatsch. Als aber eine halbe

Woche später die Hradscheck gerade so wiederkam, wie sie gegangen war, das heißt ohne Samthut und Straußenfeder, und noch ebenso grüßte, ja womöglich noch artiger als vorher, da trat ein Umschlag ein, und man fing an, sie gelten zu lassen und sich einzureden, daß die Erbschaft sie verändert habe.

»Man sieht doch gleich«, sagte die Quaas, »daß sie jetzt was haben. Sonst sollte das immer was sein, und sie logen einen grausam an, und war eigentlich nicht zum Aushalten. Aber gestern war sie anders und sagte ganz klein und bescheiden, daß es nur wenig sei.«

»Wieviel mag es denn wohl sein?« unterbrach hier die Mietzel. »Ich denke mir so tausend Taler.«

»O mehr, viel mehr. Wenn es nicht mehr wäre, wäre sie nicht so; da zierte sie sich ruhig weiter. Nein, liebe Mietzel, da hat man denn doch so seine Zeichen, und denken Sie sich, als ich sie gestern frug, ›ob es ihr nicht ängstlich gewesen wäre, so ganz allein mit dem vielen Geld‹, da sagte sie: ›nein, es wär ihr nicht ängstlich gewesen, denn sie habe nur wenig mitgebracht, eigentlich nicht der Rede wert. Das meiste habe sie bei dem Kaufmann in Berlin gleich stehen lassen.‹ Ich weiß ganz bestimmt, sie sagte: das meiste. So wenig kann es also nicht sein.«

Unterredungen wie diese wurden ein paar Wochen lang in jedem Tschechiner Hause geführt, ohne daß man mit Hilfe derselben im geringsten weitergekommen wäre, weshalb man sich schließlich hinter den Postboten steckte. Dieser aber war entweder schweigsam oder wußte nichts, und erst Mitte November erfuhr man von ihm, daß er neuerdings einen rekommandierten Brief bei den Hradschecks abgegeben habe.

»Von woher denn?«

»Aus Krakau.«

Man überlegte sich's, ob das in irgendeiner Beziehung zur Erbschaft stehen könne, fand aber nichts.

Und war auch nichts zu finden. Denn der eingeschriebene Brief lautete:

»Krakau, den 9. November 1831

Herrn Abel Hradscheck in Tschechin, Oderbruch.

Ew. Wohlgeboren bringen wir hiermit zu ganz ergebenster Kenntnis, daß unser Reisender, Herr Szulski, wie alljährlich so auch in diesem Jahre wieder, in der letzten Novemberwoche, bei Ihnen eintreffen und Ihre weitern geneigten Aufträge in Empfang nehmen wird. Zugleich aber gewärtigen wir, daß Sie, hochgeehrter Herr, bei dieser Gelegenheit Veranlassung nehmen wollen, unsre seit drei Jahren anstehende Forderung zu begleichen. Wir rechnen um so bestimmter darauf, als es uns, durch die politischen Verhältnisse des Landes und den Rückschlag derselben auf unser Geschäft, unmöglich gemacht wird, einen ferneren Kredit zu bewilligen. Genehmigen Sie die Versicherung unserer Ergebenheit.

Olszewski-Goldschmidt & Sohn.«

Hradscheck, als er diesen Brief empfangen hatte, hatte nicht gesäumt, auch seine Frau mit dem Inhalt desselben bekannt zu machen. Diese blieb anscheinend ruhig, nur um ihre Lippen flog ein nervöses Zittern.

»Wo willst du's hernehmen, Abel? Und doch muß es geschafft werden. Und ihm eingehändigt werden. Und zwar vor Zeugen. Willst du's borgen?«

Er schwieg.

»Bei Kunicke?«

»Nein. Geht nicht. Das sieht aus nach Verlegenheit. Und die darf es nach der Erbschaftsgeschichte nicht mehr geben. Und gibt's auch nicht. Ich glaube, daß ich's schaffe.«

»Gut. Aber wie?«

»Bis zum 30. habe ich noch die Feuerkassengelder.«

»Die reichen nicht.«

»Nein. Aber doch beinah. Und den Rest deck ich mit einem kleinen Wechsel. Ein großer geht nicht, aber ein kleiner ist gut und eigentlich besser als bar.«

Sie nickte.

Dann trennte man sich, ohne daß weiter ein Wort gewechselt worden wäre.

Was zwischen ihnen zu sagen war, war gesagt und jedem seine Rolle zugeteilt. Nur fanden sie sich sehr verschieden hinein, wie schon die nächste Minute zeigen sollte.

Hradscheck, voll Beherrschung über sich selbst, ging in den Laden, der gerade voll hübscher Bauernmädchen war, und zupfte hier der einen am Busentuch, während er der andern die Schürzenbänder aufband. Einer alten aber gab er einen Kuß. »Einen Kuß in Ehren darf niemand wehren – nich wahr, Mutter Schickedanz?«

Mutter Schickedanz lachte.

Der *Frau* Hradscheck aber fehlten die guten Nerven, deren ihr Gatte sich rühmen konnte. Sie ging in ihr Schlafzimmer, sah in den

Garten und überschlug ihr Leben. Dabei murmelte sie halb unverständliche Worte vor sich hin und schien, den Bewegungen ihrer Hand nach, einen Rosenkranz abzubeten. Aber es half alles nichts. Ihr Atem blieb schwer, und sie riß endlich das Fenster auf, um die frische Luft einzusaugen.

So vergingen Stunden. Und als Mittag kam, kamen nur Hradscheck und Ede zu Tisch.

Fünftes Kapitel

Es war Ende November, als an einem naßkalten Abende der von der Krakauer Firma angekündigte Reisende vor Hradschecks Gasthof vorfuhr. Er kam von Küstrin und hatte sich um ein paar Stunden verspätet, weil die vom Regen aufgeweichten Bruchwege beinah unpassierbar gewesen waren, am meisten im Dorfe selbst. Noch die letzten dreihundert Schritt von der Orthschen Windmühle her hatten ein gut Stück Zeit gekostet, weil das ermüdete Pferd mitunter stehen blieb und trotz allem Fluchen nicht weiter wollte. Jetzt aber hielt der Reisende vor der Ladentür, durch deren trübe Scheiben ein Lichtschein auf den Damm fiel, und knipste mit der Peitsche.

»Hallo; Wirtschaft!«

Eine Weile verging, ohne daß wer kam. Endlich erschien der Ladenjunge, lief aber, als er den Tritt heruntergeklappt hatte, gleich wieder weg, »weil er den Knecht, den Jakob, rufen wolle«.

»Gut, gut. Aber flink ... Is das ein Hundewetter!«

Unter solchen und ähnlichen Ausrufungen schlug der jetzt wieder alleingelassene Reisende das Schutzleder zurück, hing den Zügel in den frei gewordenen Haken und kletterte, halb erstarrt und unter Vermeidung des Tritts, dem er nicht recht zu trauen schien, über das Rad weg auf eine leidlich trockene, grad vor dem Ladeneingange durch Aufschüttung von Müll und Schutt hergerichtete Stelle. Wolfsschur und Pelzmütze hatten ihm Kopf und Leib geschützt, aber die Füße waren wie tot, und er stampfte hin und her, um wieder Leben ins Blut zu bringen.

Und jetzt erschien auch Jakob, der den Reisenden schon von früher her kannte.

»Jott, Herr Szulski, bi so'n Wetter! Un so'ne Weg! I, doa kümmt joa keen Düwel nich.«

»Aber ich«, lachte Szulski.

»Joa, blot *Se*, Herr Szulski. Na, nu geihen's man in de Stuw.

Un dat Fellisen besorg ick. Un will ook glieks en beten wat inböten. Ick weet joa: de Giebelstuw, de geele, de noah de Kegelbahn to.«

Während er noch so sprach, hatte Jakob den Koffer auf die Schulter genommen und ging, dem Reisenden vorauf, auf die Treppe zu; als er aber sah, daß Szulski, statt nach links hin in den Laden, nach rechts hin in das Hradscheckische Wohnzimmer eintreten wollte, wandte er sich wieder und sagte: »Nei, nich doa, Herr Szulski. Hradscheck is in die Wienstuw... Se weten joa.«

»Sind denn Gäste da?«

»Versteiht sich. Wat arme Lüd sinn, na, de bliewen to Huus, awers Oll-Kunicke kümmt, un denn kümmt Orth ook. Un wenn Orth kümmt, denn kümmt ook Quaas un Mietzel. Geihens man in. Se tempeln all wedder.«

Eine Stunde später war der Reisende, Herr Szulski, der eigentlich ein einfacher Schulz aus Beuthen in Oberschlesien war und den Nationalpolen erst mit dem polnischen Samtrock samt Schnüren und Knebelknöpfen angezogen hatte, der Mittelpunkt der kleinen, auch heute wieder in der Weinstube versammelten Tafelrunde. Das Geschäftliche war in Gegenwart von Quaas und Kunicke rasch abgemacht und die hochaufgelaufene Schuldsumme, ganz wie gewollt, durch Barzahlung und kleine Wechsel beglichen worden, was dem Pseudopolen, der eine so rasche Regulierung kaum erwartet haben mochte, Veranlassung gab, einiges von dem von seiner Firma gelieferten Ruster bringen zu lassen.

»Ich kenne die Jahrgänge, meine Herren, und bitt um die Ehr.«

Die Bauern stutzten einen Augenblick, sich so zu Gaste geladen zu sehen, aber sich rasch erinnernd, daß einige von ihnen bis ganz vor kurzem noch zu den Kunden der Krakauer Firma gehört hatten, sahen sie das Anerbieten schließlich als einen bloßen Geschäftsakt an, den man sich gefallen lassen könne. Was aber den Ausschlag gab, war, daß man durchaus von dem eben beendigten polnischen Aufstand hören wollte, von Diebitsch und Paskewitsch, und vor allem, ob es nicht bald wieder losgehe.

Szulski, wenn irgendwer, mußte davon wissen.

Als er das vorige Mal in ihrer Mitte weilte, war es ein paar Wochen vor Ausbruch der Insurrektion gewesen. Alles, was er damals als nahe bevorstehend prophezeit hatte, war eingetroffen und lag jetzt zurück, Ostrolenka war geschlagen und Warschau gestürmt, welchem Sturme der zufällig in der Hauptstadt anwesende Szulski zum mindesten als Augenzeuge, vielleicht auch als Mitkämpfer (er ließ dies vorsichtig im Dunkel) beigewohnt hatte. Das alles traf sich trefflich für unsere Tschechiner, und Szulski, der als guter Weinreisender natürlich auch ein guter Erzähler war, schwelgte förmlich in Schilderung der polnischen Heldentaten, wie nicht minder in Schilderung der Grausamkeiten, deren sich die Russen schuldig gemacht hatten. Eine Hauserstürmung in der Dlugastraße, just da, wo diese mit ihren zwei schmalen Ausläufern die Weichsel berührt, war dabei sein Paradepferd.

»Wie hieß die Straße?« fragte Mietzel, der nach Art aller verquienten Leute bei Kriegsgeschichten immer hochrot wurde.

»Dlugastraße«, wiederholte Szulski mit einer gewissen gekünstelten Ruhe. »Dluga, Herr Mietzel. Und das Eckhaus, um das es sich in meiner Geschichte handelt, stand dicht an der Weichsel, der Vorstadt Praga grad gegenüber, und war von unseren Akademikern und Polytechnikern besetzt, das heißt von den wenigen, die von ihnen noch übrig waren, denn die meisten lagen längst draußen auf dem Ehrenfelde. Gleichviel indes, was von ihnen noch lebte, das steckte jetzt in dem vier Etagen hohen Hause, von Treppe zu Treppe bis unters Dach. Auf dem abgedeckten Dach befanden sich Frauen und Kinder, die sich hier hinter Balkenlagen verschanzt und mit herangeschleppten Steinen bewaffnet hatten. Als nun die Russen, es war das Regiment Kaluga, bis dicht heran waren, rührten sie die Trommel zum Angriff. Und so stürmten sie dreimal, immer umsonst, immer mit schwerem Verlust, so dicht fiel der Steinhagel auf sie nieder. Aber das viertemal kamen sie bis an die verrammelte Tür, stießen sie mit Kolben ein und sprangen die Treppe hinauf. Immer höher zogen sich unsere Tapferen zurück, bis sie zuletzt, mit den Frauen und Kindern und im bunten Durcheinander mit diesen, auf dem abgedeckten Dache standen. Da sah ich jeden einzelnen so deutlich vor mir, wie ich Sie jetzt sehe, Bauer Mietzel« – dieser fuhr zurück – »denn ich hatte meine Wohnung in dem Hause gegenüber, und sah, wie sie die Konfederatka schwenkten, und hörte, wie sie unser Lied sangen: ›Noch ist Polen nicht verloren‹. Und bei meiner Ehre, *hier,* an dieser Stelle, hätten sie sich trotz aller Übermacht des Feindes gehalten, wenn nicht plötzlich, von der Seite her, ein Hämmern und Schlagen hörbar geworden wäre, ein Hämmern und Schlagen, sag ich, wie von Äxten und Beilen.«

»Wie? Was? Von Äxten und Beilen?« wiederholte Mietzel, dem sein bißchen Haar nachgerade zu Berge stand. »Was war es?«

»Ja, was war es? Vom Nachbarhause her ging man vor; jetzt war ein Loch da, jetzt eine Bresche, und durch die Bresche hin drang das russische Regiment auf den Dachboden vor. Was ich da gesehen habe, spottet jeder Beschreibung. Wer einfach niedergeschossen wurde, konnte von Glück sagen, die meisten aber wurden durch einen Bajonettstoß auf die Straße geschleudert. Es war ein Graus, meine Herren. Eine Frau wartete das Massacre, ja, vielleicht Schimpf und Entehrung (denn dergleichen ist vorgekommen) nicht erst ab; sie nahm ihre beiden Kinder an die Hand und stürzte sich mit ihnen in den Fluß.«

»Alle Wetter«, sagte Kunicke, »das ist stark! Ich habe doch auch ein Stück Krieg mitgemacht und weiß wohl, wo man Holz fällt, fallen Späne. So war es bei Möckern, und ich sehe noch unsren alten Krosigk, wie der den Marinekapitän über den Haufen stach, und wie dann das Kolbenschlagen losging, bis alle dalagen. Aber Frauen und Kinder! Alle Wetter, Szulski, das ist scharf. Is es denn auch wahr?«

»Ob es wahr ist? Verzeihung, ich bin kein Aufschneider, Herr Kunicke. Kein Pole schneidet auf, das verachtet er. Und ich auch. Aber was ich gesehn habe, das hab ich gesehn, und eine Tatsache bleibt eine Tatsache, sie sei wie sie sei. Die Dame, die da heruntersprang (und ich schwör Ihnen, meine Herren, es *war* eine Dame), war eine schöne Frau, keine sechsunddreißig, und so wahr ein Gott im Himmel lebt, ich hätt ihr was Beßres gewünscht als diese naßkalte Weichsel.«

Kunicke schmunzelte, während der neben anderen Schwächen und Leiden auch an einer Liebesader leidende Mietzel nicht umhin konnte, seiner nervösen Erregtheit plötzlich eine ganz neue Richtung zu geben. Szulski selbst aber war viel zu sehr von sich und seiner Geschichte durchdrungen, um nebenher noch zu Zweideutigkeiten Zeit zu haben, und fuhr, ohne sich stören zu lassen, fort: »Eine schöne Frau, sagt ich, und hingemordet. Und was das Schlimmste dabei, nicht hingemordet durch den Feind, nein, durch uns selbst; hingemordet, weil wir verraten waren. Hätte man uns freie Hand gelassen, kein Russe wäre je über die Weichsel gekommen. Das Volk war gut, Bürger und Bauern waren gut, alles einig, alles da mit Gut und Blut. Aber der Adel! Der Adel hat uns um dreißig Silberlinge verschachert, bloß weil er an sein Geld und an seine Güter dachte. Und wenn der Mensch erst an sein Geld denkt, ist er verloren.«

»Kann ich nicht zugeben«, sagte Kunicke. »Jeder denkt an sein Geld. Alle Wetter, Szulski, das sollt unsrem Hradscheck schon gefallen, wenn der Reisende von Olszewski-Goldschmidt und Sohn alle November hier vorspräch und nie an Geld dächte. Nicht wahr, Hradscheck, da ließe sich bald auf einen grünen Zweig kommen und brauchte keine Schwester oder Schwägerin zu sterben und keine Erbschaft ausgezahlt zu werden.«

»Ah, Erbschaft«, wiederholte Szulski. »So, so; daher. Nun, gratuliere. Habe neulich auch einen Brocken geerbt und in Lemberg angelegt. Lemberg ist besser als Krakau. Ja, das muß wahr sein, Erbschaft ist die beste Art, zu Gelde zu kommen, die beste und eigentlich auch die anständigste ...«

»Und namentlich auch die leichteste«, bestätigte Kunicke. »Ja, das liebe Geld. Und wenn's viel ist, das heißt *sehr* viel, dann darf man auch dran denken! Nicht wahr, Szulski?«

»Natürlich«, lachte dieser. »Natürlich, wenn's viel ist. Aber, Bauer Kunicke, denken und denken ist ein Unterschied. Man muß *wissen*, daß man's hat, soviel ist richtig, das ist gut und ein angenehmes Gefühl und stört nicht ...«

»Nein, nein, stört nicht.«

»Aber, meine Herren, ich muß es wiederholen, denken und denken ist ein Unterschied. An Geld *immer* denken, bei Tag und bei Nacht, das ist soviel, wie sich immer drum ängstigen. Und ängstigen soll man sich nicht. Wer auf Reisen ist und immer an seine Frau denkt, der ängstigt sich um seine Frau.«

»Freilich«, schrie Kunicke. »Quaas ängstigt sich auch immer.«

Alle lachten unbändig, und nur Szulski selbst, der auch darin durchaus Anekdoten- und Geschichtenerzähler von Fach war, daß er sich nicht gern unterbrechen ließ, fuhr mit allem erdenklichen Ernste fort: »Und wie mit der Frau, meine Herren, so mit dem Geld. Nur nicht ängstlich; haben muß man's, aber man muß nicht ewig daran denken. Oft muß ich lachen, wenn ich so sehe, wie der oder jener im Postwagen oder an der Table d'hote mit einem Male nach seiner Brieftasche faßt, ›ob er's auch noch hat‹. Und dann atmet er auf und ist ganz rot geworden. Das ist immer lächerlich und schadet bloß. Und auch das Einnähen hilft nichts, das ist ebenso dumm. Ist der Rock weg, ist auch das Geld weg. Aber was man auf seinem Leibe hat, das hat man. All die andern Vorsichten sind Unsinn.«

»Recht so«, sagte Hradscheck. »So mach ich's auch. Aber wir sind bei dem Geld und dem Einnähen ganz von Polen abgekommen. Ist es denn wahr, Szulski, daß sie Diebitschen vergiftet haben?«

»Versteht sich, es ist wahr.«

»Und die Geschichte mit den elf Talglichten auch? Auch wahr?«
»Alles wahr«, wiederholte Szulski. »Daran ist kein Zweifel. Und es kam so. Konstantin wollte die Polen ärgern, weil sie gesagt hatten, die Russen fräßen bloß Talg. Und da ließ er, als er eines Tages elf Polen eingeladen hatte, zum Dessert elf Talglichte herumreichen, das zwölfte aber war von Marzipan und natürlich für ihn. Und versteht sich nahm er immer zuerst, dafür war er Großfürst und Vizekönig. Aber das eine Mal vergriff er sich doch und da hat er's runter würgen müssen.«

»Wird nicht sehr glatt gegangen sein.«

»Gewiß nicht ... Aber ihr Herren, kennt ihr denn schon das neue Polenlied, das sie jetzt singen?«

»Denkst du daran – –«

»Nein, das ist alt. Ein neues.«

»Und heißt?«

»Die letzten Zehn vom vierten Regiment ... Wollt ihr's hören? Soll ich es singen?«

»Freilich.«

»Aber ihr müßt einfallen ...«

»Versteht sich, versteht sich.«

Und nun sang Szulski, nachdem er sich geräuspert hatte:

> Zu Warschau schwuren tausend auf den Knien:
> Kein Schuß im heilgen Kampfe sei getan,
> Tambour schlag an, zum Blachfeld laßt uns ziehen,
> Wir greifen nur mit Bajonetten an!
> Und ewig kennt das Vaterland und nennt
> Mit stillem Schmerz sein viertes Regiment.

»Einfallen! Chorus.«

»Weiter, Szulski, weiter.«

> Ade, ihr Brüder, die zu Tod getroffen
> An unsrer Seite dort wir stürzen sahn,
> Wir leben noch, die Wunden stehen offen
> Und um die Heimat ewig ist's getan;
> Herr Gott im Himmel, schenk ein gnädig End
> Uns letzten Zehn vom vierten Regiment.

Chorus:

»Uns letzten Zehn vom vierten Regiment.«

Alles jubelte. Dem alten Quaas aber traten seine schon von Natur vorstehenden Augen immer mehr aus dem Kopf.
»Wenn ihn jetzt seine Frau sähe«, rief Kunicke.
»Da hätt er Oberwasser.«
»Ja, ja.«
Und nun stieß man an und ließ die Polen leben. Nur Kunicke, der an Anno 13 dachte, weigerte sich und trank auf die Russen. Und zuletzt auch auf Quaas und Kätzchen.

Mietzel aber war ganz übermütig und halb wie verdreht geworden und sang, als er Kätzchens Namen hörte, mit einem Male:

»Nicht mal seiner eignen Frau,
Kätzchen weiß es ganz genau.
Miau.«

Quaas sah verlegen vor sich hin. Niemand indessen dachte mehr an Übelnehmen.
Und nun wurde der Ladenjunge gerufen, um neue Flaschen zu bringen.

Sechstes Kapitel

So ging es bis Mitternacht. Der schräg gegenüber wohnende Kunicke wollte noch bleiben und machte spitze Reden, daß Szulski, der schon ein paarmal zum Aufbruch gemahnt, so müde sei. Der aber ließ sich weder durch Spott noch gute Worte länger zurückhalten; »er müsse morgen um neun in Frankfurt sein«. Und damit nahm er den bereitstehenden Leuchter, um in seine Giebelstube hinaufzusteigen. Nur als er die Türklinke schon in der Hand hatte, wandt er sich noch einmal und sagte zu Hradscheck: »Also vier Uhr, Hradscheck. Um fünf muß ich weg. Und versteht sich, ein Kaffee. Guten Abend, ihr Herren. Allerseits wohl zu ruhn!«

Auch die Bauern gingen; ein starker Regen fiel, und alle fluchten über das scheußliche Wetter. Aber keine Stunde mehr, so schlug es um, der Regen ließ nach, und ein heftiger Südost fegte statt seiner über das Bruch hin. Seine Heftigkeit wuchs von Minute zu Minute, so daß allerlei Schaden an Häusern und Dächern angerichtet wurde, nirgends aber mehr als an dem Hause der alten Jeschke, das grad an dem Windstrome lag, der, von der andern Seite der Straße her, zwischen Kunickes Stall und Scheune mitten durchfuhr. Klappernd kamen die Ziegel vom Dachfirst herunter und schlugen mit einem dumpfen Geklatsch in den aufgeweichten Boden.

»Dat's joa grad, als ob de Bös kümmt«, sagte die Alte und richtete sich in die Höh, wie wenn sie aufstehen wolle. Das Herausklettern aus dem hochstelligen Bett aber schien ihr zu viel Mühe zu machen, und so klopfte sie nur das Kopfkissen wieder auf und versuchte weiterzuschlafen. Freilich umsonst. Der Lärm draußen und die wachsende Furcht, ihren ohnehin schadhaften Schornstein in die Stube hinabstürzen zu sehen, ließen sie mit ihrem Versuche nicht weit kommen, und so stand sie schließlich doch auf und tappte sich an den Herd hin, um hier an einem bißchen Aschenglut einen Schwefelfaden und dann das Licht anzuzünden. Zugleich warf sie reichlich Kienäpfel auf, an denen sie nie Mangel litt, seit sie letzten Herbst dem vierjährigen Jungen von Förster Notnagel, drüben in der neumärkischen Heide, das freiwillige Hinken wegkuriert hatte.

Das Licht und die Wärme taten ihr wohl, und als es ein paar Minuten später in dem immer bereitstehenden Kaffeetopfe zu dampfen und zu brodeln anfing, hockte sie neben dem Herde nieder und vergaß über ihrem Behagen den Sturm, der draußen heulte. Mit einem Male aber gab es einen Krach, als bräche was zusammen, ein Baum oder ein Strauchwerk, und so ging sie denn mit dem Licht ans Fenster, und weil das Licht hier blendete, vom Fenster her in die Küche, wo sie den obern Türladen rasch aufschlug, um zu sehn, was es sei. Richtig, ein Teil des Gartenzauns war umgeworfen, und als sie das niedergelegte Stück nach links hin bis an das Kegelhäuschen verfolgte, sah sie, zwischen den Pfosten der Lattenrinne hindurch, daß in dem Hradscheckschen Hause noch Licht war. Es flimmerte hin und her, mal hier, mal da, so daß sie nicht recht sehen konnte, woher es kam, ob aus dem Kellerloch unten oder aus dem dicht darüber gelegenen Fenster der Weinstube.

»Mien Jott, supen se noch?« fragte die Jeschke vor sich hin. »Na, Kunicke is et kumpafel. Un dann seggt he hinnerher, dat Wedder wihr schull un he künn nich anners.«

Unter dieser Betrachtung schloß sie den Türladen wieder und

ging an ihre Herdstätte zurück. Aber ihr Hang zu spionieren ließ ihr keine Ruh, und trotzdem der Wind immer stärker geworden war, suchte sie doch die Küche wieder auf und öffnete den Laden noch einmal, in der Hoffnung, was zu sehen. Eine Weile stand sie so, ohne daß etwas geschehen wäre, bis sie, als sie sich schon zurückziehn wollte, drüben plötzlich die Hradscheckschen Gartentür auffliegen und Hradscheck selbst in der Türöffnung erscheinen sah. Etwas Dunkles, das er schon vorher herangeschafft haben mußte, lag neben ihm. Er war in sichtlicher Erregung und sah gespannt nach ihrem Hause hinüber. Und dann war's ihr doch wieder, als ob er wolle, *daß* man ihn sähe. Denn wozu sonst das Licht, in dessen Flackerschein er dastand? Er hielt es immer noch vor sich, es mit der Hand schützend, und schien zu schwanken, wohin damit. Endlich aber mußt er eine geborgene Stelle gefunden haben, denn das Licht selbst war weg und statt seiner nur noch ein Schein da, viel zu schwach, um den nach wie vor in der Türöffnung liegenden dunklen Gegenstand erkennen zu lassen. Was war es? Eine Truhe? Nein. Dazu war es nicht lang genug. Oder ein Korb, eine Kiste? Nein, auch das nicht.

»Wat he man hett?« murmelte sie vor sich hin.

Aber ehe sie sich, aus ihren Mutmaßungen heraus, ihre Frage noch beantworten konnte, sah sie, wie der ihr auf Minuten aus dem Auge gekommene Hradscheck von der Tür her in den Garten trat und mit einem Spaten in der Hand rasch auf den Birnbaum zuschritt. Hier grub er eifrig und mit sichtlicher Hast und mußte schon ein gut Teil Erde herausgeworfen haben, als er mit einem Male das Graben aufgab und sich aufs neue nach allen Seiten hin umsah. Aber auch jetzt wieder (so wenigstens schien es ihr) mehr in Spannung, als in Angst und Sorge.

»Wat he man hett?« wiederholte sie.

Dann sah sie, daß er das Loch rasch wieder zuschüttete. Noch einen Augenblick und die Gartentür schloß sich und alles war wieder dunkel.

»Hm«, brummte die Jeschke. »Dat's joa binoah, as ob he een abmurkst hett. Na, so dull wahrd et joa woll nich sinn ... Nei, nei, denn wihr dat Licht nich. Awers ick tru em nich. Un ehr tru ick ook nich.«

Und damit ging sie wieder bis an ihr Bett und kletterte hinein.

Aber ein rechter Schlaf wollt ihr nicht mehr kommen und in ihrem halbwachen Zustande sah sie beständig das Flimmern im Kellerloch und dann den Lichtschein, der in den Garten fiel, und dann wieder Hradscheck, wie er unter dem Baume stand und grub.

Siebtes Kapitel

Um vier Uhr stieg der Knecht die Stiege hinauf, um Szulski zu wecken. Er fand aber die Stube verschlossen, weshalb er sich begnügte, zu klopfen und durch das Schlüsselloch hineinzurufen: »Is vier, Herr Szulski; steihn's upp.« Er horchte noch eine Weile hinein, und als alles ruhig blieb, riß er an der klapprigen Türklinke hin und her und wiederholte: »Steihn's upp, Herr Szulski, is Tid; ick spann nu an.« Und danach ging er wieder treppab und durch den Laden in die Küche, wo die Hradschecksche Magd, eine gutmütige Person mit krausem Haar und vielen Sommersprossen, noch halb verschlafen am Herde stand und Feuer machte.

»Na, Maleken, ook all rut? Watt seggst du dato? Klock vieren. Is doch Menschenschinderei. Worümm nich um söss? Um söss wihr ook noch Tid. Na, nu koch uns man en beten wat mit.«

Und damit wollt er von der Küche her in den Hof hinaus. Aber der Wind riß ihm die Tür aus der Hand und schlug sie mit Gekrach wieder zu.

»Jott, Jakob, ick hebb mi so verfiert. Dat künn joa nen Doden uppwecken.«

»Sall ook, Male. He hett joa nen Dodensloap. Nu wahrd he woll uppstoahn.«

Eine halbe Stunde später hielt der Einspänner vor der Haustür, und Jakob, dem die Hände vom Leinehalten schon ganz klamm waren, sah ungeduldig in den Flur hinein, ob der Reisende noch nicht komme.

Der aber war immer noch nicht zu sehen, und statt seiner erschien nur Hradscheck und sagte: »Geh hinauf, Jakob, und sieh nach, was es ist. Er ist am Ende wieder eingeschlafen. Und sag ihm auch, sein Kaffee würde kalt . . . Aber nein, laß nur; bleib. Er wird schon kommen.«

Und richtig, er kam auch und stieg, während Hradscheck so sprach, gerade die nicht allzu hohe Treppe hinunter. Diese lag noch in Dunkel, aber ein Lichtschimmer vom Laden her ließ die Gestalt des Fremden doch einigermaßen deutlich erkennen. Er hielt sich am Geländer fest und ging mit besonderer Langsamkeit und Vorsicht, als ob ihm der große Pelz unbequem und beschwerlich sei. Nun aber war er unten, und Jakob, der alles neugierig verfolgte, was vorging, sah, wie Hradscheck auf ihn zuschritt und ihn mit vieler Artigkeit vom Flur her in die Wohnstube hinein komplimentierte, wo der Kaffee schon seit einer Viertelstunde wartete.

»Na, nu wahrd et joa woll wihr'n«, tröstete sich der draußen immer ungeduldiger Werdende. »Kümmt Tid, kümmt Roat.« Und wirklich, ehe fünf Minuten um waren, erschien das Paar wieder auf dem Flur und trat von diesem her auf die Straße, wo der verbindliche Hradscheck nunmehr rasch auf den Wagen zuschritt und den Tritt herunterließ, während der Reisende, trotzdem ihm die Pelzmütze tief genug im Gesicht saß, auch noch den Kragen seiner Wolfsschur in die Höhe klappte.

»Das ist recht«, sagte Hradscheck. »Besser bewahrt, als beklagt. Und nun mach flink, Jakob, und hole den Koffer.«

Dieser tat auch wie befohlen, und als er mit dem Mantelsack wieder unten war, saß der Reisende schon im Wagen und hatte den von ihm als Trinkgeld bestimmten Gulden vor sich auf das Spritzleder gelegt. Ohne was zu sagen wies er darauf hin und nickte nur, als Jakob sich bedankte. Dann nahm er die Leine ziemlich ungeschickt in die Hand, woran wohl die großen Pelzhandschuhe schuld sein mochten, und fuhr auf das Orthsche Gehöft und die schattenhaft am Dorfausgange stehende Mühle zu. Diese ging nicht; der Wind wehte zu heftig.

Hradscheck sah dem auf dem schlechten Wege langsam sich fortbewegenden Fuhrwerk eine Weile nach, sein Kopf war unbedeckt und sein spärlich blondes Haar flog ihm um die Stirn. Es war aber, als ob die Kühlung ihn erquicke. Als er wieder in den Flur trat, fand er Jakob, der sich das Guldenstück ansah.

»Gefällt dir wohl? Einen Gulden gibt nicht jeder. Ein feiner Herr!«

»Dat sall woll sien. Awers worümm he man so still wihr? He seggte joa keen Wuhrt nich.«

»Nein, er hatte wohl noch nicht ausgeschlafen«, lachte Hradscheck. »Is ja erst fünf.«

»Versteiht sich. Klock feiv red ick ook nicht veel.«

Achtes Kapitel

Der Wind hielt an, aber der Himmel klärte sich, und bei hellem Sonnenschein fuhr um Mittag ein Jagdwagen vor dem Tschechiner

Gasthause vor. Es war der Friedrichsauer Amtsrat; Trakehner Rapphengste, der Kutscher in Livree. Hradscheck erschien in der Ladentür und grüßte respektvoll, fast devot.

»Tag, lieber Hradscheck; bringen Sie mir einen ›Luft‹ oder lieber gleich zwei; mein Kutscher wird auch nichts dagegen haben. Nicht wahr, Johann? Eine wahre Hundekälte. Und dabei diese Sonne.«

Hradscheck verbeugte sich und rief in den Laden hinein: »Zwei Pfefferminz, Ede; rasch!« und wandte sich dann mit der Frage zurück, womit er sonst noch dienen könne?

»*Mir* mit nichts, lieber Hradscheck, aber andren Leuten. Oder wenigstens der Obrigkeit. Da liegt ein Fuhrwerk unten in der Oder, wahrscheinlich fehlgefahren und in der Dunkelheit vom Damm gestürzt.«

»Wo, Herr Amtsrat?«

»Hier gleich. Keine tausend Schritt hinter Orths Mühle.«

»Gott im Himmel, ist es möglich! Aber wollen der Herr Amtsrat nicht bei Schulze Woytasch mit vorfahren?«

»Kann nicht, Hradscheck; ist mir zu sehr aus der Richt. Der Reitweiner Graf erwartet mich, und habe mich schon verspätet. Und zu helfen ist ohnehin nicht mehr, soviel hab ich gesehn. Aber alles muß doch seinen Schick haben, auch Tod und Unglück. Adieu ... Vorwärts!«

Und damit gab er dem Kutscher einen Tip auf die Schulter, der seine Trakehner wieder antrieb und wenigstens einen Versuch machte, trotz der grundlosen Wege das Versäumte nach Möglichkeit wieder einzubringen.

Hradscheck machte gleich Lärm und schickte Jakob zu Schulze Woytasch, während er selbst zu Kunicke hinüber ging, der eben seinen Mittagsschlaf hielt.

»Stör dich nicht gern um diese Zeit, Kunicke; Schlaf ist mir allemal heilig, und nun gar deiner! Aber es hilft nichts, wir müssen hinaus. Der Friedrichsauer Amtsrat war eben da und sagte mir, daß ein Fuhrwerk in der Oder liege. Mein Gott, wenn es Szulski wäre!«

»Wird wohl«, gähnte Kunicke, dem der Schlaf noch in allen Gliedern steckte, »wird wohl ... Aber er wollte ja nicht hören, als ich ihm gestern abend sagte: ›nicht so früh, Szulski, nicht so früh ...‹ Denke doch bloß voriges Jahr, wie die Post runterfiel und der arme Kerl von Postillon gleich mausetot. Und der kannte doch unsern Damm! Und nun solch Polscher, solch Bruder Krakauer. Na, wir werden ja sehn.«

Inzwischen hatte sich Kunicke zurechtgemacht und war erst in hohe Bruchstiefel und dann in einen dicken graugrünen Flausrock hineingefahren. Und nun nahm er seine Mütze vom Riegel und einen Pikenstock aus der Ecke.

»Komm!«

Damit traten er und Hradscheck vom Flur her auf die Treppenrampe hinaus.

Der Wind blies immer stärker, und als beide, so gut es ging, von oben her sich umsahen, sahen sie, daß Schulze Woytasch, der schon anderweitig von dem Unglück gehört haben mußte, die Dorfstraße herunterkam. Er hatte seine Ponys, brillante kleine Traber, einspannen lassen und fuhr, aller Polizeiregel zum Trotz, über den aufgeschütteten Gangweg hin, was er sich als Dorfobrigkeit schon erlauben konnte. Zudem durfte er sich mit Dringlichkeit entschuldigen. Als er dicht an Kunickes Rampe heran war, hielt er an und rief beiden zu: »Wollt auch hinaus? Natürlich. Immer aufsteigen. Aber rasch.« Und im nächsten Augenblicke ging es auf dem aufgeschütteten Wege in vollem Trabe weiter, auf Orths Gehöft und die Mühle zu. Hradscheck saß vorn neben dem Kutscher, Kunicke neben dem Schulzen. Das war so Regel und Ordnung, denn ein Bauerngut geht vor Gasthaus und Kramladen.

Gleich hinter der Mühle begann die langsam und allmählich zum Damm ansteigende Schrägung. Oben war der Weg etwas besser, aber immer noch schlecht genug, so daß es sich empfahl, dicht am Dammrand entlang zu fahren, wo, wegen des weniger aufgeweichten Bodens, die Räder auch weniger tief einschnitten.

»Paß Achtung«, sagte Woytasch, »sonst liegen wir auch unten.«

Und der Kutscher, dem selber ängstlich sein mochte, lenkte sofort auf die Mitte des Damms hinüber, trotzdem er hier langsamer fahren mußte.

Sah man von der Fährlichkeit der Situation ab, so war es eine wundervolle Fahrt und das sich weithin darbietende Bild von einer gewissen Großartigkeit. Rechtshin grüne Wintersaat, soweit das Auge reichte, nur mit einzelnen Tümpeln, Häusern und Pappelweiden dazwischen, zur Linken aber die von Regenwasser hoch angeschwollene Oder, mehr ein Haff jetzt als ein Strom. Wütend kam der Südost vom jenseitigen Ufer herüber und trieb die graugelben Wellen mit solcher Gewalt an den Damm, daß es wie eine Brandung war. Und in eben dieser Brandung standen gekröpfte Weiden, während, auf der neumärkischen Seite, der blauschwarze Strich einer Kiefernwaldung in grellem, unheimlichem Sonnenschein dalag.

Bis dahin war außer des Schulzens Anruf an den Kutscher kein Wort laut geworden, jetzt aber sagte Hradscheck, indem er sich zu den beiden hinter ihm Sitzenden umdrehte: »Der Wind wird ihn runtergeweht haben.«

»Unsinn!« lachte Woytasch. »Ihr müßt doch sehen, Hradscheck, der Wind kommt ja von da, von drüben. Wenn *der* schuld wäre, läg er hier rechts vom Damm und nicht nach links hin in der Oder... Aber seht nur, da wanken ja schon welche herum und halten sich die Hüte fest. Fahr zu, daß wir nicht die Letzten sind.«

Und eine Minute darauf hielten sie grad an der Stelle, wo das Unglück sich zugetragen hatte. Wirklich, Orth war schon da, mit ihm ein paar seiner Mühlknechte, desgleichen Mietzel und Quaas, deren ausgebaute Gehöfte ganz in der Nähe lagen. Alles begrüßte sich und kletterte dann gemeinschaftlich den Damm hinunter, um unten genau zu sehen, wie's stünde. Die Böschung war glatt, aber man hielt sich an dem Werft und Weidengestrüpp, das überall stand. Unten angekommen, sah man bestätigt, was von Anfang an niemand bezweifelt hatte: Szulskis Einspänner lag wie gekentert im Wasser, das Verdeck nach unten, die Räder nach oben; von dem Pferde sah man nur dann und wann ein von den Wellen überschäumtes Stück Hinterteil, während die Schere, darin es eingespannt gewesen, wie ein Wahrzeichen aus dem Strom aufragte. Den Mantelsack hatten die Wellen an den Damm gespült und nur von Szulski selbst ließ sich nichts entdecken.

»Er ist nach Kienitz hin weggeschwommen«, sagte Schulze Woytasch. »Aber weit weg kann er nicht sein; die Brandung geht ja schräg gegen den Damm.«

Und dabei marschierte man truppweise weiter, von Gestrüpp zu Gestrüpp, und durchsuchte jede Stelle.

»Der Pelz muß doch obenauf schwimmen.«

»Ja, der Pelz«, lachte Kunicke. »Wenn's bloß der Pelz wär. Aber der Polsche steckt ja drin.«

Es war der Kunickesche Trupp, der so plauderte, ganz wie bei Dachsgraben und Hühnerjagd, während der den andern Trupp führende Hradscheck mit einem Male rief: »Ah, da ist ja seine Mütze!«

Wirklich, Szulskis Pelzmütze hing an dem kurzen Geäst einer Kropfweide.

»Nun, haben wir *die*«, fuhr Hradscheck fort, »so werden wir ihn auch selber bald haben.«

»Wenn wir nur ein Boot hätten. Aber es kann hier nicht tief sein, und wir müssen immer peilen und Grund suchen.«

Und so geschah's auch. Aber alles Messen und Peilen half nichts, und es blieb bei der Mütze, die der eine der beiden Müllerknechte mittlerweile mit einem Haken herangeholt hatte. Zugleich wurde der Wind immer schneidender und kälter, so daß Kunicke, der noch von Möckern und Montmirail her einen Rheumatismus hatte, keine Lust mehr zur Forschung verspürte. Schulze Woytasch auch nicht.

»Ich werde Gendarm Geelhaar nach Kienitz und Güstebiese schicken«, sagte dieser. »Irgendwo muß er doch antreiben. Und dann wollen wir ihm ein ordentliches Begräbnis machen. Nicht wahr, Hradscheck? Die Hälfte kann die Gemeinde geben.«

»Und die andre Hälfte geben wir«, setzte Kunicke hinzu. »Denn wir sind doch eigentlich ein bißchen schuld. Oder eigentlich ganz gehörig. Er war gestern abend verdammt fißlich und man bloß noch so so. War er denn wohl kattolsch?«

»Natürlich war er«, sagte Woytasch. »Wenn einer Szulski heißt und aus Krakau kommt, ist er kattolsch. Aber das schad't nichts. Ich bin für Aufklärung. Der alte Fritze war auch für Aufklärung. Jeder nach seiner Façon ...«

»Versteht sich«, sagte Kunicke. »Versteht sich. Und dann am Ende, wir wissen auch nicht, das heißt, ich meine, so ganz bestimmt wissen wir nicht, ob er ein Kattolscher war oder nich. Un was man nich weiß, macht einen nich heiß. Nicht wahr, Quaas?«

»Nein, nein. Was man nicht weiß, macht einen nicht heiß. Und Quaasen auch nicht.«

Alle lachten und selbst Hradscheck, der bis dahin eine würdige Zurückhaltung gezeigt hatte, stimmte mit ein.

Neuntes Kapitel

Der Tote fand sich nicht, der Wagen aber, den man mühevoll aus dem Wasser heraufgeholt hatte, wurde nach dem Dorf geschafft und in Kunickes große Scheune gestellt. Da stand er nun schon zwei Wochen, um entweder abgeholt oder auf Antrag der Krakauer Firma versteigert zu werden.

Im Dorfe gab es inzwischen viel Gerede, das allerorten darauf hinauslief: »Es sei was passiert und es stimme nicht mit den Hradschecks. Hradscheck sei freilich ein feiner Vogel und Spaßmacher und könne Witzchen und Geschichten erzählen, aber er hab es hinter den Ohren, und was die Frau Hradscheck angehe, die vor Vornehmheit nicht sprechen könne, so wisse jeder, stille Wasser seien tief. Kurzum, es sei beiden nicht recht zu traun und der Polsche werde wohl ganz wo anders liegen als in der Oder.« Zum Überfluß griff auch noch unser Freund, der Kantorssohn, der sich jedes Skandals mit Vorliebe bemächtigte, in die Saiten seiner Leier, und allabendlich, wenn die Knechte, mit denen er auf du und du stand, vom Kruge her durchs Dorf zogen, sangen sie nach bekannter Melodie:

> Morgenrot!
> Abel schlug den Kain tot.
> Gestern noch bei vollen Flaschen,
> Morgens ausgeleerte Taschen
> Und ein kühles, kühles Gra-ab.

All dies kam zuletzt auch dem Küstriner Gericht zu Ohren, und wiewohl es nicht viel besser als Klatsch war, dem alles Beweiskräftige fehlte, so sah sich der Vorsitzende des Gerichts, Justizrat Vowinkel, doch veranlaßt, an seinen Duz- und Logenbruder Eccelius einige Fragen zu richten und dabei Erkundigungen über das Vorleben der Hradschecks einzuziehen. – Das war am 7. Dezember, und noch am selben Tage schrieb Eccelius zurück:

»Lieber Bruder. Es ist mir sehr willkommen, in dieser Sache das Wort nehmen und Zeugnis zugunsten der beiden Hradschecks ablegen zu können. Man verleumdet sie, weil man sie beneidet, besonders die Frau. Du kennst unsere Brücher; sie sind hochfahrend und steigern ihren Dünkel bis zum Haß gegen alles, was sich ihnen gleich oder wohl gar überlegen glaubt. Aber ad rem. Er, Hradscheck, ist kleiner Leute Kind aus Neu-Lewin und, wie sein Name bezeugt, von böhmischer Extraktion. Du weißt, daß Neu-Lewin in den achtziger Jahren mit böhmischen Kolonisten besetzt wurde. Doch dies beiläufig. Unsres Hradschecks Vater war Zimmermann, der, nach Art solcher Leute, den Sohn für das selbe Handwerk bestimmte. Und unser Hradscheck soll denn auch wirklich als Zimmermann gewandert und in Berlin beschäftigt gewesen sein. Aber es mißfiel ihm, und so fing er, als er vor etwa fünfzehn Jahren nach Neu-Lewin zurückkehrte, mit einem Kramgeschäft an, das ihm auch glückte, bis er, um eines ihm unbequem werdenden ›Verhältnisses‹ willen, den Laden aufgab und den Entschluß faßte, nach Amerika zu gehen. Und zwar über Holland. Er kam aber nur bis ins Hannöversche, wo er, in der Nähe von Hildesheim, also katholische Gegend, in einer großen gasthausartigen Dorfherberge Quartier nahm. Hier traf es sich, daß an demselben Tage die seit Jahr und Tag in der Welt umhergezogene Tochter des Hauses, krank und elend von ihren Fahrten und Abenteuern – sie war mutmaßlich Schauspielerin gewesen – zurückkam und eine furchtbare Szene mit ihrem Vater hatte, der ihr nicht nur die bösesten Namen gab, sondern ihr auch Zuflucht und Aufnahme verweigerte. Hradscheck, von dem Unglück und wahrscheinlich mehr noch von dem eigenartigen und gewinnenden Wesen der jungen Frau gerührt, ergriff Partei für sie, hielt um ihre Hand an, was dem Vater wie der ganzen Familie nur gelegen kam, und heiratete sie, nachdem er seinen Auswanderungsplan aufgegeben hatte. Bald danach, um Martini herum, übersiedelten beide hierher, nach Tschechin, und schon am ersten Adventssonntage kam die junge Frau zu mir und sagte, daß sie sich zur Landeskirche halte und evangelisch getraut sein wolle. Was denn auch geschah und damals (es geht jetzt ins zehnte Jahr) einen großen Eindruck auf die Bauern machte. Daß der kleine Gott mit dem Bogen und Pfeil in dem Leben beider eine Rolle gespielt hat, ist mir unzweifelhaft, ebenso daß beide seinen Versuchungen unterlegen sind. Auch sonst noch, wie nicht bestritten werden soll, bleiben einige dunkle Punkte, trotzdem es an anscheinend offenen Bekenntnissen nie gefehlt hat. Aber wie dem auch sein möge, mir liegt es pflichtmäßig ob, zu bezeugen, daß es wohlanständige Leute sind, die, solange ich sie kenne, sich gut gehalten und allzeit in einer christlichen Ehe gelebt haben. Einzelnes, was ihm, nach der entgegengesetzten Seite hin, vor längrer oder kürzrer Zeit nachgesagt wurde, mag auf sich beruhn, um so mehr als mir Sittenstolz und Tugendrichterei von Grund auf verhaßt sind. Die Frau hat meine besondere Sympathie. Daß sie den alten Aberglauben abgeschworen, hat sie mir, wie du begreifen wirst, von Anfang an lieb und wert gemacht.«

Die Wirkung dieses Ecceliusschen Briefes war, daß das Küstriner Gericht die Sache vorläufig fallen ließ; als demselben aber zur Kenntnis kam, »daß Nachtwächter Mewissen, nach neuerdings vor Schulze Woytasch gemachten Aussagen, an jenem Tage, wo das Unglück sich ereignete, so zwischen fünf und sechs (um die Zeit also, wo das Wetter am tollsten gewesen) die Frau Hradscheck zwischen den Pappeln an der Mühle gesehen haben wollte, ganz so, wie wenn sie halb verbiestert vom Damm her käme«, da waren die Verdachtsgründe gegen Hradscheck und seine Frau doch wieder so gewachsen, daß das Gericht einzuschreiten beschloß. Aber freilich auch jetzt noch unter Vermeidung jedes Eclats, weshalb Vowinkel an Eccelius, dem er ohnehin noch einen Dankesbrief schuldete, die folgenden Zeilen richtete:

»Habe Dank, lieber Bruder, für Deinen ausführlichen Brief vom 7. d. M., dem ich, soweit er ein Urteil abgibt, in meinem Herzen zustimme. Hradscheck ist ein durchaus netter Kerl, weit über seinen Stand hinaus, und Du wirst dich entsinnen, daß er letzten Winter sogar in Vorschlag war, und zwar auf meinen speziellen Antrag. Das alles steht fest. Aber zu meinem Bedauern will die Geschichte mit dem Polen nicht aus der Welt, ja, die Verdachtsgründe haben sich gemehrt, seit neuerdings auch Euer Mewissen gesprochen hat. Andererseits freilich ist immer noch zu wenig Substanz da, um ohne weiteres eine Verhaftung eintreten zu lassen, weshalb ich vorhabe, die Hradscheckschen Dienstleute, die doch schließlich alles am besten wissen müssen, zu vernehmen und von *ihrer* Aussage mein weiteres Tun oder Nichttun abhängig zu machen. Unter allen Umständen aber wollen wir alles, was Aufsehen machen könnte, nach Möglichkeit vermeiden. Ich treffe morgen gegen zwei Uhr in Tschechin ein, fahre gleich bei Dir vor und bitte Dich Sorge zu tragen, daß ich den Knecht Jakob samt den beiden andern Personen, deren Namen ich vergessen, in Deinem Hause vorfinde.«

So des Justizrats Brief. Er selbst hielt zu festgesetzter Zeit vor dem Pfarrhaus und trat in den Flur, auf dem die drei vorgeforderten Dienstleute schon standen. Vowinkel grüßte sie, sprach, in der Absicht, ihnen Mut zu machen, ein paar freundliche Worte zu jedem und ging dann, nachdem er sich aus seinem Mantel herausgewickelt, auf Eccelius' Studierstube zu, darin nicht nur der große schwarze Kachelofen, sondern auch der wohlarrangierte Kaffeetisch jeden Eintretenden überaus anheimelnd berühren mußte. Dies war denn auch bei Vowinkel der Fall. Er wies lachend darauf hin und sagte: »Vortrefflich, Freund. Höchst einladend. Aber ich denke, wir lassen das bis nachher. Erst das Geschäftliche. Das Beste wird sein, *du* stellst die Fragen, und ich begnüge mich mit der Beisitzerrolle. Sie werden dir unbefangener antworten als mir.« Dabei nahm er in einem neben dem Ofen stehenden hohen Lehnstuhle Platz, während Eccelius, auf den Flur hinaus, nach Ede rief und sich's nun erst, nach Erledigung aller Präliminarien, an seinem mächtigen Schreibtische bequem machte, dessen großes, zwischen einem Sand- und einem Tintenfaß stehendes Alabasterkreuz ihn von hinten her überragte.

Der Gerufene war inzwischen eingetreten und blieb an der Tür stehen. Er hatte sichtlich sein Bestes getan, um einen manierlichen

Menschen aus sich zu machen, aber nur mit schwachem Erfolg. Sein brandrotes Haar lag großenteils blank an den Schläfen, während ihm das wenige, was ihm sonst noch verblieben war, nach Art einer Spitzflamme zu Häupten stand. Am schlimmsten aber waren seine winterlichen Hände, die, wie eine Welt für sich, aus dem überall zu kurz gewordenen Einsegnungsrock hervorsahen.

»Ede«, sagte der Pastor freundlich, »du sollst über Hradscheck und den Polen aussagen, was du weißt.«

Der Junge schwieg und zitterte.

»Warum sagst du nichts? Warum zitterst du?«

»Ick jrul mi so.«

»Vor wem? Vor uns?«

Ede schüttelte mit dem Kopf.

»Nun, vor wem denn?«

»Vor Hradschecken...«

Eccelius, der alles zugunsten der Hradschecks gewendet zu sehen wünschte, war mit dieser Aussage wenig zufrieden, nahm sich aber zusammen und sagte: »Vor Hradscheck. Warum vor Hradscheck? Was ist mit ihm? Behandelt er dich schlecht?«

»Nei.«

»Nu wie denn?«

»Ick weet nich... He is so anners.«

»Nu gut. Anders. Aber das ist nicht genug. Ede, du mußt uns mehr sagen. Worin ist er anders? Was tut er? Trinkt er? Oder flucht er? Oder ist er in Angst?«

»Nei.«

»Nu wie denn? Was denn?«

»Ick weet nich... He is so anners.«

Es war ersichtlich, daß aus dem eingeschüchterten Jungen nichts weiter herauszubringen sein würde, weshalb Vowinkel dem Freunde zublinkte, die Sache fallen zu lassen. Dieser brach denn auch wirklich ab und sagte: »Nun, es ist gut, Ede. Geh. Und schicke die Male herein.«

Diese kam und war in ihrem Kopf- und Brusttuch, das sie heute wie sonntäglich angelegt hatte, kaum wiederzuerkennen. Sie sah klar aus den Augen, war unbefangen und erklärte, nachdem Eccelius seine Frage gestellt hatte, daß sie nichts wisse. Sie habe Szulski gar nicht gesehn, »un ihrst um Klocker vier oder noch en beten danoah« wäre Hradscheck an ihre Kammertür gekommen und hätte gesagt, daß sie rasch aufstehn und Kaffee kochen solle. Das habe sie denn auch getan, und grad als sie den Kien gespalten, sei Jakob gekommen und hab ihr so im Vorübergehn gesagt, »daß er den Polschen geweckt habe; der Polsche hab aber nen Dodenschlaf gehabt und habe gar nich geantwortet. Und da hab er an die Dür gebullert.«

All das erzählte Male hintereinander fort, und als der Pastor zum Schlusse frug, ob sie nicht noch weiter was wisse, sagte sie: »Nein, weiter wisse sie nichts, oder man bloß noch das eine, daß die Kanne, wie sie das Kaffeegeschirr herausgeholt habe, beinah noch ganz voll gewesen sei. Und sei doch ein gräuliches Wetter gewesen und kalt und naß. Und wenn sonst einer des Morgens abreise, so tränk er mehrstens oder eigentlich immer die Kanne leer, un von Zucker übriglassen wär gar keine Rede nich. Und manche nähmen ihn auch mit. Aber der Polsche hätte keine drei Schluck getrunken und sei eigentlich alles noch so gewesen, wie sie's reingebracht habe. Weiter wisse sie nichts.«

Danach ging sie, und der dritte, der nun kam, war Jakob.

»Nun, Jakob, wie war es?« fragte Eccelius; »du weißt, um was es sich handelt. Was du Malen und mir schon vorher gesagt hast, brauchst du nicht zu wiederholen. Du hast ihn geweckt, und er hat nicht geantwortet. Dann ist er die Treppe heruntergekommen, und du hast gesehn, daß er sich an dem Geländer festhielt, als ob ihm das Gehn in dem Pelz schwer würde. Nicht wahr, so war es?«

»Joa, Herr Pastor.«

»Und weiter nichts?«

»Nei, wider nix. Un wihr man blot noch, dat he so'n beten lütt utsoah, un ...«

»Und was?«

»Un dat he so still wihr un seggte keen Wuhrd nich. Un as ick to em seggen deih: ›Na Adjes, Herr Szulski‹, doa wihr he wedder so bummsstill un nickte man blot so.«

Nach dieser Aussage trat auch Jakob ab, und die Pfarrköchin brachte den Kaffee. Vowinkel nahm eine der Tassen und sagte, während er sich an das Fensterbrett lehnte: »Ja, Freund, die Sache steht doch schlimmer, als *du* wahrhaben möchtest, und fast auch schlimmer, als *ich* erwartete.«

»Mag sein«, erwiderte der Pastor. »Nach meinem Gefühl indes, das ich selbstverständlich deiner besseren Erfahrung unterordne, bedeuten all diese Dinge gar nichts oder herzlich wenig. Der Junge, wie du gesehen hast, konnte vor Angst kaum sprechen, und aus der Köchin Aussage war doch eigentlich nur das eine festzustellen, daß es Menschen gibt, die *viel,* und andere, die *wenig* Kaffee trinken.«

»Aber Jakob!«

Eccelius lachte. »Ja Jakob. ›He wihr en beten to lütt‹, das war das eine, ›un he wihr en beten to still‹, das war das andre. Willst du daraus einen Strick für die Hradschecks drehn?«

»Ich will es nicht, aber ich fürchte, daß ich es muß. Jedenfalls haben sich die Verdachtsgründe durch das, was ich eben gehört habe, mehr gemehrt als gemindert, und ein Verfahren gegen den so mannigfach Belasteten kann nicht länger mehr hinausgeschoben werden. Er muß in Haft, wär es auch nur, um einer Verdunkelung des Tatbestandes vorzubeugen.«

»Und die Frau?«

»Kann bleiben. Überhaupt werd ich mich auf das Nötigste beschränken, und um auch jetzt noch alles Aufsehen zu vermeiden, hab ich vor, ihn auf meinem Wagen, als ob es sich um eine Spazierfahrt handelte, mit nach Küstrin zu nehmen.«

»Und wenn er nun schuldig ist, wie du beinah glaubst oder wenigstens für möglich hältst? Ist dir eine solche Nachbarschaft nicht einigermaßen ängstlich?«

Vowinkel lachte. »Man sieht, Eccelius, daß du kein Kriminalist bist. Schuld und Mut vertragen sich schlecht zusammen. Alle Schuld lähmt.«

»Nicht immer.«

»Nein, nicht immer. Aber doch meist. Und allemal da, wo das Gesetz schon über ihr ist.«

Zehntes Kapitel

Die Verhaftung Hradschecks erfolgte zehn Tage vor Weihnachten. Jetzt war Mitte Januar, aber die Küstriner Untersuchung rückte nicht von der Stelle, weshalb es in Tschechin und den Nachbardörfern hieß: »Hradscheck werde mit nächstem wieder entlassen werden, weil nichts gegen ihn vorliege.« Ja, man begann auf das Gericht und den Gerichtsdirektor zu schelten, wobei sich's selbstverständlich traf, daß alle die, die vorher am leidenschaftlichsten von einer Hinrichtung geträumt hatten, jetzt in Tadeln und Schmähen mit gutem Beispiel vorangingen.

Vowinkel hatte viel zu dulden; kein Zweifel. Am ausgiebigsten in Schmähungen aber war man gegen die Zeugen, und der Angriffe gegen diese wären noch viel mehr gewesen, wenn man nicht gleichzeitig über sie gelacht hätte. Der dumme Ladenjunge, der Ede, so versicherte man sich gegenseitig, könne doch nicht für voll angesehen werden und die Male mit ihren Sommersprossen und ihrem nicht ausgetrunkenen Kaffee womöglich noch weniger. Daß man bei den Hradschecks oft einen wunderbaren Kaffee kriege, das wisse jeder, und wenn alle die, die das durchgetrichterte Zichorienzeug stehn ließen, auf Mord und Totschlag hin verklagt und eingezogen werden sollten, so säße bald das halbe Bruch hinter Schloß und Riegel. »Aber Jakob und der alte Mewissen?« hieß es dann wohl. Indes auch von diesen beiden wollte die plötzlich zugunsten Hradschecks umgestimmte Majorität nichts wissen. Der dußlige Jakob, von dem jetzt so viel gemacht werde, ja, was hab er denn eigentlich beigebracht? Doch nichts weiter als das ewige »He wihr so'n beten still«. Aber du lieber Himmel, wer habe denn Lust, um Klock fünf und bei steifem Südost einen langen Schnack zu machen? Und nun gar der alte Mewissen, der, solang er lebe, den Himmel für einen Dudelsack angesehen habe? Wahrhaftig, der könne viel sagen, eh man's zu glauben brauche. »Mit einem karierten Tuch über dem Kopf. Und wenn's kein kariertes Tuch gewesen, dann sei's eine Pferdedecke gewesen.« O du himmlische Güte! Mit einer Pferdedecke! Die Hradscheck mit einer Pferdedecke! Gibt es Pferdedecken ohne Flöhe? Und nun gar diese schnippsche Prise, die sich ewig mit ihrem türkischen Schal herumziert und noch ötepotöter is als die Reitweinsche Gräfin!

So ging das Gerede, das sich, an und für sich schon günstig genug für Hradscheck, infolge kleiner Vorkommnisse mit jedem neuen Tage günstiger gestaltete. Darunter war eins von besondrer Wirkung. Und zwar das folgende. Heiligabend war ein Brief Hradschecks bei Eccelius eingetroffen, worin es hieß: »Es ging ihm gut, weshalb er sich auch freuen würde, wenn seine Frau zum Fest herüberkommen und eine Viertelstunde mit ihm plaudern wolle; Vowinkel hab es eigens gestattet, versteht sich in Gegenwart von Zeugen.« So die briefliche Mitteilung, auf welche Frau Hradscheck, als sie durch Eccelius davon gehört, diesem letzteren sofort geantwortet hatte: »Sie werde diese Reise *nicht* machen, weil sie nicht wisse, wie sie sich ihrem Manne gegenüber zu benehmen habe. Wenn er schuldig sei, so sei sie für immer von ihm geschieden, einmal um ihrer selbst, aber mehr noch um ihrer Familie willen. Sie wolle daher lieber zum Abendmahl gehn und ihre Sache vor Gott tragen und bei der Gelegenheit den Himmel inständig bitten, ihres Mannes Unschuld recht bald an den Tag zu bringen.« So was hörten die Tschechiner gern, die sämtlich höchst unfromm waren, aber nach Art der meisten Unfrommen einen ungeheuren Respekt vor jedem hatten, der »lieber zum Abendmahl gehen und seine Sache vor Gott tragen«, als nach Küstrin hin reisen wollte.

Kurzum, alles stand gut, und es hätte sich von einer totalen »Rückeroberung« des dem Inhaftierten anfangs durchaus abgeneigten Dorfes sprechen lassen, wenn nicht ein Unerschütterlicher gewesen wäre, der, sobald Hradschecks Unschuld behauptet wurde, regelmäßig versicherte: »Hradscheck? *Den* kenn ich. *Der* muß ans Messer.«

Dieser Unerschütterliche war niemand Geringeres als Gendarm Geelhaar, eine sehr wichtige Person im Dorf, auf deren Autorität hin die Mehrheit sofort geschworen hätte, wenn ihr nicht seine bittre Feindschaft gegen Hradscheck und die kleinliche Veranlassung dazu bekannt gewesen wäre. Geelhaar, guter Gendarm, aber noch besserer Saufaus, war, um Kognaks und Rums willen, durch viele Jahre hin ein Intimus bei Hradscheck gewesen, bis dieser eines Tages, des ewigen Gratiseinschenkens müde, mit mehr Übermut als Klugheit gesagt hatte: »Hören Sie, Geelhaar, Rum ist gut. Aber Rum kann einen auch rumbringen.« Auf welche Provokation hin (Hradscheck liebte dergleichen Witze) der sich nun plötzlich aufs hohe Pferd setzende Geelhaar mit hochrotem Gesicht geantwortet hatte: »Gewiß, Herr Hradscheck. Was kann einen nich alles rumbringen? Den einen dies, den andern das. Und mit Ihnen, mein lieber Herr, is auch noch nicht aller Tage Abend.«

Von der aus diesem Zwiegespräch entstandenen Feindschaft wußte das ganze Dorf, und so kam es, daß man nicht viel darauf gab und im wesentlichen bloß lachte, wenn Geelhaar zum hundertsten Male versicherte: »*Der?* Der muß ans Messer.«

»Der muß ans Messer«, sagte Geelhaar, aber in Tschechin hieß es mit jedem Tage mehr: »Er kommt wieder frei.«

Und »he kümmt wedder rut«, hieß es auch im Hause der alten Jeschke, wo die blonde Nichte, die Line – dieselbe, nach der Hradscheck bei seinen Gartenbegegnungen mit der Alten immer zu fragen pflegte –, seit Weihnachten zum Besuch war und an einer Ausstattung, wenn auch freilich nicht an ihrer eigenen, arbeitete. Sie war eine hervorragend kluge Person, die, trotzdem sie noch keine Siebenundzwanzig zählte, sich in den verschiedensten Lebensstellungen immer mit Glück versucht hatte: früh schon als Kinder- und Hausmädchen, dann als Nähterin und schließlich als Pfarrköchin in einem neumärkischen Dorf, in welch letzterer Eigenschaft sie nicht nur sämtliche Betstunden mitgemacht, sondern sich auch durch einen exemplarisch sittlichen Lebenswandel ausgezeichnet hatte. Denn sie gehörte zu denen, die, wenn engagiert, innerhalb ihres Engagements alles Geforderte leisten, auch Gebet, Tugend und Treue.

Solcher Forderungen entschlug sich nun freilich die Jeschke, die vielmehr, wenn sie den Faden von ihrem Wocken spann, immer nur Geschichten von begünstigten und genasführten Liebhabern hören wollte, besonders von einem Küstriner Fouragebeamten, der drei Stunden lang im Schnee hatte warten müssen. Noch dazu vergeblich. All das freute die Jeschke ganz ungemein, die dann regelmäßig hinzusetzte: »Joa, Line, so wihr ick ook. Awers moak et man nich to dull.« Und dann antwortete diese: »Wie werd ich denn, Mutter Jeschke!« Denn sie nannte sie nie Tante, weil sie sich der nahen Verwandtschaft mit der alten Hexe schämen mochte.

Plaudern war beider Lust. Und plaudernd saßen beide Weibsen auch heute wieder.

Es war ein ziemlich kalter Tag, und draußen lag fußhoher Schnee. Drinnen aber war es behaglich, das Rotkchlchen zwitscherte, die Wanduhr ging in starkem Schlag, und der Kachelofen tat das seine. Dem Ofen zunächst aber hockte die Jeschke, während Line weitab an dem ganz mit Eisblumen überdeckten Fenster saß und sich ein Kuckloch gepustet hatte, durch das sie nun bequem sehen konnte, was auf der Straße vorging.

»Da kommt ja Gendarm Geelhaar«, sagte sie. »Grad über den Damm. Er muß drüben bei Kunicke gewesen sein. Versteht sich, Kunicke frühstückt um diese Zeit. Und sieht auch so rot aus. Was er nur will? Er wird am Ende der armen Frau, der Hradschecken, einen Besuch machen wollen. Is ja schon vier Wochen Strohwitwe.«

»Nei, nei«, lachte die Alte. »Dat deiht he nich. Dem is joa sien ejen all to veel, so lütt se is. Ne, ne, den kenn ick. Geelhaar is man bloß noch för so.«

Und dabei machte sie die Bewegung des Aus-der-Flasche-Trinkens.

»Hast recht«, sagte Line. »Sieh, er kommt grad auf unser Haus zu.«

Und wirklich, unter diesem Gespräch, wie's die Jeschke mit ihrer Nichte geführt hatte, war Geelhaar von der Dorfstraße her in einen schmalen, bloß mannsbreiten Gang eingetreten, der an der Hradscheckschen Kegelbahn entlang in den Garten der alten Jeschke führte.

Von hier aus war auch der Eingang in das Häuschen der Alten, das mit seinem Giebel nach der Straße stand.

»Guten Tag, Mutter Jeschke«, sagte der Gendarm. »Ah, und guten Tag, Lineken. Oder ich muß jetzt wohl sagen Mamsell Linchen.«

Line, die den stattlichen Geelhaar (er hatte bei den Gardekürassieren gedient), aller despektierlichen Andeutungen der Alten ungeachtet, keineswegs aus ihrer Liste gestrichen hatte, stemmte sofort den linken Fuß gegen einen ihr gegenüberstehenden Binsenstuhl und sah ihn zwinkernd über das große Stück Leinwand hin an, das sie, wie wenn sie's abmessen wollte, mit einem energischen Ruck und Puff vor sich ausspannte.

Die Wirkung dieser kleinen Künste blieb auch nicht aus. So wenigstens schien es Linen. Die Jeschke dagegen wußt es besser, und als Geelhaar auf ihre mit Vorbedacht in Hochdeutsch gesprochene Frage, »was ihr denn eigentlich die Ehre verschaffe«, mit einem scherzhaft gemeinten Fingerzeig auf Line geantwortet hatte, lachte sie nur und sagte:

»Nei, nei, Herr Gendarm. Ick weet schon, ick weet schon... Awers nu setten's sich ihrst... Joa, diss' Hradscheck... he kümmt joa nu wedder rut.«

»Ja, Mutter Jeschke«, wiederholte Geelhaar, »he kümmt nu wedder rut. Das heißt, er kommt wieder raus, wenn er nich drin bleibt.«

»Woll, woll. Wenn he nicht drin bliewt. Awers worümm sall he drin bliewen? Keen een hett joa wat siehn, und keen een hett joa watt utfunn'n. Un Se ook nich, Geelhaar.«

»Nein«, sagte der Gendarm. »Ich auch nich. Aber es wird sich schon was finden oder doch finden lassen, und dazu müssen Sie helfen, Mutter Jeschke. Ja, ja. Soviel weiß ich, die Hradscheck hat schon lange keinen Schlaf mehr und ist immer treppauf und treppab. Und wenn die Leute sagen, es sei bloß, weil sie sich um den Mann gräme, so sag ich: Unsinn, *er* is nich so und *sie* is nich so.«

»Nei, nei«, wiederholte die Jeschke. »He is nich so und se is nich so. De Hradschecks, nei, de sinn nich so.«

»Keinen ordentlichen Schlaf also«, fuhr Geelhaar fort, »nich bei Tag und auch nich bei Nacht, und wankt immer so rum, und is mal im Hof und mal im Garten. Das hab ich von der Male... Hören Sie, Mutter Jeschke, wenn ich so mal nachtens hier auf Posten stehen könnte! Das wär so was. Line bleibt mit auf, und wir setzen uns dann ans Fenster und wachen und kucken. Nich wahr, Line?«

Line, die schon vorher das Weißzeug beiseite gelegt und ihren blonden Zopf halb aufgeflochten hatte, schlug jetzt mit dem losen Büschel über ihre linke Hand und sagte: »Will es mir noch überlegen, Herr Geelhaar. Ein armes Mädchen hat nichts als seinen Ruf.«

Und dabei lachte sie.

»Kümmen's man, Geelhaar«, tröstete die Jeschke, trotzdem Trost eigentlich nicht nötig war. »Kümmen's man. Ick geih to Bett. Watt doa to siehn is, ick meen hier buten, dat hebb ick siehn, dat weet ick all. Un is ümmer dat Sülwigte.«

»Dat Sülwigte?«

»Joa. Nu nich mihr. Awers as noch keen Snee wihr. Doa...«

»Da. Was denn?«

»Doa wihr se nachtens ümmer so rüm hier.«

»So, so«, sagte der Gendarm und tat vorsichtig allerlei weitere Fragen. Und da sich die Jeschke von guten Beziehungen zur Dorfpolizei nur Vorteile versprechen konnte, so wurde sie trotz aller sonstigen Zurückhaltung immer mitteilsamer und erzählte dem Gendarmen Neues und Altes, namentlich auch das, was sie damals, in der stürmischen Novembernacht, von ihrer Küchentür aus beobachtet hatte. Hradscheck habe lang dagestanden, ein flackrig Licht in der Hand. »Un wihr binoah so, as ob he wull, dat man em seihn sull.« Und dann hab er einen Spaten genommen und sei bis an den Birnbaum gegangen. Und da hab er ein Loch gegraben. An der Gartentür aber habe was gestanden wie ein Koffer oder Korb oder eine Kiste. Was, das habe sie nicht genau sehen können. Und dann hab er das Loch wieder zugeschüttet.

Geelhaar, der sich bis dahin, allem Diensteifer zum Trotz, ebenso sehr mit Line wie mit Hradscheck beschäftigt hatte, ja, vielleicht mehr noch Courmacher als Beamter gewesen war, war unter diesem Bericht sehr ernsthaft geworden und sagte, während er mit Wichtigkeitsmiene seinen gedunsenen Kopf hin und her wiegte: »Ja, Mutter Jeschke, das tut mir leid. Aber es wird Euch Ungelegenheiten machen.«

»Wat? Wat, Geelhaar?«

»Ungelegenheiten, weil Ihr damit so spät herauskommt.«

»Joa, Geelhaar, wat sall dat? wat mienens mit ›to spät‹? Et hett mi joa keener nich froagt. Un Se ook nich. Un wat weet ick denn ook? Ick weet joa nix. Ick weet joa joar nix.«

»Ihr wißt genug, Mutter Jeschke.«

»Nei, nei, Geelhaar. Ick weet joar nix.«

»Das ist gerade genug, daß einer nachts in seinem Garten ein Loch gräbt und wieder zuschüttet.«

»Joa, Geelhaar, ick weet nich, awers jed' een möt doch in sien ejen Goarden en Loch buddeln könn'.«

»Freilich. Aber nicht um Mitternacht und nicht bei solchem Wetter.«

»Na, riedens mi man nich rin. Und moaken Se't good mit mi ... Line, Line, segg doch ook wat.«

Und wirklich, Line trat infolge dieser Aufforderung an den Gendarmen heran und sagte, tief aufatmend, wie wenn sie mit einer plötzlichen und mächtigen Sinnenerregung zu kämpfen hätte: »Laß nur, Mutter Jeschke. Herr Geelhaar wird schon wissen, was er zu tun hat. Und wir werden es auch wissen. Das versteht sich doch von selbst. Nicht wahr, Herr Geelhaar?«

Dieser nickte zutraulich und sagte mit plötzlich verändertem und wieder freundlicher werdendem Tone: »Werde schon machen, Mamsell Line. Schulze Woytasch läßt ja, Gott sei Dank, mit sich reden und Vowinkel auch. Hauptsach is, daß wir den Fuchs überhaupt ins Eisen kriegen. Un is dann am Ende gleich, *wann* wir ihn haben, und ob ihm der Balg heute oder morgen abgezogen wird.«

Elftes Kapitel

Vierundzwanzig Stunden später kam – und zwar auf die Meldung hin, die Geelhaar, gleich nach seinem Gespräche mit der Jeschke, bei der Behörde gemacht hatte – von Küstrin her ein offener Wagen, in dem außer dem Kutscher der Justizrat und Hradscheck saßen. Die Luft ging scharf, und die Sonne blendete, weshalb Vowinkel, um sich gegen beides zu schützen, seinen Mantel aufgeklappt, der Kutscher aber seinen Kopf bis an Nas' und Ohren in den Pelzkragen hineingezogen hatte. Nur Hradscheck saß frei da, Luft und Licht, deren er seit länger als vier Wochen entbehrt hatte, begierig einsaugend. Der Wagen fuhr auf der Dammhöhe, von der aus sich das untenliegende Dorf bequem überblicken und beinah jedes einzelne Haus in aller Deutlichkeit erkennen ließ. Das da, mit dem schwarzen, teergestrichenen Gebälk, war das Schulhaus, und das gelbe, mit dem gläsernen Aussichtsturm, mußte Kunickes sein, Kunickes »Villa«, wie die Tschechiner es spöttisch nannten. Das niedrige grad gegenüber aber, das war seins, das sah er an dem Birnbaum, dessen schwarzes Gezweig über die mit Schnee bedeckte Dachfläche wegragte. Vowinkel bemerkte wohl, wie Hradscheck sich unwillkürlich auf seinem Sitze erhob, aber nichts von Besorgnis drückte sich in seinen Mienen und Bewegungen aus, sondern nur Freude, seine Heimstätte wiederzusehen.

Im Dorfe selbst schien man der Ankunft des justizrätlichen Wagens schon entgegengesehen zu haben. Auf dem Vorplatz der Igelschen Brett- und Schneidemühle, die man, wenn man von der Küstriner Seite her kam, als erstes Gehöft zu passieren hatte (gerade so wie das Orthsche nach der Frankfurter Seite hin), stand der alte Brett- und Schneidemüller und fegte mit einem kurzen, storrigen Besen den Schnee von der obersten Bretterlage fort, anscheinend aufs eifrigste mit dieser seiner Arbeit beschäftigt, in Wahrheit aber nur begierig, den herankommenden Hradscheck eher als irgendein anderer im Dorf gesehen zu haben. Denn Schneidemüller Igel, oder der »Schneidigel«, wie man ihn kurzweg und in der Regel mit absichtlich undeutlicher Aussprache nannte, war ein Topfkucker. Aber so topfkuckrig er war, so stolz und hochmütig war er auch, und so wandt er sich in demselben Augenblicke, wo der Wagen an ihm vorüberfuhr, rasch wieder auf sein Haus zu, bloß um nicht grüßen zu müssen. Hier nahm er, um seine Neugier, deren er sich schämen mochte, vor niemandem zu verraten, Hut und Stock mit besonderer Langsamkeit vom Riegel und folgte dann dem Wagen, den er übrigens bald danach schon vor dem Hradscheckschen Hause vorfahren sah.

Frau Hradscheck war nicht da. Statt ihrer übernahm es Kunicke, den sie darum gebeten haben mochte, den Wirt und sozusagen die Honneurs des Hauses zu machen. Er führte denn auch den Justizrat vom Flur her in den Laden und von diesem in die dahinter befindliche Weinstube, wo man einen Imbiß bereitgestellt hatte. Vowinkel nahm aber, unter vorläufiger freundlicher Ablehnung, nur ein kleines Glas Portwein und trat dann in den Garten hinaus, wo sich bereits alles, was zur Dorfobrigkeit gehörte, versammelt hatte: Schulze Woytasch, Gendarm Geelhaar, Nachtwächter Mewissen und drei bäuerliche Gerichtsmänner. Geelhaar, der zur Feier des Tages seinen Staats-Tschako mit dem armslangen schwarzen Lampenputzer aufgesetzt hatte, ragte mit Hilfe dieser Paradezutaten um fast drei Haupteslängen über den Rest aller Anwesenden hinaus. Das war der innere Zirkel. Im weitern Umkreis aber standen die, die bloß aus Neugier sich eingefunden hatten, darunter der schon stark gefrühstückte Kantorssohn und Dorfdichter, während einige zwanzig eben aus der Schule herangekommene Jungens mit ihren Klapp-Pantinen auf das Kegelhaus geklettert waren, um von hier aus Zeuge zu sein, was wohl bei der Sache herauskommen würde. Vorläufig indes begnügten sie sich damit, Schneebälle zu machen, mit denen sie nach den großen und kleinen Mädchen warfen, die hinter dem Gartenzaun der alten Jeschke standen. Alles plapperte, lachte, reckte den Hals, und wäre nicht Hradscheck selbst gewesen, der, die Blicke seiner alten Freunde vermeidend, ernst und schweigend vor sich hinsah, so hätte man glauben können, es sei Kirmes oder eine winterliche Jahrmarktsszene.

Die Gerichtsmänner flüsterten und steckten die Köpfe zusammen, während Woytasch und Geelhaar sich umsahen. Es schien noch etwas zu fehlen, was auch zutraf. Als aber bald danach der alte Totengräber Wonnekamp mit noch zwei von seinen Leuten erschien, rückte man näher an den Birnbaum heran und begann den Schnee, der hier lag, fortzuschippen. Das ging leicht genug, bis statt des Schnees die gefrorne Erde kam, wo nun die Pickaxt aushelfen mußte. Der Frost indessen war nicht tief in die Erde gedrungen, und so konnte man den Spaten nicht nur bald wieder zur Hand nehmen, sondern kam auch rascher vorwärts, als man anfangs gehofft hatte. Die herausgeworfenen Schollen und Lehmstücke wurden immer größer, je weicher der Boden wurde, bis mit einem Male der alte Totengräber einem der Arbeiter in den Arm fiel und mit der seinem Stande zuständigen Ruhe sagte: »Nu giw mi moal; nu kümmt wat.« Dabei nahm er ihm das Grabscheit ohne weiteres aus der Hand und fing selber an zu graben. Aber ersichtlich mit großer Vorsicht. Alles drängte vor und wollte sehn. Und siehe da, nicht lange, so war ein Toter aufgedeckt, der zum großen Teil noch in Kleiderresten steckte. Die Bewegung wuchs, und aller Augen richteten sich auf Hradscheck, der, nach wie vor, vor sich hinsah und nur dann und wann einen scheuen Seitenblick in die Grube tat.

»Nu hebben se'n«, lief ein Gemurmel den Gartenzaun entlang, unklar lassend, ob man Hradscheck oder den Toten meine; die Jungens auf dem Kegelhäuschen aber reckten ihre Hälse noch mehr als vorher, trotzdem sie weder nah noch hoch genug standen, um irgendwas sehn zu können.

Eine Pause trat ein. Dann nahm der Justizrat des Angeklagten Arm und sagte, während er ihn dicht an die Grube führte: »Nun, Hradscheck, was sagen Sie?«

Dieser verzog keine Miene, faltete die Hände wie zum Gebet und sagte dann fest und feierlich: »Ich sage, daß dieser Tote meine Unschuld bezeugen wird.«

Und während er so sprach, sah er zu dem alten Totengräber hinüber, der den Blick auch verstand und, ohne weitere Fragen abzuwarten, geschäftsmäßig sagte: »Ja, der hier liegt, liegt hier schon lang. Ich denke zwanzig Jahre. Und der Polsche, der es sein soll, is noch keine zehn Wochen tot.«

Und siehe da, kaum daß diese Worte gesprochen waren, so war ihr Inhalt auch schon bewiesen, und jeder schämte sich, so wenig kaltes Blut und so wenig Umsicht und Überlegung gehabt zu haben. In einem gewissen Entdeckungseifer waren alle wie blind gewesen und hatten unbeachtet gelassen, daß ein Schädel, um ein richtiger Schädel zu werden, auch ein Stück Zeit verlangt und daß die Toten ihre Verschiedenheiten und ihre Grade haben, gerade so gut wie die Lebendigen.

Am verlegensten war der Justizrat. Aber er sammelte sich rasch und sagte: »Totengräber Wonnekamp hat recht. Das ist nicht der Tote, den wir suchen. Und wenn er zwanzig Jahre in der Erde liegt, was ich keinen Augenblick bezweifle, so kann Hradscheck an diesem Toten keine Schuld haben. Und kann auch von einer früheren Schuld keine Rede kein. Denn Hradscheck ist erst im zehnten Jahr in diesem Dorf. Das alles ist jetzt erwiesen. Trotz alledem bleiben ein paar dunkle Punkte, worüber Aufklärung gegeben werden muß. Ich lebe der Zuversicht, daß es an dieser Aufklärung nicht fehlen wird, aber ehe sie gegeben ist, darf ich Sie, Herr Hradscheck, nicht aus der Untersuchung entlassen. Es wird sich dabei, was ich als eine weitere Hoffnung hier ausspreche, nur noch um Stunden und höchstens um Tage handeln.«

Und damit nahm er Kunickes Arm und ging in die Weinstube zurück, woselbst er nunmehr, in Gesellschaft von Woytasch und den Gerichtsmännern, dem für ihn servierten Frühstücke tapfer zusprach. Auch Hradscheck ward aufgefordert, sich zu setzen und einen Imbiß zu nehmen. Er lehnte jedoch ab und sagte, daß er mit seiner Mahlzeit lieber warten wolle, bis er im Küstriner Gefängnis sei.

So waren seine Worte.

Und diese Worte gefielen den Bauern ungemein. »Er will nicht an seinem eignen Tisch zu Gaste sitzen und das Brot, das er gebacken, nicht als Gnadenbrot essen. Da hat er recht. Das möcht ich auch nicht.«

So hieß es, und so dachten die meisten.

Aber freilich nicht alle.

Gendarm Geelhaar ging an dem Zaun entlang, über den, samt andrem Weibervolk, auch Mutter Jeschke weggekuckt hatte. Natürlich auch Line.

Geelhaar tippte dieser mit dem Finger auf den Dutt und sagte: »Nu Line, was macht der Zopf?«

»Meiner?« lachte diese. »Hörens, Herr Gendarm, jetzt kommt *Ihrer* an die Reih.«

»Wird so schlimm nicht werden, Lineken ... Und Mutter Jeschke, was sagt die dazu?«

»Joa, wat sall se seggen? He is nu wedder rut. Awers he kümmt ook woll wedder rin.«

Zwölftes Kapitel

Eine Woche war vergangen, in der die Tschechiner viel erlebt hatten. Das Wichtigste war: Hradscheck, nachdem er noch ein Küstriner Schlußverhör durchgemacht hatte, war wieder da. Schlicht und unbefangen, ohne Lücken und Widersprüche, waren die Dunkelheiten aufgeklärt worden, so daß an seiner Unschuld nicht länger zu zweifeln war. Es seien ihm, so hieß es in seiner vor Vowinkel gemachten Aussage, durch Unachtsamkeit, deren er sich selber zu zeihen habe, mehrere große Speckseiten verdorben, und diese möglichst unbemerkt im Garten zu vergraben, hab er an jenem Tage vorgehabt. Er sei denn auch, gleich nachdem seine Gäste die Weinstube verlassen hätten, ans Werk gegangen und habe, genauso wie's die Jeschke gesehen und erzählt, an dem alten Birnbaum ein Loch zu graben versucht; als er aber erkannt habe, daß da was verscharrt liege, ja, dem Anscheine nach ein Toter, hab ihn eine furchtbare Angst gepackt, infolge deren er nicht weitergegraben, sondern das Loch rasch wieder zugeschüttet habe. Der Koffer, den die Jeschke gesehen haben wolle, das seien eben jene Speckseiten gewesen, die dicht übereinander gepackt an der Gartentür gelegen hätten. »Aber wozu die Heimlichkeit und die Nacht?« hatte Vowinkel nach dieser Erklärung etwas spitz gefragt, worauf Hradscheck, in seiner Erzählung fortfahrend, ohne Verlegenheit und Unruhe geantwortet hatte: »Zu dieser Heimlichkeit seien für ihn zwei Gründe gewesen. Erstens hab er sich die Vorwürfe seiner Frau, die nur zu geneigt sei, von seiner Unachtsamkeit in Geschäftsdingen zu sprechen, ersparen wollen. Und er dürfe wohl hinzusetzen, wer verheiratet sei, der kenne das und wisse nur zu gut, wie gerne man sich solchen Anklagen und Streitszenen entziehe. Der zweite Grund aber sei noch wichtiger gewesen: die Rücksicht auf die Kundschaft. Die Bauern, wie der Herr Justizrat ja wisse, seien die schwierigsten Leute von der Welt, ewig voll Mißtrauen, und wenn sie derlei Dinge, wie Schinken und Speck, auch freilich nicht in seinem Laden zu kaufen pflegten, weil sie ja genug davon im eignen Rauch hätten, so zögen sie doch gleich Schlüsse vom einen aufs andere. Dergleichen hab er mehr als einmal durchgemacht und dann wochenlang aller Ecken und Enden hören müssen, er passe nicht auf. Ja, noch letzten Herbst, als ihm ganz ohne seine Schuld eine Tonne Heringe tranig geworden sei, habe Schneidigel überall im Dorfe geputscht und unter anderm zu Quaas und Kunicke gesagt: Uns wird er damit nicht kommen, aber die kleinen Leute, die, die ...«

Der Justizrat hatte hierbei gelächelt und zustimmend genickt, weil er die Bauern fast so gut wie Hradscheck kannte, so daß nach Erledigung auch *dieses* Punktes eigentlich nichts übriggeblieben war als die Frage: »was denn nun, unter so bewandten Umständen, aus dem durchaus zu beseitigenden Speck geworden sei?« Welche Frage jedoch nur dazu beigetragen hatte, Hradschecks Unschuld vollends ins Licht zu stellen. »Er habe die Speckseiten an demselben Morgen noch an einer anderen Gartenstelle verscharrt, gleich nach Szulskis Abreise.« »Nun, wir werden ja sehn«, hatte Vowinkel hierauf geantwortet und einen seiner Gerichtsdiener abgeschickt, um sich in Tschechin selbst über die Richtigkeit oder Unrichtigkeit dieser Aussage zu vergewissern. Und als sich nun in kürzester Frist alles bestätigt oder mit anderen Worten der vergrabene Speck wirklich an der von Hradscheck angegebenen Stelle gefunden hatte, hatte man das Verfahren eingestellt, und an demselben Nachmittage noch war der unter so schwerem Verdacht Gestandene nach Tschechin zurückgekehrt und in einer stattlichen Küstriner Mietschaise vor seinem Hause vorgefahren. Ede, ganz verblüfft, hatte nur noch Zeit gefunden, in die Wohnstube, darin sich Frau Hradscheck befand, hineinzurufen: »Der Herr, der Herr ...«, worauf Hradscheck selbst mit der ihm eigenen Jovialität und unter dem Zurufe: »Nun Ede, wie geht's?« in den Flur seines Hauses eingetreten, aber freilich im selben Augenblick auch wieder mit einem erschreckten »Was is, Frau?« zurückgefahren war. Ein Ausruf, den er wohl tun durfte. Denn gealtert, die Augen tief eingesunken und die Haut wie Pergament, so war ihm Ursel unter der Tür entgegengetreten.

Hradscheck war da, das war das *eine* Tschechiner Ereignis. Aber das andere stand kaum dahinter zurück: Eccelius hatte, den Sonntag darauf, über Sacharja 7, Vers 9 und 10 gepredigt, welche Stelle lautete: »So spricht der Herr Zebaoth: Richtet recht, und ein jeglicher beweise an seinem Bruder Güte und Barmherzigkeit. Und tuet nicht Unrecht den *Fremdlingen* und denke keiner wider seinen Bruder etwas Arges in seinem Herzen.« Schon bei Lesung des Textes und der sich daran knüpfenden Einleitungsbetrachtung hatten die

Bauern aufgehorcht; als aber der Pastor das Allgemeine fallen ließ und, ohne Namen zu nennen, den Hradscheckschen Fall zu schildern und die Trüglichkeit des Scheines nachzuweisen begann, da gab sich eine Bewegung kund, wie sie seit dem Sonntag (es ging nun ins fünfte Jahr), an welchem Eccelius auf die schweren sittlichen Vergehen eines als Bräutigam vor dem Altar stehenden reichen Bauernsohnes hingewiesen und ihn zu besserem Lebenswandel ermahnt hatte, nicht mehr dagewesen war. Beide Hradschecks waren in der Kirche zugegen und folgten jedem Worte des Geistlichen, der heute viel Bibelsprüche zitierte, mehr noch als gewöhnlich.

Es war unausbleiblich, daß diese Rechtfertigungsrede zugleich zur Anklage gegen alle diejenigen wurde, die sich in der Hradscheck-Sache so wenig freundnachbarlich benommen und durch allerhand Zuträgereien entweder ihr Übelwollen oder doch zum mindesten ihre Leichtfertigkeit und Unüberlegtheit gezeigt hatten. Wer in erster Reihe damit gemeint war, konnte nicht zweifelhaft sein, und vieler Augen, nur nicht die der Bauern, die, wie herkömmlich, keine Miene verzogen, richteten sich auf die mitsamt ihrem »Lineken« auf der vorletzten Bank sitzende Mutter Jeschke, der Kanzel grad gegenüber, dicht unter der Orgel. Line, sonst ein Muster von Nichtverlegenwerden, wußte doch heute nicht wohin und verwünschte die alte Hexe, neben der sie das Kreuzfeuer so vieler Augen aushalten mußte. Mutter Jeschke selbst aber nickte nur leise mit dem Kopf, wie wenn sie jedes Wort billige, das Eccelius gesprochen, und sang, als die Predigt aus war, den Schlußvers ruhig mit. Ja sie blieb selbst unbefangen, als sie draußen, an den zu beiden Seiten des Kirchhofweges stehenden Frauen vorbeihumpelnd, erst die vorwurfsvollen Blicke der Älteren und dann das Kichern der Jüngeren über sich ergehen lassen mußte.

Zu Hause sagte Line: »Das war eine schöne Geschichte, Mutter Jeschke. Hätte mir die Augen aus dem Kopf schämen können.«

»Bist doch sünnst nicht so.«

»Ach was, sünnst. Hat er recht oder nicht? Ich meine, der Alte drüben?«

»Ick weet nich, Line«, beschwichtigte die Jeschke. »He möt et joa weeten.«

Dreizehntes Kapitel

»He möt et joa weeten«, hatte die Jeschke gesagt und damit ausgesprochen, wie sie wirklich zu der Sache stand. Sie mißtraute Hradscheck nach wie vor; aber der Umstand, daß Eccelius von der Kanzel her eine Rechtfertigungsrede für ihn gehalten hatte, war doch nicht ohne Eindruck auf sie geblieben und veranlaßte sie, sich einigermaßen zweifelvoll gegen ihren eigenen Argwohn zu stellen. Sie hatte Respekt vor Eccelius, trotzdem sie kaum weniger als eine richtige alte Hexe war und die heiligen Handlungen der Kirche ganz nach Art ihrer sympathetischen Kuren ansah. Alles, was in der Welt wirkte, war Sympathie, Besprechung, Spuk, aber dieser Spuk hatte doch zwei Quellen, und der weiße Spuk war stärker als der schwarze. Demgemäß unterwarf sie sich auch (und zumal wenn er von Altar oder Kanzel her sprach) dem den weißen Spuk vertretenden Eccelius, ihm sozusagen die sichrere Bezugsquelle zugestehend. Unter allen Umständen aber suchte sie mit Hradscheck wieder auf einen guten Fuß zu kommen, weil ihr der Wert einer guten Nachbarschaft einleuchtete. Hradscheck seinerseits, statt den Empfindlichen zu spielen, wie manch anderer getan hätte, kam ihr dabei auf halbem Wege entgegen und war überhaupt von so viel Unbefangenheit, daß, ehe noch die Fastelabendpfannkuchen gebacken wurden, die ganze Szulski-Geschichte so gut wie vergessen war. Nur sonntags im Kruge kam sie noch dann und wann zur Sprache.

»Wenn man wenigstens de Pelz wedder in die Hücht käm...«

»Na, du wührst doch den Polschen sin' Pelz nich antrecken wulln?«

»Nich antrecken? Worüm nich? Dat de Polsche drin wihr, dat deiht em nix. Un mi ook nich. Un wat sünnst noch drin wihr, na, dat wahrd nu joa woll rut sinn.«

»Joa, joa. Dat wahrd nu joa woll rut sinn.«

Und dann lachte man und wechselte das Thema.

Solche Scherze bildeten die Regel, und nur selten war es, daß irgendwer ernsthaft auf den Fall zu sprechen kam und bei der Gelegenheit seine Verwunderung ausdrückte, daß die Leiche noch immer nicht angetrieben sei. Dann aber hieß es, »der Tote liege im Schlick, und der Schlick gäbe nichts heraus, oder doch erst nach fünfzig Jahren, wenn das angeschwemmte Vorland Acker geworden sei. Dann würd er mal beim Pflügen gefunden werden, gerad so wie der Franzose gefunden wär«.

Ja, geradeso wie der Franzose, der jetzt überhaupt die Hauptsache war, viel mehr als der mit seinem Fuhrwerk verunglückte Reisende, was eigentlich auch nicht wundernehmen konnte. Denn Unglücksfälle wie der Szulskische waren häufig oder wenigstens nicht selten, während der verscharrte Franzose unterm Birnbaum alles Zeug dazu hatte, die Phantasie der Tschechiner in Bewegung zu setzen. Allerlei Geschichten wurden ausgesponnen, auch Liebesgeschichten, in deren einer es hieß, daß Anno 13 ein in eine hübsche Tschechinerin verliebter Franzose beinah täglich von Küstrin her nach Tschechin gekommen sei, bis ihn ein Nebenbuhler erschlagen und verscharrt habe. Diese Geschichten ließen sich auch die Mägde nicht nehmen, trotzdem sich ältere Leute sehr wohl entsannen, daß man einen Chasseur- oder nach andrer Meinung einen Voltigeur-Korporal einfach wegen zu scharfer Fouragierung beiseitegebracht und stillgemacht habe. Diese Besserwissenden drangen aber mit ihrer Prosageschichte nicht durch, und unter allen Umständen blieb der Franzose Held und Mittelpunkt der Unterhaltung.

All das kam unsrem Hradscheck zustatten. Aber was ihm noch mehr zustatten kam, war das, daß er denselben »Franzosen unterm Birnbaum« nicht bloß zur Wiederherstellung, sondern sogar zu glänzender Aufbesserung seiner Reputation zu benutzen verstand.

Und das kam so.

Nicht allzulange nach seiner Entlassung aus der Untersuchungshaft war in einer Kirchengemeinderatssitzung, der Eccelius in Person präsidierte, davon die Rede gewesen, dem Franzosen auf dem Kirchhof ein christliches Begräbnis zu gönnen. »Der Franzose sei zwar«, so hatte sich der den Antrag stellende Kunicke geäußert, »sehr wahrscheinlich ein Katholscher gewesen, aber man dürfe das so genau nicht nehmen; die Katholschen seien bei Licht besehen auch Christen, und wenn einer schon so lang in der Erde gelegen habe, dann sei's eigentlich gleich, ob er den gereinigten Glauben gehabt habe oder nicht.« Eccelius hatte dieser echt Kunickeschen Rede, wenn auch selbstverständlich unter Lächeln, zugestimmt, und die Sache war schon als angenommen und erledigt betrachtet worden, als sich Hradscheck noch im letzten Augenblick zum Worte gemeldet hatte. »Wenn der Herr Prediger das Begräbnis auf dem Kirchhofe, der, als ein richtiger christlicher Gottesacker, jedem Christen, evangelisch oder katholisch, etwas durchaus Heiliges sein müsse, für angemessen oder gar für pflichtmäßig halte, so könne es ihm nicht einfallen, ein Wort dagegen sagen zu wollen; wenn es aber nicht ganz so liege, mit andern Worten, wenn ein Begräbnis daselbst nicht absolut pflichtmäßig sei, so spräch er hiermit den Wunsch aus, den Franzosen in seinem Garten behalten zu dürfen. Der Franzose sei sozusagen sein Schutzpatron geworden, und kein Tag ginge hin, ohne daß er desselben in Dankbarkeit und Liebe gedenke. Das sei das, was er nicht umhin gekonnt habe, hier auszusprechen, und er setze nur noch hinzu, daß er, gewünschten Falles, die Stelle mit einem Gitter versehen oder mit einem Buchsbaum umziehn wolle.« Die ganze Rede hatte Hradscheck mit bewegter und die Dankbarkeitsstelle sogar mit zitternder Stimme gesprochen, was eine große Wirkung auf die Bauern gemacht hatte.

»Bist ein braver Kerl«, hatte der, wie alle Frühstücker, leicht zum Weinen geneigte Kunicke gesagt und eine Viertelstunde später, als er Woytasch und Eccelius bis vor das Pfarrhaus begleitete, mit Nachdruck hinzugesetzt: »Un wenn's noch ein Russe wär! Aber das is ihm alles eins, Russ' oder Franzos. Der Franzos hat ihm geholfen, und nu hilft er ihm wieder und läßt ihn eingittern. Oder doch wenigstens eine Rabatte ziehen. Und wenn es ein Gitter wird, so hat er's nicht unter zwanzig Taler. Und da rechne ich noch keinen Anstrich und keine Vergoldung.«

Das alles war Mitte März gewesen, und vier Wochen später, als die Schwalben zum ersten Male wieder durch die Dorfgasse hinschossen, um sich anzumelden und zugleich Umschau nach den alten Menschen und Plätzen zu halten, hatte Hradscheck ein Zwiegespräch mit Zimmermeister Buggenhagen, dem er bei der Gelegenheit eine Planzeichnung vorlegte.

»Sehen Sie, Buggenhagen, das Haus ist überall zu klein, überall ist angebaut und angeklebt, die Küche dicht neben dem Laden, und für die Fremden ist nichts da wie die zwei Giebelstuben oben. Das ist zu wenig, ich will also einen Stock aufsetzen. Was meinen Sie? Wird der Unterbau ein Stockwerk aushalten?«

»Was wird er nicht!« sagte Buggenhagen. »Natürlich Fachwerk!«
»Natürlich Fachwerk!« wiederholte Hradscheck. »Auch schon der Kosten wegen. Alle Welt tut jetzt immer, als ob meine Frau zum mindesten ein Rittergut geerbt hätte. Ja, hat sich was mit Rittergut. Erbärmliche tausend Taler.«

»Na, na.«

»Nun, sagen wir zwei«, lachte Hradscheck. »Aber mehr nicht, auf Ehre. Und daß davon keine Seide zu spinnen ist, das wissen Sie. Keine Seide zu spinnen und auch keine Paläste zu bauen. Also so billig wie möglich, Buggenhagen. Ich denke, wir nehmen Lehm als Füllung. Stein ist zu schwer und zu teuer, und was wir dadurch sparen, das lassen wir der Einrichtung zugute kommen. Ein paar Öfen mit weißen Kacheln, nicht wahr? Ich hab schon an Feilner geschrieben und angefragt. Und natürlich alles Tapete! Sieht immer nach was aus und kann die Welt nicht kosten. Ich denke, weiße; das ist am saubersten und zugleich das Billigste.«

Buggenhagen hatte zugestimmt und gleich nach Ostern mit dem Umbau begonnen.

Und nicht allzu lange, das Wetter hatte den Bau begünstigt, so war das Haus, das nun einen aufgesetzten Stock hatte, wieder unter Dach. Aber es war das *alte* Dach, die nämlichen alten Steine, denn Hradscheck wurde nicht müde, Sparsamkeit zu fordern und immer wieder zu betonen, daß er nach wie vor ein armer Mann sei.

Vier Wochen später standen auch die Feilnerschen Öfen, und nur hinsichtlich der Tapete waren andere Beschlüsse gefaßt und statt der weißen ein paar buntfarbige gewählt worden.

Anfangs, solange das Dachabdecken dauerte, hatte Hradscheck in augenscheinlicher Nervosität immer zur Eile angetrieben, und erst als die rechts nach der Kegelbahn hin gelegene Giebelwand eingerissen und statt der Stuben oben nur noch das Balken- und Sparrenwerk sichtbar war, hatte sich seine Hast und Unruhe gelegt, und Aufgeräumtheit und gute Laune waren an Stelle derselben getreten. In dieser guten Laune war und blieb er auch, und nur ein einziger Tag war gewesen, der ihm dieselbe gestört hatte.

»Was meinen Sie, Buggenhagen«, hatte Hradscheck eines Tages gesagt, als er eine aus dem Keller heraufgeholte Flasche mit Portwein aufzog. »Was meinen Sie, ließe sich nicht der Keller etwas höher wölben? Natürlich nicht der ganze Keller. Um Gottes willen nicht, da bliebe am Ende kein Stein auf dem andern, und Laden und Wein- und Wohnstube, kurzum alles müßte verändert und auf einen andern Leisten gebracht werden. Das geht nicht. Aber es wäre schon viel gewonnen, wenn wir das Mittelstück, das grad unterm Flur hinläuft, etwas höher legen könnten. Ob die Diele dadurch um zwei Fuß niedriger wird, ist ziemlich gleichgültig; denn die Fässer, die da liegen, haben immer noch Spielraum genug, auch nach oben hin, und stoßen nicht gleich an die Decke.«

Buggenhagen widersprach nie, teils aus Klugheit, teils aus Gleichgültigkeit, und das einzige, was er sich dann und wann erlaubte, waren halbe Vorschläge, hinsichtlich deren es ihm gleich war, ob sie gutgeheißen oder verworfen wurden. Und so verfuhr er auch diesmal wieder und sagte: »Versteht sich, Hradscheck. Es geht. Warum soll es nicht gehn? Es geht alles. Und der Keller ist auch wirklich nicht hoch genug (ich glaube keine fünftehalb Fuß) und die Fenster viel zu klein und zu niedrig; alles wird stockig und multrig. Muß also gemacht werden. Aber warum gleich wölben? Warum nicht lieber ausschachten? Wenn wir zehn Fuhren Erde rausnehmen, haben wir überall fünf Fuß im ganzen Keller, und kein Mensch stößt sich mehr die kahle Platte. Nach oben hin wölben macht bloß Kosten und Umstände. Wir können ebensogut nach unten gehn.«

Hradscheck, als Buggenhagen so sprach, hatte die Farbe gewechselt und sich momentan gefragt, »ob das alles vielleicht was zu bedeuten habe?« Bald aber von des Sprechenden Unbefangenheit überzeugt, war ihm seine Ruhe zurückgekehrt.

»Wenn ich mir's recht überlege, Buggenhagen, so lassen wir's. Wir müssen auch an das Grundwasser denken. Und es ist so lange so gegangen, so kann's auch noch weiter so gehn. Und am Ende, wer kommt denn in den Keller? Ede. Und der hat noch lange keine fünf Fuß.«

Das war einige Zeit vor Beginn der Manöver gewesen, und wenn es ein paar Tage lang ärgerlich und verstimmend nachgewirkt hatte, so verschwand es rasch wieder, als Anfang September die Truppenmärsche begannen und die Schwedter Dragoner als Einquartierung ins Dorf kamen. Das Haus voller Gäste zu haben war überhaupt Hradschecks Vergnügen, und der liebste Besuch waren ihm Rittmeister und Leutnants, die nicht nur ihre Flasche tranken, sondern auch allerlei wußten und den Mund auf dem rechten Fleck hatten. Einige verschworen sich, daß ein Krieg ganz nahe sei. Kaiser Nikolaus, Gott sei Dank, sei höchst unzufrieden mit der neuen französischen Wirtschaft, und der unsichere Passagier, der Louis Philipp, der doch eigentlich bloß ein Waschlappen und halber Kretin sei, solle mit seiner ganzen Konstitution wieder beiseitegeschoben und statt seiner eine bourbonische Regentschaft eingesetzt oder vielleicht auch der vertriebene Karl X. wieder zurückgeholt werden, was eigentlich das Beste sei. Kaiser Nikolaus habe recht, überhaupt immer recht. Konstitution sei Unsinn und das ganze Bürgerkönigtum die reine Phrasendrescherei.

Wenn so das Gespräch ging, ging unserm Hradscheck das Herz auf, trotzdem er eigentlich für Freiheit und Revolution war. Wenn es aber Revolution nicht sein konnte, so war er auch für Tyrannei. Bloß gepfeffert mußte sie sein. Aufregung, Blut, Totschießen — wer ihm das leistete, war sein Freund, und so kam es, daß er über Louis Philipp mit zu Gerichte saß, als ob er die hyperloyale Gesinnung seiner Gäste geteilt hätte. Nur von Ede sah er sich noch übertroffen, und wenn dieser durch die Weinstube ging und ein neues Beefsteak oder eine neue Flasche brachte, so lag allemal ein dümmliches Lachen auf seinem Gesicht, wie wenn er sagen wollte: »Recht so, runter mit ihm; alles muß um einen Kopf kürzer gemacht werden.« Ein paar blutjunge Leutnants, die diese komische Raserei wahrnahmen, amüsierten sich herzlich über ihn und ließen ihn mittrinken, was alsbald dahin führte, daß der für gewöhnlich so schüchterne Junge ganz aus seiner Reserve heraustrat und sich gelegentlich selbst mit dem sonst so gefürchteten Hradscheck auf einen halben Unterhaltungsfuß stellte.

»Da, Herr«, rief er eines Tages, als er gerade mit einem Korbe voll Flaschen wieder aus dem Keller heraufkam. »Da, Herr, das hab ich eben unten gefunden.« Und damit schob er Hradscheck einen schwarzübersponnenen Knebelknopf zu. »Sind solche, wie der Polsche an seinem Rock hatte.«

Hradscheck war kreideweiß geworden und stotterte: »Ja, hast recht, Ede. Das sind solche. Hast recht. Das heißt, die von dem Polschen, die waren größer. Solche kleinen wie die, die hatte Hermannchen, uns' Lütt-Hermann, an seinem Pelzrock. Weißt du noch? Aber nein, da warst du noch gar nicht hier. Bring ihn meiner Frau; vergiß nicht. Oder gib ihn mir lieber wieder; ich will ihn ihr selber bringen.«

Ede ging, und die zunächst sitzenden Offiziere, die Hradschecks Erregung wahrgenommen hatten, aber nicht recht wußten, was sie daraus machen sollten, standen auf und wandten sich einem Gespräch mit anderen Kameraden zu.

Auch Hradscheck erhob sich. Er hatte den Knebelknopf zu sich gesteckt und ging in den Garten, ärgerlich gegen den Jungen, am ärgerlichsten aber gegen sich selbst.

»Gut, daß es Fremde waren, und noch dazu solche, die bloß an Mädchen und Pferde denken. War's einer von uns hier, und wenn auch bloß der Ölgötze, der Quaas, so hatt ich die ganze Geschichte wieder über den Hals. Aufpassen, Hradscheck, aufpassen. Und das verdammte Zusammenfahren und sich Verfärben! Kalt Blut, oder es gibt ein Unglück.«

So vor sich hinsprechend, war er, den Blick zu Boden gerichtet, schon ein paarmal in dem Mittelgang auf und ab geschritten. Als er jetzt wieder aufsah, sah er, daß die Jeschke hinter dem Himbeerzaune stand und ein paar verspätete Beeren pflückte.

»Die alte Hexe. Sie lauert wieder.«

Aber trotz alledem ging er auf sie zu, gab ihr die Hand und sagte: »Nu, Mutter Jeschke, wie geht's? Lange nicht gesehn. Auch Einquartierung?«

»Nei, Hradscheck.«

»Oder is Line wieder da?«

»Nei, Lineken ook nich. De is joa jitzt in Küstrin.«

»Bei wem denn?«

»Bi School-Inspekters. Und doa will se nich weg ... Hürens, Hradscheck, ick glöw, de School-Inspekters sinn ook man so ... Awers wat hebben Se denn? Se sehn joa ganz geel ut ... Un hier so ne Falt. Oh, Se möten sich nich ärgern, Hradscheck.«

»Ja, Mutter Jeschke, das sagen Sie wohl. Aber man *muß* sich ärgern. Da sind nun die jungen Offiziere. Na, die gehn bald wieder und sind auch am Ende so schlimm nicht und eigentlich nette Herrchen und immer fidel. Aber der Ede, dieser Ede! Da hat der Junge gestern wieder ein halbes Faß Öl auslaufen lassen. Das ist doch über den Spaß. Wo soll man denn das Geld schließlich hernehmen? Und dann die Plackerei treppauf, treppab, und die schmalen Kellerstufen halb abgerutscht. Es ist zum Halsbrechen.«

»Na, Se hebben joa doch nu Buggenhagen bi sich. De künn joa doch ne nije Treppe moaken.«

»Ach, der, der. Mit dem ist auch nichts; ärgert mich auch. Sollte mir da den Keller höher legen. Aber er will nicht und hat allerhand Ausreden. Oder vielleicht versteht er's auch nicht. Ich werde mal den Küstriner Maurermeister kommen lassen, der jetzt an den Kasematten herumflickt. Kasematten und Keller ist ja beinah dasselbe. *Der* muß Rat schaffen. Und bald. Denn der Keller ist eigentlich gar kein richtiger Keller; is bloß ein Loch, wo man sich den Kopf stößt.«

»Joa, joa. De Wienstuw sitt em to sihr upp'n Nacken.«

»Freilich. Und die ganze Geschichte hat nicht Luft und nicht Licht. Und warum nicht? Weil kein richtiges Fenster da ist. Alles zu klein und zu niedrig. Alles zu dicht zusammen.«

»Woll, woll«, stimmte die Jeschke zu. »Jott, ick weet noch, as de Polsche hier wihr und dat Licht ümmer so blinzeln deih. Joa, wo *wihr* dat Licht? Wihr et in de Stuw o'r wihr et in'n Keller? Ick weet et nich.«

Alles klang so pfiffig und hämisch, und es lag offen zutage, daß sie sich an ihres Nachbarn Verlegenheit weiden wollte. Diesmal aber hatte sie die Rechnung ohne den Wirt gemacht, und die Verlegenheit blieb schließlich auf ihrer Seite. War doch Hradscheck seit lange schon willens, ihr gegenüber bei sich bietender Gelegenheit mal einen andern Ton anzuschlagen. Und so sah er sie denn jetzt mit seinen durchdringenden Augen scharf an und sagte, sie plötzlich in der dritten Person anredend: »Jeschken, ich weiß, wo Sie hin will. Aber weiß Sie denn auch, was eine Verleumdungsklage ist? Ich erfahre alles, was Sie so herumschwatzt; aber seh Sie sich vor, sonst kriegt Sie's mit dem Küstriner Gericht zu tun; Sie ist ne alte Hexe, das weiß jeder, und der Justizrat weiß es auch. Und er wartet bloß noch auf eine Gelegenheit.«

Die Alte fuhr erschreckt zusammen. »Ick meen joa man, Hradscheck, ick meen joa man ... Se weeten doch, en beten Spoaß möt sinn.«

»Nun gut. Ein bißchen Spaß mag sein. Aber wenn ich Euch raten kann, Mutter Jeschke, nicht zu viel. Hört Ihr wohl, nicht zu viel.«

Und damit ging er wieder auf das Haus zu.

Vierzehntes Kapitel

Ängstigungen und Ärgernisse wie die vorgeschilderten kamen dann und wann vor, aber im ganzen, um es zu wiederholen, war die Bauzeit eine glückliche Zeit für unsern Hradscheck gewesen. Der Laden war nie leer, die Kundschaft wuchs, und das dem Grundstück zugehörige, draußen an der Neu-Lewiner Straße gelegene Stück Ackerland gab in diesem Sommer einen besonders guten Ertrag. Dasselbe galt auch von dem Garten hinterm Haus; alles gedieh darin, der Spargel prachtvoll, dicke Stangen mit gelbweißen Köpfen, und die Pastinak- und Dillbeete standen hoch in Dolden. Am meisten aber tat der alte Birnbaum, der sich mehr als seit Jahren anstrengte. »Dat 's de Franzos«, sagten die Knechte sonntags im Krug, »de deiht wat für em«, und als die Pflückenszeit gekommen, rief Kunicke, der sich gerade zum Kegeln eingefunden hatte: »Hör, Hradscheck, du könntest uns mal ein paar von deinen *Franzosen*birnen bringen.« Franzosenbirnen! Das Wort wurde sehr bewundert, lief rasch von Mund zu Mund, und ehe drei Tage vergangen waren, sprach kein Mensch mehr von Hradschecks »Malvasieren«, sondern bloß noch von den »Franzosenbirnen«. Hradscheck selbst aber freute sich des Wortes, weil er daran erkannte, daß man, trotz aller Stichelreden der alten Jeschke, mehr und mehr anfing, die Vorkommnisse des letzten Winters von der scherzhaften Seite zu nehmen.

Ja, die Sommer- und Baumonate brachten lichtvolle Tage für Hradscheck, und sie hätten noch mehr Licht und noch weniger Schatten gehabt, wenn nicht Ursel gewesen wäre. Die füllte, während alles andre glatt und gut ging, seine Seele mit Mitleid und Sorge, mit Mitleid, weil er sie liebte (wenigstens auf seine Weise), mit

Sorge, weil sie dann und wann ganz wunderliche Dinge redete. Zum Glück hatte sie nicht das Bedürfnis, Umgang zu pflegen und Menschen zu sehn, lebte vielmehr eingezogener denn je und begnügte sich damit, sonntags in die Kirche zu gehn. Ihre sonst tiefliegenden Augen sprangen dann aus dem Kopf, so begierig folgte sie jedem Wort, das von der Kanzel her laut wurde; *das* Wort aber, auf das sie wartete, kam nicht. In ihrer Sehnsucht ging sie dann, nach der Predigt, zu dem guten, ihr immer gleichmäßig geneigt bleibenden Eccelius hinüber, um, soweit es ging, Herz und Seele vor ihm auszuschütten und etwas von Befreiung oder Erlösung zu hören; aber Seelsorge war nicht seine starke Seite, noch weniger seine Passion, und wenn sie sich der Sünde geziehn und in Selbstanklagen erschöpft hatte, nahm er lächelnd ihre Hand und sagte: »Liebe Frau Hradscheck, wir sind allzumal Sünder und mangeln des Ruhmes, den wir vor Gott haben sollen. Sie haben eine Neigung, sich zu peinigen, was ich mißbillige. Sich ewig anklagen ist oft Dünkel und Eitelkeit. Wir haben Christum und seinen Wandel als Vorbild, dem wir im Gefühl unsrer Schwäche demütig nachstreben sollen. Aber wahren wir uns vor Selbstgerechtigkeit, vor allem vor *der*, die sich in Zerknirschung äußert. *Das* ist die Hauptsache.« Wenn er das trockengeschäftsmäßig, ohne Pathos und selbst ohne jede Spur von Salbung gesagt hatte, ließ er die Sache sofort wieder fallen und fragte, zu natürlicheren und ihm wichtiger dünkenden Dingen übergehend, »wie weit der Bau sei?« Denn er wollte nächstes Frühjahr *auch* bauen. Und wenn dann die Hradscheck, um ihm zu Willen zu sein, von allen möglichen Kleinigkeiten, am liebsten und eingehendsten aber von den Meinungsverschiedenheiten zwischen ihrem Mann und Zimmermeister Buggenhagen geplaudert hatte, rieb er sich schmunzelnd und vor sich hinnickend die Hand und sagte rasch und in augenscheinlicher Furcht, das Seelengespräch wieder aufgenommen zu sehn: »Und nun, liebe Frau Hradscheck, muß ich Ihnen meine Nelken zeigen.«

Um Johanni wußte ganz Tschechin, daß die Hradscheck es nicht mehr lange machen werde. Keinem entging es. Nur sie selber sah es so schlimm nicht an und wollte von keinem Doktor hören. »Sie wissen ja doch nichts. Und dann der Wagen und das viele Geld.« Auf das letztere, das »viele Geld«, kam sie jetzt überhaupt mit Vorliebe zu sprechen, fand alles unnötig oder zu teuer, und während sie noch das Jahr vorher für ein Palisander-Fortepiano gewesen war, um es, wenn nicht der Amtsrätin in Friedrichsau, so doch wenigstens der

Domänenpächterin auf Schloß Solikant gleichzutun, so war sie jetzt sparsam bis zum Geiz. Hradscheck ließ sie gewähren, und nur einmal, als sie gerade beim Schotenpalen war, nahm er sich ein Herz und sagte: »Was ist das nur jetzt, Ursel? Du ringst dir ja jeden Dreier von der Seele.« Sie schwieg, drehte die Schüssel hin und her und palte weiter. Als er aber stehen blieb und auf Antwort zu warten schien, sagte sie, während sie die Schüssel rasch und heftig beiseite setzte: »Soll es alles umsonst gewesen sein? Oder willst du ...«

Weiter kam sie nicht. Ein Herzkrampf, daran sie jetzt häufiger litt, überfiel sie wieder, und Hradscheck sprang zu, um ihr zu helfen.

Ihre Wirtschaft besorgte sie pünktlich, und alles ging am Schnürchen wie vordem. Aber Interesse hatte sie nur für eins, und das eine war der Bau. Sie wollt ihn, darin Hradschecks Eifer noch übertreffend, in möglichster Schnelle beendet sehn, und so sparsam sie sonst geworden war, so war sie doch gegen keine Mehrausgabe, die Beschleunigung und rascheres Zustandekommen versprach. Einmal sagte sie: »Wenn ich nur erst oben bin. Oben werd ich auch wieder Schlaf haben. Und wenn ich erst wieder schlafe, werd ich auch wieder gesund werden.« Er wollte sie beruhigen und strich ihr mit der Hand über Stirn und Haar. Aber sie wich seiner Zärtlichkeit aus und kam in ein heftiges Zittern. Überhaupt war es jetzt öfters so, wie wenn sie sich vor ihm fürchte. Mal sagte sie leise: »Wenn er nur nicht so glatt und glau wär. Er ist so munter und spricht so viel und kann alles. Ihn ficht nichts an ... Und die drüben in Neu-Lewin war auch mit einem Male weg.« Solche Stimmungen kamen ihr von Zeit zu Zeit, aber sie waren flüchtig und vergingen wieder.

Und nun waren die letzten Augusttage.

»Morgen, Ursel, ist alles fertig.«

Und wirklich, als der andre Tag da war, bot ihr Hradscheck mit einer gewissen freundlichen Feierlichkeit den Arm, um sie treppauf in eine der neuen Stuben zu führen. Es war die, die nach der Kegelbahn hinauslag, jetzt die hübscheste, hellblau tapeziert und an der Decke gemalt: ein Kranz von Blüten und Früchten, um den Tauben flogen und pickten. Auch das Bett war schon heraufgeschafft und stand an der Mittelwand, genau da, wo früher die Bettwand der alten Giebel- und Logierstube gewesen war.

Hradscheck erwartete Dank und gute Worte zu hören. Aber die Kranke sagte nur: »*Hier?* Hier, Abel?«

»Es sind neue Steine«, stotterte Hradscheck.

Ursel indes war schon von der Türschwelle wieder zurückgetreten und ging den Gang entlang, nach der anderen Giebelseite hinüber, wo sich ein gleich großes, auf den Hof hinaussehendes Zimmer befand. Sie trat an das Fenster und öffnete; Küchenrauch, mehr anheimelnd als störend, kam ihr von der Seite her entgegen, und eine Henne mit ihren Küchelchen zog unten vorüber; Jakob aber, der holzsägend in Front einer offnen Remise stand, neckte sich mit Male, die beim Brunnen Wäsche spülte.

»*Hier* will ich bleiben.«

Und Hradscheck, der durch den Auftritt mehr erschüttert als verdrossen war, war einverstanden und ließ alles, was sich von Einrichtungsgegenständen in der hellblau tapezierten und für Ursel bestimmten Stube befand, nach der andern Seite hinüberbringen.

Und siehe da, Frau Hradschek erholte sich wirklich und sogar rascher, als sie selbst zu hoffen gewagt hatte. Schlaf kam, der scharfe Zug um ihren Mund wich, und als die schon erwähnten Manövertage mit ihrer Dragonereinquartierung kamen, hatte sich ihr Aussehn und ihre Stimmung derart verbessert, daß sie gelegentlich die Wirtin machen und mit den Offizieren plaudern konnte. Das Hagere, Hektische gab ihr, bei der guten Toilette, die sie zu machen verstand, etwas Distinguiertes, und ein alter Eskadronchef, der sie mit erstaunlicher Ritterlichkeit umcourte, sagte, wenn er ihr beim Frühstück nachsah und mit beiden Händen den langen, blonden Schnurrbart drehte: »Famoses Weib. Auf Ehre. Wie *die* nur hierher kommt?« Und dann gab er seiner Bewunderung auch Hradscheck gegenüber Ausdruck, worauf dieser nicht wenig geschmeichelt antwortete: »Ja, Herr Rittmeister, Glück muß der Mensch haben! Mancher kriegt's im Schlaf.«

Und dann lachte der Eskadronchef und stieß mit ihm an.

Das alles war Mitte September.

Aber das Wohlbefinden, so rasch es gekommen, so rasch ging es auch wieder, und ehe noch das Erntefest heran war, waren die Kräfte schon so geschwunden, daß die Kranke die Treppe kaum noch hinunter konnte. Sie blieb deshalb oben, sah auf den Hof und machte sich, um doch etwas zu tun, mit der Neueinrichtung sämtlicher Oberzimmer zu schaffen. Nur die Giebelstube, nach der Kegelbahn hin, vermied sie.

Hradscheck, der noch immer an die Möglichkeit einer Wiederherstellung gedacht hatte, sah jetzt auch, wie's stand, und als der heimlich zu Rate gezogene Doktor Oelze von Abzehrung und Nervenschwindsucht gesprochen, machte sich Hradscheck auf ihr Hinscheiden gefaßt. Daß er darauf gewartet hätte, konnte nicht wohl gesagt werden; im Gegenteil, er blieb seiner alten Neigung treu, war überaus rücksichtsvoll und klagte nie, daß ihm die Frau fehle. Er wollt auch von keiner andern Hilfe wissen und ordnete selber alles an, was in der Wirtschaft zu tun nötig war. Vieles tat er selbst. »Is doch ein Mordskerl«, sagte Kunicke. »Was er will, kann er. Ich glaub, er kann auch einen Hasen abziehn und Sülze kochen.«

An dem Abend, wo Kunicke so gesprochen, hatte die Sitzung in der Weinstube wieder ziemlich lange gedauert, und Hradscheck war noch keine halbe Stunde zu Bett, als Male, die jetzt oben bei der Kranken schlief, treppab kam und an seine Tür klopfte.

»Herr Hradscheck, steihn's upp. De Fru schickt mi. Se sülln ruppkoamen.«

Und nun saß er oben an ihrem Bett und sagte: »Soll ich nach Küstrin schicken, Ursel? Soll Oelze kommen? Der Weg ist gut. In drei Stunden ist er hier.«

»In drei Stunden ...«

»Oder soll Eccelius kommen?«

»Nein«, sagte sie, während sie sich mühvoll aufrichtete, »es geht nicht. Wenn ich es nehme, so sag ich es.«

Er schüttelte verdrießlich den Kopf.

»Und sag ich es *nicht*, so ess' ich mir selber das Gericht.«

»Ach, laß doch *das*, Ursel. Was soll *das*? Daran denkt ja keiner. Und ich am wenigsten. Er soll bloß kommen und mit dir sprechen. Er meint es gut mit dir und kann dir einen Spruch sagen.«

Es war, als ob sie sich's überlege. Mit einem Male aber sagte sie: »Selig sind die Friedfertigen; selig sind, die reines Herzens sind; selig sind die Sanftmütigen. All die kommen in Abrahams Schoß. Aber wohin kommen wir?«

»Ich bitte dich, Ursel, sprich nicht so. Frage nicht so. Und wozu? Du bist noch nicht soweit, noch lange nicht. Es geht alles wieder vorüber. Du lebst und wirst wieder eine gesunde Frau werden.«

Es klang aber alles nur an ihr hin, und Gedanken nachhängend, die schon über den Tod hinausgingen, sagte sie: »Verschlossen ... Und was aufschließt, das ist der Glaube. Den hab ich nicht ... Aber is noch ein andres, das aufschließt, das sind die guten Werke ... Hörst du. Du mußt ohne Namen nach Krakau schreiben, an den Bischof oder an seinen Vikar. Und mußt bitten, daß sie Seelenmessen lesen lassen ... Nicht für mich. Aber du weißt schon ... Und laß den Brief in Frankfurt aufgeben. Hier geht es nicht und auch nicht in Küstrin. Ich habe mir's abgespart dies letzte halbe Jahr, und du findest es eingewickelt in meinem Wäscheschrank unter dem Damasttischtuch. Ja, Hradscheck, *das* war es, wenn du dachtest, ich sei geizig geworden. Willst du?«

»Freilich will ich. Aber es wird Nachfrage geben.«

»Nein. Das verstehst du nicht. Das ist Geheimnis. Und sie gönnen einer armen Seele die Ruh!«

»Ach, Ursel, du sprichst so viel von Ruh und bangst dich und ängstigst dich, ob du sie finden wirst. Weißt du, was ich denke?«

»Nein.«

»Ich denke, leben ist leben, und tot ist tot. Und wir sind Erde, und Erde wird wieder Erde. Das andere haben sich die Pfaffen ausgedacht. Spiegelfechterei sag ich, weiter nichts. Glaube mir, die Toten haben Ruhe.«

»Weißt du das so gewiß, Abel?«

Er nickte.

»Nun, ich sage dir, die Toten stehen wieder auf ...«

»Am jüngsten Tag.«

»Aber es gibt ihrer auch, die warten nicht so lange.«

Hradscheck erschrak heftig und drang in sie, mehr zu sagen. Aber sie war schon in die Kissen zurückgesunken, und ihre Hand, der seinigen sich entziehend, griff nur noch krampfhaft in das Deckbett. Dann wurde sie ruhiger, legte die Hand aufs Herz und murmelte Worte, die Hradscheck nicht verstand.

»Ursel«, rief er, »Ursel!«

Aber sie hörte nicht mehr.

Fünfzehntes Kapitel

Das war in der Nacht vom Sonnabend auf Sonntag gewesen, den letzten Tag im September. Als am andern Morgen zur Kirche geläutet wurde, standen die Fenster in der Stube weit offen, die weißen Gardinen bewegten sich hin und her, und alle, die vorüberkamen, sahen nach der Giebelstube hinauf und wußten nun, daß die Hradscheck gestorben sei. Schulze Woytasch fuhr vor, aussprechend, was er sich bei gleichen Veranlassungen zu sagen gewöhnt hatte, »daß ihr nun wohl sei« und »daß sie vor ihnen allen einen guten Schritt voraushabe«. Danach trank er, wie jeden Sonntag vor der Predigt, ein kleines Glas Madeira zur Stärkung und machte dann die kurze Strecke bis zur Kirche hin zu Fuß. Auch Kunicke kam und drückte Hradscheck verständnisvoll die Hand, das Auge gerade verschwommen genug, um die Vorstellung einer Träne zu wecken. Desgleichen sprachen auch der Ölmüller und gleich nach ihm Bauer Mietzel vor, welch letztrer sich bei Todesfällen immer der »Vorzüge seiner Kränklichkeit von Jugend auf« zu berühmen pflegte. Das tat er auch heute wieder. »Ja, Hradscheck, der Mensch denkt und Gott lenkt. Ich piepe nun schon so lange; aber es geht immer noch.«

Auch noch andere kamen und sagten ein Wort. Die meisten indessen gingen ohne Teilnahmsbezeigung vorüber und stellten Betrachtungen an, die sich mit der Toten in nur wenig freundlicher Weise beschäftigten.

»Ick weet nich«, sagte der eine, »wat Hradscheck an ehr hebben deih. Man blot, dat se'n beten scheel wihr.«

»Joa«, lachte der andre. »Dat wihr se. Un am Enn', so wat künn he hier ook hebb'n.«

»Und denn dat hannüversche Geld. Ihrst schmeet se't weg, un mit eens fung se to knusern an.«

In dieser Weise ging das Gespräch einiger älterer Leute; das junge Weiberzeug aber beschränkte sich auf die eine Frage: »Weck' en he nu woll frigen deiht?«

Auf Mittwoch vier Uhr war das Begräbnis angesetzt, und viel Neugierige standen schon vorher in einem weiten Halbkreis um das Trauerhaus herum. Es waren meist Mägde, die schwatzten und kicherten, und nur einige waren ernst, darunter die Zwillingsenkelinnen einer armen alten Witwe, welche letztre, wenn Wäsche bei den Hradschecks war, allemal mitwusch. Diese Zwillinge waren in ihren schwarzen, von der Frau Hradscheck herrührenden Einsegnungskleidern erschienen und weinten furchtbar, was sich noch steigerte, als sie bemerkten, daß sie durch ihr Geheul und Geschluchze der Gegenstand allgemeiner Aufmerksamkeit wurden. Dabei gingen jetzt die Glocken in einem fort, und alles drängte dichter zusammen und wollte sehen. Als es nun aber zum dritten Male ausgeläutet hatte, kam Leben in die drin und draußen Versammelten, und der Zug setzte sich in Bewegung. Vorn die von Kantor Graumann geführte Schuljugend, die, wie herkömmlich, den Choral »Jesus meine Zuversicht« sang; nach ihr erschien der von sechs Trägern getragene Sarg; dann Eccelius und Hradscheck; dahinter die Bauernschaft in schwarzen Überröcken und hohen schwarzen Hüten, und endlich all die Neugierigen, die bis dahin das Haus umstanden hatten. Es war ein wunderschöner Tag, frische

Herbstluft bei klarblauem Himmel. Aber die würdevoll vor sich hinblickende Dorfhonoratiorenschaft achtete des blauen Himmels nicht, und nur Bauer Mietzel, der noch Heu draußen hatte, das er am andern Tag einfahren wollte, schielte mit halbem Auge hinauf. Da sah er, wie von der andern Oderseite her ein Weih über den Strom kam und auf den Tschechiner Kirchturm zuflog. Und er stieß den neben ihm gehenden Ölmüller an und sagte: »Süh, Quaas, doa is he wedder.«

»Wihr denn?«

»De Weih. Weetst noch?«

»Nei.«

»Dunn, as dat mit Szulski wihr. Ich segg di, de Weih, de weet wat.«

Als sie so sprachen, bog die Spitze des Zuges auf den Kirchhof ein, an dessen höchster Stelle, dicht neben dem Turm, das Grab gegraben war. Hier setzte man den Sarg auf darüber gelegte Balken, und als sich der Kreis gleich danach geschlossen hatte, trat Eccelius vor, um die Grabrede zu halten. Er rühmte von der Toten, daß sie, den ihr anerzogenen Aberglauben abschüttelnd, nach freier Wahl und eignem Entschluß den Weg des Lichtes gegangen sei, was nur *der* wissen und bezeugen könne, der ihr so nah gestanden habe wie er. Und wie sie das Licht und die reine Lehre geliebt habe, so habe sie nicht minder das Recht geliebt, was sich zu keiner Zeit schöner und glänzender gezeigt als in jenen schweren Tagen, die der selig Entschlafenen nach dem Ratschlusse Gottes auferlegt worden seien. Damals, als er ihr nicht ohne Mühe das Zugeständnis erwirkt habe, den, an dem ihr Herz und ihre Seele hing, wiedersehn zu dürfen, wenn auch freilich nur vor Zeugen und auf eine kurze halbe Stunde, da habe sie die wohl jedem hier in der Erinnerung gebliebenen Worte gesprochen: »Nein, nicht jetzt; es ist besser, daß ich warte. Wenn er unschuldig ist, so werd ich ihn wiedersehn, früher oder später; wenn er aber schuldig ist, so will ich ihn *nicht* wiedersehn.« Er freue sich, daß er diese Worte hier am Grabe der Heimgegangenen, ihr zu Ruhm und Ehre, wiederholen könne. Ja, sie habe sich allezeit bewährt in ihrem Glauben und ihrem Rechtsgefühl. Aber vor allem auch in ihrer Liebe. Mit Bangen habe sie die Stunden gezählt, in schlaflosen Nächten ihre Kräfte verzehrend, und als endlich die Stunde der Befreiung gekommen sei, da sei sie zusammengebrochen. Sie sei das Opfer arger, damals herrschender Mißverständnisse, das sei zweifellos, und alle die, die diese Mißverständnisse geschürt und genährt hätten, anstatt sie zu beseitigen, die hätten eine schwere Verantwortung auf ihre Seele geladen. Ja, dieser frühe Tod, er müsse das wiederholen, sei das Werk derer, die das Gebot unbeachtet gelassen hätten: »Du sollst nicht falsch Zeugnis reden wider deinen Nächsten.«

Und als er dieses sagte, sah er scharf nach einem entblätterten Hagebuttenstrauch hinüber, unter dessen roten Früchten die Jeschke stand und dem Vorgange, wie schon damals in der Kirche, mehr neugierig als verlegen folgte.

Gleich danach aber schloß Eccelius seine Rede, gab einen Wink, den Sarg hinabzulassen, und sprach dann den Segen. Dann kamen die drei Hände voll Erde, mit sich anschließendem Schmerzblick und Händeschütteln, und ehe noch der am Horizont schwebende Sonnenball völlig unter war, war das Grab geschlossen und mit Asterkränzen überdeckt.

Eine halbe Stunde später, es dämmerte schon, war Eccelius wieder in seiner Studierstube, das Sammetkäpsel auf dem Kopf, das ihm Frau Hradscheck vor gerade Jahresfrist gestickt hatte. Die Bauern aber saßen in der Weinstube, Hradscheck zwischen ihnen, und faßten alles, was sie an Trost zu spenden hatten, in die Worte zusammen: »Immer Courage, Hradscheck! Der alte Gott lebt noch« – welchen Trost- und Weisheitssprüchen sich allerlei Wiederverheiratungsgeschichten beinah unmittelbar anschlossen. Eine davon, die beste, handelte von einem alten Hauptmann von Rohr, der vier Frauen gehabt und beim Hinscheiden jeder einzelnen mit einer gewissen trotzigen Entschlossenheit gesagt hatte: »Nimmt Gott, so nehm ich wieder.« Hradscheck hörte dem allem ruhig und kopfnickend zu, war aber doch froh, die Tafelrunde heute früher als sonst aufbrechen zu sehn. Er begleitete Kunicke bis an die Ladentür und stieg dann, er wußte selbst nicht warum, in die Stube hinauf, in der Ursel gestorben war. Hier nahm er Platz an ihrem Bett und starrte vor sich hin, während allerlei Schatten an Wand und Decke vorüberzogen.

Als er eine Viertelstunde so gesessen, verließ er das Zimmer wieder und sah im Vorübergehen, daß die nach rechts hin gelegene Giebelstube halb offen stand, dieselbe Stube, drin die Verstorbene nach vollendetem Umbau zu wohnen und zu schlafen so bestimmt verweigert hatte.

»Was machst du hier, Male?« fragte Hradscheck.

»Wat ich moak? Ick treck em sien Bett öwer.«

»Wem?«

»Is joa wihr ankoamen. Wedder een mit'n Pelz.«

»So, so«, sagte Hradscheck und stieg die Treppe langsam hinunter.

»Wedder een .. wedder een ... Immer noch nicht vergessen.«

Sechzehntes Kapitel

Frau Hradscheck war nun unter der Erde, Male hatte das Umschlagetuch gekriegt, auf das ihre Wünsche sich schon lange gerichtet hatten, und alles wäre gut gewesen, wenn nicht der letzte Wille der Verstorbenen gewesen wäre: die Geldsendung an den Krakauer Bischof um der zu lesenden Seelenmessen willen. Das machte Hradscheck Sorge, nicht wegen des Geldes, davon hätt er sich leicht getrennt, einmal weil Sparen und Knausern überhaupt nicht in seiner Natur lag, vor allem aber, weil er das seiner Frau gegebene Versprechen gern zu halten wünschte, schon aus abergläubischer Furcht. Das Geld also war es nicht, und wenn er trotzdem in Schwanken und Säumnis verfiel, so war es, weil er nicht selber dazu beitragen wollte, die kaum begrabene Geschichte vielleicht wieder ans Licht zu ziehen. Ursel hatte freilich von Beichtgeheimnis und ähnlichem gesprochen, er mißtraute jedoch solcher Sicherheit, am meisten aber dem ohne Namensunterschrift in Frankfurt aufzugebenden Briefe.

In dieser Verlegenheit beschloß er endlich, Eccelius zu Rate zu ziehn und diesem die halbe Wahrheit zu sagen, und wenn nicht die halbe, so doch wenigstens so viel, wie zu seiner Gewissensbeschwichtigung gerade nötig war. Ursel, so begann er, habe zu seinem allertiefsten Bedauern ernste katholische Rückfälle gehabt und ihm beispielsweise in ihrer letzten Stunde noch eine Summe Geldes behändigt, um Seelenmessen für sie lesen zu lassen (der, dem es eigentlich galt, wurde hier unterschlagen). Er, Hradscheck, hab ihr auch, um ihr das Sterben leichter zu machen, alles versprochen, sein protestantisches Gewissen aber sträube sich jetzt dagegen, ihr das Versprochene wörtlich und in all und jedem Stücke zu halten, weshalb er anfrage, ob er das Geld wirklich an die Katholschen aushändigen oder nicht lieber nach Berlin reisen und ein marmornes oder vielleicht auch gußeisernes Grabkreuz, wie sie jetzt Mode seien, bestellen solle.

Eccelius zögerte keinen Augenblick mit der Antwort und sagte genau das, was Hradscheck zu hören wünschte. Versprechungen, die man einem Sterbenden gäbe, seien natürlich bindend, das erheische die Pietät, das sei die Regel. Aber jede Regel habe bekanntlich ihren

Ausnahmefall, und wenn das einem Sterbenden gegebene Versprechen falsch und sündhaft sei, so hebe das Erkennen dieser Sündhaftigkeit das Versprechen wieder auf. Das sei nicht bloß Recht, das sei sogar Pflicht. Die ganze Sache, wie Hradscheck sie geschildert, gehöre zu seinen schmerzlichsten Erfahrungen. Er habe große Stücke von der Verstorbenen gehalten und allezeit einen Stolz darein gesetzt, sie für die gereinigte Lehre gewonnen zu haben. Daß er sich darin geirrt oder doch wenigstens halb geirrt habe, sei neben anderem auch persönlich kränkend für ihn, was er nicht leugnen wolle. Diese persönliche Kränkung indes sei nicht das, was sein eben gegebenes Urteil bestimmt habe. Hradscheck solle getrost bei seinem Plane bleiben und nach Berlin reisen, um das Kreuz zu bestellen. Ein Kreuz und ein guter Spruch zu Häupten der Verstorbenen werde derselben genügen, dem Kirchhof aber ein Schmuck und eine Herzensfreude für jeden sein, der sonntags daran vorüberginge.

Es war Ende Oktober gewesen, daß Eccelius und Hradscheck dies Gespräch geführt hatten, und als nun der Frühling kam und der ganze Tschechiner Kirchhof, so kahl auch seine Bäume noch waren, in Schneeglöckchen und Veilchen stand, erschien das gußeiserne Kreuz, das Hradscheck mit vieler Wichtigkeit und nach langer und minuziöser Beratung auf der Königlichen Eisengießerei bestellt hatte. Zugleich mit dem Kreuze traf ein Steinmetz mit zwei Gesellen ein, Leute, die das Aufrichten und Einlöten aus dem Grunde verstanden, und nachdem die Dorfjugend ein paar Stunden zugesehen hatte, wie das Blei geschmolzen und in das Sockelloch eingegossen wurde, stand das Kreuz da mit Spruch und Inschrift, und viele Neugierige kamen, um die goldblanken Verzierungen zu sehn: unten ein Engel, die Fackel senkend, und oben ein Schmetterling. All das wurde von alt und jung bewundert. Einige lasen auch die Inschrift: »Ursula Vincentia Hradscheck, geb. zu Hickede bei Hildesheim im Hannöverschen den 29. März 1790, gest. den 30. September 1832.« Und darunter: »Evang. Matthäi 6, V. 14.« Auf der Rückseite des Kreuzes aber stand ein mutmaßlich von Eccelius selbst herrührender Spruch, darin er seinem Stolz, aber freilich auch seinem Schmerz Ausdruck gegeben hatte. Dieser Spruch lautete: »Wir wandelten in Finsternis, bis wir das Licht sahen. Aber die Finsternis blieb, und es fiel ein Schatten auf unsren Weg.«

Unter denen, die sich das Kreuz gleich am Tage der Errichtung angesehen hatten, waren auch Gendarm Geelhaar und Mutter Jeschke gewesen. Sie hatten denselben Heimweg und gingen nun gemeinschaftlich die Dorfstraße hinunter, Geelhaar etwas verlegen, weil er den zu seiner eignen Würdigkeit schlecht passenden Ruf der Jeschke besser als irgendwer anders kannte. Seine Neugier überwand aber seine Verlegenheit, und so blieb er denn an der Seite der Alten und sagte:

»Hübsch is es. Un der Schmetterling so natürlich; beinah wie'n Zitronenvogel. Aber ich begreife Hradscheck nich, daß er sie so dicht an dem Turm begraben hat. Was soll sie da? Warum nicht bei den Kindern? Eine Mutter muß doch da liegen, wo die Kinder liegen.«

»Woll, woll, Geelhaar. Awers Hradscheck is klook. Un he weet ümmer, wat he deiht.«

»Gewiß weiß er das. Er ist klug. Aber gerade weil er klug ist...«

»Joa, joa.«

»Nu was denn?«

Und der sechs Fuß hohe Mann beugte sich zu der alten Hexe nieder, weil er wohl merkte, daß sie was sagen wollte.

»Was denn, Mutter Jeschke?« wiederholte er seine Frage.

»Joa, Geelhaar, wat sall ick seggen? Eccelius möt et weten. Un de hett nu ok wedder de Inschrift moakt. Awers *een* is, de weet ümmer noch en beten mihr.«

»Un wer is das? Line?«

»Ne, Line nich. Awers Hradscheck sülwsten. Hradscheck de will de Kinnings und de Fru nich tosoamen hebb'n. Nich so upp enen Hümpel.«

»Nun gut, gut. Aber warum nicht, Mutter Jeschke?«

»Nu, he denkt, wenn't losgeiht.«

Und nun blieb sie stehn und setzte dem halb verwundert, halb entsetzt aufhorchenden Geelhaar auseinander, daß die Hradscheck an dem Tage, »wo's losgehe«, doch natürlich nach ihren Kindern greifen würde, vorausgesetzt, daß sie sie zur Hand habe. »Un dat wull de oll Hradscheck nich.«

»Aber, Mutter Jeschke, glaubt Ihr denn an so was?«

»Joa, Geelhaar, worümm nich? Worümm sall ick an so wat nich glöwen?«

Siebzehntes Kapitel

Als das Kreuz aufgerichtet stand, es war Nachmittag geworden, kam auch Hradscheck, sonntäglich und wie zum Kirchgange gekleidet, und die Neugierigen, an denen den ganzen Tag über, auch als Geelhaar und die Jeschke längst fort waren, kein Mangel blieb, sahen, daß er den Spruch las und die Hände faltete. Das gefiel ihnen ausnehmend, am meisten aber gefiel ihnen, daß er das teure Kreuz überhaupt bestellt hatte. Denn Geld ausgeben (und noch dazu *viel* Geld) war das, was den Tschechinern als echten Bauern am meisten imponierte. Hradscheck verweilte wohl eine Viertelstunde, pflückte Veilchen, die neben dem Grabhügel aufsprossen, und ging dann in seine Wohnung zurück.

Als es dunkel geworden war, kam Ede mit Licht, fand aber die Tür von innen verriegelt, und als er nun auf die Straße ging, um wie gewöhnlich die Fensterladen von außen zu schließen, sah er, daß Hradscheck, eine kleine Lampe mit grünem Klappschirm vor sich, auf dem Sofa saß und den Kopf stützte. So verging der Abend. Auch am andern Tage blieb er auf seiner Stube, nahm kaum einen Imbiß, las und schrieb und ließ das Geschäft gehn, wie's gehen wollte.

»Hür', Jakob«, sagte Male, »dat's joa grad, as ob se nu ihrst dod wihr. Süh doch, wie he doa sitt. He kann doch nu nich wedder anfang'n.«

»Ne«, sagte Jakob, »dat kann he nich.«

Und Ede, der hinzukam und heute gerade seinen hochdeutschen Tag hatte, stimmte bei, freilich mit der Einschränkung, daß er auch von der voraufgegangenen »ersten Trauer« nicht viel wissen wollte.

»Wieder anfangen! Ja, was heißt wieder anfangen? Damals war es auch man so so. Drei Tage und nicht länger. Und paß auf, Male, diesmal knappst er noch was ab.«

Und wirklich, Ede, der, aller Dummheiten unerachtet, seinen Herrn gut kannte, behielt recht, und ehe noch der dritte Tag um war, ließ Hradscheck die Träumerei fallen und nahm das gesellige Leben wieder auf, das er schon während der zurückliegenden Wintermonate geführt hatte. Dazu gehörte, daß er alle vierzehn Tage nach Frankfurt und alle vier Wochen auch mal nach Berlin fuhr, wo er sich, nach Erledigung seiner kaufmännischen Geschäfte, kein anderes Vergnügen als einen Theaterabend gönnte. Deshalb stieg er auch regelmäßig in dem an der Ecke von Hohen-Steinweg und Königsstraße gelegenen »Gasthofe zum Kronprinzen« ab, von dem aus er bis zu dem damals in Blüte stehenden Königstädtischen Theater nur ein paar hundert Schritte hatte. War er dann wieder in Tschechin zurück, so gab er den Freunden und Stammgästen in der Weinstube, zu denen jetzt auch Schulze Woytasch gehörte, nicht bloß Szenen aus dem Angelyschen »Fest der Handwerker« und Holteis »Altem Feldherrn« und den »Wienern in Berlin« zum besten, sondern sang ihnen auch allerlei Lieder und Arien vor: »War's vielleicht um eins, war's vielleicht um zwei, war's vielleicht drei oder vier.« Und dann wieder: »In Berlin, sagt er, mußt du fein, sagt er, immer sein, sagt er usw.« Denn er besaß eine gute Tenorstimme. Besonderes Glück aber, weit über die Singspielarien hinaus, machte er mit dem Leierkastenlied von »Herrn Schmidt und seinen sieben heiratslustigen Töchtern«, dessen erste Strophe lautete:

»Herr Schmidt, Herr Schmidt,
Was kriegt denn Julchen mit?«
»Ein Schleier und ein Federhut,
Das kleidet Julchen gar zu gut.«

Dies Lied von Herrn Schmidt und seinen Töchtern war das Entzücken Kunickes, das verstand sich von selbst, aber auch Schulze Woytasch versicherte jedem, der es hören wollte: »Für Hradscheck ist mir nicht bange; der kann ja jeden Tag aufs Theater. Ich habe Beckmann sehn; nu ja, Beckmann is gut, aber Hradscheck is besser; er hat noch so was, ja wie soll ich sagen, er hat noch so was, was Beckmann nicht hat.«

Hradscheck gewöhnte sich an solchen Beifall, und wenn es sich auch gelegentlich traf, daß er bei seinem Berliner Aufenthalte, während dessen er allemal eine goldene Brille trug, keine Novität gesehen hatte, so kam er doch nie mit leeren Händen zurück, weil er sich nicht eher zufrieden gab, als bis er an den Schaufenstern der Buchläden irgendwas Komisches und unbändig Witziges ausgefunden hatte. Das hielt auch nie schwer, denn es war gerade die »Glaßbrenner- oder Brennglas-Zeit«, und wenn es solche Glaßbrenner-Geschichten nicht sein konnten, nun so waren es Sammlungen alter und neuer Anekdoten, die damals in kleinen, dürftigen Viergroschenbüchelchen unter allerhand Namen und Titeln, so beispielsweise als »Brausepulver«, feilgeboten wurden. Ja, diese Büchelchen fanden bei den Tschechinern einen ganz besonderen Beifall, weil die darin erzählten Geschichten immer kurz waren und nie lange auf die Pointe warten ließen, und wenn das Gespräch mal stockte, so hatte Kunicke den Stammwitz: »Hradscheck, ein Brausepulver.«

Es war Anfang Oktober, als Hradscheck wieder mal in Berlin war, diesmal auf mehrere Tage, während er sonst immer den dritten Tag schon wieder nach Hause kam. Ede, der mittlerweile das Geschäft versah, paßte gut auf den Dienst, und nur in der Stunde von eins bis zwei, wo sich kaum ein Mensch im Laden sehen ließ, gefiel er sich darin, den Herrn zu spielen und, ganz so wie Hradscheck zu tun pflegte, mit auf den Rücken gelegten Händen im Garten auf und ab zu gehen. Das tat er auch heute wieder, zugleich aber rief er nach Jakob und trug ihm auf, und zwar in ziemlich befehlshaberischem Tone, daß er einen neuen Reifen um die Wassertonne legen solle. Dann sah er nach den Starkästen am Birnbaum und zog einen Zweig zu sich herab, um noch eine der nachgereiften »Franzosenbirnen« zu pflücken. Es war ein Prachtexemplar, in das er sofort einbiß. Als er aber den Zweig wieder los ließ, sah er, daß die Jeschke drüben am Zaune stand.

»Dag, Ede.«

»Dag, Mutter Jeschke.«

»Na, schmeckt et?«

»I worüm nich? Is joa ne Malvasier.«

»Joa. Vördem wihr et ne Malvasier. Awwers nu ...«

»Nu is et ne Franzosenbeer. Ick weet woll. Awers dat's joa all een.«

»Joa, wer weet, Ede. Doa is nu so wat mang. Heste noch nix maarkt?«

Der Junge ließ erschreckt die Birne fallen, das alte Weib aber bückte sich danach und sagte: »Ick meen joa nich de Beer. Ick meen sünnsten.«

»Wat denn? Wo denn?«

»Na, so rümm um't Huus.«

»Nei, Mutter Jeschke.«

»Un ook nich unnen in'n Keller? Hest noch nix siehn o'r hürt?«

»Nein, Mutter Jeschke. Man blot ...«

»Un grappscht ook nich?«

Der Junge war ganz blaß geworden.

»Joa, Mutter Jeschke, mal wihr mi so. Mal wihr mi so, as hüll mi wat an de Hacken. Joa, ick glöw, et grappscht.«

Die Jeschke sah ihren Zweck erreicht und lenkte deshalb geschickt wieder ein. »Ede, du bist ne Bangbüchs. Ick hebb joa man spoaßt. Is joa man all dumm Tüg.«

Und damit ging sie wieder auf ihr Haus zu und ließ den Jungen stehn.

Drei Tage danach war Hradscheck wieder aus Berlin zurück, in vergnüglicherer Stimmung als seit lange, denn er hatte nicht nur alles Geschäftliche glücklich erledigt, sondern auch die Bekanntschaft einer jungen Dame gemacht, die sich seiner Person wie seinen Heiratsplänen geneigt gezeigt hatte. Diese junge Dame war die Tochter aus einem Destillationsgeschäft, groß und stark, mit etwas hervortretenden, immer lachenden Augen, eine Vollblut-Berlinerin. »Forsch und fidel« war ihre Losung, der auch ihre Lieblingsredensart: »Ach, das ist ja zum Totlachen« entsprach. Aber dies war nur so für alle Tage. Wurd ihr dann wohliger ums Herz, so wurden es auch ihre Redewendungen, und sie sagte dann: »I da muß ja ne alte Wand wackeln«, oder »Das ist ja gleich, um einen Puckel zu kriegen.« Ihr Schönstes waren Landpartien einschließlich gesellschaftlicher Spiele, wie Zeck oder Plumsack, dazu saure Milch mit Schwarzbrot und Heimfahrt mit Stocklaternen und Gesang: »Ein freies Leben führen wir«, »Frisch auf, Kameraden«, »Lützows wilde, verwegene Jagd« und »Steh ich in finstrer Mitternacht«. Infolge welcher ausgesprochenen Vorliebe sie sich in den Kopf gesetzt hatte, nur aufs Land hinaus heiraten zu wollen. Und darüber war sie dreißig Jahr alt geworden, alles bloß aus Eigensinn und Widerspenstigkeit. Ihren Namen Editha aber hatte die Mutter in Dittchen abgekürzt.

So die Bekanntschaft, die Hradscheck während seines letzten Berliner Aufenthaltes gemacht hatte. Mit Editha selbst war er so gut wie einig, und nur die Eltern hatten noch kleine Bedenken. Aber was bedeutete das? Der Vater war ohnehin daran gewöhnt, nicht gefragt zu werden, und die Mutter, die nur wegen der neun Meilen Entfernung noch einigermaßen schwankte, wäre keine richtige Mutter gewesen, wenn sie nicht schließlich auch hätte Schwiegermutter sein wollen.

Also Hradscheck war in bester Stimmung, und ein Ausdruck derselben war es, daß er diesmal mit einem besonders großen Vorrat von Berliner Witzliteratur nach Tschechin zurückkehrte, darunter eine komische Romanze, die letzten Sonntag erst vom Hofschauspieler Rüthling im Konzertsaale des Königlichen Schauspielhauses vorgetragen worden war, und zwar in einer Matinee, der neben der ganzen Hautevolee von Berlin auch Hradscheck und Editha beigewohnt hatten. Diese Romanze behandelte die berühmte Geschichte vom Eckensteher, der einen armen Apothekerlehrling, »weil das Räucherkerzchen partout nicht stehn wolle«, Schlag Mitternacht aus dem Schlaf klingelte, welche Geschichte damals nicht bloß die ganze vornehme Welt, sondern besonders auch unsern auf alle Berliner

Witze ganz wie versessenen Hradscheck derart hingenommen hatte, daß er die Zeit, sie seinem Tschechiner Konvivium vorzulesen, kaum erwarten konnte. Nun aber war es soweit, und er feierte Triumphe, die fast noch größer waren, als er zu hoffen gewagt hatte. Kunicke brüllte vor Lachen und bot den dreifachen Preis, wenn ihm Hradscheck das Büchelchen ablassen wolle. »Das müss' er seiner Frau vorlesen, wenn er nach Hause komme, diese Nacht noch; so was sei noch gar nicht dagewesen.« Und dann sagte Schulze Woytasch: »Ja, die Berliner! Ich weiß nicht! Und wenn mir einer tausend Taler gäbe, so was könnt ich nich machen. Es sind doch verflixte Kerls.«

Die »Romanze vom Eckensteher« indes, so glänzend ihr Vortrag abgelaufen war, war doch nur Vorspiel und Plänkelei gewesen, darin Hradscheck sein bestes Pulver noch nicht verschossen hatte. Sein Bestes, oder doch das, was er persönlich dafür hielt, kam erst nach und war die Geschichte von einem der politischen Polizei zugeteilten Gendarmen, der einen unter Verdacht des Hochverrats stehenden und in der Kurstraße wohnenden badischen Studenten, namens Haitzinger, ausfindig machen sollte, was ihm auch gelang, und einige Zeit danach zu der amtlichen Meldung führte, daß er den pp. Haitzinger, der übrigens Blümchen heiße, gefunden habe, trotzdem derselbe nicht in der Kurstraße, sondern auf dem Spittelmarkt wohnhaft und nicht badischer Student, sondern ein sächsischer Leineweber sei. »Und nun, ihr Herren und Freunde«, schloß Hradscheck seine Geschichte, »dieser ausbündig gescheite Gendarm, wie hieß er? Natürlich Geelhaar, nicht wahr? Aber nein, ihr Herren fehlgeschossen, er hieß bloß Müller II. Ich habe mich genau danach erkundigt, sonst hätt ich bis an mein Lebensende geschworen, daß er Geelhaar geheißen haben müsse.«

Kunicke schüttelte sich und wollte von keinem andern Namen als Geelhaar wissen, und als man sich endlich ausgetobt und ausgejubelt hatte (nur Woytasch, als Dorfobrigkeit, sah etwas mißbilligend drein), sagte Quaas: »Kinder, so was haben wir nicht alle Tage, denn Hradscheck kommt nicht alle Tage von Berlin. Ich denke deshalb, wir machen noch eine Bowle: drei Mosel, eine Rheinwein, eine Burgunder. Und nicht zu süß. Sonst haben wir morgen Kopfweh. Es ist erst halb zwölf, fehlen noch fünf Minuten. Und wenn wir uns ranhalten, machen wir um Mitternacht die Nagelprobe.«

»Bravo!« stimmte man ein. »Aber nicht zu früh; Mitternacht ist zu früh.«

Und Hradscheck erhob sich, um Ede, der verschlafen im Laden auf einem vorgezogenen Zuckerkasten saß, in den Keller zu schikken und die fünf Flaschen heraufholen zu lassen. »Und paß auf, Ede; der Burgunder liegt durcheinander, roter und weißer, der mit dem grünen Lack ist es.«

Ede rieb sich den Schlaf aus den Augen, nahm Licht und Korb und hob die Falltür auf, die zwischen den übereinander gepackten Ölfässern, und zwar an der einzig frei gebliebenen Stelle, vom Flur her in den Keller führte.

Nach ein paar Minuten war er wieder oben und klopfte vom Laden her an die Tür, zum Zeichen, daß alles da sei.

»Gleich«, rief der wie gewöhnlich mitten in einem Vortrage steckende Hradscheck, »gleich«, und trat erst, als er seinen Satz beendet hatte, von der Weinstube her in den Laden. Hier schob er sich eine schon vorher aus der Küche heranbeorderte Terrine bequem zurecht und griff nach dem Korkzieher, um die Flasche aufzuziehn. Als er aber den Burgunder in die Hand nahm, gab er dem Jungen, halb ärgerlich, halb gutmütig, einen Tipp auf die Schulter und sagte: »Bist ein Döskopp, Ede. Mit grünem Lack, hab ich dir gesagt. Und das ist gelber. Geh und hol ne richtige Flasche. Wer's nich im Kopp hat, muß es in den Beinen haben.«

Ede rührte sich nicht.

»Nun, Junge, wird es? Mach flink.«

»Ick geih nich.«

»Du gehst nich? Warum nich?«

»Et spökt.«

»Wo?«

»Unnen ... Unnen in'n Keller.«

»Junge, bist du verrückt? Ich glaube, dir steckt schon der Mitternachtsgrusel im Leibe. Rufe Jakob. Oder nein, der is schon zu Bett; rufe Male, *die* soll kommen und dich beschämen. Aber laß nur.«

Und dabei ging er selber bis an die Küchentür und rief hinaus: »Male.«

Die Gerufene kam.

»Geh in den Keller, Male.«

»Nei, Herr Hradscheck, ick geih nich.«

»Auch *du* nich. Warum nich?«

»Et spökt.«

»Ins Dreideibels Namen, was soll der Unsinn?«

Und er versuchte zu lachen. Aber er hielt sich dabei nur mit Mühe auf den Beinen, denn ihn schwindelte. Zu gleicher Zeit empfand er deutlich, daß er kein Zeichen von Schwäche geben dürfe, vielmehr umgekehrt bemüht sein müsse, die Weigerung der beiden ins Komische zu ziehn, und so riß er denn die Tür zur Weinstube weit auf und rief hinein: »Eine Neuigkeit, Kunicke . . .«

»Nu, was gibt's?«

»Unten spukt es. Ede will nicht mehr in den Keller und Male natürlich auch nicht. Es sieht schlecht aus mit unsrer Bowle. Wer kommt mit? Wenn zwei kommen, spukt es nicht mehr.«

»Wir alle«, schrie Kunicke. »Wir alle. Das gibt einen Hauptspaß. Aber Ede muß auch mit.«

Und bei diesen Worten eines der zur Hand stehenden Lichter nehmend, zogen sie – mit Ausnahme von Woytasch, dem das Ganze mißhagte – brabbelnd und plärrend und in einer Art Prozession, als ob einer begraben würde, von der Weinstube her durch Laden und Flur und stiegen langsam und immer einer nach dem andern die Stufen der Kellertreppe hinunter.

»Alle Wetter, is *das* ein Loch!« sagte Quaas, als er sich unten umkuckte. »Hier kann einem ja gruslig werden. Nimm nur gleich ein paar mehr mit, Hradscheck. Das hilft. Je mehr Fidelité, je weniger Spuk.«

Und bei solchem Gespräch, in das Hradscheck einstimmte, packten sie den Korb voll und stiegen die Kellertreppe wieder hinauf. Oben aber warf Kunicke, der schon stark angeheitert war, die schwere Falltür zu, daß es durch das ganze Haus hin dröhnte.

»So, nu sitzt er drin.«

»Wer?«

»Na wer? Der Spuk.«

Alles lachte; das Trinken ging weiter, und Mitternacht war lange vorüber, als man sich trennte.

Achtzehntes Kapitel

Hradscheck, sonst mäßig, hatte mit den andern um die Wette getrunken, bloß um eine ruhige Nacht zu haben. Das war ihm auch geglückt, und er schlief nicht nur fest, sondern auch weit über seine gewöhnliche Stunde hinaus. Erst um acht Uhr war er auf. Male brachte den Kaffee, die Sonne schien ins Zimmer, und die Sperlinge, die das aus den Häckselsäcken gefallene Futterkorn aufpickten, flogen, als sie damit fertig waren, aufs Fensterbrett und meldeten sich. Ihre Zwitschertöne hatten etwas Heiteres und Zutrauliches, das dem Hausherrn, der ihnen reichlich Semmelkrume zuwarf, unendlich wohltat, ja, fast war's ihm, als ob er ihren Morgengruß verstände:

Schöner Tag heute, Herr Hradscheck; frische Luft; alles leicht nehmen!

Er beendete sein Frühstück und ging in den Garten. Zwischen den Buchsbaumrabatten stand viel Rittersporn, halb noch in Blüte, halb schon in Samenkapseln, und er brach eine der Kapseln ab und streute die schwarzen Körnchen in seine Handfläche. Dabei fiel ihm wie von ungefähr ein, was ihm Mutter Jeschke vor Jahr und Tag einmal über Farnkrautsamen und Sichunsichtbarmachen gesagt hatte. »Farnkrautsamen in die Schuh gestreut . . .« Aber er mocht es nicht ausdenken und sagte, während er sich auf eine neuerdings um den Birnbaum herum angebrachte Bank setzte: »Farnkrautsamen! Nun fehlt bloß noch das Licht vom ungebornen Lamm. Alles Altweiberschwatz. Und wahrhaftig, ich werde noch selber ein altes Weib ... Aber da kommt sie ...«

Wirklich, als er so vor sich hinredete, kam die Jeschke zwischen den Spargelbeeten auf ihn zu.

»Dag, Hradscheck. Wie geiht et? Se kümmen joa goar nich mihr.«

»Ja, Mutter Jeschke, wo soll die Zeit herkommen? Man hat eben zu tun. Und der Ede wird immer dümmer. Aber setzen Sie sich. Hierher. Hier ist Sonne.«

»Nei, loatens man, Hradscheck, loatens man. Ich sitt schon so veel. Awers Se möten sitten bliewen.« Und dabei malte sie mit ihrem Stock allerlei Figuren in den Sand.

Hradscheck sah ihr zu, ohne seinerseits das Wort zu nehmen, und so fuhr sie nach einer Pause fort: »Joa, veel to dohn is woll. Wihr joa gistern wedder Klock een. Kunicke kunn woll wedder nich los koamen? *Den* kenn ick. Na, sin Vader, de oll Kunicke, wihr ook so. Man blot noch en beten mihr.«

»Ja«, lachte Hradscheck, »spät war es. Un denken Sie sich, Mutter Jeschke, Klock zwölf oder so herum sind wir noch fünf Mann hoch in den Keller gestiegen. Und warum? Weil der Ede nicht mehr wollte.«

»Nu, süh eens. Un worüm wull he nich?«

»Weil's unten spuke. Der Junge war wie verdreht mit seinem ewigen ›et spökt‹ und ›et grappscht‹. Und weil er dabei blieb und wir unsre Bowle doch haben wollten, so sind wir am Ende selber gegangen.«

»Nu, süh eens«, wiederholte die Alte, »häten em salln ne Muulschell gewen.«

»Wollt ich auch. Aber als er so dastand und zitterte, da konnt ich nicht. Und dann dacht ich auch ...«

»Ach wat, Hradscheck, is joa all dumm Tüg . . . Un *wenn* et wat is, na, denn möt et de Franzos sinn.«

»Der Franzose?«

»Joa, de Franzos. Kuckens moal; de Ihrd geiht hier so'n beten dahl. He moak woll en beten rutscht sinn.«

»Rutscht sinn«, wiederholte Hradscheck und lachte mit der Alten um die Wette. »Ja, der Franzos ist gerutscht. Alles gut. Aber wenn ich nur den Jungen erst wieder in Ordnung hätte. Der macht mir das ganze Dorf rebellisch. Und wie die Leute sind, wenn sie von Spuk hören, da wird ihnen ungemütlich. Und dann kommt zuletzt auch die dumme Geschichte wieder zur Sprache. Sie wissen ja . . .«

»Woll, woll, ick weet.«

»Und dann, Mutter Jeschke, Spuk ist Unsinn. Natürlich. Aber es gibt doch welche . . .«

»Joa, joa.«

»Es gibt doch welche, die sagen: Spuk ist *nicht* Unsinn. Wer hat nu recht? Nu mal heraus mit der Sprache.«

Der Alten entging nicht, in welcher Pein und Beklemmung Hradscheck war, weshalb sie, wie sie stets zu tun pflegte, mit einem »Ja« antwortete, das ebensogut ein »Nein«, und mit einem »Nein«, das ebensogut ein »Ja« sein konnte.

»Min leew Hradscheck«, begann sie, »Se wullen wat weten von mi. Joa, wat weet ick? Spök! Gewen moak et joa woll so wat. Un am Enn ook wedder nich. Un ick segg ümmer: wihr sich jrult, för den is et wat, un wihr sich *nich* jrult, für den is et nix.«

Hradscheck, der mit gespanntester Aufmerksamkeit gefolgt war, nickte zustimmend, während die sich plötzlich neben ihn setzende Alte mit wachsender Vertraulichkeit fortfuhr: »Ick will Se wat seggen, Hradscheck. Man möt man blot Kurasch hebben. Un Se hebben joa. Wat is Spök? Spök, dat's grad so, as wenn de Müüs' knabbern. Wihr ümmer hinhürt, na, de slöppt nich; wihr awers so bi sich seggen deiht: >na, worüm salln se nich knabbern<, de slöppt.«

Und bei diesen Worten erhob sie sich rasch wieder und ging, zwischen den Beeten hin, auf ihre Wohnung zu. Mit einem Male aber blieb sie stehn und wandte sich wieder, wie wenn sie was vergessen habe. »Hürens, Hradscheck, wat ick Se noch seggen wull, uns' Line kümmt ook wedder. Se hett gistern schrewen. Wat mienens? *De* wihr so wat für Se.«

»Geht nicht, Mutter Jeschke. Was würden die Leute sagen? Un is eben auch eben erst ein Jahr.«

»Woll. Awers se kümmt ook ihrst um Martini rümm . . . Und denn, Hradscheck, Se bruken se joa nich glieks to frijen.«

Neunzehntes Kapitel

»De Franzos is rutscht«, hatte die Jeschke gesagt und war dabei wieder so sonderbar vertraulich gewesen, alles mit Absicht und Berechnung. Denn wenn das Gespräch auch noch nachwirkte, darin ihr, vor länger als einem Jahr, ihr sonst so gefügiger Nachbar mit einer Verleumdungsklage gedroht hatte, so konnte sie trotz alledem von der Angewohnheit nicht lassen, in dunklen Andeutungen zu sprechen, als wisse sie was und halte nur zurück.

»Verdammt!« murmelte Hradscheck vor sich hin. »Und dazu Ede mit seiner ewigen Angst.«

Er sah deutlich die ganze Geschichte wieder lebendig werden, und ein Schwindel ergriff ihn, wenn er an all das dachte, was bei diesem Stande der Dinge jeder Tag bringen konnte.

»Das geht so nicht weiter. Er muß weg. Aber wohin?«

Und bei diesen Worten ging Hradscheck auf und ab und überlegte.

»Wohin? Es heißt, er liege in der Oder. Und dahin muß er . . . je eher, je lieber . . . *Heute* noch. Aber ich wollte, dies Stück Arbeit wäre getan. Damals ging es, das Messer saß mir an der Kehle. Aber jetzt! Wahrhaftig, das Einbetten war nicht so schlimm, als es das Umbetten ist.«

Und von Angst und Unruhe getrieben, ging er auf den Kirchhof und trat an das Grab seiner Frau. Da war der Engel mit der Fackel, und er las die Inschrift. Aber seine Gedanken konnten von dem, was er vorhatte, nicht los, und als er wieder zurück war, stand es fest: »Ja, *heute* noch . . . Was du tun willst, tue bald.«

Und dabei sann er nach, *wie's* geschehn müsse.

»Wenn ich nur etwas Farnkraut hätt. Aber wo gibt es Farnkraut hier? Hier wächst ja bloß Gras und Gerste, weiter nichts, und ich kann doch nicht zehn Meilen in der Welt herumkutschieren, bloß um mit einem großen Busch Farnkraut wieder nach Hause zu kommen. Und warum auch? Unsinn ist es doch.«

Er sprach noch so weiter. Endlich aber entsann er sich, in dem benachbarten Gusower Park einen ganzen Wald von Farnkraut gesehn zu haben. Und so rief er denn in den Hof hinaus und ließ anspannen.

Um Mittag kam er zurück, und vor ihm, auf dem Rücksitze des Wagens, lag ein riesiger Farnkrautbusch. Er kratzte die Samenkörnchen ab und tat sie sorglich in eine Papierkapsel und die Kapsel in ein Schubfach. Dann ging er noch einmal alles durch, was er brauchte, trug das Grabscheit, das für gewöhnlich neben der Gartentür stand, in den Keller hinunter und war wie verwandelt, als er mit diesen Vorbereitungen fertig war.

Er pfiff und trällerte vor sich hin und ging in den Laden.

»Ede, du kannst heute nachmittag ausgehen. In Gusow ist Jahrmarkt, mit Karussell, und sind auch Kunstreiter da, das heißt Seiltänzer. Ich hab heute vormittag das Seil spannen sehn. Und vor acht brauchst du nicht wieder hier zu sein. Da nimm, das ist für dich, und nun amüsiere dich gut. Und is auch ne Waffelbude da, mit Eierbier und Punsch. Aber hübsch mäßig, nich zu viel; hörst du, keine Dummheiten machen.«

Ede strahlte vor Glück, machte sich auf den Weg und war Punkt acht wieder da. Zugleich mit ihm kamen die Stammgäste, die wie gewöhnlich ihren Platz in der Weinstube nahmen. Einige hatten erfahren, daß Hradscheck am Vormittag in Gusow gewesen und mit einem großen Busch Farnkraut zurückgekommen sei.

»Was du nur mit dem Farnkraut willst?« fragte Kunicke.

»Anpflanzen.«

»Das wuchert ja. Wenn das drei Jahr in deinem Garten steht, weißt du vor Unkraut nicht mehr, wo du hin sollst.«

»Das soll es auch. Ich will einen hohen Zaun davon ziehn. Und je rascher es wächst, desto besser.«

»Na, sieh dich vor damit. Das ist wie die Wasserpest; wo sich das mal eingenistet hat, ist kein Auskommen mehr. Und vertreibt dich am Ende von Haus und Hof.«

Alles lachte, bis man zuletzt auf die Kunstreiter zu sprechen kam und an Hradscheck die Frage richtete, was er denn eigentlich von ihnen gesehen habe.

»Bloß das Seil. Aber Ede, der heute nachmittag da war, der wird wohl Augen gemacht haben.«

Und nun erzählte Hradscheck des breiteren, daß *der,* dem die Truppe jetzt gehöre, des alten Kolter Schwiegersohn sei, ja, die Frau desselben nenne sich noch immer nach dem Vater und habe den Namen ihres Mannes gar nicht angenommen.

Er sagte das alles so hin, wie wenn er die Kolters ganz genau kenne, was den Ölmüller zu verschiedenen Fragen über die berühmte Seiltänzerfamilie veranlaßte. Denn Springer und Kunstreiter waren Quaasens unentwegte Passion, seit der als zwanzigjähriger Junge mal auf dem Punkte gestanden hatte, mit einer Kunstreiterin auf und davon zu gehn. Seine Mutter jedoch hatte Wind davon gekriegt und ihn nicht bloß in den Milchkeller gesperrt, sondern auch den Direktor der Truppe gegen ein erhebliches Geldgeschenk veranlaßt, die »gefährliche Person« bis nach Reppen hin vorauszuschicken. All das, wie sich denken läßt, gab auch heute wieder Veranlassung zu vielfachen Neckereien und um so mehr, als Quaas ohnehin des Vorzugs genoß, Stichblatt der Tafelrunde zu sein.

»Aber was is das mit Kolter?« fragte Kunicke. »Du wolltest von ihm erzählen, Hradscheck. Is es ein Reiter oder ein Springer?«

»Bloß ein Springer. Aber was für einer!«

Und nun fing Hradscheck an, eine seiner Hauptgeschichten zum besten zu geben, die vom alten Kolter nämlich, der Anno vierzehn schon sehr berühmt und mit in Wien auf dem Kongreß gewesen sei.

»Was, was? Mit auf dem Kongreß?«

»Versteht sich. Und warum nicht?«

»Auf dem Kongreß also.«

»Und da habe denn«, so fuhr Hradscheck fort, »der König von Preußen zum Kaiser von Rußland gesagt: ›Höre, Bruderherz, was du von deinem Stiglischeck auch sagen magst, Kolter ist doch besser, Parole d'honneur, Kolter ist der erste Springer der Welt, und was ihm auch passieren mag, er wird sich immer zu helfen wissen.‹ Und als nun der Kaiser von Rußland das bestritten, da hätten sie gewettet, und wäre bloß die Bedingung gewesen, daß nichts vorher gesagt werden solle. Das hätten sie denn auch gehalten. Und als nun Kolter halb schon das zwischen zwei Türmen ausgespannte Seil hinter sich gehabt habe, da sei mit einem Male, von der andern Seite her, ein andrer Seiltänzer auf ihn losgekommen, das sei Stiglischeck gewesen, und keine Minute mehr, da hätten sie sich gegenüber gestanden, und der Russe, was ihm auch keiner verdenken könne, habe bloß gesagt: ›Alles perdu, Bruder: du verloren, ich verloren.‹ Aber Kolter habe nur gelacht und ihm was ins Ohr geflüstert, einige sagen, einen frommen Spruch, andre aber sagen das Gegenteil, und sei dann mit großer Anstrengung und Geschicklichkeit zehn Schritt rückwärts gegangen, während der andre sich niedergehuckt habe. Und nun habe Kolter einen Anlauf genommen und sei mit eins, zwei, drei über den andern weggesprungen. Da sei denn ein furchtbares Beifallklatschen gewesen, und einige hätten laut geweint und immer wieder und wieder gesagt, ›das sei mehr als Napoleon‹. Und der Kaiser von Rußland habe seine Wette verloren und auch wirklich bezahlt.«

»Wird er wohl, wird er wohl«, sagte Kunicke. »Der Russe bezahlt immer. Hat's ja ... Bravo, Hradscheck; bravo!«

So war Hradscheck mit Beifall belohnt worden und hatte von Viertelstunde zu Viertelstunde noch vieles andre zum besten gegeben, bis endlich um elf die Stammgäste das Haus verließen.

Ede war schon zu Bett geschickt, und in dem weiten Hause herrschte Todesstille. Hradscheck schritt auf und ab in seiner Stube, mußte sich aber setzen, denn der Aufregungen dieses Tages waren so viele gewesen, daß er sich, trotz fester Nerven, einer Ohnmacht nahe fühlte. Solange er drüben Geschichten erzählt hatte, munterer und heiterer, so wenigstens schien es, als je zuvor, war kein Tropfen Wein über seine Lippen gekommen, jetzt aber nahm er Kognak und Wasser und fühlte, wie Kraft und Entschlossenheit ihm rasch wiederkehrten. Er ging auf das Schubfach zu, drin er das Kapselchen versteckt hatte, zog gleich danach seine Schuh' aus und pulverte von dem Farnkrautsamen hinein.

»So!«

Und nun stand er wieder in seinen Schuhen und lachte.

»Will doch mal die Probe machen! Wenn ich jetzt unsichtbar bin, muß ich mich auch selber nicht sehen können.«

Und das Licht zur Hand nehmend, trat er vor den schmalen Trumeau mit dem weißlackierten Rahmen und sah hinein und nickte seinem Spiegelbilde zu. »Guten Tag, Abel Hradscheck. Wahrhaftig, wenn alles so viel hilft wie der Farnkrautsamen, so werd ich nicht weit kommen und bloß noch das angenehme Gefühl haben, ein Narr gewesen zu sein und ein Dummkopf, den ein altes Weib genasführt hat. Die verdammte Hexe! Warum lebt sie? Wäre sie weg, so hätte ich längst Ruh und brauchte diesen Unsinn nicht. Und brauchte nicht...« Ein Grusel überlief ihn, denn das Furchtbare, was er vorhatte, stand mit einem Male vor seiner Seele. Rasch aber bezwang er sich. »Eins kommt aus dem andern. Wer A sagt, muß B sagen.«

Und als er so gesprochen und sich wieder zurechtgerückt hatte, ging er auf einen kleinen Eckschrank zu und nahm ein Laternchen heraus, das er sich schon vorher durch Überkleben mit Papier in eine Art Blendlaterne umgewandelt hatte. Die Alte drüben sollte den Lichtschimmer nicht wieder sehn und ihn nicht zum wievielsten Male mit ihrem »ick weet nich, Hradscheck, wihr et in de Stuw or wihr et in'n Keller« in Wut und Verzweiflung bringen. Und nun zündete er das Licht an, knipste die Laternentür wieder zu und trat entschlossen auf den Flur hinaus. Was er brauchte, darunter auch ein Stück alter Teppich, aus langen Tuchstreifen geflochten, lag längst unten in Bereitschaft.

»Vorwärts, Hradscheck!«

Und zwischen den großen Ölfässern hin ging er bis an den Kellereingang, hob die Falltür auf und stieg langsam und vorsichtig die Stufen hinunter. Als er aber unten war, sah er, daß die Laterne, trotz der angebrachten Verblendung, viel zuviel Licht gab und nach oben hin, wie aus einem Schlot, einen hellen Schein warf. Das durfte nicht sein, und so stieg er die Treppe wieder hinauf, blieb aber in halber Höhe stehn und griff bloß nach einem ihm in aller Bequemlichkeit zur Hand liegenden Brett, das hier an das nächstliegende Ölfaß herangeschoben war, um die ganze Reihe der Fässer am Rollen zu verhindern. Es war nur schmal, aber doch gerade breit genug, um unten das Kellerfenster zu schließen.

»Nun mag sie sich drüben die Augen auskucken. Meinetwegen. Durch ein Brett wird sie ja wohl nicht sehn können. Ein Brett ist besser als Farnkrautsamen . . .«

Und damit schloß er die Falltür und stieg wieder die Stufen hinunter.

Zwanzigstes Kapitel

Ede war früh auf und bediente seine Kunden. Dann und wann sah er nach der kleinen, im Nebenzimmer hängenden Uhr, die schon auf ein Viertel nach acht zeigte.

»Wo der Alte nur bleibt?«

Ede durfte die Frage schon tun, denn für gewöhnlich erschien Hradscheck mit dem Glockenschlag sieben, wünschte guten Morgen und öffnete die nach der Küche führende kleine Tür, was für die Köchin allemal das Zeichen war, daß sie den Kaffee bringen solle. Heute aber ließ sich kein Hradscheck sehn, und als es nah an neun heran war, steckte statt seiner nur Male den Kopf in den Laden hinein und sagte:

»Wo he man bliewt, Ede?«

»Weet nich.«

»Ick will geihn un en beten an sine Dör bullern.«

»Joa, dat du man.«

Und wirklich, Male ging, um ihn zu wecken. Aber sie kam in

großer Aufregung wieder. »He is nich doa, nich in de Vör- un ook nich in de Hinnerstuw. Allens open un keene Dör to.«

»Und sien Bett?« fragte Ede.

»Allens glatt un ungeknüllt. He's goar nich in west.«

Ede kam nun auch in Unruhe. Was war zu tun? Er wie Male hatten ein unbestimmtes Gefühl, daß etwas ganz Absonderliches geschehen sein müsse, worin sie sich durch den schließlich ebenfalls erscheinenden Jakob nur noch bestärkt sahen. Nach einigem Beraten kam man überein, daß Jakob zu Kunicke hinübergehn und wegen des Abends vorher anfragen solle; Kunicke müss' es wissen, der sei immer der letzte. Male dagegen solle rasch nach dem Krug laufen, wo Gendarm Geelhaar um diese Stunde zu frühstücken und der alten Krügerschen, die manchen Sturm erlebt hatte, schöne Dinge zu sagen pflegte. Das geschah denn auch alles, und keine Viertelstunde, so sah man Geelhaar die Dorfstraße herunterkommen, mit ihm Schulze Woytasch, der sich, einer abzuhaltenden Versammlung halber, zufällig ebenfalls im Kruge befunden hatte. Vor Hradschecks Tür trafen beide mit Kunicke zusammen. Man begrüßte sich stumm und überschritt mit einer gewissen Feierlichkeit die Schwelle.

Drin im Hause hatte sich mittlerweile die Szene verändert.

Ede, der noch eine Zeitlang in allen Ecken und Winkeln umhergesucht hatte, stand jetzt, als die Gruppe sich näherte, mitten auf dem Flur und wies auf ein großes Ölfaß, das um ein geringes vorgerollt war, nur zwei Fingerbreit, nur bis an den großen Eisenring, aber doch gerade weit genug, um die Falltür zu schließen.

»Doa sitt he in«, schrie der Junge.

»Schrei nicht so!« fuhr ihn Schulze Woytasch an. Und Kunicke setzte mit mehr Derbheit, aber auch mit größerer Gemütlichkeit hinzu: »Halt's Maul, Junge.«

Dieser jedoch war nicht zur Ruh zu bringen, und sein bißchen Schläfenhaar immer mehr in die Höh schiebend, fuhr er in demselben Weinertone fort: »Ick weet allens. Dat's de Spök. De Spök hett noah em grappscht. Un denn wull he rut un kunn nich.«

Um diese Zeit war auch Eccelius aus der Pfarre herübergekommen, leichenblaß und so von Ahnungen geängstigt, daß er, als man das Faß jetzt zurückgeschoben und die Falltür geöffnet hatte, nicht mit hinuntersteigen mochte, sondern erst in den Laden und gleich darnach auf die Dorfgasse hinaus trat.

Geelhaar und Schulze Woytasch, schon von Amts wegen auf beßre Nerven gestellt, hatten inzwischen ihren Abstieg bewerkstelligt, während Kunicke, mit einem Licht in der Hand, von oben her in den Keller hineinleuchtete. Da nicht viele Stufen waren, so konnt er das Nächste bequem sehn: unten lag Hradscheck, allem Anscheine nach tot, ein Grabscheit in der Hand, die zerbrochene Laterne daneben. Unser alter Anno-Dreizehner sah sich bei diesem Anblick seiner gewöhnlichen Gleichgültigkeit entrissen, erholte sich aber und kroch, unten angekommen, in Gemeinschaft mit Geelhaar und Woytasch auf die Stelle zu, wo hinter einem Lattenverschlage der Weinkeller war. Die Tür stand auf, etwas Erde war aufgegraben, und man sah Arm und Hand eines hier Verscharrten. Alles andre war noch verdeckt. Aber freilich, was sichtbar war, war gerade genug, um alles Geschehene klarzulegen.

Keiner sprach ein Wort, und mit einem scheuen Seitenblick auf den entseelt am Boden Liegenden stiegen alle drei die Treppe wieder hinauf.

Auch oben, wo sich Eccelius ihnen wieder gesellte, blieb es bei wenig Worten, was schließlich nicht wundernehmen konnte. Waren doch alle, mit alleiniger Ausnahme von Geelhaar, viel zu befreundet mit Hradscheck gewesen, als daß ein Gespräch über ihn anders als peinlich hätte verlaufen können. Peinlich und mit Vorwürfen gegen sich selbst gemischt. Warum hatte man bei der gerichtlichen Untersuchung nicht besser aufgepaßt, nicht schärfer gesehn? Warum hatte man sich hinters Licht führen lassen?

Nur das Nötigste wurde festgestellt. Dann verließ man das durch so viele Jahre hin mit Vorliebe besuchte Haus, das nun für jeden ein Haus des Schreckens geworden war. Kunicke schritt quer über den Damm auf seine Wohnung, Eccelius auf seine Pfarre zu. Woytasch war mit ihm.

»Das Küstriner Gericht«, hob Eccelius an, »wird nur wenig noch zu sagen haben. Alles ist klar und doch ist nichts bewiesen. Er steht vor einem höheren Richter.«

Woytasch nickte. »Höchstens noch, was aus der Erbschaft wird«, bemerkte dieser und sah vor sich hin. »Er hat keine Verwandte hier herum, und die Frau, so mir recht is, auch nich. Vielleicht, daß es der Polsche wiederkriegt. Aber das werden die Tschechiner nich wollen.«

Eccelius erwiderte: »Das alles macht mir keine Sorge. Was mir Sorge macht, ist bloß das: wie kriegen wir ihn unter die Erde und wo. Sollen wir ihn unter die guten Leute legen, das geht nicht, das leiden die Bauern nicht und machen uns eine Kirchhofsrevolte. Und was das Schlimmste ist, haben auch recht dabei. Und sein Feld wird auch keiner dazu hergeben wollen. Eine solche Stelle mag niemand auf seinem ehrlichen Acker haben.«

»Ich denke«, sagte der Schulze, »wir bringen ihn auf den Kirchhof. Bewiesen ist am Ende nichts. Im Garten liegt der Franzos, und im Keller liegt der Polsche. Wer will sagen, wer ihn dahingelegt hat? Keiner weiß es, nicht einmal die Jeschke. Schließlich ist alles bloß Verdacht. Auf den Kirchhof muß er also. Aber seitab, wo die Nesseln stehn und der Schutt liegt.«

»Und das Grab der Frau?« fragte Eccelius. »Was wird aus dem? Und aus dem Kreuz?«

»Das werden sie wohl umreißen, da kenn ich meine Tschechiner. Und dann müssen wir tun, Herr Pastor, als sähen wir's nicht. Kirchhofsordnung ist gut, aber der Mensch verlangt auch seine Ordnung.«

»Brav, Schulze Woytasch!« sagte Eccelius und gab ihm die Hand. »Immer 's Herz auf dem rechten Fleck!«

Geelhaar war im Hradscheckschen Hause zurückgeblieben. Er hatte den Polizei-Kehr-mich-nicht-dran und machte nicht viel von der Sache. Was war es denn auch groß? Ein Fall mehr. Darüber ging die Welt noch lange nicht aus den Fugen. Und so ging er denn in den Laden, legte die Hand auf Edes Kopf und sagte: »Hör, Ede, das war heut ein bißchen scharf. So zwei Dodige gleich morgens um neun! Na, schenk mal was ein. Was nehmen wir denn?«

»Na, nen Rum, Herr Geelhaar.«

»Nei, Rum is mir heute zu schwach. Gib erst nen Kognak. Und dann ein' Rum.«

Ede schenkte mit zitternder Hand ein. Geelhaars Hand aber war um so sicherer. Als er ein paar Gläser geleert hatte, ging er in den Garten und spazierte drin auf und ab, als ob nun alles sein wäre. Das ganze Grundstück erschien ihm wie herrenloser Besitz, drin man sich ungeniert ergehen könne.

Die Jeschke, wie sich denken läßt, ließ auch nicht lang auf sich warten. Sie wußte schon alles und sah mal wieder über den Zaun.

»Dag, Geelhaar.«

»Dag, Mutter Jeschke... Nu, was macht Line?«

»De kümmt to Martini. Se brukt sich joa nu nich mihr to jrulen.«

»Vor Hradscheck?« lachte Geelhaar.

»Ja. Vor Hradscheck. Awers nu sitt he joa fast.«

»Das tut er. Und gefangen in seiner eigenen Falle.«

»Joa, joa. De olle Voß! Nu kümmt he nich wedder rut. Fien wihr he. Awers to fien, loat man sien!«

Was noch geschehen mußte, geschah still und rasch, und schon um die neunte Stunde des folgenden Tages trug Eccelius nachstehende Notiz in das Tschechiner Kirchenbuch ein:

»Heute, den 3. Oktober, früh vor Tagesanbruch, wurde der Kaufmann und Gasthofsbesitzer Abel Hradscheck ohne Sang und Klang in den hiesigen Kirchhofsacker gelegt. Nur Schulze Woytasch, Gendarm Geelhaar und Bauer Kunicke wohnten dem stillen Begräbnisakte bei. Der Tote, so nicht alle Zeichen trügen, wurde von der Hand Gottes getroffen, nachdem es ihm gelungen war, den schon früher gegen ihn wach gewordenen Verdacht durch eine besondere Klugheit wieder zu beschwichtigen. Er verfing sich aber schließlich in seiner List und grub sich, mit dem Grabscheit in der Hand, in demselben Augenblick sein Grab, in dem er hoffen durfte, sein Verbrechen für immer aus der Welt geschafft zu sehn. Und bezeugte dadurch aufs neue die Spruchweisheit: *Es ist nichts so fein gesponnen, 's kommt doch alles an die Sonnen.*«

NACHWORT

In der Zeitschrift ›Nord und Süd‹ erschien 1880 als Vorabdruck die Erzählung *L'Adultera*. Es war der erste große in Berlin spielende Gesellschaftsroman Theodor Fontanes. Beinahe wäre es auch sein letzter geblieben. Die Berliner Verleger lehnten die Veröffentlichung der Buchausgabe ab, sie mußte (1882) in dem Breslauer Verlag Schottländer erscheinen. Vom Berliner Bürgertum wurde das Buch als skandalös empfunden. Der Dichter wurde jahrelang boykottiert. Auch die Zeitschriftenverleger, denen er seine Romane und Novellen zum Vorabdruck gab, konnten es lange nicht wagen, einen neuen Berliner Roman von Fontane zu bringen.

Als Fontane *L'Adultera* veröffentlichte, war er immerhin schon 63 Jahre alt und ein bekannter Schriftsteller und Journalist. Doch die reichen Berliner Familien rückten von ihm ab, als ob er ein junger und taktloser Neuling sei. Angeblich hatte er sich der Indiskretion schuldig gemacht. *L'Adultera* war ein Schlüsselroman. War er es wirklich? Die männliche Hauptfigur des Romans ähnelte allerdings aufs Haar einem stadtbekannten Kaufmann und Kunstsammler. Zwar war er schon einige Jahre tot, als der Roman erschien, doch folgerte man aus der Porträtähnlichkeit, daß auch die in *L'Adultera* erzählte Ehegeschichte nur die des verstorbenen Kaufmanns sein könne. Hier jedoch schossen Klatsch und Empörung weit übers Ziel hinaus.

L'Adultera ist ein sehr kunstvolles Gewebe aus Dichtung und Wahrheit. Der Griff ins Leben ist von der gleichen Kühnheit wie die Fabel, die sich Fontane dazu ersonnen hatte. Eine gute Ehe scheitert nach 10 Jahren, weil die Frau, geistig, wenn auch nicht moralisch über dem Mann stehend, erkennt, daß ihr Leben falsch gelaufen ist. Natürlich löst ein anderer Mann diese Erkenntnis aus. Wäre Fontane wirklich der schlechte Schriftsteller gewesen, für den ihn die beleidigten Bürger hielten, dann wäre aus dieser Geschichte entweder eine pikante Banalität entstanden oder die sentimentale Geschichte einer Ehekrise. So jedoch wurde es der erste große Berliner Liebesroman, ein heiter-schmerzlich erzähltes Gleichnis: »Wer unter euch ohne Schuld ist . . .«

Es geht um die Frage, ob das Gesetz des Werdens jedem Menschen in einer nur ihm enträtselbaren Schrift eigen ist. Melanie bejaht für sich diese Frage. Damit entsteht zwar für sie das Recht des Herzens zum Ehebruch, doch auch die Pflicht zur Ehescheidung und die tragisch sich daraus ergebenden Konsequenzen. Sie darf der neuen Liebe nur folgen, wenn sie damit auch die Schäden ausmerzt, die sie sich selbst und anderen durch allzu große Duldsamkeit zugefügt hat. Diese Toleranz führt zu einem versöhnlichen Schluß. Allerdings hat dieses Happy-End Fontane noch manchen zusätzlichen Ärger eingebracht. Denn auch die Literaturkritik empfand es als nicht befriedigend und stellte es gewissermaßen als »unpreußisch« hin. Aber *L'Adultera* ist eine reine Berliner Geschichte, und das Berliner Gesetz hieß schon seit Jahrhunderten:

Toleranz!

Der Leser tut gut, wenn er sich ganz dem »berlinischen« Zauber der Erzählung hingibt. So hat Fontane für *L'Adultera* einen alten Kunstgriff der Berliner Romanciers wiederentdeckt. Es ist die sogenannte »Berliner Landpartie«. Zwischen 1780 und 1840 mußte in jedem Berliner Roman eine Landpartie vorkommen. Dann kam sie plötzlich aus der Mode, und damit hatte der Berliner Roman viel an Herz und Charakter verloren. Erst Fontane griff sie wieder auf. In *L'Adultera* kommt es zwischen den Liebenden bei einer solchen Landpartie – während einer Kahnfahrt – zu dem entscheidenden Kontakt. Diese Szene ist, immer neu abgewandelt, das Vorbild der Landpartien in allen Fontaneschen Altersromanen.

Unterm Birnbaum ist einer der Kleinromane im märkischen Milieu, die Fontane, gewissermaßen als Ableger der *Wanderungen durch die Mark Brandenburg,* schrieb. Als Vorabdruck erschien die Erzählung 1885 in der Zeitschrift ›Gartenlaube‹, im gleichen Jahr noch als Buch. Ihr Titel sollte ursprünglich heißen: Fein Gespinst kein Gewinnst. Es ist eine eigenartige Erzählung, der man nicht gerecht wird, wenn man sie nur als Kriminalroman nimmt. Gewiß, sie ist insofern ein Kriminalroman, als sie die Geschichte eines Verbrechens erzählt; doch kein Kriminalroman im Sinne jener Gattung, die eigentlich »Detektivroman« heißen müßte. Es gibt in *Unterm Birnbaum* keinen eigentlichen Detektiv, und es gibt auch nicht die Spannung eines richtigen Detektivromans. Schon im Anfang des Buches weiß man, daß das Ehepaar ein Kapitalverbrechen plant. Die Geschichte ist bannend, sie braucht also spannend zu sein.

Unterm Birnbaum ist keine Zufallsgeschichte. Sie darf in dem wundersamen Kranz der Fontaneschen Romane nicht fehlen. Sie ist ein enggesponnenes Dichtwerk, und sie muß zudem in der menschenarmen und kargen Mark spielen, unter kleinlichem, hämischem, spöttischem und dennoch abergläubischem Volk, denn nur in dieser Umgebung kann das Verhängnis, dem sich die Eheleute überantworten, seinen gemächlichen, fast lautlosen Gang nehmen. Der Kriminalfall selbst ist für Fontane eine beinahe beiläufige Geschichte, die auch nur wie nebenher erzählt wird. Wichtig ist die Selbstzerstörung der beiden Mörder. Sie gehen an ihrem Verbrechen zugrunde. *Unterm Birnbaum* ist, wie die Altersromane Theodor Fontanes, eine Geschichte vom Geheimnis des menschlichen Herzens.

Walther Kiaulehn

Zur Textgestaltung
Dieser Ausgabe liegt die Erstausgabe der Gesammelten Werke (22 Bände, Berlin 1905–1911) zugrunde.

Inhalt

L'Adultera 5

Unterm Birnbaum 121

Nachwort 210

Goldmanns GELBE Taschenbücher

ADALBERT STIFTER
Ausgewählte Werke

Adalbert Stifter (1805–1868), der bedeutendste Erzähler des alten Österreich, ist berühmt geworden als Schilderer der Landschaft, der liebevoll erfaßten Einzelheit, des »sanften Gesetzes«; er war ein leidenschaftlicher Verfechter einer insbesondere von Goethe geprägten klassischen Humanität.

Studien I. Inhalt: Der Kondor – Feldblumen – Das Heidedorf – Der Hochwald. Band 964. DM 3.–

Studien II. Inhalt: Die Narrenburg – Die Mappe meines Urgroßvaters. Band 994. DM 3.–

Studien III. Inhalt: Abdias – Das alte Siegel – Brigitta. Band 1306. DM 3.–

Studien IV. Inhalt: Der Hagestolz – Der Waldsteig. Band 1312. DM 3.–

Studien V. Inhalt: Zwei Schwestern – Der beschriebene Tännling. Band 1313. DM 3.–

Bunte Steine. Inhalt: Granit – Kalkstein – Turmalin – Bergkristall – Katzensilber – Bergmilch. Band 1375. DM 5.–

Die drei Schmiede ihres Schicksals und andere Erzählungen. Inhalt: Die drei Schmiede ihres Schicksals – Der Waldgänger – Prokopus. Band 1376. DM 3.–

Der Waldbrunnen und andere Erzählungen. Inhalt: Nachkommenschaften – Der Waldbrunnen – Der Kuß von Sentze – Der fromme Spruch. Band 1377. DM 3.–

Der Nachsommer. Eine Erzählung. Band 1378/79/80. DM 8.–

Briefe. Band 1381. DM 3.–

WILHELM GOLDMANN VERLAG MÜNCHEN

Goldmanns GELBE Taschenbücher

THEODOR STORM

Ausgewählte Werke

Theodor Storm (1817–1888), ein später Nachfahre der Romantik, ist vor allem ein Meister der Stimmungsnovelle, in der er Charaktere und Schicksale der Menschen Schleswig-Holsteins, seiner engeren Heimat, schildert.

Immensee und andere Novellen. Inhalt: Im Saal – Immensee – Ein grünes Blatt – Im Sonnenschein – Auf dem Staatshof – Auf der Universität – Von jenseit des Meeres – Draußen im Heidedorf. Band 1393. DM 3.–

Pole Poppenspäler und andere Novellen. Inhalt: Beim Vetter Christian – Viola tricolor – Pole Poppenspäler – Psyche – Aquis submersus. Band 1410. DM 3.–

Die Söhne des Senators und andere Novellen. Inhalt: Carsten Curator – Eekenhof – Die Söhne des Senators – Zur Chronik von Grieshuus. Band 1411. DM 3.–

Der Schimmelreiter und andere Novellen. Inhalt: Ein Fest auf Haderslevhuus – Ein Bekenntnis – Der Schimmelreiter. Band 1412. DM 4.–

Gedichte und Märchen. Inhalt: Gedichte – Der kleine Häwelmann – Hinzelmeier – Die Regentrude – Bulemanns Haus – Der Spiegel des Cyprianus. Band 1413. DM 3.–

WILHELM GOLDMANN VERLAG MÜNCHEN

Goldmanns GELBE Taschenbücher

GOTTFRIED KELLER
Ausgewählte Werke

Die bildkräftige Lyrik und Prosa Gottfried Kellers (1819–1890), der warme Humor und die überlegene Ironie in seinen Menschendarstellungen sichern den zeitlosen Bestand seiner Werke.

Der grüne Heinrich. Einer der bedeutendsten Entwicklungsromane der deutschsprachigen Literatur des 19. Jahrhunderts. Band 778/779/80. DM 8.–

Die Leute von Seldwyla. Erster Teil. Inhalt: Pankraz, der Schmoller – Romeo und Julia auf dem Dorfe – Frau Regel Amrain und ihr Jüngster – Die drei gerechten Kammacher – Spiegel, das Kätzchen. Band 440. DM 3.–

Die Leute von Seldwyla. Zweiter Teil. Inhalt: Kleider machen Leute – Der Schmied seines Glückes – Die mißbrauchten Liebesbriefe – Dietegen – Das verlorene Lachen. Band 602. DM 4.–

Züricher Novellen. Band 1554/55. DM 5.–

Sieben Legenden; Das Sinngedicht. Band 1556/57. DM 5.–

Martin Salander. Ein zeitkritischer Roman. Band 1558/59. DM 5.–

Gedichte und Schriften. Neben den schönsten Gedichten Kellers enthält dieser Band eine Auswahl seiner wichtigsten Schriften zu Literatur und Politik. Band 1560. DM 3.–

WILHELM GOLDMANN VERLAG MÜNCHEN

Goldmanns GELBE Taschenbücher

HEINRICH VON KLEIST
Ausgewählte Werke

Zwischen Klassik und Romantik stehend und von inneren Gegensätzen zerrissen, schuf Kleist (1777–1811) Dramen voller Leben und Spannung, unvergängliche Komödien und eine Prosa von unübertroffener Meisterschaft.

Sämtliche Novellen. Inhalt: Michael Kohlhaas – Die Marquise von O... – Das Erdbeben in Chili – Die Verlobung in St. Domingo – Das Bettelweib von Locarno – Der Findling – Die heilige Cäcilie oder die Gewalt der Musik – Der Zweikampf. Band 386. DM 4.–

Ausgewählte Dramen. Inhalt: Prinz Friedrich von Homburg – Der zerbrochene Krug – Das Käthchen von Heilbronn. Band 400. DM 3.–

Amphitryon (Ein Lustspiel); **Penthesilea** (Ein Trauerspiel). Band 720. DM 3.–

Über das Marionettentheater und andere Schriften. Inhalt: Aufsatz, den sicheren Weg des Glücks zu finden – Echte Aufklärung des Weibes – Über die allmähliche Verfertigung der Gedanken beim Reden – Über das Marionettentheater – Über den Zustand der Schwarzen in Amerika – Gedichte u. a. Band 988. DM 3.–

Briefe aus den Jahren 1799–1811. Eine Auswahl der schönsten Briefe Kleists an seine Verlobte, seine Schwester, an Literaten und Staatsmänner. Band 989. DM 3.–

WILHELM GOLDMANN VERLAG MÜNCHEN

Goldmanns GELBE Taschenbücher

CONRAD FERDINAND MEYER

Ausgewählte Werke

Conrad Ferdinand Meyer wurde 1825 in Zürich geboren und starb 1898 in Kilchberg bei Zürich. Die Plastik seiner Sprach- und Bildwelt, die gewaltigen Themen und die gebändigte, ausgefeilte Form seines Prosawerks machen ihn zu einem der bedeutendsten Erzähler des 19. Jahrhunderts.

Jürg Jenatsch. Roman. Band 419. DM 3.–

Gedichte. Inhalt: Vorsaal; Stunde; In den Bergen; Reise; Liebe; Götter; Frech und fromm; Genie; Männer. Band 1414. DM 3.–

Huttens letzte Tage. Lyrisch-epische Dichtung; **Das Amulett; Der Schuß von der Kanzel.** Novellen. Band 1460. DM 3.–

Gustav Adolfs Page und andere Novellen. Inhalt: Der Heilige; Plautus im Nonnenkloster; Gustav Adolfs Page. Band 1470. DM 3.–

Die Hochzeit des Mönchs und andere Novellen. Inhalt: Das Leiden eines Knaben; Die Hochzeit des Mönchs; Die Richterin. Band 1480. DM 3.–

Die Versuchung des Pescara; Angela Borgia. Novellen. Band 1490. DM 3.–

WILHELM GOLDMANN VERLAG MÜNCHEN

Goldmanns GELBE Taschenbücher

FRIEDRICH NIETZSCHE
Ausgewählte Werke

Nietzsche hat als Überwinder des deutschen Idealismus und als Wegbereiter des modernen Atheismus den Gang der europäischen Geistesgeschichte bis zur Gegenwart entscheidend bestimmt.

Die Geburt der Tragödie aus dem Geiste der Musik. Band 587. DM 3.–

Unzeitgemäße Betrachtungen. Band 1472/73. DM 5.–

Menschliches – Allzumenschliches. 1. Teil. Band 676/77. DM 5.–

Menschliches – Allzumenschliches. 2. Teil. Band 741/42. DM 5.–

Morgenröte. Band 630/31. DM 5.–

Die fröhliche Wissenschaft. Band 569/70. DM 5.–

Also sprach Zarathustra. Band 403. DM 4.–

Jenseits von Gut und Böse. Vorspiel einer Philosophie der Zukunft. Band 990. DM 3.–

Zur Genealogie der Moral. Band 991. DM 3.–

Der Fall Wagner; Götzendämmerung; Nietzsche contra Wagner. Band 1446. DM 3.–

Der Antichrist; Ecce Homo; Dionysos – Dithyramben. Band 1471. DM 3.–

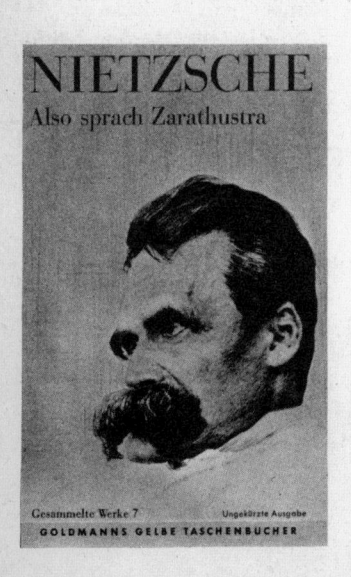

WILHELM GOLDMANN VERLAG MÜNCHEN

Goldmanns GELBE Taschenbücher

GOTTHOLD EPHRAIM LESSING
Ausgewählte Werke

Der Vollender der Aufklärung in der deutschen Literatur war zugleich der Schöpfer des deutschen Dramas. Lessings Prosa ist auch heute noch durch ihre meisterhafte Klarheit und unbeirrbare Wahrheitsliebe vorbildlich.

Nathan der Weise; Minna von Barnhelm. Band 618. DM 3.–

Miss Sara Sampson; Philotas; Emilia Galotti. In allen drei Dramen geht es um das Verhältnis von Vernunft und Tugend, darüber hinaus hat Lessing mit »Sara« und »Emilia« das bürgerliche Trauerspiel in Deutschland begründet. Band 1587. DM 3.–

Hamburgische Dramaturgie. Lessings Meisterwerk der Kritik. Band 1589/90. DM 5.–

Laokoon; Wie die Alten den Tod gebildet. Im »Laokoon« beschäftigt sich Lessing mit der Frage, was Kunst und Dichtung für den Menschen leisten können. Der zweite Aufsatz ist seine Antwort auf die Interpretationen des »Laokoon«. Band 1801/02. DM 5.–

Gedichte und Fabeln. Band 1850. DM 3.–

Schriften zur Literatur. Aus dem Inhalt: Rezensionen; Briefe, die neueste Literatur betreffend; Abhandlungen über die Fabel; Über das Epigramm. Band 1851. DM 3.–

WILHELM GOLDMANN VERLAG MÜNCHEN

Goldmanns GELBE Taschenbücher

JEAN PAUL
Ausgewählte Werke

Als Außenseiter der deutschen Klassik und Romantik war Jean Paul (1763–1825) dennoch ein Bestseller-Autor seiner Zeit; er gehört zu den größten humoristischen Schriftstellern der deutschen Literatur.

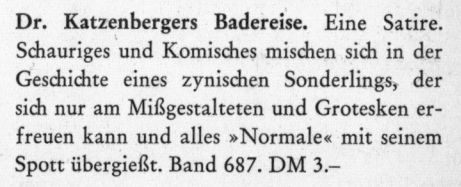

Dr. Katzenbergers Badereise. Eine Satire. Schauriges und Komisches mischen sich in der Geschichte eines zynischen Sonderlings, der sich nur am Mißgestalteten und Grotesken erfreuen kann und alles »Normale« mit seinem Spott übergießt. Band 687. DM 3.–

Flegeljahre. Roman. Der Zwiespalt zwischen Empfindsamkeit und Intellekt ist das Grundthema dieser Biographie eines ungleichen Brüderpaares. Band 1549/50. DM 5.–

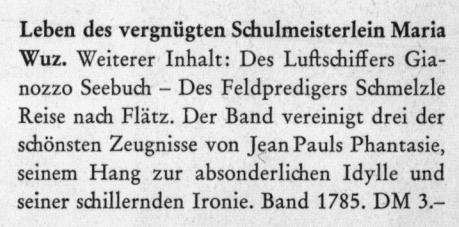

Leben des vergnügten Schulmeisterlein Maria Wuz. Weiterer Inhalt: Des Luftschiffers Gianozzo Seebuch – Des Feldpredigers Schmelzle Reise nach Flätz. Der Band vereinigt drei der schönsten Zeugnisse von Jean Pauls Phantasie, seinem Hang zur absonderlichen Idylle und seiner schillernden Ironie. Band 1785. DM 3.–

Leben des Quintus Fixlein. Roman. Fixlein ist einer der liebenswertesten Anti-Helden unter den skurrilen Käuzen, die der Dichter geschaffen hat und mit denen er die menschliche Natur karikierend enthüllt. Band 1882. DM 3.–

WILHELM GOLDMANN VERLAG MÜNCHEN

Goldmanns GELBE Taschenbücher

FRIEDRICH SCHILLER
Ausgewählte Werke

Diese Taschenbuchausgabe ausgewählter Werke Schillers bietet jene Dichtungen und Schriften, die der gebildete und bildungshungrige Mensch kennen sollte; sie gehören zu den Hauptwerken der deutschen Klassik.

Jugenddramen. Inhalt: Die Räuber – Kabale und Liebe – Don Carlos. Band 416. DM 3.–

Wallenstein. Inhalt: Wallensteins Lager – Die Piccolomini – Wallensteins Tod. Band 434. DM 3.–

Gedichte und Balladen. Band 450. DM 3.–

Dramen. Inhalt: Die Jungfrau von Orleans – Maria Stuart – Wilhelm Tell. Band 488. DM 3.–

Schriften zur Philosophie und Kunst. Band 524. DM 3.–

Erzählungen. Inhalt: Eine großmütige Handlung – Der Verbrecher aus verlorener Ehre – Spiel des Schicksals – Der Geisterseher. Band 904. DM 3.–

Dramen der Spätzeit. Inhalt: Die Braut von Messina – Demetrius. Band 915. DM 3.–

Schriften zur Ästhetik, Literatur und Geschichte. Band 925. DM 3.–

WILHELM GOLDMANN VERLAG MÜNCHEN

Goldmanns GELBE Taschenbücher

E. T. A. HOFFMANN
Ausgewählte Werke

Das Werk E. T. A. Hoffmanns (1776–1822) mit seinem bizarren Realismus, seiner hintergründigen Ironie und seiner märchenhaften Romantik führt den Leser in ein Reich der Phantasie, dessen Faszination er sich nicht entziehen kann.

Lebensansichten des Katers Murr. Band 391/92. DM 5.–

Die Elixiere des Teufels; Klein Zaches, genannt Zinnober. Band 456/57. DM 5.–

Erzählungen. Inhalt: Rat Krespel – Das Majorat – Das Fräulein von Scuderi – Spielerglück. Band 509. DM 3.–

Spukgeschichten und Märchen. Inhalt: Der goldene Topf – Die Abenteuer der Silvesternacht – Der Sandmann – Nußknacker und Mausekönig. Band 553. DM 3.–

Musikalische Novellen und Schriften. Inhalt: Ritter Gluck – Don Juan – Kreisleriana – Fünf Beethovenaufsätze – Alte und neue Kirchenmusik – Der Dichter und der Komponist. Band 1356. DM 3.–

Prinzessin Brambilla; Das fremde Kind. Inhalt: Aufsatz über Callot – Prinzessin Brambilla – Das fremde Kind. Band 1405. DM 3.–

Meister Martin, der Küfner, und seine Gesellen. Erzählungen. Inhalt: Meister Martin, der Küfner, und seine Gesellen – Des Vetters Eckfenster – Der Feind. Band 1553. DM 3.–

WILHELM GOLDMANN VERLAG MÜNCHEN

Goldmanns GELBE Taschenbücher

HEINRICH HEINE
Ausgewählte Werke

Heine (1797–1856) war der bedeutendste deutsche Lyriker zwischen Romantik und Realismus, ein meisterhafter Satiriker und Zeitkritiker, ein brillanter Journalist.

Buch der Lieder. Inhalt: Junge Leiden – Lyrisches Intermezzo – Die Heimkehr – Aus der Harzreise – Die Nordsee, 1. und 2. Zyklus. Band 367. DM 3.–

Ausgewählte Prosa. Inhalt: Florentinische Nächte – Das Buch Le Grand – Aus den Memoiren des Herrn von Schnabelewopski – Der Rabbi von Bacharach. Band 385. DM 3.–

Reisebilder. Inhalt: Die Harzreise – Die Nordsee – Die Stadt Lucca – Die Bäder von Lucca. Band 410. DM 3.–

Deutschland, ein Wintermärchen; Atta Troll; Zeitkritische Schriften. »Atta Troll« verspottet die Tendenz zur politischen Poesie; das »Wintermärchen« ist eine glänzende, scharfe Satire über deutsche Zustände. Band 444. DM 3.–

Die Romantische Schule; Späte Lyrik. Heines Auseinandersetzung mit der Romantik gehört zu den interessantesten Dokumenten über sie. Band 961. DM 3.–

WILHELM GOLDMANN VERLAG MÜNCHEN

Verehrter Leser,
senden Sie bitte diese Karte ausgefüllt an den Verlag. Sie erhalten kostenlos unsere Verlagsverzeichnisse zugestellt.

WILHELM GOLDMANN VERLAG · 8 MÜNCHEN 80

Bitte hier abschneiden

Diese Karte entnahm ich dem Buch

Kritik + Anregungen

Ich wünsche die kostenlose und unverbindliche Zusendung des Verlagskataloges und laufende Unterrichtung über die Neuerscheinungen des Wilhelm Goldmann Verlages.

Name

Beruf   Ort

Straße

Ich empfehle, den Katalog auch an die nachstehende Adresse zu senden:

Name

Beruf   Ort

Straße

Goldmann Taschenbücher sind mit über 3200 Titeln (Frühjahr 1972) die größte deutsche Taschenbuchreihe. Jeden Monat etwa 25 Neuerscheinungen. Gesamtauflage über 125 Millionen.

Aus dem WILHELM GOLDMANN VERLAG
8 München 80, Postfach 80 07 09 bestelle ich
durch die Buchhandlung

Anzahl	Titel bzw. Band-Nr.	Preis

Datum:

Unterschrift:

4020 · 7024 · 3.000

Wilhelm Goldmann Verlag

8000 MÜNCHEN 80
Postfach 80 07 09

Bitte mit
Postkarten-
Porto
frankieren.